Katja Reinhardt · Das Ende ist die Urfinsternis

Katja Reinhardt

Das Ende ist die Urfinsternis

Ein Mystery-Thriller

FRIELING

Die Schreibweise in diesem Buch entspricht den Regeln der alten Rechtschreibung.

Bibliographische Information der Deutschen Bibliothek
Die Deutsche Bibliothek verzeichnet diese Publikation in der Deutschen Nationalbibliografie; detaillierte bibliografische Daten sind im Internet über http://dnb.ddb.de abrufbar.

© Frieling & Partner GmbH Berlin
Hünefeldzeile 18, D-12247 Berlin-Steglitz
Telefon: 0 30/76 69 99-0
www.frieling.de

ISBN 3-8280-1965-X
1. Auflage 2003
Umschlaggestaltung: Michael Reichmuth
Satz: Satz- & Verlagsservice Ulrich Bogun, Berlin
Sämtliche Rechte vorbehalten
Printed in Germany

Vorwort

Selbstverständlich ist dies nur eine Geschichte, alle Personen und Handlungen sind ganz sicher frei erfunden.

Es liegt mir sehr am Herzen, zu betonen, daß Ägyptologen im wirklichen Leben weder versuchen, ganze Städte zu vernichten, noch danach trachten, die Weltherrschaft anzustreben. Oder was die mad scientists im Kino sonst noch für Ziele haben mögen. Ich bin im Gegenteil davon überzeugt, daß die meisten Ägyptologen eine sehr positive und lebensbejahende Weltsicht haben, immerhin dürfen sie sich ja mit so etwas Wunderbarem und Einmaligem wie dem alten Ägypten beschäftigen.

Außerdem fand ich es an der Zeit, daß eine Gruselgeschichte einmal nicht in London, Arkham, Tokyo oder Transsilvanien spielt, sondern in unserer altehrwürdigen Universitätsstadt, die mir doch genauso geeignet erscheint, eine aufregende und düster-romantische Kulisse für einen Roman zu bieten.

Zum Schluß möchte ich mich noch bei allen Einwohnern Göttingens entschuldigen, daß ich ihre Stadt aus organisatorischen Gründen manchmal etwas umgestellt habe. Trotzdem ist es möglich, die meisten Orte, an denen die Handlung spielt, tatsächlich zu besuchen.

Katja Reinhardt

I

> *Death will come when thou art dead,*
> *Soon, too soon –*
> *Sleep will come when thou art fled;*
> *of neither would I ask the boon*
> *I ask of thee, belovèd night –*
> *swift be thine approaching flight,*
> *Come soon, soon!*
> P. B. SHELLEY, TO NIGHT

Tom Kirchmeister schlürfte hastig und lautstark den Rest seines siebenten Caipirinha durch einen neongrünen Strohhalm. Dann stand er schwankend auf und murmelte seinen Freunden ein undeutliches Tschüs zu. Die anderen sahen grinsend zu, wie er sich betont vorsichtig einen Weg durch die total überfüllte, im pseudo-kubanischen Stil gehaltene Kneipe bahnte, in der sie die letzten Stunden verbracht hatten. Gerade noch rechtzeitig tauchte Tom unter einer Stechpalme aus Plastik hindurch, salutierte ungeschickt vor einem großen Che-Guevara-Poster und stolperte dann aus der Tür.

Die Nacht war ziemlich kühl, und Tom fröstelte trotz der Alkoholmenge, mit der er seine Enttäuschung über den verpatzten Matheschein hinuntergespült hatte. Es wird wirklich Winter, dachte er verschwommen, und wunderte sich, wo wohl sein zweiter Handschuh geblieben war. Tom mochte weder diese Eiseskälte noch den Schnee, der sicher bald folgen würde. Er brummte mürrisch vor sich hin und wünschte sich, er wäre woanders. Aufs Stichwort wurde er an der nächsten Straßenecke von einer kalten Windböe heftig durchgeschüttelt. Danach torkelte er mühsam und zähneklappernd, aber nun etwas wacher, in Richtung Studentenwohnheim.

Wie immer war die Göttinger Innenstadt nur von wenigen Straßenlaternen spärlich beleuchtet, viele Geschäfte hatten ihre Neonreklame und die Schaufensterbeleuchtung aus Kostengründen ebenfalls bereits ausgeschaltet. Das große Gebäude der Stadtbibliothek hob sich wie ein dunkler Berg vom Nachthimmel ab. Ein düsterer und furchteinflößender Kasten. Tom fragte sich, wie man bei dem Anblick wohl Lust zum Lesen bekommen sollte. Direkt vor ihm befand sich die ebenfalls stockdunkle Johanniskirche, auf die Tom jetzt zuhielt. Der immer noch nicht restaurierte Kirchturm ragte ebenso unheimlich und bedrohlich auf wie die Stadtbibliothek.

Natürlich stolperte er über einen der kurzen Kettenpfeiler vor der Kirche. Das passierte ihm sogar schon bei Tageslicht, wenn er mal wieder nicht richtig aufpaßte. Geschweige denn im Suff in der Nacht. Einmal hatte er sich schon auf die Nase gelegt, während an die dreißig Leute, die dort auf den Bus gewartet hatten, in schallendes Gelächter ausgebrochen waren. Tagelang hatte Tom einen anderen Weg nach Hause eingeschlagen. Doch jetzt hatte er sich zum Glück nicht lang hingelegt, sondern war heftig mit den Armen rudernd auf seinen Füßen stehengeblieben.

„Ha, das war das Glück der kleinen Kinder, Doofen und Besoffenen", brabbelte er zufrieden vor sich hin und torkelte weiter.

In einiger Entfernung, wahrscheinlich beim Rathausplatz, konnte Tom lautes Geschrei hören. Jemand sang ziemlich falsch und bruchstückhaft die Internationale. Scheppern und Klirren von Glasflaschen, die gegen eine Häuserwand geschleudert wurden, untermalte das Gejohle. Dann folgten wie ein Echo lautes Gelächter und ‚Auferstanden aus Ruinen'.

„Wegen dem einen Punkt", maulte Tom, als er um die Johanniskirche bog.

„Wegen des einen Punktes", verbesserte er sich dann und rülpste lautstark, so daß es von den Rolläden bei Karstadt widerhallte. Immer noch vor sich hin schimpfend, bog er in den Papendiek ein. Die Straße, die einen Bogen in Richtung Marienkirche beschrieb, war noch dunkler, denn es gab nur eine einzige tranfunzlige Straßenlaterne. Die Schaufensterbeleuchtung eines Ladens mit ausgedienten Armeeklamotten warf einen milchig-weißen Lichtfleck auf das Pflaster, der die Straße nur noch trüber aussehen ließ. Im Vorbeigehen blickte Tom kopfschüttelnd auf Armeejacken und riesige Rucksäcke, in die auch ein Elefant gepaßt hätte.

„Es lebe der Zivildienst", verkündete er stolz und salutierte erneut, diesmal vor Uncle Sam.

Auf der Straße lagen überall aufgerissene Gelbe Säcke verstreut, aus denen Joghurtbecher, Milchtüten, Konservendosen und skurril geformtes Verpackungsmaterial quoll. Einige Becher kollerten vom Wind angetrieben über den Asphalt und gaben dabei ein seltsames Klappern von sich. Aus einer Milchtüte war der geronnene Inhalt ausgeflossen und dann auf der Straße zu einem bizarren See festgefroren. Zeitungspapier flatterte knapp über dem Boden auf ihn zu und klemmte sich an das rechte Bein von Tom, der Mühe hatte, die Sportseite des Göttinger Tageblattes wieder los zu werden. Alles in allem, dachte Tom bei sich, sah es aus, als würde die Müllabfuhr gerade streiken. Hinzu kam, daß trotz der Kälte eine nicht unbeträchtliche Anzahl von Kakerlaken auf dem Unrat herumkroch. Angewidert aufstoßend, machte er einen weiten Bogen um eine Plastiktüte, aus deren aufgerissener Seite vergammelte Schweinerippchen ragten.

„Nur einen einzigen Punkt mehr – und dann hätte ich diesen Mathescheiß endlich hinter mir gehabt. Das habe ich bestimmt dem Stefan, diesem dummen Assi, zu verdanken. Garantiert hat der absichtlich falsch korrigiert! Der kann mich sowieso nicht leiden!"

Der Matheschein war mittlerweile Toms einziger Lebensinhalt geworden, denn ohne diesen konnte er sich nicht zur Prüfung anmelden. Doch nun hatte er ihn schon zum dritten Mal vergeigt und überlegte ernsthaft, auf ein geisteswissenschaftliches Fach umzusteigen, denn da muß man, davon war Tom fest überzeugt, überhaupt nicht rechnen können.

Frustriert trat Tom gegen eine Konservendose und kickte sie in den Rinnstein. In diesem Moment hörte er hinter sich seltsame Laute, eine Art von Schleifen, dazu eine flüsternde Stimme und dann lautes Atmen. Er blickte sich um, doch da war niemand. Bis auf die Kakerlaken war die Straße wie ausgestorben.

„Ist wohl der Alk", sagte er kopfschüttelnd zu sich selbst. „Zum Glück bin ich ja bald zu Hause."

Doch dann hörte er es wieder, diesmal ganz deutlich und viel näher. Es klang, als ob irgend etwas über das Kopfsteinpflaster gezogen würde, und dazwischen ein Geklapper, wie von Hufen. Tom blickte über die Schulter zurück, doch er konnte in der Dunkelheit nichts erkennen. Das Atmen wurde immer lauter und ging schließlich in ein röchelndes Keuchen über, das das unheimliche Flüstern übertönte. Tom spürte, wie sich langsam Furcht in ihm ausbreitete.

„Wenn das ein blöder Scherz sein sollte, ist er euch gelungen", rief er auf gut Glück in die Dunkelheit. „Ich habe einen gehörigen Schrecken bekommen. Also laßt mich jetzt in Ruhe."

Damit bog er hastig um die Ecke in Richtung Marienkirche. Hier gab es endlich etwas mehr Licht, das aus einem Bekleidungsgeschäft und einer Apotheke auf die Straße fiel. Das unheimliche Flüstern schien jetzt von überallher zu kommen, aber Tom konnte immer noch niemanden sehen, der für diese beängstigenden Geräusche verantwortlich sein könnte. Noch einmal drehte sich Tom um sich selbst und spähte angestrengt den Papendiek hinab, dann hastete er mit schnellen Schritten weiter.

Gleich hinter der Straßenbiegung führte eine kleine Brücke über den Leinekanal, der im Augenblick nur wenig Wasser führte, da es schon lange nicht mehr geregnet hatte. Rechts von Tom ragten düster die efeubewachsenen Mauern der Marienkirche auf. Die Straße war menschenleer.

Auf der kleinen Brücke angekommen, wurden das schleppende Geräusch und das Flüstern plötzlich sehr laut, so daß Tom in Panik anfing zu rennen. Hinter ihm klapperte etwas gegen das Brückengeländer, und als er sich umsah, ragte eine riesenhafte dunkle Gestalt vor ihm auf. Erschreckt blieb Tom stehen. Er hob seinen Kopf und blickte direkt in ein Paar reptilienartige gelbe Augen, die hoch über ihm zu schweben schienen. Tom wollte sich wieder umdrehen, um wegzurennen, doch da legte sich schon eine schwere Hand auf seine linke Schulter, die ihn mit eisenhartem Griff festhielt. Er wurde fast ohnmächtig vor Angst und Schrecken, als sein Angreifer ihn an einen Laternenpfahl drückte, und er im Licht der Straßenbeleuchtung dessen grauenhafte Gestalt erkennen konnte.

Tom versuchte zu schreien, doch aus seiner Kehle kam nur ein heiseres Flüstern: „Was bist du?"

Plötzlich erhielt er einen harten Schlag in die Magengegend. Er wäre fast zusammengeklappt, wenn ihn der Angreifer nicht aufrecht gehalten hätte. Benommen blickte Tom an sich hinunter und sah, wie sich sein Blut in einem großen Schwall auf den Boden ergoß.

Der Angreifer packte Toms Kehle und erstickte mit einem Griff das schmerzerfüllte Kreischen, das sein Opfer von sich gab. Dann hob er es hoch und riß dabei seine Eingeweide aus dem Körper.

Das Knacken seiner Wirbelsäule war das letzte, was Tom Kirchmeister in seinem Leben hörte.

„Wieso ist die Straße so naß, es hat doch gar nicht geregnet?" fragte Barbara Augustin ihre Freundin Carola, die auf dem Beifahrersitz neben ihr saß. Sie trat sicherheitshalber etwas auf die Bremse und blickte angestrengt auf die Fahrbahn, die im Licht der Scheinwerfer ölig glänzte.

Die beiden Freundinnen waren auf dem Heimweg von ihrem monatlichen Rommé-Abend, der heute wieder etwas länger gedauert hatte. Neben den gerade nicht anwesenden Freundinnen, diversen Krankheits- und Scheidungsgeschichten war die seltsame Ungezieferplage, mit der alle Göttinger Haushalte momentan zu kämpfen hatten, Gesprächsstoff des Abends gewesen. Überall tauchten kleinere und größere Käfer auf, Fliegen schwirrten durch die Küche und sogar die ersten Kakerlaken waren gesichtet worden. Weder altbewährte Hausmittel noch die chemische Keule hatten bis jetzt Abhilfe schaffen können. Auch weniger profane Methoden, wie Räucherstäbchen und Amulette mit chinesischen Schriftzeichen, blieben erfolglos. Man hörte sogar schon davon, daß einige Betriebe und Kaufhäuser Kammerjäger bestellt hatten. Eine widerliche Sache war das, die zu vielen Spekulationen Anlaß geboten hatte. Die Bekannte einer Freundin war überzeugt davon, daß Außerirdische die Insektenplage geschickt hatten, um die Erde zu unterjochen, was aber niemand sonst so recht glauben mochte. Die Geschichte von den marsianischen Kakerlaken hatte dennoch erheblich zur Erheiterung des Abends beigetragen. Viel zu spät hatten sich Barbara und Carola auf den Nachhauseweg gemacht.

„Sieh mal da drüben! Das Schaufenster der Apotheke ist eingeschlagen", sagte Carola. „Das ist ja komisch. Halt doch mal an!"

Mit einem Ruck brachte Barbara den Wagen zum Stehen. „Das gibt es doch gar nicht ...", stammelte sie.

Sie beugte sich vor und krallte dabei ihre Finger in die Schulter ihrer Freundin. Beide Frauen starrten auf das Schaufenster der Apotheke. Das Fenster war eingeschlagen worden, und neben einer großen Werbetafel für Kokosnußöl saß ein Mensch. Oder besser: das, was einmal ein Mensch gewesen war.

Er hockte dort auf einem niedrigen Reklamekarton, die Knie vor die Brust hochgezogen. Seine Hände waren an den Handgelenken mit etwas gefesselt, das aussah wie ein rötlich glänzendes Seil. Mit Hilfe dieses Seiles waren seine gebundenen Hände über die Ecke einer Reklametafel gehängt. Die Arme waren unnatürlich weit hochgezogen und dabei gleichzeitig vom Körper abgewinkelt, so daß der Eindruck entstand, als würde der Tote mit aller Kraft versuchen, seinen Fesseln zu entkommen. Erst bei genauerem Hinsehen erkannten die Freundinnen, daß es sich bei dem vermeintlichen Seil um ein Stück seines Gedärms handelte.

Der Kopf des Mannes war nach hinten gekippt, und sein Mund stand weit offen, in einem letzten stummen Schrei. Die Augäpfel waren aus ihren blutigen Höhlen gerissen und baumelten neben den Schläfen. Die Haut über Wange und Stirn hing in Fetzen herunter, rohes Fleisch und Knochen freilegend. Aus einer großen Wunde am Bauch hingen noch einige Reste seiner Eingeweide, die meisten seiner Organe jedoch lagen quer über die Straße verteilt. Auf einer blutigen Spur zwischen Brückengeländer und Apotheke schimmerten Tom Kirchmeisters innere Organe bunt im Schein der Lichterkette eines italienischen Restaurants. Die ersten Käfer krabbelten schon auf ihnen herum wie bei einem Totentanz.

„Habt ihr von dem schrecklichen Mord gehört? Bei der Marienkirche soll es passiert sein!"

Philip Mann kam wie immer laut polternd in die Bibliothek des Seminars für Ägyptologie. Er warf eine uralte Schultasche auf seinen Arbeitsplatz, um dann sogleich den Rückzug in Richtung Kaffeemaschine anzutreten, die auf dem Kühlschrank im Flur stand. Bis in die Bibliothek hinein konnte man hören, wie er mit Kaffeetassen klimperte und lautstark die seiner Meinung nach einzig wahrhaft wachmachende Kaffeemenge in eine Filtertüte füllte.

„Das ist ja wirklich ganz in der Nähe", murmelte Maria Rothe schaudernd und vertiefte sich dann wieder in ihre Übersetzung.

Es war jetzt Viertel vor neun, und ihr war klar, daß sie niemals bis zum Beginn der Übung um 9 c. t. den Text auch nur halbwegs übersetzen, geschweige denn sich zur Grammatik Gedanken machen konnte. Der Hieroglyphentext war schwierig, außerdem hatte sie für Wirtschaftsgeschichte noch nie viel übrig gehabt, und ihr Interesse für die ägyptischen Getreidepreise vor 3200 Jahren war sehr begrenzt. Um so mehr freute sie sich auf den Nachmittag, der mit Texten aus dem Totenbuch und Koptischer Kunst versprach, weitaus interessanter zu werden. Seufzend wandte sie sich wieder einer obskuren Hieroglyphenkombination zu, doch sie kam nicht sehr weit. Denn kurze Zeit später wurde erneut die Tür geöffnet. Herein kam Herr Doktor – auf die Nennung des Titels legte er immer viel Wert – Edelmann. Er blickte einmal überheblich in die Runde, tat so, als würde er niemanden richtig erkennen, obwohl nur Studenten aus höheren Semestern anwesend waren, die er selbstverständlich kannte. Darauf hüstelte er gekünstelt und faßte sich theatralisch an die Stirn.

„Philip macht mal wieder Kaffee, in dem auch ein Magnet schwimmen würde. Schrecklich! Und das mit einem Krach, als wolle er die ganze Welt davon in Kenntnis setzen!"

Damit machte er die Tür betont leise wieder zu und entschwand in Richtung des gegenüberliegenden Raumes, in dem sein Schreibtisch stand. Das war einer der typischen schlechtgelaunten Auftritte des Assistenten, der sich dabei auch noch enorm philosophisch und weltentrückt vorkam. Niemand außer den Erstsemestern nahm dieses Gebaren allerdings besonders ernst.

Maria war sich ziemlich sicher, daß Philip Herrn Dr. Edelmann schon gesichtet hatte, als er hereinkam, und daß er deshalb so besonders viel Wert auf eine lautstarke Zubereitung des Kaffees legte.

Sie hörte ein leises Kichern aus der Richtung von Galal, dem ägyptischen Studenten, der ihr schräg gegenüber saß.

„Er ist eine ... interessante Persönlichkeit!"

„Nein, er spinnt!"

Maria packte resigniert ihre Papiere zusammen, klemmte einen Kugelschreiber daran und ging in den Flur zur Kaffeemaschine. Es machte ohnehin keinen Sinn mehr, unter Zeitdruck und auf die letzte Minute an dem Text zu arbeiten, wenn sie sowieso nicht fertig werden würde.

Das Seminar für Ägyptologie und Koptologie der Universität Göttingen war im Erdgeschoß des Michaelishauses beheimatet, einem schönen, leider aber auch etwas heruntergekommenen Fachwerkhaus aus dem 18. Jahrhundert. Die Bibliotheks- und Arbeitsräume der Ägyptologen belegten die ganze rechte Hälfte des Erdgeschosses, andere orientalistische Fächer, wie Keilschriftforschung und Arabistik, weitere Räumlichkeiten in Erdgeschoß und erstem Stock. Die meisten Studenten und Professoren empfanden es als einen großen Vorteil, nicht in einem klimatisierten Betonklotz ohne Fenster sitzen zu müssen, sondern mitten in der Göttinger Innenstadt in einem altehrwürdigen Haus mit Tradition arbeiten zu können. Knarrende Dielen, schräge Wände und zu wenige Toiletten nahmen sie dafür gerne in Kauf.

Das Haus war früher von einem Altphilologen namens Michaelis bewohnt gewesen, zu dessen Studenten auch Georg Friedrich Grotefend gehört hatte. Grotefend hatte im Jahr 1802 die Keilschrift entziffert und damit den Grundstein zur Erforschung der altorientalischen Sprachen gelegt. So war es nur verständlich, daß die meisten Orientalisten gerne auf diese Anbindung an die Vergangenheit hinwiesen. Obwohl es für einen außenstehenden Betrachter oftmals so aussah, als lebten alle in diesem Haus weitab vom wirklichen Leben in einer obskuren vergangenen Welt, aus der sie nur gelegentlich auf dem Weg zur Mensa herausfanden. Auf einige von ihnen traf das sogar zu.

Wie alle kleinen Institute litt auch das Ägyptische Seminar unter Geld- und Raummangel, so daß sich viel zu viele Studenten die wenigen Schreibtischplätze in den drei kleinen Bibliotheksräumen teilen mußten. Zum Glück standen unter dem Dach im zweiten Stock noch einige weitere kleine Zimmer zur Verfügung, doch die Räume im Erdgeschoß waren der wichtigste Bereich für alle Seminarmitglieder.

Von dem kleinen Flur, in dem Kaffeemaschine und Kühlschrank standen, gelangte man geradewegs in einen Raum, in dem der sogenannte Kaffeetisch stand, die soziale Einrichtung des Seminars schlechthin. Eigentlich handelte es sich nur um einen Tisch mit ein paar Stühlen, der zwischen Bücherregale und den Kopierer gequetscht wurde, doch dieser Raum war nicht nur architektonisch der Mittelpunkt des Seminars, von dem auch die Bibliotheksräume abgingen, sondern er war der Treffpunkt aller Dozenten und Studenten, an dem wichtige wie unwichtige Dinge diskutiert und besprochen wurden.

Heute morgen allerdings war der Tisch bis auf ein paar leere Kaffeetassen von gestern verwaist. Im Vorbeigehen warf Maria nur einen kurzen Blick auf einen zerknitterten Mensaplan. Im Flur lehnte Philip, der seinen Triumph über Herrn Dr. Edelmann sichtlich genoß, mit einem Kaffeebecher in der Hand am Kühlschrank.

„Möge die Macht mit dir sein!" orakelte er.

Er und Maria waren große Filmfans, und sie machten sich manchmal einen Spaß daraus, in Filmzitaten zu reden, was für jeden Nichteingeweihten wie ein ziemliches Kauderwelsch klang. Heute morgen war Maria aber zu müde, um sich irgendeine geistreiche Antwort auf Meister Yoda einfallen zu lassen, so sagte sie kurz:

„Morgen! Wir müssen bald hoch."

Dabei deutete sie mit dem Daumen nach oben zum zweiten Stock, wo sich der Übungsraum befand, in dem die meisten Seminare stattfanden. Nur wenige

Vorlesungen, zu denen wirklich viele Interessierte zu erwarten waren, wurden im Vorlesungssaal im ersten Stock abgehalten. Die meisten Übungen hatten zwischen fünf und zehn Teilnehmer. Das war ganz normal, denn nur wenige Studenten konnten sich zu einem Studium der Altorientalistik durchringen. Für die paar Studenten, die normalerweise in einer Übung saßen, reichte der Übungsraum allemal, auch wenn gemunkelt wurde, daß er sowieso nicht für mehr als zwanzig Personen zugelassen war, weil sonst die Decke einstürzen würde. Maria hielt das genauso für ein Gerücht wie die Geschichte von dem Mord, der angeblich bei einer Kneipenschlägerei passiert sein sollte, als das Michaelishaus noch als ‚London-Schänke' genutzt wurde.

Maria nahm eine Milchflasche aus dem Kühlschrank und warf, während sie sich ihre Milch eingoß, einen verstohlenen Blick auf Philips neueste Bekleidungsidee, wie sein Outfit von den anderen Studenten spöttisch bezeichnet wurde. Heute trug er uralte, ungeputzte Cowboystiefel, eine dunkelbraune Lederhose, die ihm zu weit und zu kurz war, dazu zwei unbeschreiblich gemusterte Pullover übereinander und ein lilafarbenes Batiktuch um den Hals. Seine langen Haare waren wie immer zu einem Pferdeschwanz gebunden.

Maria wußte, daß dieses Aussehen weniger auf schlechten Geschmack zurückzuführen war, als viel mehr auf den verrückten Versuch, sich um keinen Preis ‚der Gesellschaft unterzuordnen', wie Philip das nannte. Sie hatte dennoch festgestellt, daß er oftmals konservativer eingestellt war, als ihm vielleicht bewußt war. Nachdem sie im letzten Semester gemeinsam ein Referat gehalten hatten, arbeiteten sie jetzt häufig zusammen, denn sie teilten viele Ansichten, was die Seminarpolitik, Herrn Dr. Edelmann oder auch Kinofilme betraf. Sie sprachen sogar immer öfter über ihre Doktorarbeiten, obwohl sie ganz verschiedene Themen – Philip schrieb über die Kunst der Spätzeit und Maria über ägyptische Religion – gewählt hatten. Manchmal war es einfach beruhigend zu wissen, daß auch andere diese Phasen kannten, an denen man einfach nicht weiterkam und unendlich viel Zeit damit verplemperte, auf den Bildschirmschoner oder auf das Inhaltsverzeichnis eines Buches zu starren. Es war ebenfalls gut zu wissen, daß auch die Computer anderer Leute gelegentlich ganze Absätze einfach verschwinden ließen.

Maria wußte, daß es eine ganze Zeit lang gedauert hatte, bis Philip sie aus seiner Schublade vom verwöhnten Töchterlein herausgeholt hatte. Jedenfalls sah er ihre dunkelblauen Röcke und Stöckelschuhe mittlerweile genauso wenig als Behinderung für ein Ägyptologiestudium an, wie sie seine psychedelisch gemusterten Pullover aus den Siebzigern.

„Sind das Schuhe von Gucci, Clarice?" fragte Philip mit Hannibal-Lecter-Stimme, während er den Blick betont an ihren Beinen hinuntergleiten ließ.

Maria schob mit einer leichten Handbewegung ihre langen schwarzen Haare hinter die Ohren.

„Nein, und deine?"

Beide lachten, als plötzlich die Tür zum Arbeitszimmer ihres Doktorvaters geöffnet wurde, und die kleine hagere Gestalt von Professor Altmann im Türrahmen erschien. Er warf einen vorwurfsvollen Blick auf ihre Kaffeetassen.

„Ich hoffe, ich bin nicht zu spät zur Übung", brummelte er ostentativ und begann, die Treppe zum Seminarraum im zweiten Stock hochzueilen. Philip und Maria hechteten hinter ihm die Stufen hinauf. Oben angekommen, mußten sie es sich aber doch gefallen lassen, daß er ihnen mit einer ironischen Geste die Tür zum Seminarraum aufhielt. Dann ließ er sich auf seinen Stuhl am Kopfende des Tisches fallen. Alle anderen Teilnehmer an der Übung, fünf an der Zahl, waren schon da. Sie hatten eifrig Zettel und Kopien um sich verteilt und gaben vor, wach und munter zu sein. Maria und Philip setzten sich schnell auf zwei freie Plätze und breiteten ebenfalls ihre Notizen vor sich aus.

Es kam, wie es kommen mußte. Mit einem Grinsen beugte sich Altmann zu ihnen herüber. „Frau Rothe oder Herr Mann, wer möchte denn bei Zeile 18 einsetzen und die Struktur des Satzes erläutern?"

2

Ich bin das Gestern,
ich kenne das Morgen.

aus dem Totenbuch, Kapitel 17

Etwa zur selben Zeit, als sich Maria und Philip heldenhaft mit altägyptischen Partizipien herumschlugen, starrte Hauptkommissarin Dorothea Faßbinder auf die Fotografien vom Tatort. So einen grausamen und zugleich seltsamen Mord hatte es in Göttingen noch nie gegeben. Immer wieder nahm sie einzelne Fotografien in die Hand, hielt sie sogar, obwohl sie ziemlich scharfe Augen hatte, dicht vor ihre etwas spitze Nase, doch sie konnte sich trotzdem keinen Reim darauf machen. Um ehrlich zu sein: Bis jetzt hatten sie und ihre Kollegen noch nicht viel herausgefunden. Das Opfer schien keine wirklichen Feinde gehabt zu haben, jedenfalls gab es niemanden, der auf den ersten Blick einer solch geradezu wahnsinnigen Tat fähig erschien. Das war sie wohl auch, nämlich die Tat eines Irren. Die unangenehme Idee, daß ein verrückter Mörder, eventuell sogar ein Serienkiller in Göttingen sein Unwesen treibe, begann sich in ihrem Kopf festzusetzen. Wenn sie an die Konsequenzen dachte, wurde ihr ganz anders und sie wünschte, sie wäre heute morgen gar nicht aufgestanden. Einfach so liegenzubleiben und die Welt auszusperren! Vor ihrem inneren Auge erschien ein karibisches Strandparadies, mit blauem Wasser, weißem Sand und hohen Palmen. Gedankenverloren schnippte sie eine Kakerlake von ihrem Schreibtisch.

„Die Presse rückt an und die Telefone laufen heiß. Alle reden von ‚der Göttinger Blutnacht'." Dorothea Faßbinders Assistent, Georg Roeder, kam mit weiterem Papierkram beladen in ihr Büro gestürzt und riß sie unsanft aus ihren Träumen. Noch etwas weggetreten richtete sie fragend ihre dunkelgrünen Augen auf ihn. Er sah mitgenommen aus, kleine hektische rote Flecken leuchteten auf seinen blassen Wangen und der für sein Alter schon ziemlich großen kahlen Partie auf dem Kopf. Immer wieder fuhr er sich mit der Hand über die Augen und seine wenigen dunkelbraunen Haare.

„Der Kerl muß eine ungeheure Kraft gehabt haben, sagt der Pathologe. Der hat sogar extra noch einen Kollegen hinzugezogen, beide lassen furchtbar kluge wie nutzlose Reden los. ‚Der Mörder möchte uns etwas mitteilen', er habe die Leiche ‚offensichtlich zur Schau gestellt', sagen sie."

„Ach was!" Die Hauptkomissarin brachte mehr als nur Verständnis für den gehässigen Ton ihres Assistenten auf. „,Zur Schau gestellt' ist gut. Er hat den armen Kerl in ein Schaufenster gesetzt. Und dann diese komische Haltung! Vielleicht will er uns aber nur auf eine falsche Spur bringen. Irgendeiner, der auf das Opfer sauer war, und nun so eine Profiler-Sache abzieht, um uns abzulenken."

„Der Pathologe sagt, daß es ein echter Irrer gewesen sein muß. Nicht einfach nur jemand, der zuviel Pro 7 geguckt hat", antwortete Georg Roeder. „Haben die beiden Frauen, die ihn gefunden haben, denn nichts gesehen?"

„Nein. Sie waren wahrlich keine Hilfe. Beide stehen unter Schock, die eine hat geheult, und die andere rumgeschrien. Kann man ihnen nicht verdenken."

„Noch ist kein Ergebnis gekommen wegen der Fingerabdrücke und so weiter. Und wir haben hellgelben Sand gefunden. Der lag überall. Ziemlich seltsame Sache. Uns bleibt nichts anderes übrig, als abzuwarten." Er sah von seinen Unterlagen auf. „Vielleicht sollten wir vorsichtshalber doch mal seine Bekannten genauer unter die Lupe nehmen und Wohnheim und Uni abklappern. Nur um ganz sicher zu sein … sieh mal, da …!"

Georg Roeders sowieso schon riesengroße braune Augen hatten sich auf Untertassengröße ausgeweitet. Sein Kinn war heruntergeklappt, und er deutete mit einem zittrigen Finger auf die Fensterscheibe.

„Was ist los?" fragte Dorothea verständnislos, während sie sich auf ihrem Bürostuhl umdrehte. Dann erstarrte auch sie.

Die ganze Scheibe war von kleinen Insekten mit blau glänzenden Flügeln bedeckt, die auf dem Glas hin und her wimmelten. Jede Sekunde kamen neue hinzu, so daß die Scheibe langsam schwarz wurde. Ganze Scharen von ihnen schienen sich von einem unbekannten Willen angetrieben in Spiralen umeinander zu bewegen, die sich hier und da bald auflösten und immer wieder neu bildeten. Der Anblick der Tiere mit ihren vielen dünnen Beinchen löste ein Kribbeln aus, das Dorotheas Rücken hoch und runter lief.

In diesem Moment klingelte das Telefon. Ganz langsam streckte Dorothea ihre Hand danach aus, immer noch mit großen Augen gebannt auf die Scheibe starrend. Sie nahm den Hörer in die Hand und meldete sich.

„Noch ein Mord? Wo? Wieso hat das keiner gemerkt? Ja, wir kommen sofort."

Sie stieß Georg, der sich heftig an den Unterarmen kratzte, als würden die Insekten dort herumkrabbeln, in die Seite. „Vergiß die Viecher. Wir müssen zum Gänseliesel."

Auf dem Göttinger Marktplatz hatte sich schon eine große Menge von Menschen eingefunden, die alle lautstark und aufgeregt miteinander diskutierten. Dorothea und Georg, die ihren Wagen in der Nähe geparkt hatten, versuchten mit wenig Erfolg, sich durch die Menge der Schaulustigen zu drängen. Dorothea hatte niemals nachvollziehen können, warum die meisten Leute von grausamen und blutigen Dingen angezogen wurden. Sensationsgier war ihr ziemlich fremd. Sie schob es auf ihren Beruf, daß sie nicht mal die harmloseste Krimiserie im Fernsehen angucken mochte – zuviel Mord und Totschlag für ihren Geschmack.

Während sie sich weiterschlängelte, hörte sie von allen Seiten Kommentare und Vermutungen, die allesamt blödsinnig und oftmals sogar zynisch waren. Manchmal kam es ihr so vor, als freuten sich die meisten Menschen sogar über solche Bluttaten, weil sie vermeintlich etwas Abwechslung in ihr tristes Leben brachten. Für viele waren es auch nur der bloße Nervenkitzel und die gruseligen Details. Wenn Dorothea für etwas noch weniger Sinn hatte als für Krimis, waren das die schaurigen Gruselfilme, die Georg so gerne sah, und von denen er ihr morgens im Büro immer genüßlich berichtete, um sie zu necken.

Das Wort vom ‚Göttinger Schlachter' machte bereits die Runde unter den Schaulustigen. Und natürlich behauptete jeder von sich, eine Ahnung zu haben, wer der Mörder sein mußte. Am liebsten hätte Dorothea einige der besonders Engagierten zur Ordnung gerufen, aber inmitten der aufgebrachten Menge war sie klug genug, niemanden merken zu lassen, daß sie für den Fall zuständig war. Mit einem Mal ging es überhaupt nicht mehr weiter, so daß sich Dorothea zwischen zwei Männern eingekeilt wiederfand und unfreiwillig deren Unterhaltung mitbekam:

„Jaja, ein Kopf", versicherte der ältere der beiden. „Und das Wasser ist blutrot."

„Bestimmt der gleiche Killer wie an der Marienkirche. Man traut sich ja bald gar nicht mehr raus", antwortete der jüngere Mann mit Vokuhilafrisur.

Wie wunderbar, dachte Dorothea. Solche Panikmache hatte gerade noch gefehlt. Plötzlich sah sie direkt vor sich auf dem Kragen des jüngeren Mannes eine Kakerlake mit einem Paar besonders langer Fühler herumkrabbeln. Sie schreckte zurück und bekam durch ihre heftige Bewegung den Weg frei in Richtung Gänselieselbrunnen. Hier hatte die Polizei zumindest eine Absperrung errichten können. Die Spurensicherung war auch schon da, ebenso Georg Roeder, der sich geschickter als sie durch die Menge auf dem Marktplatz geschlängelt hatte. Er lenkte ihren Blick von dem blutrot gefärbten Wasser im Brunnen auf die Figur des Gänseliesels selbst.

Das Wahrzeichen der Stadt, die Bronzestatue eines jungen Mädchens, das einen Korb mit Gänsen im linken Arm hielt, stand unter den schmiedeeisernen, mit Rosetten verzierten Schnörkeln eines Baldachins hoch über einem Brunnen. Sie hielt den Kopf leicht gesenkt und drückte mit dem linken Arm eine Gans an sich, während sie mit der rechten Hand eine weitere an den Flügeln gepackt hielt.

Das Gänseliesel war wie so häufig überall mit Blumensträußen geschmückt, die ihr die frischgebackenen Doktoren der Universität gebracht hatten. Es war Sitte, daß jeder Doktorand nach der Prüfung auf das Denkmal kletterte, das Gänseliesel küßte und einen Blumenstrauß hinterließ. Das Herumklettern auf dem Denkmal war eigentlich verboten, aber kein Doktorand hatte sich jemals nach den Anstrengungen des Rigorosums darum geschert. Das Hinaufklettern unter dem Gejohle der anderen, wobei der angehende Wissenschaftler mehr oder weniger geschickt den Rosetten ausweichen und einen Blumenstrauß in der Hand halten mußte, war einfach unerläßlich für eine Promotion. Doch in dieser Nacht war jemand hinaufgeklettert, der ein ganz anderes Geschenk als einen Blumenstrauß hinterlassen hatte.

Auf der linken Schulter, direkt neben dem leicht geneigten Kopf des Gänseliesels, befand sich noch ein weiterer Kopf: der abgetrennte Kopf einer Frau. Er war so befestigt, daß es aussah, als habe die Märchengestalt der Brüder Grimm plötzlich zwei Köpfe.

Beklommen blickte Dorothea auf das grausige Bild, während sie langsam um den Brunnen herumging. Einige der Blumenranken und Rosetten an dem schmiedeeisernen Baldachin, der sich über dem Gänseliesel wie ein Gartenpavillon wölbte, waren verbogen.

„Muß ziemlich Kraft gehabt haben", murmelte Georg. „Es sieht aus, als habe er den Kopf förmlich abgerissen, da hängen noch Hautfetzen herunter."

„Der zweite grausige Mord in einer Nacht", antwortete Dorothea, während sie in die schreckgeweiteten Augen des abgetrennten Kopfes blickte. Viele Hautpartien waren abgeschürft und blutig, außerdem waren die Schneidezähne der Frau ausgeschlagen. Die Zahnlücke zwischen den zerfetzten Lippen gab ihr ein groteskes, dümmliches Grinsen. Sofort schalt sich Dorothea für diese Vorstellung.

Die Frau war blond gewesen und hatte einen Haarknoten getragen, der dem des Gänseliesels ähnlich sah. Damit endete aber auch schon die Ähnlichkeit mit der schlichten Schönheit des jungen Bauernmädchens. Der Schädel des Opfers war auf der linken Seite förmlich zertrümmert worden, so daß man die blutige weiße Gehirnmasse zwischen den verklebten Haaren sehen konnte.

Zu allem Überfluß schwirrten die kleinen Insekten mit den blauen Flügeln um die Köpfe, und eine ganze Anzahl Kakerlaken krabbelte über die Statue. Dann bewegte sich etwas im Mund des abgetrennten Kopfes. Mit zusammengekniffenen Augen sah Dorothea genauer hin, als eine riesengroße Küchenschabe in der Zahnlücke erschien und fast majestätisch langsam über die Wange lief, um durch die Augenhöhle wieder im Kopf zu verschwinden. Angewidert wandte sich die Hauptkommissarin ab.

„Der zweite Mord ...", wiederholte Georg ihre Worte. „Du meinst doch nicht etwa, es handelt sich um einen ...", Georg formte das gefährliche Wort ‚Serienkiller' nur mit den Lippen. „Doch nicht in Göttingen. Hier gibt es nur Studenten und Professoren."

„Die sind auch nur Menschen", murmelte seine Chefin.

Sie spähte gerade vorsichtig über den Brunnenrand ins trübe Wasser. Schemenhaft konnte sie dort einzelne Teile der Leiche erkennen, manche schwammen auf der Wasseroberfläche, andere hingegen waren auf den Grund gesunken. Eine Hand ragte wie die hilfesuchende Hand eines Ertrinkenden aus dem Wasser. Ruckartig richtete sich Dorothea wieder auf.

„Wieso wurde das so spät gemeldet, hier muß doch schon vor 6 Uhr was los gewesen sein, Lieferwagen zum Beispiel für die Bäckerei gegenüber."

„Es lag wohl ein Tuch über dem Kopf ... den Köpfen", antwortete Georg unsicher. „Deshalb wurde es so spät bemerkt. Ein paar Autonome, die heute morgen ihr Lager am Brunnen aufschlagen wollten, haben die Leichenteile im Wasser gesehen. Sie sind dann neugierig geworden und haben das Tuch heruntergezogen. Sie waren total aus dem Häuschen. Erst vor Schreck wegen der Leiche, und dann, weil ihnen jemand gesagt hatte, sie hätten besser alles so lassen sollen, wie es war. Du weißt schon: ‚von der Gesellschaft und der Bullerei lassen wir uns nicht maßregeln'. Die übliche Leier eben. Als Täter scheiden sie natürlich aus", fügte er überflüssigerweise hinzu.

Dorothea beugte sich hinunter zu den Stufen, wo irgend etwas zwischen den Fugen rötlichgelb glitzerte, und sie streckte ihren Zeigefinger danach aus.

„Es sieht aus wie Sand!"

Gerade als die beiden vielsagende Blicke tauschten, erscholl ein markerschütternder Schrei aus der schon eben nicht besonders leisen Menge der Umstehenden. Nahe der Rathaustreppe herrschte plötzlich Aufruhr in den Reihen der Gaffenden. Ein Mann kämpfte sich mit Gewalt vorwärts zum Gänseliesebrunnen. Er drängelte und schubste jeden erbarmungslos aus seinem Weg, bis eine Frau mit einem schreiend buntem Kopftuch sogar auf das Pflaster fiel. Der Mann stolperte über sie hinweg und überwand sehr zum Ärger von Georg mühelos die Absperrung der verdutzten Polizisten. Dann stieß er einen Beamten zu Seite und rannte, immer noch etwas Unverständliches kreischend, auf den Gänseliesebrunnen zu. Schließlich gelang es Georg, sich ihm in den Weg zu stellen und ihn an den Armen zu packen. Schreckensbleich sah der Mann zu dem grotesk entstellten Gänseliesel hinauf.

„Renate!" schrie er und kämpfte verbissen darum, sich aus Georgs Griff herauszuwinden. „Das ist meine Frau, Renate!" schluchzte der Mann auf.

Vor Entsetzen ließ Georg den Mann unbewußt los. Dieser sprang auf den Brunnenrand und versuchte verzweifelt, zum Gänseliesel hinüberzuklettern. Dabei rutschte er auf den glitschig nassen Steinen aus und fiel rückwärts in den

Brunnen. Eine große Woge blutig schmutzigen Wassers, in der Fleischfetzen und Knochenstückchen schwammen, schwappte auf den Rathausplatz über, während der Mann hilflos mit den Armen um sich schlug.

Das eklige schmutzigbraune Wasser spritzte auf alle, die zu nahe dabeistanden. Es bildete sich eine Pfütze, die, besser als es die Polizisten vermocht hatten, die Menge zurücktrieb. Die weiße Winterjacke eines Schaulustigen wurde beim Sturz des Mannes von einem Sprühregen blutigen Wassers rosa besprenkelt. Der Mann stöhnte angeekelt auf und riß sich die Jacke herunter. Ein Stück Fleisch, an dem noch zwei Zehen hingen, platschte in hohem Bogen in einen Kinderwagen. Die kreischende Mutter riß ihr Baby aus dem Wagen und wandte sich zur Flucht. Die Zuschauer in den ersten Reihen begannen, in Panik zurückzuweichen und drängten gegen die Leute hinter ihnen. Manche schlugen auf ihre Nachbarn ein, während andere versuchten, sich einfach nur in Sicherheit zu bringen. Das Chaos brach los. Jeder versuchte, so schnell wie möglich von dem Platz, an dem er gerade stand, wegzukommen. Alles rannte durcheinander, schubste und schob.

Ein älterer Mann mit Glatze rutschte auf den glitschigen Stufen vor dem Brunnen aus und schlug mit dem Gesicht vorweg auf das Pflaster. Sekunden später rappelte er sich wieder hoch. Er hatte eine große Platzwunde an der Stirn, aus der Blut über sein Gesicht und seinen teuren Cashmere-Mantel floß. Seine Brille hing verbogen über der Nase, und die Brillengläser waren herausgefallen. Offenbar war er extrem kurzsichtig, denn er stolperte mit zurückgelegtem Kopf und vorgestreckten Händen tiefer in die panisch rennende Menschenmenge hinein.

Schräg vor Georg, der wie schockiert auf die verrückt gewordenen Normalbürger starrte, waren zwei Männer in Streit geraten und hatten angefangen, sich zu prügeln. Sie bildeten ein seltsames Paar. Georg schätzte den einen auf Mitte fünfzig, Beruf Stadtverwaltung. In dem anderen erkannte er einen bekannten Schlägertyp aus dem Rotlichtmilieu. Der Verwaltungsbeamte hatte natürlich keine Chance. Aus seiner aufgeplatzten Lippe floß bereits Blut über sein Kinn, was ihm das Aussehen eines Vampirs gab. Bevor Georg überhaupt eingreifen konnte, hatten sich die beiden Streithähne jedoch schon von ihm entfernt und waren in der Menge nicht mehr auszumachen.

Von der anderen Seite des Rathausplatzes her hörte man ein dumpfes Knallen, dann zerbarst eine der großen Fensterscheiben eines großen Bekleidungsgeschäftes. Scherben flogen umher, innerhalb weniger Sekunden lag ein gutes Dutzend blutüberströmter Menschen auf dem Boden und schrie um Hilfe. Der Schock über die umherfliegenden Glassplitter und die Schreie der Verletzten schien wirksamer zu sein als alle Maßnahmen der Polizei, stellte Georg verärgert fest, denn der Rathausplatz leerte sich mit beängstigender Schnelle.

Fassungslos blickte Dorothea in den Tumult, dann begann sie, Anweisungen zu brüllen, aber es war schon zu spät. Die Menschenmenge hatte sich zerstreut, und der Rathausplatz war bis auf die Verletzten und den umgestürzten Kinderwagen leer. Während sie zusammen mit Georg dem wimmernden Mann aus dem eiskalten Wasser half und sich vergeblich bemühte, ihn zu beruhigen, hörte sie in der Ferne schon die Sirenen des Krankenwagens. Hauptkommissarin Dorothea Faßbinder lehnte sich resigniert an einen Laternenpfahl:

„Das geht eindeutig zu weit! Was für eine grandiose Scheiße. Ich glaub' einfach nicht, daß so etwas passieren konnte."

3

Things, I see as much as you love me, you things are
heavenly when you come worship me.
You things are chilled with fright for I am out tonight.
You tell me where to bite, you whet my appetite.
ALICE COOPER, SICK THINGS

Es war eine sternenklare Nacht. Die letzte, bevor sich die Ewigkeit herabsenken würde wie ein Leichentuch. Der Vollmond schenkte ein kaltes Licht, das silbrig-weiß auf dem Wasser glitzerte. Dieses Wasser war nicht sehr tief, und die Wellen gluckerten leise um einige wenige Steine, die im Flußbett lagen. Wasser brachte Leben, jedoch auch Zerstörung und Tod. Die Gottheit erhob ihren Kopf, das Wissen um die doppelte Bedeutung, den zweifachen Sinn aller Dinge erfüllte sie und war Triebfeder ihres Handelns und Denkens. Der Widersacher, den sie bekämpfte, herrschte über das Wasser. Er brachte Leben und Gedeihen, aber sie selbst, sie beherrschte den Sand. Sie blickte hinauf zu den Sternen und wußte um das Schicksal der Welt.

Sie suchte ihre Gabe, ihr Geschenk, mit dem sie dem großen Gott und seiner Schöpfung das Ende bereiten sollte. Dieses Ende, das Einswerden war nahe. Zufrieden senkte die Gottheit ihren Kopf wieder herab und glitt lautlos durch die Schatten. Sie konnte es spüren, das Opfer, dessen Tod ihr den Sieg und dem Leben das Verderben brachte.

Albert Schröder hatte im Leben wirklich nur Pech gehabt. Es war einfach das Schicksal, die vielen Ungerechtigkeiten des Lebens, sagte er sich immer wieder, die ihn auf diese Parkbank gegenüber dem Göttinger Gerichts- und Gefängnisgebäude gebracht hatte. Es war ein schlechter Tag gewesen, nur wenige Leute hatten etwas Geld in seine alte Pappschachtel geworfen. Nicht mal die Studenten waren bereit gewesen, ihm etwas von ihrem, wie er fand, überreichlich bemessenen Bafög abzugeben. Von einem Mann in einem teuren Anzug hatte er zwei ganze Cent bekommen. Die hatte er dem Kerl erst nachwerfen wollen, sich dann aber aus purem Geiz doch eines Besseren besonnen und es bei einer Beschimpfung belassen. Dann war zu allem Überfluß auch noch die Polizei aufgetaucht und hatte ihn von seinem Lieblingsplatz bei C&A vertrieben. Danach hatte Albert die Nase voll gehabt und war zu Plus gegangen, um seinen Biervorrat aufzufrischen.

An der Kasse hatte dann vor ihm eine junge Mutter mit einem häßlichen schreienden Kind gestanden, die bei seinem Anblick ein Stück abrückte und ihr Kind dichter zu sich heranzog. Albert hatte genau gesehen, wie sie angewidert den Kopf geschüttelt hatte. Dies hatte ihn wiederum so in Rage gebracht, daß er angefangen hatte, allen Anwesenden lautstark die Meinung zu sagen, was immerhin bewirkt hatte, daß man ihn an der Kasse vorließ. Vielleicht lag es aber auch daran, daß die Flöhe und Wanzen ihn in letzter Zeit ganz besonders heftig attackiert hatten, und der Juckreiz ihn zwang, sich fast ständig irgendwo zu kratzen. Seitdem war er laut über Gott, die Ungerechtigkeit der Welt und die Wirtschaftslage schwadronierend durch die Innenstadt gezogen, bis er, es war schon relativ spät, betrunken auf der Parkbank eingeschlafen war.

Die Gottheit konnte es spüren, ihr Opfer, das dort in der Dunkelheit auf sie wartete. Rasch glitt sie vorwärts. Dort lag der, der ihren Sieg voranbringen würde. Sie wußte, durch seinen Tod würde der Neuanfang weiter behindert werden. Während sie sich näherte, hörte sie in ihrem Kopf das Flüstern desjenigen, der sie geholt hatte. Ja, das Opfergefilde, die große Wasserfläche war nahe.

War da nicht irgendein Geräusch gewesen? Vorsichtig öffnete Albert die Augen, dann richtete er sich ruckartig auf. Na klar, ein Schlurfen, Röcheln und leises Flüstern. Das konnten eigentlich nur der blöde Säufer Robert und Madenjockel sein. Vielleicht hatten die ja noch etwas Wein mitgebracht, dachte er hoffnungsfroh. Das würde wenigstens gegen die verdammte Kälte helfen. Benommen blickte Albert sich um, doch im matten Schein der einzigen Straßenlaterne konnte er nicht viel erkennen.

„Diese verdammte Stadtverwaltung spart nicht nur an meiner Stütze, sondern auch noch an den Glühbirnen. Sind doch höchstens zehn Watt! Wenn überhaupt!" nörgelte er lautstark, denn in der Dunkelheit konnte er weder seine Freunde noch irgend jemand anderen entdecken.

Er versuchte noch, mit der Enttäuschung fertig zu werden, daß er offenbar an diesem Abend keinen Wein mehr würde schnorren können, als er wieder etwas hörte, diesmal hinter sich. Wenn mal bloß keiner versuchte, seine Habseligkeiten zu klauen. Das würde er nicht zulassen! Er rutschte von der Bank und kam unsicher schwankend zum Stehen. Die alten Zeitungen, auf denen er gelegen hatte, flatterten und wurden dann vom Wind weggetragen. Niemand war zu sehen, aber da waren immer noch diese Geräusche, als ob etwas über den Boden gezogen würde. Und dazu kamen diese gruseligen Laute, wie Worte, die von weither herbeigetragen wurden. Sie schienen in der Luft zu schweben und verdichteten sich leise raunend immer mehr, so daß sie von allen Seiten auf Albert eindrangen.

„Was soll das, ihr Arschlöcher!" rief Albert heiser vor Angst in die Dunkelheit hinein. „Laßt mich bloß in Ruhe!"

Panikartig raffte er seine Sachen zusammen. Dabei fiel eine halbleere Schnapsflasche aus seiner Plustüte, zerbarst mit einem lauten Krachen in tausend Scherben, und der kostbare Inhalt versickerte auf Nimmerwiedersehen zwischen den Steinen. Albert fluchte und packte seine paar Tüten etwas fester. Da hörte das beängstigende Schleifgeräusch auf, ganz abrupt, so daß sich Albert, der sich schon zur Flucht gewandt hatte, überrascht umdrehte.

Sie hatte ihre Opfergabe gefunden. Dieser Mensch, aus den Tränen des Schöpfergottes entstanden, würde nun zu ihm zurückkehren. Die Gottheit konnte ihn spüren, auch seine Angst und seinen Zweifel, sie konnte seinen Unglauben, sein Menschsein fast riechen, und es ekelte sie davor.

Da war ein dunkler Schatten, eine hochgewachsene Gestalt zeichnete sich bedrohlich vor dem Schein der Straßenlaterne ab. In einem unerwarteten Anfall geistiger Klarheit ließ Albert seine Plastiktüten fallen und wandte sich zur Flucht. Wenn er es nur bis zur Kneipe auf der anderen Seite des Platzes schaffen könnte, dann war er gerettet. Da sah er sie schon, doch alle Fenster waren dunkel. Nur die Reklametafel mit der Bierwerbung gab ein mattes Flackern von sich. Von hier war eindeutig keine Hilfe zu erwarten.

Albert stolperte über den flachen Randstein des Brunnens auf der Platzmitte und schlug lang hin. Er spürte, wie Blut an seinem rechten Knie hinunterrann. Vor Angst und Schmerzen aufheulend, kam er wieder auf die Beine und humpelte weiter. Gehetzt blickte er sich um und sah, daß ihm die schwarze Gestalt langsam und siegesgewiß folgte. Sie schien sich nicht beeilen zu müssen, dachte er schaudernd. In dem schwarzen Schatten konnte Albert die gelben Augen seines Verfolgers leuchten sehen, die ihn mit starrem Blick festzunageln versuchten. So nüchtern, wie schon seit Jahren nicht mehr, stolperte Albert wimmernd vor Angst weiter über den Platz.

McDonald's, genau, das war nur um die Ecke, da mußte doch noch jemand sein! Er holte die letzten Kraftreserven aus seinen lahmen, von Alkohol und Arthrose geschwächten Beinen, doch nach wenigen Schritten war sein Schicksal besiegelt. Er spürte einen heftigen Schlag im Rücken, der ihn zu Fall brachte. Mit eisernem Griff packte der Angreifer seinen linken Fußknöchel und zog Albert heftig zu sich heran. Dieser versuchte, sich irgendwo festzuhalten, doch seine Finger fanden auf dem glatten Pflaster keinen Halt, während er mit atemberaubender Geschwindigkeit weitergezerrt wurde. Einmal gelang es ihm fast, sich auf den Händen aufzustützen und sich aufzurichten, doch ein ungeduldiger Ruck an seinem Bein ließ ihn flach aufs Gesicht stürzen, wo er dann einfach liegenblieb. Er begann aus einer Wunde an der Augenbraue und aus der Nase zu bluten, das Blut bildete schon eine kleine Lache direkt vor seinem Gesicht. Das matte Licht der Straßenlaterne schimmerte darin.

Benommen tastete Albert gerade mit der Zunge nach seinen letzten Zähnen, als sein Kopf ein zweites Mal auf den Boden geschlagen wurde und ein höllischer Schmerz ihm klarmachte, daß er sich nicht umsonst Sorgen um seine verbliebenen Zähne gemacht hatte. Seine wenigen Vorderzähne waren ausgeschlagen oder hatten sich tief in seinen Kiefer gebohrt. Röchelnd spuckte er Blut, vermischt mit Zahnsplittern, und fing an zu husten. Nicht einmal der Alkohol konnte die Schmerzen abdämmen, die wie ein Schlagbohrer in seinem Schädel und vor allem in seinem Oberkiefer hämmerten.

Gerade, als Albert sich fragte, warum der Kerl ihn nicht einfach umgebracht hatte, sondern sich die Mühe machte, ihn quer über den Waageplatz zu ziehen, hob sein Angreifer ihn an seinem linken Bein hoch, so daß sein Kopf knapp über dem Straßenpflaster baumelte. Albert wunderte sich noch über dessen ungeheure Kraft, als ihm plötzlich der Grund für dieses seltsame Verhalten klar wurde: Sein Tod, obwohl unausweichlich, würde noch eine ganze Zeit lang auf sich warten lassen. Sein Angreifer hatte mehr mit ihm vor, als ihn bloß umzubringen. Diese Erkenntnis, die Aussicht auf Folter und Schmerz, legte sich wie ein schwarzer Schleier über Alberts Geist. Wie aus weiter Ferne hörte Albert sich selbst keuchen und röcheln. Aus seinem schmerzenden Mund drangen nuschelnde Laute, mit denen er sinnlos um Gnade flehte.

Noch einmal regte sich eine unsinnige Hoffnung in ihm. Vielleicht kam ja rechtzeitig jemand vorbei, um sein Leben zu retten. Der Gedanke gab ihm neue Kraft, und er startete einen letzten Versuch, sich zu befreien. Da er immer noch kopfüber hing, hob er mit einer ungeahnten Kraftanstrengung seinen Oberkörper an und schlug wild nach dem Arm, der ihn festhielt. Er schaffte es sogar, das Handgelenk des anderen zu umfassen und heftig daran zu ziehen, doch sein Peiniger blieb davon völlig unbeeindruckt.

Während des ungleichen Kampfes trat der Mond hinter einer Wolke hervor, und Albert konnte einen kurzen Blick auf das Gesicht seines Angreifers werfen. Dunkelheit, Schmerz und Angst schienen ihm einen Streich zu spielen, denn es konnte wohl kaum sein, daß jemand so eine seltsame Haut hatte, fast schuppenartig und rötlich glänzend. Seine Augen waren gelb, blutunterlaufen, und irgend etwas stimmte mit dem Pupillen nicht, die sich im Mondlicht irgendwie veränderten.

Mit einer fast ungeduldigen Bewegung stieß der seltsame Angreifer plötzlich den Kopf seines Opfers auf das Straßenpflaster. Alberts Kiefer schlugen hart aufeinander. Seine letzten noch verbliebenen Zahnstümpfe bohrten sich knirschend in seine Zunge. Albert hörte sich selbst laut aufschluchzen, als sein Peiniger, ihn hinter sich herziehend, die kleine Brücke über dem Leinekanal erreichte.

„Was für ein Monster bist du eigentlich? Deine Verkleidung stammt wohl noch vom letzten Fasching!" keuchte Albert, in einem vergeblichen Versuch, höhnisch zu klingen, während der andere ihn ruckartig auf die Beine stellte und mit seinem ganzen Körpergewicht gegen das Brückengeländer drückte.

Albert schrie vor Schmerz laut auf, zum letzten Mal in seinem Leben, denn das Monster mit den gelben Augen griff an seine Kehle und drückte zu. Verzweifelt öffnete Albert seinen Mund, um nach Luft zu schnappen, da spürte er tastende Finger an seinem Gaumen und dann einen wahnsinnigen Schmerz, als ihm die Zunge herausgerissen wurde. Blut schoß aus seinem Mund und lief gleichzeitig seine Kehle hinab, er hustete und würgte. Nur undeutlich nahm er wahr, wie sein Körper über das Brückengeländer gehoben wurde. Dann fiel er scheinbar endlos in die Tiefe. Doch irgendwann klatschte sein Körper in das eiskalte Wasser. Auf wundersame Weise hatte sich das, was von seinem Geist noch übriggeblieben war, von seinem Körper getrennt, und er sah sich selbst im Wasser liegen.

Der Leinekanal führte um diese Jahreszeit nur wenig Wasser, vielleicht knietief, jedenfalls nicht genug, um Alberts Fall zu bremsen, und so brachen seine Beckenknochen und beide Schultergelenke, als er im Flußbett aufschlug. Gnädigerweise wurde er ohnmächtig, doch nur für kurze Zeit. Als das Monster ihn aus dem Wasser hob, erwachte er wieder und gab einige blubbernde Geräusche von sich. Die gelben Augen waren jetzt ganz nah. Albert blinzelte. Sein Mörder hob eine Hand, spreizte die Finger und kratzte damit quer über sein Gesicht. Er riß Alberts linkes Ohr ihn Fetzen, kratzte seine Augen aus den Höhlen und hinterließ drei Streifen klaffenden Fleisches über Nase, Lippen und Kinn.

Albert spürte nicht mehr, wie er auf einen alten Fahnenmast gespießt wurde, der aus dem mittelalterlichen Haus an der Brücke herausragte. Als das rostige Eisen Alberts Herz durchbohrte, hatte es schon aufgehört zu schlagen. Ein letzter Hieb der krallenbewehrten Klaue des Monsters zerriß seine Bauchdecke mit solcher Wucht, daß Teile seiner Eingeweide in das gurgelnde Wasser platschten.

Seit fast 25 Jahren war Meta Breslauer jetzt Putzfrau im Michaelishaus und räumte hinter den Professoren und Studenten auf. Das war ihrer Meinung nach auch bitter nötig, denn von Sauberkeit verstanden die alle nichts. Die meisten waren ja ganz nett, und vielleicht schrieben sie ja tatsächlich wichtige und nützliche Dinge auf ihren vielen summenden Computern. Meta hatte keine Ahnung, ob das wirklich der Fall war, jedenfalls hatte sie noch nie den Sinn der ganzen Beschäftigung verstanden. Meistens saßen die Studenten sowieso nur rum, tranken Kaffee und behaupteten, sie hätten kein Geld. Sollten sie doch einfach mal richtig arbeiten gehen, denn mit ordentlicher Arbeit, und da war sich Meta Breslauer hundertprozentig sicher, hatten weder die Studenten noch die Professoren irgend etwas zu tun.

Und Aufräumen war garantiert nicht deren Stärke. Alle Räume, die Regale und Schreibtische waren zugemüllt, wie sie das auszudrücken beliebte. Außer Büchern und Computern gab es dort nämlich auch noch haufenweise Kaffeetassen, verschiedenartige Lebensmittel, einen Mikrowellenherd mitten zwischen den Büchern und jede Menge persönlichen Krimskrams, wie Plastikfiguren aus Überraschungseiern und Stofftiere.

Neulich war es ihr mal wieder zu viel geworden, und sie hatte den total zugeräumten Tisch des verrückten Studenten bei den Leuten im ersten Stock, der Altorientalistik, was immer das sein mochte, saubergemacht. Dieser Student war trotz des schon leicht gebeugten Rückens riesenlang, trug eine Nickelbrille mit Goldrand und war so grau in grau verstaubt angezogen wie die Bücher auf seinem Schreibtisch. Er war der einzige, der morgens sogar noch vor ihr im Haus war. Wahrscheinlich übernachtete er da, jedenfalls sahen er und sein Schreibtisch so aus.

Zwischen Stapeln unglaublich alter und häßlicher Bücher hatten steinhart gewordene Brötchen, zerknülltes Schokoladenpapier und leere Milchtüten gelegen, in einer halbverschimmelten Kaffeetasse hatte eine Zahnbürste gesteckt. Sie hatte gründlich geputzt, die Essensreste weggeworfen und die Bücher und zerknitterten Papierblätter ordentlich aufgeschichtet. Hinterher hatte es allerdings ziemlich viel Ärger gegeben, denn der unverschämte Kerl hatte gleich seinen Professor, vor dem Meta ziemlich viel Respekt hatte, vorgeschickt, um ihr zu sagen, es sei besser, die Schreibtische so zu lassen, wie sie sind, und nur darunter sauberzumachen. Die Putzfrau hatte zu diesem unverschämten Ansinnen nur verständnislos nicken können. Seitdem strafte Meta beide mit Nichtachtung und hatte auch fast gar nicht mehr geputzt. Sollten sie doch sehen, was sie davon hatten!

„Wahrscheinlich sind die froh, wenn sie in ihrem Dreck vor sich hingammeln können", brummte sie in den hochgeschlagenen Kragen ihrer Jacke.

Es war über Nacht empfindlich kalt geworden. Der Winter näherte sich mit schnellen Schritten, soviel stand fest. Meta Breslauer zog sorgfältig ihren Schal fester, überquerte dann nach einen kurzem Seitenblick die Straße, um über den Waageplatz, auf dem Kleidungsstücke, zerbrochene Flaschen und Krimskrams verstreut lagen, zu eilen. Einige Zeitungsblätter hatten sich in einer Parkbank verfangen und flatterten im Wind.

„Hier sieht es ja aus wie bei Hempels unterm Sofa", nörgelte sie, wobei sie fast über einen abgetragenen Wollschal gestolpert wäre. Angesichts von soviel Unordnung konnte Meta nur den Kopf schütteln.

Kurz vor der kleinen Holzbrücke blieb sie neugierig stehen. Dort waren dunkle Flecken auf dem Boden und zwei kleine weiße Gegenstände lagen auf dem Asphalt direkt daneben. Sie beugte sich schnaufend etwas herunter, um die beiden Teile besser erkennen zu können. Ziemlich hastig richtete sie sich wieder auf und machte gleichzeitig einen Schritt rückwärts.

„Das sind ja Zähne", quiekte sie angeekelt, als sie plötzlich aus den Augenwinkeln eine Bewegung bemerkte.

Sie wandte sich um und blickte hinüber zu dem alten Haus auf der anderen Seite des Kanals. Da hing, im Licht der Morgendämmerung gut zu erkennen, ein Toter an der Wand. Sein Gesicht und der ganze Körper waren ganz blutverschmiert. Die Bewegung, die sie wahrgenommen hatte, stammte von den aus dem Körper des Toten heraushängenden Eingeweiden, die im Wind schaukelten.

Erst Sekunden später, als das Echo ihres Schreies von den Wänden widerhallte, wurde Meta bewußt, daß sie selbst es war, die diesen nervenzerreißenden Krach veranstaltete. Demonstrativ klappte sie ihren Mund wieder zu, und mit einer Mischung aus Faszination und Grauen betrat sie, vorsichtig einen Fuß vor den anderen setzend, die Holzbrücke, die über den Leinekanal führte. Auf der gegenüberliegenden Seite, an dem Haus aus grob behauenen Steinen, ragte eine Eisenstange aus dem alten Gemäuer, und an dieser Stange hing der Tote.

Eigentlich wollte sie nur weg, sich umdrehen und wegrennen, um dieses grauenerregende Bild nicht mehr sehen zu müssen, aber als ob sie von irgendeiner bösen Macht getrieben wurde, zog es Meta Breslauer unwiderstehlich vorwärts. Wie in einem Traum, oder wohl eher einem Alptraum, so wurde ihr verschwommen klar, ging sie immer näher an das Brückengeländer heran und blickte dabei unverwandt auf den Toten. Erst ein kalter Windstoß weckte sie aus ihrer Trance, und sie erwischte sich dabei, wie sie, weit vornüber gebeugt, fast über dem Geländer hängend, auf die bis ins Wasser hängenden, von kleinen Wellen umspielten Eingeweide des Toten starrte. Mit einem Ruck schreckte sie hoch und schüttelte den Kopf, um wieder einen klaren Gedanken fassen zu können. Dabei fiel ihr Blick auf ihre Hände, die immer noch krampfhaft den Handlauf am Brückengeländer umklammert hielten, so daß ihre Knöchel weiß hervortraten. Dicht neben ihrer linken Hand lag deutlich erkennbar eine Zunge. Mit einem Male kam es ihr zu Bewußtsein, daß sie sie auch hätte berühren können, als sie sich auf den Handlauf stützte. Das war selbst für Meta zuviel, und Hals über Kopf rannte sie in Richtung Michaelishaus. Sie bog in die Mauerstraße ein und hetzte über einen Trampelpfad an den Rückgebäuden des Michaelishauses vorbei auf den Hof. Von dort führte eine kleine Treppe in den Keller, in dem auch die Hausmeister ihre Werkstatt hatten.

„Oh mein Gott, bitte laß irgendwen schon im Haus sein", keuchte sie, als sie die wenigen Stufen der kleinen Treppe hinunterstolperte, um mit beiden Fäusten an die Tür zu hämmern.

„Was soll denn der Krach! Ist da irgendwer nicht ganz dicht im Kopf?" hörte Meta den Hausmeister Baring schimpfen. Sie konnte ihn eigentlich nicht leiden, war aber noch nie so froh gewesen, seine ewig nörgelnde Stimme zu hören.

„Die Polizei, schnell, wir müssen die Polizei rufen", rief sie aufgeregt, als er die Tür öffnete.

Hausmeister Baring starrte sie nur verständnislos an, und so drängelte sich Meta resolut an ihm vorbei in die Werkstatt. Mit schnellen Schritten lief sie zu einem kleinen Tischchen, auf dem, halb unter alten Zeitungen und Werkzeug begraben, ein altmodisches Telefon stand. Sie wählte die 110 und fing sofort an, von ihrem grausigen Fund zu erzählen. Je mehr sie erzählte, desto größer wurden die Augen des Hausmeisters, so daß sie begann, genüßlich, und mehr für seine Ohren denn die des Polizisten bestimmt, kleinere grausige Details zu berichten. Als sie geendet hatte, und der Beamte am anderen Ende dreimal nach ihren Namen und Telefonnummer gefragt hatte, legte sie erschöpft auf. Schwer atmend ließ sie sich auf einen Stuhl fallen.

„Ich denke, ich sollte jetzt anfangen zu putzen. Was meinen Sie?" sagte sie betont beiläufig zu dem glotzenden Hausmeister, machte aber keine Anstalten, sich von ihrem Stuhl zu erheben.

Maria war wie immer zu spät aufgestanden. Jetzt war es schon nach halb neun, und die erste Übung würde Viertel nach neun losgehen! Gereizt stellte sie fest, daß sie sich ganz schön beeilen mußte, wollte sie nicht zu spät kommen und eine bissige Bemerkung ihres Doktorvaters riskieren. Sie nahm ihren Teebecher, auf dem der kleine blaue Elefant aus der Sendung mit der Maus abgebildet war, in die eine Hand, nippte an dem noch zu heißen Tee, und versuchte, mit der anderen ihre Unterlagen vom Schreibtisch zu klauben. Sie schob die Kopien mit dem Text des *Verwunschenen Prinzen* zusammen und wühlte dann ihre dazugehörige Übersetzung unter einem Stapel Bücher und Hefte hervor.

„Ach herrjemine, die Karnaktempel-Übung haben wir ja heute auch noch", sagte sie zu Brad Pitt, der von einem großen Poster herab auf ihren Schreibtisch blickte.

Eigentlich wäre es schön, zu Hause zu bleiben und den Film ‚Twelve Monkeys' in den Videorecorder zu schieben, überlegte sie und begann träumerisch vor sich hinzublicken. Dann gab sie sich einen Ruck.

„Na das fehlte gerade noch", sprach sie laut vor sich hin. „Wenn man der Versuchung einmal nachgibt, dann ist es passiert."

Maria wußte aus eigener schmerzlicher Erfahrung, daß es ziemlich leicht ist, sich treiben zu lassen, morgens lange auszuschlafen, dann Fernsehen, Einkaufen, Kino. Eine ganze Zeit lang hatte ihr Leben nur so ausgesehen. Sie hatte mehr als zwei Semester dadurch verloren, und hätte beinahe gar nicht weitergemacht.

Zu jener Zeit war sie manchmal sogar ins Seminar gegangen, aber meistens nur, um mit anderen Studenten am Kaffeetisch zu sitzen, zu reden und darüber zu schwadronieren, wie schlecht die Chancen für Ägyptologen standen, jemals irgendeine Stelle zu bekommen. Da lohnte es sich gar nicht, überhaupt etwas zu tun. Alle waren sie sich damals in dem Wissen, alles schon hinter sich zu haben, großartig und überlegen vorgekommen. Diese hochtrabende Stimmung wechselte dann unversehens mit entsetzlichem Frust, und aus diesem Null-Bock-Gefühl heraus hatten viele ihrer Kommilitonen gänzlich aufgehört oder das Fach gewechselt, wo nach kurzer Zeit der ganze Irrsinn wieder von vorne losgegangen war.

Dazu beigetragen hatte die allzu große und immer vorhandene Bereitschaft, sich ablenken zu lassen. Denn alles schien interessanter, als das, was gerade getan oder gelernt werden mußte. Natürlich gab es da die in Göttingen allgegenwärtigen Kneipen, aber diese bildeten nur eine Seite der studentischen Fallgruben, in die man geraten konnte. Für den einen waren es die endlosen Besuche im Fitnesscenter, die Arnold Schwarzenegger zur Ehre gereicht hätten, für den anderen konnten die anstehenden Probleme der Welt nur durch das Erarbeiten extremer philosophischer Abhandlungen gelöst werden.

Was auch immer – Hauptsache war, daß man sich den wichtigen, aber leider viel zu banalen Dingen, wie zum Beispiel dem Vokabellernen, entziehen konnte. Für Maria war es wieder mal ein Film gewesen, der sie so verhängnisvoll abgelenkt hatte: ‚Braveheart'. Die Geschichte um den schottischen Freiheitshelden hatte sie so fasziniert, daß sie sich nicht nur jeden verfügbaren Film mit Mel Gibson angesehen hatte, sondern binnen kurzem zu einer Expertin in schottischer Geschichte geworden war. Als sie eines Tages sogar ernsthaft mit dem Gedanken gespielt hatte, auf Anglistik umzuwechseln, war ihr plötzlich der Wahnsinn dieses Teufelskreises aufgegangen. Was wäre wohl das nächste Steckenpferd gewesen? Slawistik, Turkologie oder gar Physik, bloß weil Mel Gibson vielleicht in einem Science-Fiction-Film mitgemacht hätte? An diesem Tag hatte sie alle ihre Videos in eine Ecke gepackt und angefangen zu lernen, um den verlorenen Stoff aufzuholen. Sie hatte sich außerdem geschworen, sich nie wieder vom Frustgerede der anderen oder irgendeinem Film dermaßen von ihrem Ziel abbringen zu lassen. Bis auf zwei kleine Rückfälle hatte sie es dann auch geschafft, die Ägyptologie und Brad Pitt, der Mel Gibson abgelöst hatte, in Einklang zu bringen.

Da waren ja endlich die Paper von der Karnaktempel-Übung! Oben auf lag gleich das schlechteste Paper vom schlechtesten Referat des Semesters. Maria verzog den Mund zu einem gequälten Grinsen. Das Referat war von Martina

Meyer gehalten worden, die niemand leiden konnte, weil sie immer weinerlich herumjammerte und offensichtlich hoffte, mit der Mitleidstour irgendwie weiterzukommen. Aber dieses Referat war so schlecht gewesen, daß sie nicht mal ein vorgetäuschter Heulkrampf vor dem vernichtenden Urteil von Dr. Edelmann gerettet hatte.

Um ihre Teetasse schnell loszuwerden, stellte Maria sie in ein Bücherregal und legte dann die Karnaktempel-Unterlagen zu dem Hieroglyphentext vom *Verwunschenen Prinzen* und ihrer Übersetzung, schob alles in einen Rucksack und hastete endlich in Richtung Tür. Sie war gerade dabei, ihren Mantel überzuziehen, als das Telefon klingelte.

„Wer ist denn das so früh?" fragte sie wieder in Richtung Brad Pitt und nahm den Hörer ab.

„Hallo du, guten Morgen du, hier ist Martina. Hey du, es tut mir leid, daß ich dich störe, aber hast du die Übersetzung gemacht? Hey, du weißt schon, der Verwünschte Prinz..."

Das war bestimmt der älteste und dämlichste Witz über den Titel des Textes, aber Maria war sich nicht mal sicher, ob ihre Kommilitonin überhaupt den Unterschied bemerkt hatte.

„Ja, ich habe die Übersetzung gemacht. Und ich bin gerade auf dem Weg ins Seminar", antwortete Maria so höflich wie möglich, obwohl sie sicher war, daß sie beim nächsten ‚hey du' ausflippen würde.

„Ja du, kann ich vielleicht die Übersetzung kopieren, weißt du, wenn nicht, dann komme ich lieber erst gar nicht", stotterte Martina.

Maria hörte nur halb zu, denn sie entdeckte gerade ihren Stiftekasten auf dem Schreibtisch. Sie warf ihn in ihren Rucksack und murmelte nur ein hastiges: „Ja, sicher kannst du sie kopieren, wenn du meine Schrift lesen kannst." Dabei wünschte sie sich, daß sie noch unleserlicher als sonst geschrieben hätte, denn bis jetzt hatte Martina leider regelmäßig ihre Übersetzungen abgeschrieben.

„Hast du wieder so schlecht geschrieben", nörgelte Martina und kam sich wohl ungemein witzig vor. „Eine Sechs in Schönschrift, wie immer!"

„Bis dann." Maria legte auf und sagte zu Brad Pitt. „Sie ist nicht nur faul und unverschämt, sondern auch noch dumm, tolle Mischung!" Dann machte sie, daß sie aus der Wohnung kam. Mittlerweile war die Zeit so knapp geworden, daß sie zum Michaelishaus rennen mußte.

„Eine Putzfrau hat ihn gefunden, auf dem Weg zur Arbeit." Georg Roeder setzte sich ans Steuer, während seine Chefin auf dem Beifahrersitz Platz nahm.

„Er hängt an einem Haus über dem Leinekanal. Die Kollegen sind schon vor

Ort. Die übliche Menschenmenge hat sich auch schon versammelt, aber diesmal wurde auf den gebührenden Abstand geachtet."

Georg erinnerte sich mit Schaudern an die schreckliche Szene auf dem Marktplatz, als der Ehemann der Ermordeten in den Gänseliesebrunnen gefallen war. Der Mann lag immer noch im Krankenhaus und war nicht ansprechbar. Die Ärzte meinten, vielleicht für immer. Georg sprach so vor sich hin, während er versuchte, sich durch den morgendlichen Göttinger Autoverkehr zu schlängeln.

„Die Busfahrer fahren auch immer auf Teufel komm raus", schimpfte er, als er sich unwillkürlich beim Auftauchen eines der riesigen Ungetüme duckte. Doch Dorothea Faßbinder antwortete nicht. Sie blickte geistesabwesend durch die Scheibe und schien ihre Umwelt nicht im geringsten wahrzunehmen.

„Hallo, Kirk an Enterprise, hören Sie mich?" Georg fuchtelte mit einer Hand vor dem Gesicht seiner Chefin herum. Endlich drehte sie sich zu ihm um.

„Hast du was gesagt? Ich habe gar nicht zugehört, war mit den Gedanken ganz woanders. Tut mir leid. Mir machen diese Morde Angst, richtiggehend Angst. Ich hätte nie gedacht, daß mir das mal passieren würde, geschweige denn, daß ich es laut aussprechen würde."

Georg nickte. Tatsächlich ging irgend etwas über alle Maßen Bedrohliches von dieser Mordserie aus. Es schien fast übernatürlich zu sein.

„Du hast recht, mir geht es auch so", gab Georg zu. „Zuerst habe ich es für Einbildung gehalten. Vielleicht bin ich immer stillschweigend davon ausgegangen, in Göttingen würde so etwas nicht passieren. Die Morde sind so dermaßen brutal und unmenschlich, daß es unglaublich ist. Solche Dinge gibt es eigentlich nur in gräßlichen Fernsehserien. Aber nun sind sie Realität geworden."

„Bei der Untersuchung sind ja auch seltsame Dinge zutage getreten." Dorothea blätterte in einem Stoß Papiere.

„An allen Tatorten ist rötlichgelber Sand gefunden worden, der laut Bericht aus Nordafrika stammt. Der Stoff, mit dem das Gänseliesel und der zweite Kopf abgedeckt waren, ist ‚wohl ziemlich alt'. Was für eine Formulierung, sehr informativ! Der Kopf der Frau war mit einem Stück ihres eigenen Darmes am Gänseliesel festgebunden …"

Georg verzog das Gesicht. „Oh mein Gott, weiß das die Presse? Das Tageblatt nennt ihn schon den ‚Göttinger Schlachter'."

Er brachte das Auto am Waageplatz zum Stehen und bemerkte befriedigt, daß es diesmal der Polizei gelungen war, einen weiten Absperrungsring zu errichten. Auf dem Platz war die Spurensicherung schon tätig gewesen und hatte die Habseligkeiten des Opfers eingesammelt. Zwischen den aufgerissenen Plastiktüten und alten Kleidungsstücken schimmerten Körner des rötlichgelben Sandes, den die Polizei auch bei den anderen Tatorten gefunden hatte. Dorothea und Georg überquerten den Platz und gingen an dem mit weißen Strichen umrandeten Blutfleck mit den Zähnen vorbei. Sie kamen gerade noch rechtzeitig, um zu sehen, wie der Leichnam des Mannes geborgen wurde. Auch die Zunge war schon fotografiert und dann vom Geländer entfernt worden.

Die beiden warfen einen kurzen Blick auf den Leichnam, bevor er abtransportiert wurde, sprachen hastig mit einigen Kollegen und gingen dann zu ihrem Auto zurück. Die anderen Beamten waren ebenso ratlos wie sie, denn es gab zwar Spuren zuhauf, doch sie gaben nicht einmal Aufschluß über ein Motiv, geschweige denn einen Hinweis auf den Täter. Auch der eingeschaltete Psychologe hatte nicht viel herausfinden können.

„Der Tote ist von einer Putzfrau entdeckt worden, die hier in der Nähe in einem Unigebäude saubermacht", berichtete einer der Streifenbeamten.

„Wo ist sie?" fragte Dorothea

„Sie arbeitet im …", der Beamte blickte auf seinen Zettel, „Michaelishaus. Dort drüben."

„Wissen Sie, was für ein Bereich der Uni das ist, nicht zufällig eine Zweigstelle der Psychiatrie?" versuchte Georg zu witzeln, doch der Beamte nahm ihn ziemlich ernst.

„Ich weiß nicht genau, irgendwie was mit Geschichte oder Arschologie. Kann ich nicht mal aussprechen, was die da machen. Alles ziemlich verstaubt."

„Ist ja auch nicht so wichtig", versuchte Dorothea den verunsicherten Mann zu beruhigen. Gleichzeitig hatte sie erhebliche Mühe, nicht über die seltsame Aussprache des Wortes Archäologie zu lachen.

„Vielen Dank auch."

Der Wind fegte mittlerweile eisig über den kleinen Platz, und es roch nach Schnee. Der Himmel war mit dunkelgrauen Wolken bedeckt, und Dorothea hatte so eine Ahnung, als würde es im Laufe des Tages nicht mehr viel heller werden. Beide Polizisten zogen vor dem Wind die Köpfe ein, während sie schweigend zurück zu ihrem Wagen liefen.

Hätten sie sich die Mühe gemacht, noch einmal in den Leinekanal zu blicken, wäre ihnen etwas viel Beunruhigenderes als das schlechte Wetter aufgefallen. Die ganze Ufermauer krabbelten nämlich große Schaben und andere Käfer auf und ab, denen das kalte Wetter nicht im geringsten etwas auszumachen schien.

Dorothea ging immer langsamer, denn sie war nachdenklich geworden. Eine Idee hatte sich in ihrem Kopf festgesetzt, doch sie konnte sie nicht richtig erfassen, noch nicht. In solchen Momenten hatte sie manchmal sogar Angst, sich zu bewegen, als könne der Gedanke bei einer hastigen Bewegung aus ihrem Kopf herausfallen. Am Auto angekommen, setzte sie sich seitwärts auf den Beifahrersitz, ließ ihre Beine heraushängen und starrte weiter ins Leere. Georg hätte sich Sorgen gemacht, wenn er nicht die Angewohnheiten seiner Chefin ganz genau gekannt hatte. Sie verfolgte eine Idee, und das beste war es, sie in diesem Zustand nicht anzusprechen. Schließlich wollte er ja nicht den Rest des Tages angenörgelt werden.

Mit einem vernehmlichen Seufzer richtete Dorothea sich auf und suchte im Handschuhfach nach einem Stadtplan. „Stift!" murmelte sie, und wie eine Krankenschwester im OP reichte Georg ihr gehorsam seinen Kugelschreiber. Dorothea begann, die drei Fundorte zu markieren.

„Ist es nicht seltsam, daß jemand direkt vor der Staatsanwaltschaft und dem Gefängnis einem Mord begeht?" fragte sie.

„Vielleicht wußte er es nicht. Jemand von außerhalb", mutmaßte Georg. „Oder es war ihm egal."

„Vielleicht ist es doch wichtig!" Dorothea hielt ihm den Stadtplan vor die Nase, auf dem sie mit Kreuzen und Kreisen die Tatorte markiert hatte.

„Alles im Umkreis vom Michaelishaus, sieh doch!"

Georg schüttelte des Kopf. „Es ist auch im Umkreis von der alten Universitätsbibliothek, drei verschiedenen Kirchen, sogar im Umkreis von Cron & Lanz! Daß die Putzfrau da arbeitet, beweist gar nichts."

„Die ist ein Zufall. Aber wirf noch mal einen Blick in die Berichte. Das Tuch vom Gänseliesel zum Beispiel: im Bericht steht, es sei sehr alt, wirklich alt. Und dann der Sand aus Nordafrika."

„Alter Krempel und Sand, klingt nach Archäologie", bestätigte Georg und war schon mit einem Bein aus dem Auto raus. „Laß uns denen mal einen Besuch abstatten."

Von der Prinzenstraße aus führt eine kleine Treppe hinauf zum Haupteingang des Michaelishauses. Eine Tafel neben dem Eingang verkündet, daß das Haus zuerst als Schänke und später als Wohnhaus eines Professors für Griechisch und Latein gedient hat.

„Außerdem hat hier ein Mann namens Grotefend die Keilschrift entziffert", las Georg vor. „Was immer das sein mag. Ich dachte, die Grotefends handeln mit Coca-Cola."

Dorothea Faßbinder öffnete die schwere Holztür. Dahinter befand sich eine große Eingangshalle mit vier Säulen. Hinter einer altmodischen Glasabtrennung lag das Treppenhaus. Zwischen Treppenaufgang und Pförtnerhäuschen konnte Dorothea durch eine Hintertür auf einen mit Autos vollgeparkten Hof blicken. Rechts von ihr hockten einige Studenten auf Stühlen in der Eingangshalle und rauchten. Einer saß auf dem Rand eines riesigen Blumentopfes, in dem eine verstaubte Stechpalme steckte, ein anderer lümmelte sich auf der Fensterbank herum. Die Studenten musterten die beiden kurz und wandten sich dann wieder ihrem eigenen Gespräch über das Fernsehprogramm von gestern zu.

Hinter der Glasabtrennung fanden Dorothea und Georg ein Hinweisschild, das sie zu einer Veranstaltung in der Arabistik einlud, auf der rechten Seite erblickten sie eine Tür mit der Aufschrift *Seminar für Ägyptologie und Koptologie*. Irgendwie konnten die beiden sich nicht des Eindrucks erwehren, durch einen Zeittunnel in den fünfziger, wenn nicht sogar dreißiger Jahren gelandet zu sein.

„Meine Güte, ist das altfränkisch hier." Dorothea grinste. „Ägypten – das klingt doch interessant. Laß uns mal klingeln."

Sie betätigte einen Schalter, und nach einer kleinen Pause ertönte ein Summer. Georg und Dorothea drückten die schwere Tür auf und fanden sich in einem engen Flur wieder. An der rechten Wand hing ein mit Zetteln und Bekanntmachungen völlig überfrachtetes Schwarzes Brett, dahinter standen auf einem niedrigen Geschirrschrank und einem uralten Kühlschrank ein riesiger Berg schmutzigen Geschirrs, zwei Wasserkocher, eine Kaffeemaschine und haufenweise Kaffee- und Teedosen in allen möglichen Formen und Farben. An der linken Wand waren ein uraltes Waschbecken mit einem Wasserboiler darüber, ein Spiegel und Garderobenhaken angebracht.

Neben dem Geschirrschrank standen zwei Studenten, die sich über ein aufgeklapptes großformatiges Buch beugten, das sie etwas wackelig auf zwei Teedosen balancierten. Die beiden nahmen Georg und Dorothea kaum zur Kenntnis und fuhren fort, unverständliche Laute von sich zu geben, während sie in dem Buch lasen. Dorothea nahm an, daß es sich wohl um eine Sprache handeln müsse. Vom Flur aus führte ein Durchgang in den nächsten Raum, in dem ein Kopierer summte. Im Türrahmen erschien jetzt eine schwarzhaarige Studentin in einem langen dunkelblauen Kleid und einem grellgrünen Schal. Sie warf ihre langen schwarzen Haare über die Schulter zurück, lächelte den beiden freundlich zu und fragte:

„Kann ich Ihnen helfen?"

„Ja, mein Name ist Dorothea Faßbinder, das ist mein Assistent Georg Roeder, Mordkommission. Wir haben einige Fragen bezüglich der Mordfälle. Sie werden davon gehört haben. Der letzte ereignete sich ganz in der Nähe …", begann Dorothea geschäftsmäßig. Dann brach sie mitten im Satz ab, denn die Studentin sah sie einigermaßen verständnislos an.

„Hier im Haus?" platzte sie heraus.

Dorothea fragte sich ernsthaft, in was für einer Welt die junge Frau wohl lebte. Georg guckte betont unbeteiligt auf ein Poster mit der goldblauen Maske des Tutenchamun, das an einer weiteren Tür klebte.

In diesem Moment drehte sich einer der Studenten am Küchenschrank um: „Frau Breslauer hat den Toten am Waageplatz gefunden und jedem, der sich nicht rechtzeitig in Sicherheit gebracht hat, haarklein davon berichtet, inklusive der Details, die wirklich keiner so genau wissen wollte."

„Ja, um den Fall handelt es sich", stimmte Dorothea zu. „Könnten wir vielleicht mit dem Leiter ihres Instituts sprechen?"

„Er kommt in 15 Minuten aus der Übung. Wollen Sie solange warten? Ich habe nämlich eigentlich auch Übung jetzt, hole nur gerade ein Buch."

Sie deutete erst auf ein riesiges zerfleddertes Buch, das sie in der linken Hand hielt, und dann auf einen kleinen Tisch und einige Stühle. „Sie können dort am Kaffeetisch warten, wenn das okay ist."

Die beiden Beamten nickten ergeben und ließen sich auf zwei unbequemen Stühlen aus den sechziger Jahren nieder. Georg und Dorothea musterten den Raum, der offenbar Aufenthaltsraum, Bibliothek, Kopierraum und Sekretariat in einem war. Mittlerweile war es halb elf durch, und der Raum füllte sich mit einigen Studenten, die vor allem den Mensaplan studierten. Keiner schenkte den beiden wartenden Polizisten große Aufmerksamkeit.

Eine der beiden Türen mit der Aufschrift ‚Bibliothek' wurde geöffnet und im Türrahmen erschien ein auffallend teuer gekleideter Mann Mitte Vierzig, den Dorothea und Georg in die Kategorie Assistent einteilten. Er blickte die beiden Polizisten kurz an, sagte betont höflich ‚Guten Tag' und gesellte sich dann zu den Studenten, die das Angebot der Mensa diskutierten. Er hatte sein ‚Guten Tag' sehr akzentuiert ausgesprochen. Dorothea fragte sich, ob sie so wirkten, als müsse man klar und deutlich mit ihnen sprechen, weil sie es sonst nicht kapierten.

Sie hörte der Unterhaltung nur halb zu, während sie sich weiter in dem Raum umsah. Es gab keine freie Ecke mehr, überall standen Bücherregale. Auch in den beiden angrenzenden Bibliotheksräumen, deren Türen jetzt weit offen standen, standen die Regale dicht an dicht, so daß sich die Lernenden zwischen ihnen förmlich hindurchzwängen mußten. An der einzigen freien Wand über dem Kopierer hingen gerahmte Zeichnungen, die Pyramiden, Tempel und Götter mit Tierköpfen zeigten. Vor den beiden großen Fenstern hatte man ein Sekretariat eingerichtet, in dem ein Computer und eine elektrische Schreibmaschine leise vor sich hinsummten. Ein großer Aktenschrank aus Metall gab dem Raum etwas von einem Büro aus der Zeit von Dorotheas Großvater. Alles in dem Raum war alt und abgenutzt, aber niemand schien sich daran zu stören. Dorothea revidierte ihre Ansicht, daß die Universität zu viele Steuergelder verplemperte. Bis hierher war offensichtlich nur wenig davon durchgedrungen. Erst als Georg, der bis jetzt ruhig neben ihr gesessen hatte, anfing, unterdrückt zu kichern, wandte sie ihre Aufmerksamkeit wieder dem Gespräch der Studenten zu.

„Was denken Sie", hörte Dorothea den Assistenten mit der eleganten Krawatte sagen, „wenn jemand noch nie Debussy gehört hat, sollte er dann gleich eine Aufnahme der Deutschen Grammophon kaufen? Die ist wirklich gut, aber teuer.

Oder sollte er besser erst eine billige Aufnahme erwerben, um zu hören, ob er die Musik mag?"

„Sie meinen, falls er Debussy nicht mag, hat er viel Geld für die Deutsche Grammophon zum Fenster rausgeworfen, andererseits ist die billige Aufnahme vielleicht nicht gut genug, um die Musik wirklich genießen zu können", antwortete der angesprochene Student mit dem Namen Christoph.

„Genau, ein echtes Dilemma. Die Gefahr ist immerhin groß, daß jemand die Schönheit von Debussys Musik verkennt, wenn er aus Geiz die billige Aufnahme kauft."

„Herr Dr. Edelmann, ich wußte gar nicht, daß Sie schon mal eine preiswerte Musikaufnahme gehört haben", warf eine Studentin mit einem ironischen Kichern ein. Sie ließ den verdattert dreinschauenden Assistenten und den Rest der Gruppe einfach stehen, während sich die anderen vor Lachen ausschütteten.

Zum Glück wurde die Eingangstür geöffnet, bevor Dorothea in das Gelächter einstimmen konnte, und einige Studenten kamen in den Raum. Als allerletzte folgte die Studentin mit dem grellgrünen Schal. Sie trug diesmal einen ganzen Stapel Bücher und nickte den beiden am Tisch sitzenden Beamten freundlich zu.

„Herr Professor Altmann kommt gleich. Ich habe ihm schon Bescheid gesagt."

„Ich bin schon da, danke, Maria. Was kann ich denn für Sie tun?"

Im Türrahmen stand ein kleiner schlanker Mann. Alter so um die Sechzig, schätzte Dorothea. Er trug eine goldene Nickelbrille vorn auf der Nase, die so klein war, daß man sich wunderte, ob er überhaupt etwas dadurch sehen konnte. Professor Richard Altmann hatte etwa schulterlange graue Haare, die zu einem Pferdeschwanz zusammengebunden waren. Trotz des teuren dunkelgrauen Anzugs und des fehlenden Bartes konnte sich Dorothea nicht des Eindrucks erwecken, sie habe Richard Harris als Professor Dumbledore aus dem Harry-Potter-Film vor sich, den sie neulich mit ihrem Neffen ansehen mußte. Professor Altmann bot ihnen einen Kaffee an und winkte gleichzeitig einen Studenten heran.

„Philip, könnten Sie mal Kaffee machen? Falls Sie Zeit haben."

Der Professor setzte sich zu ihnen an den Tisch und blickte sie erwartungsvoll über den Rand seiner Brille an. Dorothea fand ihn herrisch und reichlich abweisend, die Freundlichkeit war gespielt, da war sie sich sicher.

„Eine unserer Putzfrauen hat den Toten gefunden, nicht wahr? Ich habe nur davon gehört. Es ist mir gelungen, Frau Breslauer heute noch nicht zu begegnen", bemerkte er kichernd, aber in seinen Augen konnte Dorothea keinen Humor erkennen. Sie berichtete ihm kurz von den drei Mordfällen und erwähnte dann das Tuch und den Sand. Altmann gab vor, sie nicht zu verstehen und fragte reserviert: „Warum kommen Sie damit zu uns, glauben Sie etwa, der Mörder sei ein Ägyptologe?"

„Wir haben im Moment gar keinen Verdacht", warf Georg, der bis jetzt kein Wort gesagt hatte, ein. „Wir dachten, Sie hätten vielleicht eine Idee zu dem Tuch oder dem Sand oder irgendwas."

Dorothea bemerkte den geringschätzigen Blick, den Altmann ihrem Assistenten zuwarf, und fragte sich, wie wohl die Studenten mit ihm zurechtkamen.

„Ich kann Ihnen leider überhaupt nicht helfen. Sand gibt es ja wohl auch anderswo, nicht nur in Ägypten. Den Stoff müssen Sie einem Experten zeigen." Er blickte ostentativ auf die Uhr. „Ich muß dann auch gleich in eine Sitzung. Wenn Sie mich also entschuldigen wollen."

Die Hauptkommissarin nickte müde. „Vielen Dank, daß Sie sich Zeit für uns genommen haben."

Altmann verließ den Raum in bemerkenswerter Geschwindigkeit und ließ die Beamten einfach dort sitzen. Sie tranken mehr aus Höflichkeit dem Studenten gegenüber einen Schluck Kaffee und machten sich ebenfalls daran, das Institut zu verlassen. Die beiden atmeten unwillkürlich auf, als sie wieder draußen in der Halle waren.

„Das war nicht gerade ein informatives Gespräch", murrte Georg verdrossen, dann zuckte er erschrocken zusammen, als er zwei Studenten, Maria und Philip, im Treppenhaus stehen sah. Doch die schienen nicht sehr überrascht zu sein, im Gegenteil.

„Er ist heute schlecht drauf, hätte aber auch noch schlimmer kommen können", erklärten die beiden ihnen mit einem verschwörerischen Grinsen.

Dann fragte Philip: „Wieso kommen Sie ausgerechnet zu den Ägyptologen?"

„Wieso war er so abweisend?" konterte Georg.

„Sie haben ihn von der Arbeit abgelenkt und in seiner Konzentration gestört. Er ist gerade in einer heißen Phase bei seinem neuen Buch", erklärte die schwarzhaarige Studentin mit dem langen grünen Chiffonschal.

Die grelle Farbe des Schals ging ja noch, stellte Georg fest, aber ihre übrige Kleidung fand er schrecklich konservativ. Obwohl er selbst am liebsten Cordhosen und Norwegerpullover trug, hielt er es durchaus für schick, wenn sich seine Freundin, die als Sekretärin bei der Telekom arbeitete, modisch anzog. Der junge Mann hingegen trug die abenteuerlichsten Sachen, die Georg seit langem gesehen hatte. Das alles schien in diesem Umfeld jedoch niemandem aufzufallen, geschweige denn zu stören, stellte Georg verwundert fest.

Der andere grinste wie ein Honigkuchenpferd. „Denken sie sich nichts dabei, ist nichts Persönliches", erklärte er kumpelhaft. Damit verabschiedete sich das ungleiche Paar und verschwand mit Diakästen und Büchern beladen über die Treppe nach oben.

Dorothea und Georg blickten sich grinsend an, als sie wieder auf der Straße standen. Jeder wußte, was der andere dachte. Dann fingen sie an zu lachen. Das erste Mal seit Tagen.

Maria und Philip standen im Übungsraum im zweiten Stock, direkt unter dem Dach des Michaelishauses. Hier hatte schon Grotefend, der vor fast 200 Jahren die babylonische Keilschrift entziffert hatte, Griechisch und Latein gelernt. Heute war der Raum natürlich modernisiert und vor allem mit einer Menge Technik ausgestattet. Nur das Ächzen und Knarren der Balken und die unregelmäßigen Dachschrägen trübten diese Illusion.

Philip versuchte, die Kabel hinter den Diaprojektoren zu entwirren, doch dann hielt er nachdenklich inne. „Warum, glaubst du, sind die Polizisten wirklich gekommen? Vielleicht haben sie ja doch jemanden in Verdacht?"

„Unsinn", antwortete Maria, während sie Dias – immer schön kopfüber, mit der Sichtseite nach vorne – in ein Rundmagazin sortierte. „Ich denke eher, daß sie keine Ahnung haben und deswegen jeder noch so winzigen Spur nachgehen."

„Na ja, sie werden wohl kaum Altmann in Verdacht haben. In der Zeitung stand, der Täter müsse ziemlich groß und übermäßig stark sein", witzelte Philip. „Außerdem würde kein Ägyptologe so dumm sein, auch noch Sand auszustreuen."

Philip steckte seine Nase tiefer in den Kabelsalat. Dann quiekte er mit gespieltem Ekel los: „Igitt, das ist doch wohl nicht wahr! Hier krabbelt eine riesige Küchenschabe am Projektor rum." Angewidert scheuchte Philip das Tier aus dem Diaschrank.

„Diese Viecher machen mich noch verrückt", schimpfte Maria, „sie sind überall. Und wenn sie erstmal da sind, wird man sie nie wieder los", gab sie altklug zum besten. Dann fuhr sie fort: „Hast du auch in der Zeitung gelesen, daß das erste Opfer in einem Schaufenster gesessen hat, direkt neben einem Plakat für Kokosnußöl, auf dem auch Affen – wer könnte wohl besser für Kokosnüsse, in welcher Form auch immer, werben – abgebildet sind? Nur ein Irrer würde doch sein Opfer zu einem Affen degradieren ..."

Beide fuhren erschreckt hoch, denn ihnen war ein Gedanke gekommen: im alten Ägypten stellte man sich vor, daß Paviane, die beim Sonnenaufgang sehr laut kreischen, damit den Sonnengott bei seiner morgendlichen Geburt begrüßen und anbeten würden. Deshalb ließen sich die Pharaonen gerne in Gemeinschaft mit betenden Pavianen darstellen.

„Himmel, die Sonnenaffen! Na ein Glück, das wir das nicht der Polizei gesagt haben, sonst denken die wirklich noch, der Mörder ist einer von uns." Maria schüttelte unwillig den Kopf.

„Das wäre in der Tat ungünstig gewesen!" ließ sich Professor Altmann hinter ihnen vernehmen. „Also ist es doch wohl besser, nicht den Hund in der Pfanne verrückt zu machen, oder?" Damit drehte er sich auf dem Absatz um und hastete die Treppe hinunter.

Philip atmete hörbar aus. Altmann schien wie aus dem Nichts aufgetaucht zu sein.

„Was glaubst du, wie lange er da schon gestanden hat?" fragte er vorsichtig.

„Hoffentlich noch nicht zu lange. Und warum war er so aggressiv?"

„Vielleicht ist es wirklich nur der Streß mit seinem Buch", beschwichtigte Maria, doch auch sie verrichtete den Rest ihrer Arbeit nachdenklich und schweigend.

4

Verhüllt ist der Himmel, die Sterne fahren durcheinander.
Es beben die Bogen der Welt, die Knochen des Erdgottes zittern.
Doch jede Bewegung erstarrt, wenn der König erblickt wird,
der beseelt ist als ein Gott, der von seinen Vätern lebt
und seinen Müttern sich nährt.

AUS DEN PYRAMIDENTEXTEN, SPRUCH 273-4

Es war schon kurz vor sechs Uhr abends, als Maria ihre Sachen zusammenpackte. Sie war müde und schlecht gelaunt. Erst die Hektik am Morgen, dann Altmanns miese Laune, die der Besuch der Polizei noch verschlimmert hatte. Zweimal im Laufe des Tages hatte sie sich noch mit Martina auseinandersetzen müssen, die zwar die Übersetzung kopiert, aber nicht kapiert hatte, was natürlich dem Herrn Professor sofort aufgefallen war. Dieser hatte das Offensichtliche, nämlich daß es sich nicht um Martinas eigene Übersetzung handeln konnte, genüßlich ausgeschlachtet. Maria hatte unterdessen Blut und Wasser geschwitzt, daß er auch noch rausbekommen würde, von wem Martina Hilfe bekommen hatte. Hinterher hatte sie sich geärgert, denn es war natürlich klar, daß er besser über die Vorgänge im Institut informiert war, als er zugab. Daher wußte er sicherlich auch, wer von wem abschrieb. Hinterher hatte Martina natürlich auch noch versucht, Maria die Schuld für ihr Versagen in die Schuhe zu schieben. Zwei Minuten später hatte sie aber trotzdem die Dreistigkeit besessen, Maria um die Mitschrift der Karnaktempel-Übung von letzter Woche zu bitten.

Wie so oft, hatte Maria erst am Nachmittag Zeit dazu gefunden, etwas an ihrer Doktorarbeit zu tun, doch sie hatte keine Ruhe gehabt und war nicht wirklich weitergekommen. Jedes Buch, daß sie in die Hand nehmen wollte, mußte erst per Fernleihe über die Unibibliothek bestellt werden. Natürlich wußte niemand, wie lange das dauern würde. Einige kleinere Probleme mit ihrem Text ließen sich einfach nicht lösen, so schien es jedenfalls. Zum millionsten Mal fragte sie sich dann, ob sie überhaupt auf dem richtigen Weg war. In diesem Moment war Altmann um die Ecke gekommen, noch übellauniger als am Morgen. Es schien fast so, als würde er kleine Wölkchen aus schlechter Laune vor sich herschieben. Er hatte sie über seinen Brillenrand hinweg gemustert und dann einen unhöflichen Blick auf den Bildschirm ihres Laptops geworfen. Maria hatte förmlich gefühlt, wie sie in ihrem Stuhl immer kleiner geworden war.

„Na ja, wir sprechen dann im Doktorandenkolloquium noch mal darüber", hatte er giftig gesagt, ein Buch aus dem Regal gerissen und war wieder abgezogen.

Maria hatte nur genickt und etwas Unverständliches gemurmelt. Nach diesem Auftritt konnte sie sich natürlich überhaupt nicht mehr konzentrieren, und so hatte sich der Nachmittag quälend langsam hingezogen. Es war mal wieder einer von diesen Tagen, an denen man sich am liebsten sofort exmatrikulieren würde, dachte Maria. Mindestens einmal pro Semester überkam sie die Versuchung, mit dem ganzen Studium einfach Schluß zu machen. Natürlich gab sie dem nicht nach. Sie wußte auch, daß sie dies nie wirklich tun würde. Aber manchmal war es einfach tröstlich, sich dieser schauerlich schönen Vorstellung hinzugeben.

In jedem Fall war es jetzt an der Zeit, nach Hause zu gehen. Maria warf einen Blick durch das Fenster nach draußen, wo ein leichter Schneeregen das endgültige Ende des Herbstes und den Beginn eines langen dunklen Winters ankündigte. Sie konnte die Flocken im Licht der Straßenlaterne vor der alten Universitätsbibliothek tanzen sehen. Sie bildeten bereits eine dünne Schneedecke auf dem Sand und den Gerätschaften der gegenüberliegenden Baustelle und verwandelten den Eingangsbereich der UB in eine kleine Winterlandschaft.

Die Tür zur Bibliothek ging auf, und Christoph und Sibylle, zwei jüngere Studenten, kamen Hallo-Worte murmelnd herein. Sibylle warf ihr einen mitleidigen Blick zu:

„Kein Tag heute, was?" stellte sie das Offensichtliche fest. „Hast du gehört, daß die Hiwi-Gelder gekürzt werden sollen?"

„Was soll's", brummte Maria. „Wenn wir Putzen gehen würden, könnten wir ohnehin mehr verdienen."

„Das ist bestimmt wieder so ein kläglicher Versuch, die Studienzeiten zu verkürzen. Als würde jemand, der anstatt eines Jobs zwei oder drei braucht, schneller mit dem Studium fertig." Sibylle winkte resigniert ab und ließ sich auf einen Stuhl fallen, nicht ohne ihn vorher umgedreht und unter die Sitzfläche geguckt zu haben. „Kakerlakenkontrolle nenne ich das!"

„Du hast recht. Was geht die das an, wie lange wir hier herumsitzen. Ich jedenfalls kriege kein Bafög", stimmte Maria zu. Die Sache mit den Kakerlaken ignorierte sie vorsichtshalber.

„Aber die meisten Wähler werden es begrüßen, wenn bei den Studenten und der Uni Geld eingespart wird. Darum geht es doch wohl: um die Wählerstimmen", warf jetzt Christoph ein. „Ein Beispiel nur: letztes Wochenende hatte mein Vater Geburtstag. Die meisten Gäste haben noch nie eine Uni von innen gesehen, aber sie wußten alle, daß die Studenten den ganzen Tag nichts tun und die Professoren ständig Freisemester haben. Ich habe gar nichts dazu gesagt, war mir zu blöd."

„Nichtstun ist ein gutes Stichwort", sagte Maria im Rausgehen. „Ich gehe nach Hause. Bis morgen!"

Während Maria sich auf den Nachhauseweg begab, belegte Professor Altmann den Zugang zu seinem Computer mit einem neuen Paßwort, auf das so schnell niemand kommen würde. Das hoffte er jedenfalls. Noch nie war er so mißtrauisch gewesen, doch es hatte einige seltsame Vorkommnisse in der letzten Zeit gegeben, und er wollte seine Gedanken und Ideen darüber lieber nicht der Öffentlichkeit preisgeben. So verschlüsselte er seine Bücherliste, einige eingescannte Texte und fast 130 Seiten Notizen mit einem kurzen ägyptischen Satz und hoffte, daß ‚Re ist es.' auf altägyptisch Neugierige von diesen Dateien fernhalten würde. Er war gerade dabei, den Computer abzuschalten, als die Tür zu seinem Arbeitszimmer ohne Anklopfen geöffnet wurde. Das unangenehme Hüsteln, mit dem der andere versuchte, Aufmerksamkeit zu erregen, machte es Altmann leicht, den ungebetenen Besucher als Professor Guido Kramer zu identifizieren. Zudem hätte keiner seiner Studenten ein so schlechtes Benehmen an den Tag gelegt. Mit bemühter Freundlichkeit drehte Altmann sich um:

„Was kann ich für Sie tun?"

„Ach, Herr Kollege", begann Kramer mit seiner weinerlichen Stimme. Schon die Anrede machte den Ordinarius verrückt. „Ich suche nach einem Buch: Band römisch drei mit den mythologischen Texten aus dem Britischen Museum. Haben sie das zufällig?" Neugierig blickte er auf Altmanns Schreibtisch. „Ah, da liegt es ja. Stört Sie doch nicht, wenn ich das mal mitnehme!" Er grabschte nach dem Buch, riß es von Altmanns Schreibtisch und verschwand so schnell, wie er gekommen war. Die Tür ließ er offen.

Altmann konnte ihn nicht ausstehen, und er wußte auch, daß er mit seiner Meinung im Seminar nicht allein dastand. Kramer war zwar ein guter Wissenschaftler, aber zwischenmenschlich eine Null. Er war unfreundlich, ohne Benehmen, und kam grundsätzlich zu spät zu Veranstaltungen, etwas, das Altmann nicht entschuldigen konnte. Zu alledem gesellte sich dann noch das ungepflegte Äußere Kramers, der sich allem Anschein nach selten wusch und seine fettigen weißgelben Haare quer über die Stirn kämmte. Seine Kleidung ließ ihn aussehen wie einen Obdachlosen. Altmann, der viel Wert auf seine Erscheinung legte, fand, daß bei Kramer äußeres Bild und Wesen in gewisser Weise deckungsgleich waren. Zudem war Guido Kramer fast einsneunzig groß und schob einen nicht unbeträchtlichen Bauch vor sich her. Altmann fühlte sich in vielerlei Hinsicht von der Präsenz des anderen Ägyptologen unterdrückt.

Am schlimmsten waren die Tage, an denen Kramer seine Minderwertigkeitskomplexe im Stil von ‚Warum soll ich mich zu diesem Problem äußern, schließlich bin ich nicht der Ordinarius' auslebte, und dann seinen Haß auf die Welt an dem erstbesten Studenten ausließ, den er mit boshaften Bemerkungen in seiner weinerlichen Stimme abkanzelte. Kramer galt bei den Studenten gleichermaßen als lächerlich wie gefürchtet. So fanden sich auch immer nur wenige Studenten zu seinen Vorlesungen ein, im Gegensatz zu Altmanns Veranstaltungen, die meistens gut besucht waren. Kramer schien das ganz recht zu sein, denn es gab ihm mehr Zeit für eigene Dinge.

Es waren genau diese Forschungen, die in letzter Zeit Altmanns Aufmerksamkeit erregt hatten. Gegen sein sonstiges Interesse, das vor allem der Architektur und Baugeschichte galt, hatte Kramer angefangen, gewisse Texte zur Religion des Neuen Reiches zu lesen. Diese waren vor allem mythologische Texte mit eingestreuten Zaubersprüchen, die teilweise sogar von den Ägyptern verschlüsselt worden und dementsprechend schwer zu verstehen waren. Niemand mochte sich deshalb so recht damit befassen, denn viele Passagen dieser Texte galten schlicht als nicht übersetzbar. Außerdem glaubte niemand daran, daß die Sprüche, sollten sie denn einmal entschlüsselt werden, wirklich neue Erkenntnisse bargen. Es waren eben Zaubersprüche für Liebeszauber oder gegen Feinde und Krankheitsdämonen, davon gab es haufenweise.

Altmann war daher um so überraschter gewesen, fast die gesamte relevante Literatur auf Kramers Schreibtisch zu finden. Zuerst hatte er geglaubt, dieser würde versuchen, in fremden Gewässern zu fischen, als wolle er durch die Interpretation dieser Texte in irgendeiner Weise zu Altmann, der ein anerkannter Experte ägyptischer Religion war, in Konkurrenz treten. Diese Denkungsweise sah Kramer zwar ähnlich, aber Altmann fand durch einige Gespräche und einen heimlichen Blick auf Kramers Notizen schnell heraus, daß dieser noch nicht weit gekommen und keinesfalls dabei war, irgendein konkurrenzwürdiges Standardwerk zu schreiben. Die Texte waren auch wirklich schwer zu lesen. Teilweise war diese änigmatische Schreibweise noch nicht richtig erforscht, so daß sich viele Interpretationsmöglichkeiten ergaben und man leicht aufs Glatteis geraten konnte.

Der Ordinarius war zuerst einmal beruhigt gewesen, daß kein Ärger und auch keine Konkurrenz von seiten Guido Kramers drohte. Doch durch diese zu Beginn noch unfreiwillige Beschäftigung mit der Thematik waren Altmann manch eigene Ideen gekommen, und er hatte angefangen, Zusammenhänge zu erkennen, die er vorher nicht für möglich gehalten hatte. Er war überrascht und auch etwas beklommen gewesen, als er tiefer und tiefer in die Texte eingedrungen war, und die Möglichkeiten, die sie bargen, erkannt hatte. Dies war so weit gegangen, daß er sich von der Materie überhaupt nicht mehr losreißen konnte und alle anderen Projekte auf Eis gelegt hatte. Er war sich ziemlich sicher, daß sein Konkurrent nicht so weit vorgedrungen war, wie er selbst, denn er hatte Dinge herausgefunden, von denen er niemals zu träumen gewagt hatte, und die Kramer, der gern mit seinen Erfolgen prahlte, mit Sicherheit am Kaffeetisch ausgeplaudert hätte.

Altmann knipste seine Schreibtischlampe aus und klemmte sich eine Mappe unter den Arm. Die Gedanken an seine bahnbrechenden Entdeckungen hatten ihm ein Hochgefühl beschert, so daß er beschwingt, zwei Stufen auf einmal nehmend, zum Übungsraum im zweiten Stock hinauflief, um sein Einführungsseminar in die Pyramidentexte zu halten. Er liebte diese Abendveranstaltungen, die er als einen gelungenen Abschluß seines Tages empfand.

Doch leider verschwand dieses angenehme Gefühl von Überlegenheit rasch. Die Sache schien doch weitere Kreise zu ziehen, als er angenommen hatte. Er blieb auf dem Treppenabsatz in ersten Stock stehen, während er an den Besuch der Polizei zurückdachte, der ihn reichlich verunsichert hatte, obwohl er das niemals offen zugegeben hätte.

Einige der Dinge, mit denen er sich in letzter Zeit beschäftigt hatte, paßten zu gut zu den Mordfällen, als daß man sie übersehen konnte. Die Polizei tat das ganz offensichtlich nicht. Sie waren, dies ging Altmann plötzlich mit erschreckender Klarheit auf, dichter dran, als sie wahrscheinlich ahnten. Als er die Zusammenhänge zwischen den Morden und seinen Texten in ihrer ganzen Bedeutung erkannte, spürte er, wie die Angst ihm kalte Schauer über den Rücken jagte, und ihm wurde schlecht, als er an die Konsequenzen seiner Entdeckung dachte. Ich muß mich noch tiefer einarbeiten, nahm er sich vor, um hinter das Geheimnis zu kommen. Denn – da war er sich ganz sicher – die Texte enthielten Dinge, die niemand zuvor herausgefunden hatte. Allerdings war Altmann der letzte, der an Magie glaubte, also mußte es einen anderen Grund für die seltsamen Vorfälle geben. Irgendwo in den Texten mußte die Antwort ja stecken, und er würde sie finden. Nachdem er sich kurz einen Plan für sein weiteres Vorgehen zurechtgelegt hatte, zwang er sich, einen klaren Kopf zu bekommen, damit er sich auf die Übung, die er jetzt abzuhalten hatte, konzentrieren konnte. Mit neuem Enthusiasmus versehen, sprang er die letzten Treppenstufen hinauf.

Die Teilnehmer der Übung saßen schon um den Übungstisch versammelt, als ihr Professor, pünktlich wie immer, seinen Platz am Kopfende einnahm. Nach einer kurzen Begrüßung kam er sofort auf ein kniffliges Problem, bei dem er letztes Mal stehengeblieben war, zu sprechen. Er hatte sich gerade so richtig in Fahrt geredet, als die Tür aufging, und Martina, wie immer zu spät, hereinkam. Ihr Erscheinen war mit lautem Ächzen und Stöhnen verbunden, und dem vergeblichen Versuch, ihren Regenschirm aufgespannt in eine Ecke zu stellen. Der Schirm klappte in dem Moment zu, als sie ihn in die Ecke stellte, und bespritzte alle, die in der Nähe saßen, mit Schmutzwasser und Schneematsch. In der danach entstehenden Hektik, in der lautstark nach Taschentüchern gekramt wurde, begann Martina sich zu entschuldigen. Sie tischte Altmann eine ihrer dummen Lügengeschichten auf, daß sie wegen der Baustelle an der UB nicht hätte früher kommen können, weil die Bauarbeiter die Straße gesperrt hätten.

Für Altmann, der heute in ganz ungewohnter Weise Mühe gehabt hatte, sich zu konzentrieren, war dies zuviel, und er polterte los: „Wenn Sie sich mal in der Bibliothek vorbereiten würden, wären Sie so rechtzeitig im Seminar, daß Sie auch pünktlich zu ihren Übungen kommen könnten."

Es herrschte plötzlich Totenstille im Raum, nach einer Weile stotterte Martina: „Ich bereite mich immer zu Hause vor."

„Schnickschnack!" schimpfte er erzürnt. Natürlich war ihm bewußt, daß er nur seinem Ärger und auch dem ungewohnten Gefühl von Angst und Unsicherheit, das sich seiner auf der Treppe bemächtigt hatte, Luft machen wollte, doch er konnte und wollte sich nicht zusammenreißen. „Sie sind in dieser Übung völlig fehl am Platze, Sie können doch nicht mal richtig Mittelägyptisch!"

Er bereute diesen Ausbruch sofort. Als Martina dann noch beleidigt vor sich hinschniefte, beschloß er, sie ab jetzt besser zu ignorieren. Er blickte in die Runde seiner Studenten, die alle in ihre Papiere guckten und dabei krampfhaft bemüht waren, so zu tun, als wären sie nicht vorhanden.

„Können wir jetzt weitermachen?" brummte er ungnädig und nickte dem neben ihm sitzenden Christoph auffordernd zu.

Zur selben Zeit, als Altmann und seine Studenten sich endlich wieder den Pyramidentexten zuwenden konnten, begann sich das Wetter rapide zu verschlechtern. Der eisige Wind war zu einem heftigen Sturm angewachsen, und der Regen war in eine Mischung aus Schnee und Eis übergegangen. Die Straßen hatten sich schnell geleert, denn jeder versuchte, so bald wie möglich in den Schutz seiner vier Wände zu gelangen. Der Wind heulte um das Michaelishaus und ließ die alten Holzbalken ächzen, Türen schlugen im Durchzug und Eisregen trommelte lautstark gegen die Fenster. Der Sturm wurde im Verlauf von Minuten immer heftiger. Es klang, als wolle er mit aller Gewalt das Haus einreißen.

Doch da war noch ein anderes Geräusch zu vernehmen, leise und versteckt wurde es fast übertönt vom Heulen des Windes. Es hörte sich beinahe so an, als würde der Wind eine Stimme herbeitragen, die unverständliche Worte in die dunkle Nacht hineinsprach. Die Ägyptologen, die zwar im zweiten Stock des Michaelishauses saßen, aber mit ihren Gedanken weit entfernt beim Pharao Unas und seinen Göttern weilten, nahmen die Stimme nicht wahr oder hielten sie für eine Sinnestäuschung. Nur Altmann horchte manchmal auf oder rutschte unruhig auf seinem Stuhl hin und her. Ihm wurde immer unbehaglicher zumute, und sein Gefühl, daß gewisse Dinge außer Kontrolle geraten waren, die vielleicht besser von vornherein unberührt geblieben wären, verstärkte sich, je länger er in das Heulen des Schneesturms hineinhorchte.

Etwa zur selben Zeit kämpften sich zwei Frauen auf dem Weg von ihrem Volkshochschulkurs durch die Goetheallee nach Hause. Der Schnee lag mittlerweile zentimeterhoch und bildete in manchen Ecken schon kleine Schneeverwehungen. Die Straße glich einer Schlittschuhbahn, auf der sich die beiden, mit ihren Malkästen und Zeichenblöcken beladen, mühsam vorwärts kämpften. Sie hatten die Köpfe tief in ihren Mantelkrägen und Schals verborgen und schlitterten unsicher auf ihren Stöckelschuhen in Richtung Innenstadt. Während sie sich vorwärts quälten, nahmen sie weder das unheimliche Flüstern wahr, noch hörten sie die vom Schnee gedämpften schweren Tritte hinter sich.

Um kurz nach halb neun erlaubten sich die meisten Studenten, die in dieser Übung ziemlich unter Altmanns schlechter Laune gelitten hatten, aufzuatmen. Noch zehn Minuten und dann endlich nach Hause, weg von den Fragen zur Grammatik und den noch schwierigeren zum Inhalt des manchmal doch reichlich undurchsichtigen und verworrenen Textes.

„Der seine Väter und Mütter ernährt ...", übersetzte gerade jemand, zögerte und hielt dann gänzlich verwirrt und eingeschüchtert inne.

„Was glauben Sie wohl, warum dieser Spruch ‚Kannibalenspruch' heißt?" fragte Altmann, erkennbar um Beherrschung bemüht. „Überlegen Sie doch mal: wer ißt hier wen? Oder besser gesagt, wer möchte sich die Magie der Götter einverleiben?"

Bevor der Gefragte noch darauf kommen konnte, daß es der Pharao selbst ist, der seinen Vätern und Müttern, nämlich den Göttern, droht, sie zu verschlingen, um sich ihre Macht einzuverleiben, ertönte draußen ein gellender Schrei. Alle blickten erschrocken von ihren Papieren hoch und sprangen dann wie auf Kommando von ihren Sitzen, um zu den Fenstern zu laufen. Jeder versuchte, möglichst viel in dem Schneegestöber zu erkennen. Man drängelte und schob, bis plötzlich Martina einen spitzen Schrei ausstieß und mit schreckgeweiteten Augen vom Fenster zurückwich.

„Die Baustelle, im Sandhaufen, seht doch ...!" stammelte sie.

„Schon wieder die Baustelle, was?" murmelte irgendein Witzbold, nur, um dann sofort zu verstummen und ebenfalls vom Fenster zurückzuweichen.

„Mein Gott", hauchte Christoph. „Das ist Blut da auf dem Schnee." Mit weit aufgerissenen Augen verfolgte er die Blutspur, die sich quer über die Straße hinüber zur alten Universitätsbibliothek zog, wo am Fuße des großen Sandhaufens neben der Baustelle das Blut eine Art See bildete. Der Schnee auf dem Sandberg war rot gesprenkelt. Oben ragten zwei Köpfe aus dem Sand heraus. Auch über diese Entfernung konnte Christoph die leeren Augenhöhlen in den beiden Köpfen erkennen. Vor dem Sandhügel stand eine Frau, die ohne Unterlaß lauthals schrie und offenbar zu keiner anderen Reaktion fähig war.

Über das Gekreisch hinweg ließ sich Altmann vernehmen: „Christoph, gehen Sie mit ein paar anderen raus und holen Sie die Frau rein. Ich rufe die Polizei."

Christoph war schon auf dem Weg, als Altmann ihm nachrief:

„Und bringen Sie bitte die Frau zum Schweigen – irgendwie!"

5

"My Name is Oxymandias, king of kings:
Look at my works, ye Mighty, and despair!"
Nothing beside remains. Round the decay
Of that colossal wreck, boundless and bare
The lone and level sands stretch far away.

P. B. SHELLEY, OZYMANDIAS

Als Dorothea und Georg mit ihrem Dienstwagen um die Ecke bogen, fanden sie den sonst so elegant wirkenden Professor Altmann schlotternd vor Nässe und Kälte draußen auf der Treppe des Michaelishauses stehen, wohingegen seine Studenten hinter ihm im Eingang Schutz vor dem Schneesturm suchten. Beide Türflügel waren weit aufgemacht worden, so daß der Wind Schnee und Matsch in die Eingangshalle fegte. Die Studenten redeten wild durcheinander, doch Altmann starrte schweigend auf die gegenüberliegende Straßenseite. Unter dem frisch gefallenen Schnee konnten die Polizisten noch schwach eine über die Straße verlaufende Blutspur ausmachen. Auch die beiden Köpfe auf dem Sandberg, von denen Altmann am Telefon berichtet hatte, waren schon fast unter dem Schnee begraben.

Dorothea stieg aus dem Auto, machte einige Schritte zur Baustelle, warf nur einen kurzen Blick darauf und wandte sich dann zum Michaelishaus um. Georg würde schon mit den Kollegen von der Spurensicherung sprechen.

Es gelang ihr, den Herrn Professor und seine Studenten zu überreden, endlich zurück ins Haus zu gehen. Im ägyptologischen Seminar scharte sich jetzt alles um die Kaffeemaschine und den kleinen Tisch neben dem Kopierer, an dem schon eine Frau saß, die mit unglücklicher Miene einen Kaffeebecher in den Händen drehte. Dorothea erfuhr, daß sie diejenige war, die die Köpfe zuerst entdeckt hatte. Die Hauptkommissarin setzte sich auf einen Stuhl und fing an, einige vorsichtige Fragen zu stellen. Wie erwartet, hatte aber niemand, auch die Frau, die die Köpfe zuerst gesehen hatte, eine Vorstellung davon, was wirklich passiert war, geschweige denn den Täter vielleicht gesehen. Alles redete nur wild durcheinander, bis es Dorothea zuviel wurde und sie die Studenten bat, nach Hause zu gehen. Keiner hörte auf sie. Erst als Altmann mit befehlsgewohnter Stimme ein ‚wir sehen uns dann morgen zur Vorlesung' in die Runde warf, machten sich die Studenten auf den Nachhauseweg. Die ganze Zeit über hatte er frierend und schlotternd im Türrahmen des Sekretariats gelehnt und mißmutig von einem zum anderen geblickt. Als sich der Raum nun endlich geleert hatte, kam er zu Dorothea hinüber und sah ihr feindselig in die Augen:

„Wie Sie sehen, können wir Ihnen leider nicht helfen. Wenn Sie noch Fragen haben, können Sie sich ja zu einem späteren Zeitpunkt noch mal an uns wenden. Wenn Sie mich jetzt entschuldigen wollen, ich habe noch zu arbeiten." Er drehte sich auf dem Absatz um, ignorierte Georg, der gerade hereingekommen war, völlig und verschwand in seinem Arbeitszimmer, wobei er nachdrücklich die Tür hinter sich schloß. Georg zog eine Augenbraue hoch und betrachtete dann eingehend die Pfützen, die sich um die Schuhe des Professors gebildet hatten.

„Noch schlechter gelaunt als neulich. Und ich dachte, das wäre gar nicht möglich! Der macht einem fast angst. Er erinnert mich immer an einem Hexenmeister, mit seinem langen Haaren und dem bösen Blick." Georg schüttelte sich. Dann sagte er: „Laß uns gehen, ich erzähle dir alles im Auto auf dem Weg zum Büro."

Dorothea nickte zustimmend, nahm ihre Jacke, die sie beim Reinkommen über die Stuhllehne geworfen hatte, und folgte ihrem Assistenten nach draußen. Dort war die Spurensicherung fast abgeschlossen. Wenigstens waren sie diesmal im immer dichter werdenden Schneetreiben von keinen Schaulustigen behindert worden. Als sie im Auto saßen, fing Dorothea an zu kichern, was ihr einen überraschten Seitenblick von Georg einbrachte.

„Mit dem Hexenmeister hast du wirklich recht", erklärte sie. „Dieser Altmann erinnert mich an den Professor Dumbledore aus dem Harry-Potter-Film. Ich hätte vorhin beinahe die Namen verwechselt. Oh weia, wäre das peinlich gewesen. Der hätte mich mit einem einzigen Blick in Grund und Boden versinken lassen!"

Bei der Vorstellung, was der überhebliche Altmann wohl für ein Gesicht gemacht hätte, wenn Dorothea ihn mit dem falschen Namen eines Zauberers aus einem Kinderbuch angesprochen hätte, fingen beide lauthals an zu lachen, so daß sie die dunkle Gestalt, die aus einem Seiteneingang des Michaelishauses kam und sich schnell im Schneegestöber entfernte, nicht bemerkten.

Erst als sie mit ihrem Auto auf der Berliner Straße entlangkrochen, hatte sich Dorotheas Lachanfall so weit beruhigt, daß sie ihren Assistenten nach den vorläufigen Untersuchungsergebnissen fragen konnte. Sie erfuhr, daß das ganze Bild sorgfältig inszeniert worden war, um den Eindruck zu erwecken, die beiden Opfer seien in dem Sandhaufen vergraben worden, und nur der Kopf sei oben zu sehen. Aber der Schein trog. Beiden Opfern war mit äußerster Gewalt der Kopf abgerissen worden. Selbige hatte der Mörder dann auf dem Sandberg plaziert und sich der Körper einfach entledigt, in dem er sie in die angrenzende Baugrube geworfen hatte. Sie waren genauso gräßlich verstümmelt worden wie die Körper der anderen drei Opfer. Der Angreifer hatte die beiden wahrscheinlich von hinten überrascht, als sie den Leinekanal überquerten, denn dort begann die blutige Schleifspur.

Die Opfer waren auch schon identifiziert, denn man hatte die Handtaschen und Malutensilien der Frauen auf der Baustelle gefunden. Eine der beiden war die Ehefrau eines bekannten Göttinger Unternehmers, dem eine große Firma mit Sitz im Industriegebiet gehörte.

„Jetzt wird sich die Presse erst recht auf uns stürzen, weil eines der Opfer prominent ist. Ganz zu schweigen von irgendwelchen Leuten aus dem Stadtrat, mit denen der Ehemann gut befreundet ist." Georg beugte sich über dem Lenkrad nach vorne und spähte in das Schneetreiben, während er immer langsamer und vorsichtiger den Berg hoch zum Polizeipräsidium fuhr.

„Sie werden uns ganz schön dicht auf die Pelle rücken", bestätigte Dorothea. „Und wenn wir ganz ehrlich sind, müssen wir zugeben, daß wir vollkommen im Dunkeln tappen. Wir können überhaupt keine Anhaltspunkte, geschweige denn Ergebnisse vorweisen. Keine Ahnung, wer der oder die Täter sind. Oder wie wir ihn oder sie kriegen sollen. Und Professor Dumbledore und seine unterwürfigen Studenten werden uns auch nicht weiterbringen."

„Er kann es nicht gewesen sein. Selbst ohne das Alibi, schließlich war er ja mit seinen Studenten zusammen, kommt er als Täter nicht in Frage. Nicht genug Körperkraft", stimmte Georg zu. „Ich glaube eher, daß es jemand ganz anderes ist, und daß wir bisher in die falsche Richtung ermittelt haben. Es muß ein Verrückter sein: immer diese abgetrennten Köpfe und überhaupt die ganze Brutalität, die hinter den Morden steckt. Und dann diese regelrechten Arrangements. Irgendwer lebt da sein ganz persönliches Haßproblem aus. Ich rufe noch mal beim LKH an und frage nach, ob ihnen nicht doch ein Irrer entlaufen ist."

Georg war mit einem Augenblick sehr nachdenklich geworden.

„Das Ganze ist schrecklich. Er hat beiden die Augen ausgestochen, vielleicht mit den Fingern, und dann die Köpfe abgerissen. Das Blut muß nur so gesprudelt sein, auch auf den Täter. Trotzdem gibt es wie auch bei den anderen Fällen keine brauchbaren Fußspuren oder Fingerabdrücke. Und da war noch was: die ganze Baugrube war voller komischer Krabbelviecher. Die sahen fast aus wie Maikäfer, nur kleiner. Seit wann taucht so etwas im Winter auf?"

„Weiß nicht, die sind scheinbar überall", antwortete Dorothea zerstreut.

Endlich waren sie am Polizeipräsidium angekommen. Der Schnee lag hier bereits fast zehn Zentimeter hoch. Als sie aus dem Wagen stiegen, merkte Dorothea, wie nasser Schnee in ihre Schuhe glitt. Sie haßte dieses Gefühl und eilte deshalb so schnell wie möglich zum Eingang. In ihrem Büro angekommen, zog sie als erstes ihre Schuhe aus, rollte ihren Bürostuhl vor die Heizung und stemmte ihre kalten, nassen Füße dagegen.

„Meine Füße sind wie Eisklumpen, gräßlich." Sie lehnte sich zurück und blickte auf die wirbelnden Schneeflocken vor ihrem Fenster. In Gedanken faßte sie noch einmal alle Spuren zusammen. Das waren zwar eine Menge, aber keine hatte wirklich zu etwas geführt. Sie waren auf der falschen Fährte, da hatte Georg wohl eindeutig recht. Oder nicht? Dorothea hatte sich seit langem angewöhnt, in solchen Dingen ihrem Gefühl zu vertrauen, auch wenn sie dies niemals in ihrem Bericht geschrieben hätte. Und ihr Gefühl sagte ihr, daß sie vielleicht doch in die richtige Richtung ermittelt hatten.

„So vieles weist auf das Ägyptologische Seminar hin, wie der Sand, das Alter des Tuches vom Gänseliesel und die Nähe zu den Tatorten", resümierte sie.

„Dazu dann diese Ägyptologen." Georg sprach das Wort betont langsam aus. „Wirklich seltsame Typen. Die sind doch nicht aus diesem Jahrhundert, mit ihren verstaubten Büchern und toten Sprachen."

„Das macht sie aber noch nicht verdächtig. Niemand von ihnen hat eines der Opfer irgendwie gekannt oder ein Motiv", gab Dorothea zu bedenken.

Georg nickte gedankenverloren. „Ich hätte nicht gedacht, daß ich Altmann mal triefnaß und ziemlich entnervt erleben würde. Er sah sichtlich mitgenommen aus."

„Allerdings. Und er konnte es kaum erwarten, uns los zu sein." Dorothea überlegte weiter. „Diese Hektik ist es, die ihn so verdächtig macht. Ich weiß, er kann es nicht gewesen sein. Und ich glaube, daß es auch keiner seiner Studenten war. Trotzdem riecht er förmlich nach schlechtem Gewissen."

„Meinst du, wir sollten ihm noch mal auf den Zahn fühlen?" fragte Georg, dem der Gedanke, schon wieder abgekanzelt zu werden, wenig behagte. „Schließlich haben wir keinen Grund dazu."

„Nein, aber vielleicht nach dem nächsten Mord." Damit hatte sie zum ersten Mal ausgesprochen, was beide insgeheim gewußt und gefürchtet hatten: daß die Mordserie noch nicht zu Ende war.

Dorothea starrte immer noch in das dichter werdende Schneetreiben, das ihr wie das äußere Bild ihrer Gedanken vorkam, reichlich durcheinander gewirbelt und wenig geordnet. Davor sah sie im Spiegelbild der Fensterscheibe ihr eigenes Gesicht, bleich, die halblangen roten Haare von Wind und Wetter zerzaust und unordentlich in alle Richtungen abstehend. Sie fragte sich, was morgen passieren würde, nachdem alle Welt aus der Zeitung die Namen der Opfer erfahren hatte. Familien, Politiker und Reporter würden auftauchen und ihr die eine Frage stellen, die sie sich auch selbst immerfort stellte: Wann werden sie den Mörder haben? Sie wußte, ihr stand ein schwerer Tag bevor. Trotzdem wollte sie nicht nach Hause fahren. Allein der Gedanke daran, in ihre nassen Schuhe zu steigen und sich in den Sturm und Schnee hinaus zu wagen, hielt sie in ihrem Büro zurück.

Schließlich stieß sie sich mit den Füßen von der Heizung ab und drehte sich auf dem Stuhl zu ihrem Schreibtisch um. „Wir sollten uns tatsächlich auf etwas anderes konzentrieren – damit meine ich die Größe und Kraft des Täters. Wie viele Leute in Göttingen und Umgebung gibt es, die tatsächlich dafür in Frage kommen?"

„Wahrscheinlich nicht so viele", antwortete Georg und fischte einen Computerausdruck unter einem Stapel Akten hervor. „Es gibt da eine kleine Liste mit einschlägig bekannten Leuten, die auch körperlich dafür in Frage kommen. Laß uns die noch mal durchgehen."

Dorothea beugte sich über das Papier, doch dann wurde sie gleich wieder abgelenkt von dem Anschwellen des Sturmes, der um das Haus heulte. Dieses Wetter war gräßlich und machte alles nur noch schwieriger. Schon ohne die Bedrohung durch einen verrückten Mörder, der die Straßen Göttingens unsicher machte, fühlte sie sich bei diesem ewig bedeckten Himmel deprimiert. Aber das Gefühl, innerlich wie äußerlich im Dunkeln zu tappen, frustrierte sie zusehends. Entschlossen zog sie die Jalousie herunter, um wenigstens den Schneesturm und die Dunkelheit auszusperren. Mit zusammengebissenen Zähnen erklärte sie Georg: „Ich habe da ein ganz mieses Gefühl!"

6

Wißt ihr denn, auf wen die Teufel lauern,
in der Wüste, zwischen Fels und Mauern?
Und, wie sie den Augenblick erpassen,
nach der Hölle sie entführend fassen?
Lügner sind es und der Bösewicht.
J. W. v. Goethe, Anklage

Ihr Gefühl hatte Dorothea auch diesmal nicht getäuscht. Zum einen hatte sich das Wetter weiterhin verschlechtert, so daß Göttingen im Schneechaos versunken war. Und jetzt, zwei Tage später, hatte der Schneefall einer klirrenden Kälte mit sibirischen Temperaturen Platz gemacht. Dazu blieb der Himmel auch tagsüber dunkel und wolkenverhangen.

Zum anderen hatte es einen weiteren Mordfall gegeben, dessen mysteriöse Umstände nun das Maß voll gemacht hatten, denn das Opfer, der Küster der Jacobikirche, war tot am Altarkreuz hängend gefunden worden.

Natürlich war sofort der Verdacht aufgekommen, die Morde hätten einen religiös motivierten Hintergrund. Das Fernsehen in Gestalt einiger Regionalsender hatte begonnen, die Sache dahingehend aufzuziehen. Zu allem Überfluß fand sich Dorothea auf dem Bildschirm wieder, wo sie jegliche Beteiligung von Satanisten und Kirchenschändern ausschloß, denn alle anderen Morde ließen keine derartigen Motive vermuten. Natürlich wollte niemand ihren Beteuerungen Glauben schenken. Stattdessen wurde fröhlich weiterspekuliert. Am Ende war sie sogar ganz froh darüber, daß man in den Medien sensationslüstern die falsche Richtung eingeschlagen hatte, denn das gab der Polizei beim Ermitteln ein wenig Freiraum. Glücklicherweise waren bis jetzt nur wenige Tatsachen durch die Nachrichtensperre gesickert, so daß die Öffentlichkeit nicht ahnte, wie extrem der Mörder diesmal zugeschlagen hatte.

„Das ist wahrlich der Oberhammer!" platzte Georg beim Betreten der Kirche heraus, was ihm einen vorwurfsvollen Seitenblick des Pastors einbrachte. Dieser wuselte aufgeregt zwischen den Polizisten hin und her, wobei er den Eindruck machte, als würde ihm die Schändung des Kreuzes näher gehen als der Tod des Küsters. Auch in der Kirche gibt es Freundschaften und Feindschaften, dachte Georg bei sich.

Der Pastor gab zum wiederholten Male die Geschichte, wie er den Leichnam gefunden hatte, von sich und wollte auch nicht aufhören, seine Unschuld zu beteuern, obwohl ihn niemand, und das nicht nur wegen seiner einsfünfzig Körpergröße, wirklich verdächtigt hätte. Den lamentierenden Pastor hinter sich lassend, traten Georg und Dorothea näher an den Altar heran, um einen Blick auf den Tatort zu werfen.

Dorothea spürte, wie ihr Unterkiefer langsam und unaufhörlich herunterklappte, bis sie mit offenem Mund dastand. Sie konnte sich nicht bewegen, selbst ihre Füße schienen wie am Boden festgeklebt zu sein. Dieser Anblick übertraf wirklich alles, was sie bis jetzt gesehen hatte, sowohl in dieser Mordserie und auch in allen anderen Morden, mit denen sie in ihrem Leben schon konfrontiert worden war.

In den ersten Sekunden, in denen sie auf die Leiche des Küsters gestarrt hatte, war es nur so eine Ahnung gewesen. Aber dann spürte sie tief in ihrem Inneren, daß sie mit ihren düsteren Vorahnungen recht gehabt hatte. Sie wußte, daß diese Tat wie ein Wendepunkt war, von dem aus es nur noch schlimmer kommen konnte. Dieser sechste Mord würde die Diskussion so anheizen, daß der Druck auf Dorothea und alle anderen Beamten, die mit dem Fall betraut waren, schier unerträglich werden würde. Aber das war es nicht, was ihr die Schauer über den Rücken jagte, sondern die plötzliche Gewißheit, daß hinter diesen Morden nicht nur ein perfides System steckte, sondern daß der Mörder auf ein Ziel hinarbeitete. Dorothea hatte keine Vorstellung, was das für ein Ziel sein könnte, aber diese Idee, daß sie einer unvorstellbaren Bedrohung entgegensah, wollte einfach nicht weichen. Es blieb hartnäckig in ihrem Hinterkopf und ließ sich nicht vertreiben. Das Gefühl der Beklemmung tickte in ihrem Gehirn wie eine imaginäre Zeitbombe. Erst mit einiger Mühe bekam sie sich wieder in die Gewalt und konnte die bleierne Lähmung, die ihre Glieder befallen hatte, abschütteln. Vorsichtig ließ sie den Blick über das neueste Opfer des ‚Göttinger Schlachters' gleiten.

Die Leiche des Küsters war an das Kreuz gebunden worden, so daß sie in der gleichen Position hing wie der Gekreuzigte selbst. Die Kleidung des Mannes war so in Fetzen gerissen, daß er zu allem Überfluß fast unbekleidet dort oben hing. Seine Arme und Beine waren mehrfach gebrochen worden. Dorothea konnte deutlich weiße Knochen sehen, die sich an mehreren Stellen durch die Haut des Mannes nach außen gebohrt hatten.

Das Fleisch über dem Brustkorb war fast über die gesamte Länge des Rumpfes hin aufgerissen, in der Höhe des Herzens klaffte ein tiefes, dunkelrotes Loch. Das Herz selbst konnten die Polizisten zuerst nicht finden, bis ausgerechnet Georg es auf einer Lampe in fast drei Meter Höhe liegen sah. Die Hitze der Glühbirne hatte das Gewebe schon angegriffen, und als jemand von der Spurensicherung versuchte, das Herz herunterzunehmen, löste es sich nur langsam und mit einem gräßlichen Abreißgeräusch. Selbst Dorotheas routinierter Magen protestierte zu dieser frühen Stunde des Tages.

Ersten Untersuchungen zufolge war der Küster gegen Mitternacht von dem Täter überrascht worden, als er gerade eine Seitentür der Kirche abschließen wollte. Der Mörder hatte ihn zurück in das Gebäude gedrängt, durch einen Seitenraum geschleift und am Eingang zum Kirchenschiff offenbar gegen die Wand geschleudert. Der blutige Umriß eines Körpers an der Wand des Seitenschiffes sprach nur zu deutlich davon. Auf den Altarstufen mußte der Mörder sein Opfer abgelegt haben, um das Herz herauszunehmen, doch niemand konnte sich vorstellen, wie er es ohne Leiter oder ein wie auch immer beschaffenes Hilfsmittel oben auf die Lampe gelegt haben konnte. Dies blieb ebenso ein Rätsel, wie die Frage, wie er den Leichnam über den Altar gewuchtet und dann noch an das Kreuz gebunden hatte. Der Täter hatte sich sogar die Mühe gemacht, sein Opfer der Haltung des Gekreuzigten anzupassen, indem er ihn genauso festgebunden hatte, sogar der Kopf des Küsters war in die gleiche Richtung geneigt wie der der Christusfigur. Später sollte sich herausstellen, daß die Stoffstreifen, mit denen das Opfer am Kreuz befestigt worden war, aus demselben Material bestanden wie das Tuch, das man am Gänselieselbrunnen gefunden hatte. Der Kopf des Opfers war weitgehend unversehrt geblieben. Seine weit aufgerissenen Augen starrten anklagend auf die Beamten herunter, doch das ganze Gesicht hatte etwas Groteskes an sich, weil die bläulich angelaufene Zunge weit aus dem Mund heraushing. Er erinnerte Dorothea sofort an einen der Wasserspeier von Notre-Dame, die sie im letzten Urlaub bewundert hatte.

Um das Kreuz herum, auf dem Altar und davor waren große Mengen des rötlichgelben Sandes verstreut.

„Die Bezeichnung ‚Oberhammer' ist vielleicht nicht besonders feinfühlig, trifft den Kern der Sache aber ziemlich gut", bemerkte Dorothea seufzend.

Gegen Vormittag desselben Tages saß Maria Rothe zurückgelehnt in ihrem Schreibtischstuhl, die Beine hatte sie auf den Schreibtisch geflezt, und nippte an einem Becher mit Heißer Tasse Hühnersuppe. In ihrem Schoß lag ein Buch über die Göttin Isis und darauf ein Hägar-Comic, der weitaus entspannender war. Heute war definitiv kein Tag zum Arbeiten. Wie an so vielen Tagen war die Versuchung, etwas anderes zu tun und sich ablenken zu lassen, einfach zu groß. So quälte sich Maria abwechselnd durch die Comics und dann wieder ein paar Seiten weit durch das Buch über die Göttin Isis, doch immer wieder fand sie etwas anderes zu tun, wie etwa Suppe oder Tee zu kochen oder zu telefonieren, oder eben die Eroberung Englands durch Hägar den Schrecklichen. So kam sie niemals beim Lesen in Ruhe und konnte sich nicht wirklich darauf konzentrieren, ‚in die Materie einzutauchen', wie Herr Dr. Edelmann das immer zu bezeichnen pflegte. Die Zeit verging zäh, langsam und irgendwie dickflüssig, und wieder einmal war bewiesen, daß man an Tagen ohne Vorlesungen und Seminare entgegen der landläufigen Meinung am schlechtesten zum Arbeiten kam. Maria wußte das eigentlich nur zu gut, doch natürlich freute sie sich immer auf diesen Tag der Woche, denn er barg im Vorfeld soviel Hoffnung und Enthusiasmus, daß sie nun aber wirklich mal dazu komme, dieses oder jenes aufzuarbeiten. Der Ablauf des herbeigesehnten Tages strafte dann jedoch die Vorstellungskraft Lügen, und sie schaffte überhaupt nichts. Freie Tage, die wie ein unbeschriebenes Blatt vor einem liegen, pflegten regelmäßig eine Art lähmender Angst genau vor dieser unbegrenzten Freiheit zu verbreiten. Ohne einen gewissen Zeitdruck waren Maria und ihr innerer Schweinehund wohl doch nicht zum Arbeiten zu überreden.

Das war das gleiche Gefühl, das sie hatte, wenn sie morgens den Computer anschaltete und anstelle von Word das Mahjong-Spiel aufrief. Der Gedanke an die grenzenlosen Möglichkeiten, die ein solcher Tag zu bieten hatte, ist wohl einfach zuviel für einen normalen Menschen – dem noch dazu jede Selbstdisziplin fehlt, dachte Maria. Entschlossen nahm sie mit einem Schwung die Beine vom Tisch, stellte ihren Becher ab und schickte Hägar wieder zurück nach Norwegen.

Endlich gelang es ihr doch noch, sich auf die Göttin Isis zu konzentrieren, wobei sie nicht merkte, wie die Zeit verstrich, und sie erst auf die Uhr blickte, nachdem sie das Buch zu Ende gelesen und geräuschvoll zugeklappt hatte. Es war früher Nachmittag, und Maria hatte gerade noch Zeit, ein Käsebrot zu essen, bevor sie sich auf den Weg zu Philip machte.

Diese Einladung, ihn zu besuchen, kam für Maria völlig überraschend, denn jeder wußte, daß Philip niemals seine Kommilitonen in seine Wohnung einlud. Nicht nur deswegen galt er als eigenbrötlerisch und versponnen. Böse Zungen behaupteten sogar, seine Wohnung sei so geschmacklos wie seine Kleidung und deshalb könne niemand außer Philip dort länger als fünf Minuten ausharren, ohne an Geschmacksverirrung zu sterben. Um so mehr war Maria überrascht gewesen, als Philip sie gestern nachmittag gefragt hatte, ob sie nicht mal vorbeikommen wolle, um in Ruhe und vor allem ohne potentielle Zuhörer über die seltsamen Ereignisse der letzten Woche zu sprechen.

In den vergangenen Tagen hatten sie sich beide wiederholte Male in eine Ecke der Eingangshalle zurückgezogen, um Vermutungen auszutauschen, aber immer war jemand dazugekommen, so daß sie das Gespräch hatten abbrechen müssen. Ein paar Mal hatten sie sich auf der Suche nach bestimmten Hinweisen vor demselben Bücherregal wiedergetroffen, oder sie hatten sich gegenseitig dabei erwischt, wie sie einen schnellen Blick in das eine oder andere Buch geworfen hatten, das laut Ausleihbuch in der letzten Zeit von Kramer oder Altmann gelesen worden war. Daher war es jetzt wirklich an der Zeit, eine Art Brainstorming vorzunehmen.

So machte sich Maria auf den Weg ins Ostviertel, wo Philip eine kleine Dachwohnung hatte. Nie wieder eine WG, wie er ihr bei der Wegbeschreibung erklärt hatte. Das Zusammenleben mit anderen Studenten war schon in seinem ersten Semester nach acht Wochen kläglich gescheitert. Maria, die nie in einer Wohngemeinschaft gelebt hatte, stellte sich das WG-Leben auch reichlich schwierig vor. Tatsächlich waren die meisten WG-Bewohner, die sie kannte, am Ende froh gewesen, in eine eigene Wohnung umziehen zu können. Sie warf einen Blick in ihr wenig aufgeräumtes Zimmer und dann auf den Berg schmutzigen Geschirrs in der Kochnische, und fragte sich, ob sie wohl WG-geeignet wäre. Mit einem heftigen Kopfschütteln verneinte sie diesen Gedanken und überlegte, während sie ihre wärmsten Sachen anzog, wie es wohl um Philips Bereitschaft zum Abwaschen stand.

Seit dem ersten Semester hatte Maria in der einen oder anderen Einzimmerwohnung gelebt, die alle ziemlich klein und dazu noch möbliert waren. Böse Zungen nannten diese Wohnungen ‚Wohnklo mit Küche', und an der Bezeichnung war etwas dran. Manchmal sehnte Maria sich nach eigenen Möbeln und einer richtigen Küche mit einer Tür, die man im Bedarfsfall einfach zumachen konnte. Im Laufe der Jahre hatte sie es jedoch geschafft, auch diesen uniformen Wohnungen ihren eigenen Stil zu geben, so daß sie sich meistens recht wohl in ihrem Zuhause fühlte. Nun war sie sehr gespannt auf Philips Wohnung.

Sie war dann wirklich überrascht, als sie, nachdem sie ihre von Schneematsch triefenden Schuhe vor Philips Wohnungstür abgestellt hatte, in seine kleine Dachwohnung trat. Diese war eigentlich nur ein großes Zimmer mit einer Dachschräge, doch das Tageslicht, das durch die beiden großen Fenster einfiel, machte den Raum angenehm hell. In der Ecke befand sich eine winzige Kochnische, vor dem einen Fenster ein großer Schreibtisch und unter dem anderen ein mit einer bunt gestreiften mexikanischen Decke zugedecktes Bett.

An der gegenüberliegenden Wand standen über die ganze Länge mehrere mit Büchern vollgestellte Regale, auch überall im Zimmer lagen Bücher, sogar an den Wänden waren Bücherstapel aufgereiht. Sonst schien Philip so gut wie nichts zu besitzen, kein Krimskrams lag herum, kein Nippes stand in den Regalen und fing Staub. Auf dem Schreibtisch stand ein Computer, doch Maria entdeckte weder einen Fernseher noch einen Videorecorder. Zwischen den Fenstern hingen einige Fotos von Salma Hayek und das Filmplakat von ‚From Dusk Till Dawn'. Maria wußte, daß Philip die mexikanische Schauspielerin geradezu anbetete, auch wenn er das ihr gegenüber niemals offen zugegeben hätte.

Auf dem Fußboden lag ein unendlich großer und kostbar aussehender chinesischer Teppich, der das ganze Zimmer beherrschte. Er verlieh dem Raum einen exotischen Eindruck, der die billigen Bücherregale aus dem Baumarkt vergessen ließ. Der Teppich war in einem tief dunkelblauen Farbton gehalten. Nur in der Mitte hatte er ein ovales Medaillon, das eine chinesische Landschaft zeigte. Der Rand des Teppichs war mit hellbeigen und gelben Pfingstrosen und Kirschblütenzweigen verziert.

Maria sah sich bewundernd um.

„Hier sieht es aus wie in einem Bücherladen", bemerkte sie kopfschüttelnd. „Unglaublich, hast du all das gelesen?"

„Natürlich nicht", antwortete Philip lachend. „Mein Vater hat einen großen Buchladen in Gelsenkirchen, wußtest du das nicht? Viele Bücher gibt es für ihn billiger oder sogar geschenkt. Manche landen dann bei mir."

„Und was für ein wunderschöner Teppich!" Maria ging in die Hocke und legte sanft eine Hand auf eine gelbrosa Pfingstrose.

„Er gefällt dir wirklich", sagte Philip überrascht. „Die meisten Leute, die ich kenne, finden chinesische Teppiche geschmacklos, zuviel Muster und Blümchen. Ich finde alles Chinesische faszinierend. Mein Onkel hat ihn mir gekauft, als ich mit ihm in China war."

„Du warst in China?!"

„Ja, als ich sechzehn war. Mein Onkel ist Sinologe und bei einer Firma, die als eine der ersten Anfang der achtziger Jahre in China investiert hat. Er hat mich auf eine seiner Geschäftsreisen mitgenommen. Meine Eltern sind damals vor Sorge fast umgekommen. Natürlich völlig unnötig. Es war unglaublich eindrucksvoll. Eine ganz fremde Welt war das. Es war einfach faszinierend, wie Mr. Spock sagen würde. Und das unglaublichste daran war, diese fremde Welt hat nicht einfach nur in meinem Kopf existiert, weißt du, wie das alte Ägypten, das ja eigentlich längst vergangen ist. China ist real. Du kannst hingehen und diese fremde Welt am eigenen Leib erleben."

„Wie lange warst du da?"

„Zwei Wochen. Wir waren in Peking und Shanghai. Damals war das Reisen im Land noch kompliziert, und mein Onkel mußte ja auch arbeiten. Ich war viel alleine unterwegs. Ich hätte den ganzen Tag durch die Parks laufen können, danach chinesisches Essen bis zum Abwinken. Es war großartig. Ich war vollkommen verändert, als ich zurückkam, eine schöne neue Welt sozusagen."

„Warum hast du dann nicht Sinologie studiert?" fragte Maria, für die China ungefähr so weit weg war wie der Mars.

„Ich glaube, das war es, was mein Onkel sich gewünscht hätte", Philip blickte sie ernst an. „Aber, ganz ehrlich: Was ist wie Ägypten? Nichts kommt der Ägyptologie gleich!"

„Habe schon lange niemanden mehr gehört, der sich mit so viel Inbrunst für unser Fach ausgesprochen hat", bemerkte Maria verblüfft.

„Ja, ich finde es auch verwunderlich, wie frustriert die Atmosphäre am Seminar manchmal wirkt. Viel zu viel ‚Leiden am Fach'. Wir studieren so ein wunderschönes und interessantes Fach, und das ganz freiwillig. Trotzdem haben die meisten Leute keine Lust, in eine Vorlesung oder die Bibliothek zu gehen. Das kann ich nicht nachvollziehen."

Kopfschüttelnd machte sich Philip daran, Teewasser aufzusetzen. „Eigentlich sollte doch jeder froh sein, der die Möglichkeit hat, sich mit so etwas Wunderbarem zu befassen. Statt dessen wird genölt über zu viele Referate, Latein oder, noch schlimmer, die privaten Wehwehchen."

„Für viele geht es ums Überleben, denn viel Geld kann man nicht damit verdienen. Manchmal nicht mal wenig Geld, sondern rein gar nichts." Maria, die sich reichlich ertappt fühlte, warf das klassische Argument ein.

„Stimmt", gab Philip zu, während er zu Marias Überraschung ein ziemlich großes Kuchenpäckchen von Cron und Lanz aus dem Kühlschrank holte, „Aber viele Leute, nicht nur Ägyptologen, arbeiten nach dem Studium in einem anderen Bereich. Außerdem ist es für alle Leute heutzutage schwer, hinterher einen Job zu finden. Die Ägyptologie sollte das Risiko wert sein."

Philip balancierte die Kuchenstücke mit Hilfe eines Küchenmessers auf einen Teller, doch die meisten kippten auf die Seite. „Das gibt eine böse Schwiegermutter", witzelte er. Dann versuchte er vergeblich, die Stücke wieder aufzurichten, bis er es nach kurzer Zeit aufgab.

„Manchmal glaube ich, manche Dinge fallen dir viel leichter als anderen, und bei anderen machst du es dir zu schwer. Du hast irgendwie eine ganz andere Weltanschauung", gab Maria zu bedenken. Sie zuckte erschrocken zusammen, denn sie bereute sofort, vielleicht zuviel gesagt zu haben, doch Philip nickte nur.

„Wahr", stimmte er zu. „Aber in puncto Kuchen scheine ich direkt auf einer Wellenlänge mit allen anderen im Seminar zu liegen. Der Kuchen von Cron und Lanz ist einmalig, das findet sogar Martina Meyer!"

Er stellte ein Sammelsurium von Tellern und Tassen mit verschiedenen Blümchenmustern auf einen kleinen Tisch und schenkte Tee ein. Dann ließ er sich aufs Bett fallen und schnappte sich ein Stück Kuchen. Dabei bedeutete er Maria, die sich mittlerweile vorsichtig auf der Bettkante niedergelassen hatte, mit einer Handbewegung, sich ebenfalls mit Kuchen zu bedienen.

Kauend fuhr er fort: „ Natürlich stimmt es, daß ich manche Dinge anders sehe. In meiner Familie sind fast alle Geisteswissenschaftler, niemand fand es daher verrückt oder sonderbar, daß ich Ägyptologie studiere. Ich habe sogar noch eine entfernte Cousine, die Ägyptologie im Nebenfach hatte. Andere Leute wissen nicht mal, daß es so was überhaupt gibt."

Maria nickte. „Das paßt auf meine Familie. Alles normaler Mittelstand, Kaufleute und Beamte. Ich bin so eine Art schwarzes Schaf, oder besser: exotisches Schaf. Auf jeder Familienfeier muß ich mir dieselben dämlichen Sprüche anhören, von ‚verdient man damit überhaupt Geld?' bis hin zu ‚hast du keine Angst vor dem Fluch der Pharaonen?'. Als ich gerade angefangen hatte, zu studieren, dachte ich immer, ich müßte mich verteidigen. Heute überhöre ich das Gerede einfach, denn die anderen sind die Dummen, nicht ich. Ist mir reichlich schwergefallen, mich an die Rolle des Außenseiters zu gewöhnen."

Philip nickte und hebelte dabei konzentriert mit einer Kuchengabel die Schokoladenverzierung von seinem Tortenstück. Dann sagte er: „Irgend etwas geht im Seminar vor. Ich war vorhin noch mal da und habe einen Blick in das Ausleihbuch geworfen."

In diesem Buch wurden alle ausgeliehenen Bücher, Namen des Entleihers und so weiter eingetragen. Auch die Lehrenden trugen sich ein, und wer wollte, konnte ziemlich genau feststellen, wer was in den letzten Monaten gelesen hatte.

„Außerdem habe ich noch auf die Schreibtische einer Menge Leute geguckt. Zur Mensazeit war keiner im Seminar. Da hatte ich freie Bahn."

„Was hast du herausgefunden?" fragte Maria und blickte erwartungsvoll über den Rand ihrer Teetasse.

„Altmann und Kramer lesen die gleichen Bücher. Auf Altmanns Tisch lag ein Zettel von Guido Kramer: er habe einige Bücher zu seinem Schreibtisch mitgenommen."

„Was ist daran außergewöhnlich?"

„Kramer liest schon seit einem Jahr Bücher über Religion, was ihn vorher nie interessiert hat. Seit ein paar Wochen liest Altmann die gleichen Bücher und seit kurzer Zeit ebenso Christoph."

„Vielleicht ein neues Projekt?" mutmaßte Maria.

„Nein, kann nicht sein, wir hätten gehört, wenn die plötzlich zusammenarbeiten würden. Und die Lektüre an sich ist noch seltsamer, alles Zaubertexte aus dem Neuen Reich."

„Die änigmatischen Texte?" fragte Maria verblüfft. „Die kann doch niemand richtig lesen." Sie war sich da ziemlich sicher, denn sie hatte sich selbst ganz kurz damit auseinandergesetzt, als sie auf der Suche nach einem passenden Dissertationsthema gewesen war, das Projekt aber ziemlich bald als unlösbar verworfen. „Das ist ja ziemlich abgedrehtes Zeug, höchstens was für Sprachwissenschaftler, denn inhaltlich kommt vielleicht nicht mal viel Neues heraus."

„Vielleicht stand doch mehr drin, als man vermutet hat, nicht nur die übliche Tagewählerei oder Liebeszauber." Philip setzte sich auf und verlangte ernst: „Versprich mir, daß du niemandem erzählst, was ich gemacht habe!"

Nachdem Maria leicht amüsiert genickt hatte, fuhr er fort: „Ich habe mich etwas mehr auf Altmanns und Kramers Schreibtischen umgesehen, als das normalerweise erlaubt ist."

„Du hast in ihren Papieren gewühlt!?" platzte Maria verblüfft heraus.

„So kann man es auch nennen", gestand Philip. Und nicht nur das, er hatte Papiere und Aufzeichnungen durchgesehen, sogar die Computer der beiden Professoren angeschaltet, allerdings hatten beide ihre Rechner mit Paßwörtern geschützt. Trotzdem war Philip fündig geworden. Auf einem zerrissenen Blatt Papier aus Kramers Papierkorb standen einige Sätze, die dieser wohl aus dem Ägyptischen übersetzt hatte.

„Was stand da?" fragte Maria aufgeregt.

Philip hielt ihr wortlos einen Papierfetzen hin, den sie mit zwei spitzen Fingern entgegennahm. In Kramers schnörkeliger Handschrift stand dort:

… (4. und) 5. Stunde … Sandberg […]
… oval (nw.t) […]
… die beiden Köpfe … […]

Marias Augen weiteten sich schreckerfüllt, als sie an die grausige Szene vor dem Seminar vor wenigen Tagen dachte. Doch dann riß sie sich zusammen.

„Das besagt gar nichts. Klingt nach irgendeinem Unterweltsbuch und nicht nach dem Geständnis eines Mörders."

Es tat ihr leid, Philip so enttäuscht zu sehen, aber sie sah keinen Zusammenhang, der nicht auch dem Zufall entsprungen sein konnte. Sie gab den Zettel zurück.

„Ein Glück, daß er dich nicht dabei erwischt hat, als du die Nase in seine Sachen gesteckt hast."

„Er nicht, aber Christoph", erklärte Philip. „Er stand die ganze Zeit im Türrahmen und hat mich beobachtet. Als ich hochblickte und ihn sah, war ich furchtbar erschrocken, doch er hat sich nur umgedreht und ist einfach weggegangen. Er muß gewußt haben, wonach ich suchte."

„Bloß weil Kramer ein Eigenbrötler ist und aussieht wie ein Penner, ist er noch lange kein Mörder", gab Maria zu bedenken.

„Nein, deswegen nicht", fuhr Philip fort. „Aber die Polizei hat vielleicht gar nicht so unrecht, wenn sie ständig bei der Ägyptologie nachfragt. Es gibt da mehr Verbindungen zu den Morden, als wir zugeben wollen. Und Kramer hat eindeutig ein Problem."

„Das ist noch freundlich ausgedrückt", feixte Maria.

Schon seit Jahren hatte sie so gut wie kein Wort mit Guido Kramer gewechselt. In einer Anfängerübung hatte sie es gewagt, seine Interpretation eines Textes zu hinterfragen. Er war vollkommen ausgerastet und hatte sie als ‚Blöde Kuh' tituliert. Seitdem herrschte zwischen beiden eisiges Schweigen, das nicht mal Altmanns schwacher Vermittlungsversuch zu brechen imstande gewesen war. Manche Leute behaupteten, daß Altmann von vornherein auf Seiten Marias gewesen sei, und daß er sie seit dem Vorfall besonders gefördert habe, nur um Kramer zu ärgern. Obwohl Maria wußte, daß dies nicht der Fall war, ärgerte sie sich über die Gerüchte, sie habe nur deswegen ihre Stelle als Wissenschaftliche Hilfskraft am Seminar bekommen.

„Es muß eine rationale Erklärung geben, wenn wir nicht an Magie und den Fluch der Pharaonen glauben wollen – und das tue ich entschieden nicht!" Maria erhob sich. „Wo ist eigentlich das Badezimmer?"

Das Badezimmer war außerhalb der Wohnung auf dem Flur gegenüber. Irgendeinen Haken haben diese Wohnungen im Altbau immer, dachte Maria, als sie sich in dem winzigen Badezimmer umsah, dessen Waschbecken den Durchmesser eines Suppentellers hatte. Die Dusche war nur unwesentlich größer.

„Wenn man hier duscht, muß man vorher das Klopapier in Plastik einschweißen, damit es nicht naß wird", murmelte Maria.

Sie stand am Waschbecken und blickte verdrossen auf einen Seifenspender mit Blümchendekor. Gegen die meisten Sorten Flüssigseife war Maria allergisch. Die Haut auf ihrem Handrücken wurde von dem Zeug so rissig, als ob sie die Wohnung drei Tage lang mit Kalklöser geputzt hätte. Sie fand Flüssigseife total überflüssig, im wahrsten Sinne des Wortes. Da keine andere Seife da war, begnügte sie sich mit einer mikroskopisch kleinen Menge von dem Zeug.

Sie merkte, wie sie immer gereizter wurde, nicht wegen der Seife, sondern weil diese ganze Sache anfing, seltsamer und seltsamer zu werden. Waren die Entdeckungen, die Philip glaubte, gemacht zu haben, wirklich Hinweise auf eine Beteiligung von Kramer und Altmann an den schrecklichen Morden? Und warum sollten die beiden so etwas überhaupt tun? Mit diesen Fragen ging sie zurück in Philips Zimmer. Dieser hatte inzwischen einige Zettel, auf denen Maria Tabellen mit Eintragungen und durch Striche angedeutete Querverweise erkennen konnte, auf dem Bett ausgebreitet.

„Ich habe Listen gemacht, über Datum, Ort und …", Philip zögerte kurz, „und die Verbrechen."

Maria beugte sich über die Zettel: „Glaubst du nicht, daß die Polizei das nicht auch schon gemacht hat?"

„Sicher, aber sie sind Polizisten und keine Ägyptologen!" verkündete Philip überheblich und deutete auf die rechte Seite des ersten Blattes. „Wenn man einige Informationen rausfiltert, kommen einem plötzlich eine Menge Dinge vertraut vor."

Plötzlich verstand Maria, was Philip dazu getrieben hatte, seine gute Erziehung und alle Vorsicht beiseite zu lassen, um auf den Schreibtischen der Professoren herumzuwühlen. Das war einfach unglaublich, und zu unwahrscheinlich, um bloßer Zufall zu sein.

„Da kennt sich aber einer gut in ägyptischer Religion aus", murmelte sie schließlich.

Sie mußte fasziniert zugeben, daß die Morde tatsächlich in einem ganz anderen Licht erschienen, wenn man die Details herausstrich, die abgesehen von der Brutalität diese Mordfälle zu etwas Besonderem machte. Da paßten die Affen auf dem Plakat dazu, daß es sich um den ersten Mord handelte, genauso wie sich der letzte, der sechste Mord, um Mitternacht ereignet hatte. Was ausgesehen hatte wie ein gemeiner Scherz, nämlich den Toten neben dem Plakat mit den Affen zu plazieren, ein Detail, das die Presse nicht müde geworden war, auszuschlachten, diesem kam mit einem Mal große Bedeutung zu. Das war ihnen ja schon vor Tagen aufgefallen, damals, als Altmann plötzlich in der Tür gestanden hatte. Aber sie hatten es für einen Zufall gehalten. Auf die Sonnenaffen zu kommen, war für einen Ägyptologen nicht sonderlich schwer. Aber sie hätte nie gedacht, daß da mehr dahinterstecken könne.

„Der erste Mord, das ist der Beginn, und die Affen, sie symbolisieren diesen Anfang, wie die Sonnenaffen den Sonnengott Re am Morgen begrüßen." Maria tippte mit dem Zeigefinger auf einen Punkt des Blattes. „Und der sechste Mord passiert um Mitternacht, nämlich der ägyptischen sechsten Nachtstunde. Das kann doch nicht wahr sein! Vielleicht ist es doch nur ein Zufall!"

„Es muß was dran sein. Überlege doch mal: die beiden Köpfe auf dem Sand." Philip wurde immer eindringlicher. „Sand, aus dem Köpfe kommen. Das klingt wie Wiedergeburt aus der Erde, oder so. Denke an den Zettel aus Kramers Papierkorb, auf dem etwas von Sand und zwei Köpfen stand. Die Polizei ist doch wohl auch deshalb auf die Ägyptologie gekommen, weil sie ägyptischen Sand gefunden haben."

„Aber wo gibt es Sand mit zwei Köpfen?" überlegte Maria. „Mir fällt kein Beleg ein, weder Abbildung noch Text."

Gedankenverloren sah sie zu, wie Philip eine Küchenschabe vom Kuchenpapier scheuchte. „Das Gänseliesel hatte auch zwei Köpfe, aber es gibt keinen Gott in Ägypten mit zwei Köpfen, so wie Ianus bei den Römern, schon gar keinen, der in einem Sandhaufen steckt. Solche Gottheiten mit seltsamen Köpfen kommen höchstens in der Unterwelt vor."

„Vielleicht hat die Polizei ja einige Details nicht bekanntgegeben", meinte Philip. „Und das sind die Informationen, die uns fehlen, um das Puzzle zusammenzusetzen."

Maria nahm noch einmal die Zettel zur Hand, um sie genauer zu studieren. Philip hatte auch eine Art Stadtplan skizziert, auf dem die Tatorte – der Leinekanal, der Gänseliesebrunnen und in deren Mitte das Michaelishaus – eingetragen waren. Doch es waren zu wenige Details, um so etwas wie einen roten Faden erkennen zu können. Irgend etwas muß da sein, was ich übersehe, dachte Maria und merkte mit einem Mal, daß sie sich von Philips Begeisterung für seine Entdeckungen hatte anstecken lassen, obwohl er keine wirklichen Beweise hatte. Alles nur Vermutungen, überlegte Maria und ermahnte sich, einen klaren Kopf zu behalten.

„Das einzige, was mir noch auffällt, ist die Kombination von Wasser und Sand, das erinnert doch sehr an Ägypten. Eine Wüste, durch die der Nil fließt."

„Ägypten, das Geschenk des Nils", betete Philip die Bemerkung Herodots nach.

„Bei den beiden Opfern vor dem Michaelishaus war allerdings kein Wasser." Maria wehrte sich mit aller Macht gegen die schreckliche Vorstellung, daß wirklich irgend jemand die Ägyptologie für diese gemeinen Morde mißbrauchen sollte.

In diesem Moment änderte sich draußen das Wetter. Schlagartig war ein heftiger Wind aufgekommen, der an den Dachfenstern von Philips Wohnung rüttelte. Am stahlgrauen Himmel türmten sich dicke Wolken, die von den Lichtern der Stadt in ein rötliches Licht getaucht wurden.

„Das Wetter wird wieder schlechter", stellte Maria fest und stand auf. „Ich mache mich besser auf den Weg, bevor es noch schlimmer wird. Ich muß auch noch Koptisch vorbereiten."

Philip griff nach seiner abgetragenen Lederjacke und einem Schal mit dem Abzeichen von Werder Bremen. „Ich bringe dich nach Hause", erklärte er der überrascht dreinblickenden Maria.

„Nicht nötig", wehrte sie ab. „So schlimm ist das Wetter nun auch wieder nicht. Ich bin ja nicht aus Zucker!"

Eine Sekunde lang spielte Philip mit dem Gedanken, ob er ihr sagen solle, daß er sie viel süßer als irgendwelchen Zucker fand, doch er überlegte es sich anders. Jetzt war nicht der richtige Zeitpunkt. Außerdem kannte er sie noch nicht gut genug, redete er sich ein. Gleichzeitig wurde ihm bewußt, daß er nur zu feige war, seine Gefühle zu offenbaren, und er sich vor einer Abfuhr fürchtete. Statt dessen sagte er: „Nicht wegen des Wetters, sondern weil es zu gefährlich ist. Was ist, wenn der Mörder wieder unterwegs ist?"

Maria lachte: „Wenn Altmann oder Kramer mich umbringen wollen, sollen sie es mal versuchen. Die hätten da auch effektivere Methoden, um mich auszuschalten!" Dann wurde sie ernst. „Wenn der Mörder zuschlagen will, hätten wir auch zusammen keine Chance, denn der Kerl hat ja wohl Bärenkräfte. Demnach sollten wir übrigens nicht nur die Professoren, sondern gleich alle Mitglieder des Seminars von der Liste der Verdächtigen streichen. Keiner ist da gebaut wie Conan der Barbar. Es muß noch etwas anderes geben, oder irgend jemanden, den wir nicht bedacht haben. Selbst wenn Altmann oder Kramer wissen, was vorgeht, sind sie doch nicht die Mörder, das ist einfach physisch unmöglich."

Sie schüttelte so entschieden den Kopf, als Philip nach seinen Stiefeln griff, daß dieser endlich aufgab und widerstrebend seine Jacke wieder auszog.

„Rufst du mich an, wenn du zu Hause angekommen bist?" fragte er. „Das würde mich doch ziemlich beruhigen."

„Klar, mache ich gerne", versprach Maria. Sie stand schon im Türrahmen, als sie sich noch mal umdrehte. „Wir müssen aufpassen, daß wir uns nicht in irgendeine verrückte Idee verrennen. Das klingt alles doch reichlich nach Fluch der Pharaonen, was wir heute besprochen haben. Vielleicht haben wir ja doch zu häufig ‚Die Mumie' gesehen."

„Ich wünschte, dem wäre so. Doch ich glaube nicht, daß wir uns das alles nur einbilden. Irgendwas ist faul im Staate Dänemark, und was immer es auch ist, leider werden uns weder Brandon Fraser noch Peter Cushing zur Hilfe kommen."

Maria lachte noch auf dem Nachhauseweg über die Vorstellung von Philip als draufgängerischem Fremdenlegionär mit Werder-Bremen-Schal. Sie kicherte immer noch vor sich hin, als sie schon fast zu Hause angekommen war. Dort suchte sie Schutz im Hauseingang, weil die Windböen immer heftiger wurden. Dann klaubte sie ihren Hausschlüssel aus der Manteltasche und schloß mit klammen Fingern die Haustür auf. Sie freute sich auf ihre warme Wohnung und wollte nicht einmal vor sich selbst zugeben, wie erleichtert sie war, gut angekommen zu sein.

Weder Maria noch Philip ahnten, wie nahe sie beide an diesem Nachmittag der Wahrheit gekommen waren.

7

You know that day destroys the night,
Night divides the day,
Trying to run, trying to hide,
Break on through to the other side.

THE DOORS, BREAK ON THROUGH

Bald war es soweit. Der Tag des Sieges rückte immer näher. Er wußte, daß er nicht mehr lange zu warten hatte, bis sein Werk vollendet sein würde!

Ein Blick aus dem Fenster zeigte ihm, daß sich die Welt verändert hatte. Sie war düster und kalt geworden. In den letzten Tagen hatte sich die Sonne bereits hinter Wolkenbergen verborgen gehalten. Eis und Schnee hatten die Welt heimgesucht als Vorboten einer Zeit, da die Sonne gar nicht mehr aufgehen würde. Oh, wie sehnte er dieses Auflösen der Welt in Chaos und Nichts herbei. Wie erhaben war es zu wissen, daß sie einem endgültigen Tod entgegenging, ohne Hoffnung und Licht.

Er verspürte ein nie gekanntes Hochgefühl, das dem Bewußtsein seiner großen Macht entsprang. Und er fühlte seinen Haß, diesen unbändigen Haß auf die Welt und alle Lebendige. Er hatte ihn schon immer in sich fühlen können, doch jetzt war er endlich hervorgebrochen. Er war frei. Der Tag seiner Bestimmung rückte näher und näher.

Doch da gab es etwas, was diese wunderbare Stimmung trübte. Jemand war ihm auf die Spur gekommen. Dieser neugierige Spitzel von einem Studenten war dicht daran, sein Geheimnis zu entdecken. Er wußte, daß jemand seine Unterlagen durchwühlt hatte, und er wußte auch, wer es gewagt hatte, sich seiner gewaltigen Macht entgegenzustellen. Dieser Wichtigtuer hatte nicht viel herausfinden können, aber das wenige hatte gereicht, um ihn neugierig zu machen. Allerdings hatte der andere noch nichts unternommen, um ihn zu aufzuhalten. Wahrscheinlich konnte er es gar nicht, denn er wußte nicht, auf welche Weise seiner Macht noch Einhalt zu gebieten sei, dachte er siegesgewiß.

Trotzdem konnte diese unerwartete Bedrohung immer noch seine wichtige Aufgabe gefährden, was er ganz sicher nicht zulassen würde. Er würde den Störenfried eliminieren! Auch er selbst hatte ein wenig spioniert und auf einigen Schreibtischen in Aufzeichnungen und Büchern nachgesehen, bis er den Widersacher ausfindig gemacht hatte.

Nun wartete er in diesem Zimmer, das nur schwach von einer kleinen Lampe erhellt wurde, und sehnte den rechten Zeitpunkt herbei. Schatten huschten über die Wände und Bücherregale, als ob noch jemand mit ihm in dem Raum sei. Aber er wußte, daß er mit seinem Opfer, das nur wenige Meter von ihm entfernt im übernächsten Raum saß, alleine war. Höhnisch blickte er auf die Titel einiger verstaubter Bücher und sonnte sich wiederum in seiner Überlegenheit. Schon allzu bald würde alles, was in diesem nichtsnutzigen Werken stand, als unwichtig und vordergründig entlarvt sein.

Als der Sturm wieder lauter wurde und wie das wildgewordene Monster aus ‚Forbidden Planet' um das Haus tobte, nahm er ein langes japanisches Küchenmesser, das er extra für diesen Zweck gekauft hatte, heraus, und schlich leise in den Flur. Hier hüllte ihn die Dunkelheit vollständig ein, trotzdem bewegte er sich sicher durch die Räume. Leise und vorsichtig öffnete er eine Tür, so daß ein schmaler Lichtstreifen auf den Boden in der Bibliothek fiel. Sein Opfer – nein, sein Widersacher, so wollte er ihn nennen – saß am Schreibtisch, nichtsahnend war er in eines seiner unwichtigen Bücher vertieft. Versteckt hinter dem Türrahmen konnte er durch den schmalen Spalt dessen ungeschützten Rücken erkennen. Langsam schob er die Tür auf, trat hinter den Lesenden und hob die Hand mit dem Messer. Doch beim letzten Schritt, der ihn noch von seinem Widersacher trennte, knarrte eine Bodendiele und verriet ihn. Der Mann vor ihm drehte sich auf seinem Stuhl um und starrte ihn überrascht an. Er öffnete den Mund, um etwas zu sagen, doch dann fiel sein Blick auf das Messer. Und plötzlich erkannte er die Wahrheit, und in seinen schreckgeweiteten Augen stand das Wissen um seinen baldigen Tod.

Das Opfer unternahm noch einen vergeblichen Versuch, seinem Mörder zu entkommen. Es stand vom Stuhl auf, um zu fliehen, doch sein Bein verhakte sich zwischen Stuhlkante und Tischbein, und er strauchelte. Im selben Moment drang das Messer tief in seine Brust ein und durchbohrte sein Herz.

Der Mörder spürte, wie das Messer durch das Fleisch schnitt, und in seinem grenzenlosem Haß trieb er es immer tiefer hinein. Blut sprudelte aus der Wunde, ergoß sich über die Brust des Mannes, wo sich ein hellroter Fleck auf der Kleidung bildete, der sich rasch vergrößerte. Sein Widersacher blickte benommen an sich herunter und schien erst jetzt das Messer, das in seiner Brust steckte, wirklich wahrzunehmen. Vom Messer wanderten seine Augen hinauf über den Arm, bis sie den Blick seines Mörders trafen. In diesem Moment wußte er, daß jede Hoffnung auf Mitleid und Erbarmen sinnlos waren.

Als er das Messer wieder aus der Brust herauszog, war er überrascht, wie leicht dies ging. Dann stach er noch einmal zu, und noch einmal, während der andere sinnlos mit den Armen ruderte. Die Füße des Widersachers trampelten wie die eines Tänzers auf den Boden. Immer wieder drang das Messer in den Körper ein, bis dieser leblos auf dem Schreibtisch lag. Überall war Blut. Eine große Lache breitete sich auf dem Tisch unter der Leiche aus und färbte Notizzettel und Bücher in Sekundenschnelle rot. Blut tropfte auch mit einem leisen Geräusch auf den Linoleumboden. Der Bildschirm des leise summenden Computers war von großen roten Spritzern übersät, die die geflügelten Toaster auf dem Bildschirmschoner fast gänzlich verdeckten.

Keuchend hielt er eine Moment lang inne, bevor er die Bauchdecke endgültig aufschlitzte und die blutigen Eingeweide herausriß. Er hängte die Gedärme auf die umstehenden Möbelstücke und spannte Abschnitte davon wie eine Kette von Buchrücken zu Buchrücken. Dann nahm er ein dunkelrotes, glänzendes Organ und drapierte es direkt auf der Tastatur; ein anderes, helleres legte er wie ein Lesezeichen zwischen die Seiten eines Buches. Einige Reste warf er in den Papierkorb und erschreckte dabei eine ganze Anzahl von Kakerlaken, die sich sofort über den Festschmaus hermachten.

„In der Bibliothek? Oh Mann, dann waren wir vielleicht doch auf der richtigen Spur!" Dorothea Faßbinder legte den Telefonhörer auf.

„Es hat einen neuen Mord gegeben. Du wirst nicht glauben, wo man die Leiche gefunden hat!"

Georg Roeder richtete sich mühsam an seinem Arbeitsplatz auf.

„In der Unibibliothek, ich habe es gehört. Du hast ja fast geschrien."

Er sah müde und übernächtigt aus, dunkelblaue Schatten lagen unter seinen großen braunen Augen, und auf seinen eingefallenen Wangen waren Bartstoppeln zu sehen. Dorothea wußte, daß sie auch nicht viel besser aussah, nach den wenigen Stunden Schlaf, die sie in den letzten Nächten bekommen hatte. Meistens vermied sie es sowieso, morgens länger als unbedingt nötig in den Spiegel zu blicken, um die dunklen Ringe um die Augen und die geröteten Flecken auf ihrem Gesicht, die mit dem Rot ihrer Haare in beißendem Kontrast standen, gar nicht erst sehen zu müssen. Sie verspürte nur noch eine bleierne Müdigkeit, die sie ohne Elan durch den Tag schleichen ließ. Das war zu einem Dauerzustand geworden, der ihr das Gefühl gab, als bewege sie sich unter Wasser in einem Aquarium und betrachte die Welt durch die Glasscheiben.

„Nicht in der Universitätsbibliothek, du Schafskopp, sondern in der Bibliothek des Ägyptologischen Seminars", konterte sie. „Ich wußte doch, daß irgendwas in dem Laden faul ist. Und wir werden auch herausfinden, was das ist", schloß sie.

Dorothea griff nach ihren Sachen und hastete auf den Flur hinaus. Im Laufschritt versuchte Georg, seinen Mantel und gleichzeitig zwei Paar Handschuhe anziehen. Natürlich fiel ihm am Ende alles aus den Händen, und, nachdem er seine Handschuhe, Schal und Mütze wieder eingesammelt hatte, holte er Dorothea erst auf dem Parkplatz vor dem Polizeipräsidium wieder ein. Er fragte atemlos: „Eines hast du mir nicht verraten. Wer ist das Opfer? Es ist doch nicht etwa …?"

„Nein, Altmann ist es nicht. Einer der jüngeren Studenten ist gestern abend getötet worden. Ein Dr. Edelmann hat ihn heute morgen gefunden und die Polizei gerufen."

Beide schwiegen, während Georg versuchte, den Wagen durch den morgendlichen Berufsverkehr, der noch vom Schneechaos verschlimmert wurde, zu lenken. Offenbar hatte es die Stadtverwaltung aufgegeben, die Schneemassen räumen zu lassen, denn auf der Straße hatten sich mittlerweile Eisbahnen mit rutschigen Fahrrinnen gebildet, auf denen man nur im Schneckentempo vorankam. Die Stadt hatte sich verändert, fand Dorothea. Sie wirkte wie gelähmt unter all den Schneemassen, so als läge sie abwartend in der kalten Dunkelheit. Schon seit Tagen hatte die Sonne die schwer lastende Wolkendecke nicht durchdringen können, daher blieb die Straßenbeleuchtung auch tagsüber angeschaltet. Viele Menschen sprachen davon, daß sie sich eingesperrt und bedrückt fühlten. Dorothea wußte, daß die Morde zusammen mit der seltsamen Ungezieferplage dazu beitrugen, dieses Gefühl von Unbehagen und Deprimiertheit noch zu verstärken. Alles hatte sich in seine Winkel und Ecken verkrochen und schien nur auf den nächsten Mord zu warten. Die Angst ging um, das nächste Opfer zu sein, so daß viele Menschen ihre Wohnungen gar nicht mehr verließen. Doch zu Hause wartete schon das nächste Grauen auf sie, denn aus einigen Hochhäusern kamen Meldungen, daß große Mengen von Würmern und Maden aus den Abflußrohren gekrochen seien. Im Iduna-Zentrum mußte sogar eine Familie ihre Wohnung verlassen, weil die Würmer in allen Schränken herumkrochen. Dorothea graute sich vor allem, das mehr oder weniger als vier Beine hatte, und es schüttelte sie, wenn sie bloß daran dachte. Sie entschloß sich, die diesbezüglichen Zeitungsberichte im Göttinger Tageblatt demnächst einfach zu ignorieren, sonst würde sie zu überhaupt keinem klaren Gedanken mehr fähig sein.

Endlich erreichten sie die Prinzenstraße, knapp nach den Leuten von der Spurensicherung. Georg parkte einfach mitten auf dem Gehweg, direkt vor der kleinen Treppe. Oben stand ein Polizist, der jeden, der versuchte, in das Haus zu gehen, wieder wegschickte. Auf der gegenüberliegenden Straßenseite standen einige Studenten und ihre Dozenten im Schutz der alten Unibibliothek zusammen, diskutierten verhalten und beäugten skeptisch alle diejenigen, die doch in das Haus gelassen wurden.

In der Eingangshalle trafen Dorothea und Georg einen weiteren Polizisten, der ziemlich blaß aussah. Er teilte ihnen kurz mit, daß heute morgen ein Wissenschaftler und eine Studentin relativ früh in das Institut gekommen waren. Die Studentin, die immer noch nicht ansprechbar sei, habe den Toten im hinteren rechten Bibliotheksraum gefunden. Der Mann habe dann die Polizei gerufen. Niemand war seitdem in das Gebäude gelassen worden, außer einem Professor, der sich nicht hatte abwimmeln lassen.

„Der hat so giftig geguckt, daß ich zu spät reagiert habe", sagte der Beamte entschuldigend. „Er ist einfach an mir vorbei gestürmt."

Georg fragte: „Klein, dünn, mit langen Haaren?" Er gestikulierte hinter seinem Kopf, um den Pferdeschwanz anzudeuten.

Der Beamte nickt bestätigend. „Genau der war es. Ich konnte wirklich nichts dafür."

„Glaube ich Ihnen aufs Wort", antwortete Georg beschwichtigend. „Ist nicht so schlimm, wir hätten ihn auch hineingelassen."

Georg klopfte dem Mann beruhigend auf die Schulter und folgte dann seiner Chefin in das Ägyptologische Seminar. Gleich vorne links, hinter einer Tür mit der Aufschrift ,Direktorzimmer', befand sich ein überraschend großer Raum, in dem neben zwei großen Schreibtischen noch eine Sitzgruppe mit Sofa Platz hatte. An den Wänden hingen gerahmte Schwarzweißfotografien, auf denen gigantische Säulen, die Pyramiden und großäugige Kamele zu sehen waren. In den Bücherregalen stand eine ganze Batterie von ägyptischen Souvenirs, wie Statuen der Katzengöttin aus Alabaster und Schneekugeln, in denen ganze ägyptische Tempel im Kleinformat untergebracht waren.

Professor Altmann, der noch bleicher als sonst aussah, aber gefaßt wirkte, hockte auf der Schreibtischkante und unterhielt sich mit einem Polizisten. Auf dem Sofa saß eine Studentin, die trotz ihrer beträchtlichen Leibesfülle völlig in sich zusammengesunken schien. Sie schluchzte ununterbrochen. Der arrogante Assistent, über den Dorothea und Georg sich nur wenige Tage zuvor genauso wie die Studenten lustig gemacht hatte, saß wie ein Häufchen Elend auf einem Hocker und lehnte sich gegen die Heizung. Trotzdem hörten seine Zähne nicht auf zu klappern, und seine Hände zitterten.

Von ihm erfuhren Georg und Dorothea, daß er heute morgen relativ früh gekommen war, um der Studentin Nachhilfe zu erteilen. Er, Dr. Edelmann, sei in den hinteren Bibliotheksraum gegangen, wo sein Schreibtisch stand, während die Studentin das Wörterbuch aus dem anderen Bibliotheksraum holen wollte. Dort hatte sie den Toten gefunden.

Von der Studentin, einer Martina Meyer, war nicht viel zu erfahren. Sie stand unter Schock und weinte ununterbrochen, so daß Dorothea sie schließlich zum Arzt bringen ließ. Nachdem sie den Raum verlassen hatte, bemerkte Altmann kalt:

„Selbst wenn sie nicht heult, hat sie nichts zu sagen."

Dann fuhr er seinen Assistenten an: „Das mit der Nachhilfe war reine Zeitverschwendung. Aus der wird sowieso nichts mehr. Sie hätten sich die Mühe sparen können – ich hätte ihnen das gesagt, wenn sie mich vorher informiert hätten."

Dorothea lief es eiskalt den Rücken herunter und der Assistent tat ihr leid, weil er jetzt zu allem Überfluß auch noch eine Rüge von seinem Chef erhalten hatte. Altmann schien wirklich keine Gnade zu kennen, denn er polterte weiter:

„Und Sie, was macht die Polizei dagegen? Bis jetzt haben Sie den Mörder nicht gefunden. Niemand kann sich mehr sicher fühlen. Was machen Sie eigentlich den ganzen Tag lang?"

„Sie waren jedenfalls auch nicht gerade hilfreich oder entgegenkommend, wenn ich mal darauf hinweisen darf", konterte Dorothea gereizt.

Georg bemerkte belustigt den erschreckten Seitenblick von Dr. Edelmann, der wohl noch nicht erlebt hatte, daß jemand Altmann derart widersprochen hatte.

„Verdächtigen Sie etwa mich?" giftete der jetzt zurück.

„Nein, aber viele Dinge weisen in Richtung Ägyptologie, trotzdem haben Sie uns nicht mal Zusammenarbeit angeboten." Damit drehte sie sich auf dem Absatz um und stapfte in Richtung Tatort.

Der Tote war in einem der beiden hinteren Bibliotheksräume gefunden worden. Dieser Teil des ägyptologischen Instituts war in einem Eckraum des Michaelishauses untergebracht. Über zwei Wandflächen erstreckten sich Fenster, die den Raum in ein angenehmes helles Licht zum Lesen getaucht hätten, wenn es draußen nicht so schrecklich düster gewesen wäre. An den beiden anderen Wänden standen hohe Regale, in die im Laufe der Jahre so viele Bücher hineingequetscht und übereinandergestapelt worden waren, daß sie jeden Moment zusammenzubrechen drohten. Der akute Platzmangel war auch an den dicht gedrängt stehenden Tischen zu erkennen, an denen manchmal mehr Studenten arbeiten mußten, als eigentlich Platz gehabt hätten. Auf allen Tischen lagen Bücher oder waren Handapparate aufgebaut, dazwischen standen einige Computer, Diakästen und jede Menge persönliche Dinge, wie Kaffeetassen mit dem Kaffee von gestern, halbaufgegessene Schokoladentafeln und verstaubte Plastikfiguren aus Überraschungseiern. Die meisten der billigen Schreibtischlampen hingen schief in ihren Verankerungen, mit denen sie an der Tischplatte festgeklemmt waren. Der Raum bot einen Anblick von arbeitsintensivem Chaos gepaart mit hoffnungslosem Geldmangel.

Kaum war Dorothea, dicht gefolgt von Georg, in den Raum getreten, als sie auch schon wie angewurzelt stehenblieb. Georg lief in sie hinein, doch ihm blieb die Entschuldigung im Hals stecken, als er das Opfer erblickte.

An dem Regal auf der rechten Wand hing ein Mensch. Um jeweils sein rechtes Hand- und Fußgelenk waren Schlingen gezogen, mit denen er an dem Regal regelrecht aufgehängt worden war. Dorothea trat einen Schritt näher. Ungefähr in Kopfhöhe ragten Schrauben aus dem Holz, mit deren Hilfe jemand reichlich stümperhaft versucht hatte, die Regale in der Wand zu sichern. Mehrere Schrauben, die sich beim Reindrehen offenbar verkantet hatten, ragten aus dem Holz heraus. Über zwei besonders große hatte der Mörder sein Opfer wie ein Stück Fleisch aufgehängt. Die linke Hand und der linke Fuß des Getöteten schleiften auf dem Boden in seinem eigenen Blut. Der Bauch des jungen Mannes war aufgerissen und seine inneren Organe waren überall im Raum verteilt worden. Auf dem Fußboden und dem am nächsten gelegenen Schreibtisch waren große angetrocknete Blutlachen zu sehen. Die angrenzenden Tische, Bücher, Regale und der Fußboden waren mit Blutspritzern gesprenkelt.

Am schlimmsten jedoch war das Gesicht zugerichtet, das der Mörder fast bis zur Unkenntlichkeit zerschnitten hatte. Dies mußte er getan haben, nachdem er sein Opfer an das Regal gehängt hatte, wie Dorothea sofort feststellte. Direkt unter seinem Kopf lagen nämlich in einer Blutlache ein abgeschnittenes Ohr und etwas, das aussah wie die Nasenspitze des Mannes.

Dorothea wandte sich rasch ab und beugte sich über ein zugeklapptes Buch, aus dem ein silbrigweiß schimmerndes Etwas herausragte, um es näher zu betrachten. Als sie erkannte, was es war, richtete sie sich mit einem erschrockenen Schnaufen wieder auf, um ihren Kollegen von der Spurensicherung erwartungsvoll anzublikken. Von diesem erfuhren sie und Georg aber nicht viel Neues, was sie momentan hätte weiterbringen können. Unschlüssig blickte Dorothea sich noch einmal um, dann besah sie sich die blutigen Schlingen, die um die Gelenke des Studenten geknotet waren und wandte sich dann erneut an ihren Kollegen:

„Woraus sind die, ist das Stoff?"

„Ja, wohl Teile seiner Jacke." Der Mann deutete auf ein zerknülltes blutverschmiertes Bündel unter dem Tisch. „Er hat die Jacke zerschnitten, um den armen Kerl dann da aufzuhängen."

„Das ist seltsam", ließ sich jetzt Georg vernehmen.

„Da hast du recht. Diesmal hat er nicht den seltsamen alten Stoff benutzt", stimmte ihm Dorothea zu.

„Das meinte ich gar nicht", gab ihr Assistent zurück. „Es ist das erste Mal, daß der Mörder nicht im Freien zugeschlagen hat. Auch den Küster hat er vor der Kirche abgefangen und erst hinterher nach drinnen gebracht. Jemanden auf der Straße abzufangen, ist ein Ding; in ein Haus zu gehen, um einen Mord zu begehen, ist etwas ganz anderes."

Dorothea nickte zustimmend, während sie sich umdrehte, um einen weiteren Blick auf das Opfer zu werfen. Sie wollte gerade zu einer neuen Bemerkung ansetzen, als sie Altmann im Türrahmen stehen sah.

„Sie hätten hier nicht hereinkommen dürfen", fuhr sie ihn an, immer noch ärgerlich über seine unkooperative Art.

Doch Altmann ging einfach an ihr vorbei in Richtung Schreibtisch, wobei er es sorgsam vermied, einen Blick auf den getöteten Studenten zu werfen. Er starrte auf den blutverkrusteten Bildschirm des noch immer laufenden Computers. Noch ehe ihn jemand daran hindern konnte, hatte er die Maus knirschend durch den rötlichgelben Sand bewegt, der auf dem Tisch verstreut lag. Auf dem Bildschirm erschien prompt ein Text. Das gehorsame Piepen des Computers brachte Dorothea wieder in Gang, und sie wies den Professor an:

„Sie dürfen nichts anfassen, das wissen Sie doch wohl. Also raus jetzt aus dem Raum!"

Altmann drehte sich zu ihr um und sagte mit müder Stimme:

„Er hat gerade an seiner Magisterarbeit gearbeitet. Christoph Becker war ein engagierter Student und hatte gute Chancen, es im Fach zu etwas zu bringen. Jetzt ist er tot!"

Schlagartig veränderte sich sein Gesichtsausdruck wieder. Er kniff die Augen zusammen und in seiner Stimme schwang die gewohnte Arroganz mit: „Was tun Sie eigentlich, um den Mörder zu finden? Und um uns alle zu schützen? Sie können doch nur dumme Fragen stellen und ungerechtfertigte Verdächtigungen ausstoßen. Tun Sie doch mal, wofür sie bezahlt werden!"

Jetzt war es endgültig mit Dorotheas Selbstbeherrschung vorbei. Die Müdigkeit und der Frust, die sich in den letzten Tagen angesammelt hatten, brachen sich vehement Bahn.

„So können Sie vielleicht mit Ihren Studenten reden. Die müssen sich Ihre Unverschämtheiten ja wohl gefallen lassen, aber ich muß das nicht! Verstanden? Und jetzt raus hier!" Dorotheas Stimme zitterte vor Wut, und es hätte nicht viel gefehlt, daß sie ihm mit der geballten Faust gedroht hätte.

Für einen kurzen Moment trat ein überraschter Ausdruck in Altmanns Augen, dann drehte er sich auf dem Absatz um und verließ den Raum. Eine halbe Minute später hörten sie die Eingangstür ins Schloß fallen.

„Ich will nichts hören", brummelte Dorothea, und Georg ersparte sich den Kommentar, der ihm auf der Zunge gelegen hatte. Sie wandte sich wieder an den Beamten von der Spurensicherung.

„Wie ist der Täter eigentlich reingekommen?" fragte sie.

„Keine Ahnung. Die Tür ist nicht aufgebrochen, und alle Fenster waren verschlossen. Niemand hat etwas gehört oder gesehen."

„Wollen Sie damit sagen, daß nicht eingebrochen wurde? Und daß der Täter einen Schlüssel gehabt haben muß?"

„Es sieht wohl so aus", bestätigte der Mann achselzuckend und wandte sich wieder seiner Arbeit zu.

Dorothea ging in den angrenzenden Raum und ließ sich auf einen Stuhl neben dem Kopierer sinken. Sie starrte minutenlang in die Luft, bis sie schließlich hörbar ausatmete und ihre Gedanken zusammenfaßte.

„Mit diesem Mord stimmt etwas nicht. Es gibt zu viele Ungereimtheiten. Es ist drinnen passiert, das ist neu, wie du schon richtig bemerkt hast. Dazu hatte der Mörder womöglich Zugang zu den Räumen. Sehr seltsam. Dann das zerschnittene Kleidungsstück, sonst hat der Mörder doch immer diesen alten Stoff benutzt. Nur der Sand ist der richtige."

„Und die Verletzungen sehen anders aus. Vielleicht hat er eine andere Tatwaffe benutzt", warf Georg ein. Plötzlich ging ihm ein Licht auf. „Es ist ein Nachahmungstäter." Georg flüsterte fast. „Das hat gerade noch gefehlt!"

Dorothea nickte nur.

Die beiden entschieden sich, zurück ins Präsidium zu fahren, denn hier konnten sie nicht mehr viel ausrichten. Auf dem Weg nach draußen beschlossen sie, nur noch schnell einen Blick in den Hof zu werfen, der vom Treppenhaus aus durch eine Hintertür zu erreichen war.

Der Hof war auf zwei Seiten von Gebäuden begrenzt, die zum Michaelishaus gehörten, geradeaus führte ein Trampelpfad zwischen Büschen und Gestrüpp hindurch zu einem Rückgebäude. Rechter Hand lagen zwei Wohngebäude, die durch einen Parkplatz voneinander getrennt waren. Der Teil des Hofes, der zum Michaelishauses gehörte, war mit Hilfe einiger Blumenkübel aus Beton und einer langen Kette abgetrennt. Hier parkten zwar Autos, aber kein Mensch war zu sehen. Selbst die sonst allgegenwärtigen Demonstranten vor dem Büro der Grünen, das in einem der angrenzenden Wohngebäude untergebracht war, waren vom kalten Wetter vertrieben worden. Ihre Plakate lehnten vom Schnee fast bedeckt an einer Häuserwand.

Dorothea und Georg gingen vorsichtig über eine vom Schneematsch rutschige Hintertreppe in den Hof. Von hier aus folgten sie einem Trampelpfad durch den Schnee, der rechts um das Gebäude herum wieder auf die Prinzenstraße führte. Als sie um die Ecke bogen, standen direkt vor ihnen ein Mann und ein Frau, die sich aufgeregt unterhielten. Die Polizisten erkannten in ihnen die beiden Studenten wieder, die sie am ersten Tag im Institut kennengelernt hatten. Sie hörten gerade noch, wie die Studentin, die damals den giftgrünen Schal getragen hatte, eindringlich sagte:

„Philip, es hätte auch dich erwischen können. Du könntest jetzt tot sein. Es ist durchaus wahrscheinlich, daß er auch hinter dir her ist, weil du die gleichen Dinge herausgefunden hast wie Christoph."

„Maria, jetzt mach mal halblang", antwortete der Student gereizt. „Möglicherweise ist es ein Zufall, daß es gerade Christoph erwischt hat."

In diesem Moment hörten die beiden den Schnee unter Georgs Schuhen knirschen und sahen sich um. Dorothea konnte den Schreck im Gesicht der dunkelhaarigen Studentin erkennen, gefolgt von Erleichterung. Sie fragte sich kurz, wen die junge Frau wohl hinter sich vermutet hatte.

Die beiden Studenten nickten Dorothea und Georg unsicher zu, murmelten eine halbherzige Begrüßung und wandten sich mit verdächtiger Hast zum Gehen. Doch Georg war schneller. Er hielt den Mann am Arm fest und zog ihn herum.

„Das war ja ein interessantes Gespräch, das sie da eben geführt haben. Wieso glauben Sie, selbst in Gefahr zu sein? Und was für Dinge haben Sie herausgefunden?"

Ärgerlich zerrte der Student, der Georg um Haupteslänge überragte, seinen Arm aus dessen Griff. Beruhigend legte Dorothea den Arm auf Georgs Hand und brachte ihn dazu, einen Schritt zurück zu machen. Der Student warf ihm einen trotzigen Blick zu. Dann sagte er mit verkniffenem Mund: „Na ja, viele Leute arbeiten hier spät abends, nicht nur Christoph. Ich bin manchmal auch bis spät in der Nacht hier."

„Wissen Sie etwas, daß wir auch wissen sollten? Was ist das denn, was Sie glauben herausgefunden zu haben? Was so gefährlich sein könnte?" fragte Dorothea, diesmal an die Studentin gewandt.

„Nichts."

Dorothea war sich hundertprozentig sicher, daß die beiden logen, aber sie wußte auch, daß sie hier, direkt neben dem Institut und in eisiger Kälte, mit keinerlei Informationen herausrücken würden. Also bat sie die beiden nur um Namen und Adressen. Sie beschloß, die junge Frau später einfach mal anzurufen. Vielleicht, so hoffte Dorothea, würde sie zugänglicher sein, wenn sie sich etwas beruhigt hätte. Georg blickte den beiden mißmutig nach, als sie sichtlich erleichtert um die Ecke in Richtung Innenstadt bogen.

Dorothea zupfte ihn am Ärmel. „Nun komm schon, wir werden später noch mal nachfragen. Laß uns erstmal was zu Mittag essen."

8

*O, Herr des Schreckens, Oberhaupt der Beiden Länder,
Herr des roten Blutes, dessen Richtstätte gedeiht,
der von den Eingeweiden lebt.*

AUS DEM TOTENBUCH, KAPITEL 17

„Endlich sind sie weg."

Er flüsterte, obwohl er allein im Raum war. Dann schaltete er den Computer ein und tippte sein Paßwort. Nachdem er auf die Entertaste gedrückt hatte, erschien seine Übersetzung des Papyrus aus dem Britischen Museum. Je öfter er den Text las, desto faszinierender, ja schöner, erschien er ihm, selbst in der Übersetzung. Für den Kenner jedoch, dachte er enthusiastisch, kommt nichts dem wunderbaren Rhythmus des altägyptischen Originals gleich. Er konnte gar nicht begreifen, daß so viele Jahre, oder besser Jahrzehnte lang, niemand die Bedeutung des Textes erfaßt hatte.

„Das kommt eben davon, wenn man so eingebildet ist, wie manche Leute, die glauben, schon alles zu wissen und alles zu kennen."

Hastig fuhr er mit der Hand zum Mund, als könne er das eben Gesagte hinwegwischen. Er hatte schon wieder laut mit sich selbst gesprochen. Seit Monaten versuchte er schon, sich diese lästige Angewohnheit abzugewöhnen. Aber der Gedanke an einige seiner simplen Kollegen hatte ihn einfach alle Vorsicht vergessen lassen. Nun zwang er sich, seine ganze Konzentration wieder auf die wichtige Aufgabe, die vor ihm lag, zu richten.

Fast liebevoll blickte er auf die Hieroglyphen, die immer, Zeile für Zeile abwechselnd mit der Übersetzung, auf seinem Bildschirm flimmerten. Seine einfältigen Kollegen hatten sich niemals mit diesem scheinbar so nebensächlichen Text auseinandersetzen wollen. Hinzu kam noch der desolate Erhaltungszustand des Papyrus, der nicht gerade zu einer Bearbeitung einlud, so daß sich bis vor kurzem niemand hatte daran setzen wollen.

Der Papyrus, der sich fast zwei Jahrhunderte lang im Britischen Museum befunden hatte, war schon in antiker Zeit in der Mitte durchtrennt worden, so daß nur noch die linke Hälfte des Textes bekannt und damit lesbar gewesen war. Es hatte ihn eine ganze Menge Zeit, Nerven und gehörigen Einfallsreichtum gekostet, bis er die fehlende rechte Seite im Archiv des Ägyptischen Museums in Turin gefunden hatte. Unter drei verschiedenen Inventarnummern wurde dort die in mehrere bröselige Stücke zerfallene andere Hälfte des Papyrus aufbewahrt, ohne daß irgendeiner seiner ach so schlauen Kollegen sie zusammengesetzt, geschweige denn den Zusammenhang mit dem Londoner Zauberpapyrus erkannt hätte. Doch seine akribische Detektivarbeit war schließlich belohnt worden, denn der Text hatte ihm den Weg zu nie geahntem Wissen und unendlicher Macht geebnet. Eben Pech für die dummen Kollegen, dachte er hämisch.

Obwohl er jedes einzelne Zeichen auswendig kannte, überflog er doch noch einmal den Text auf seinem Bildschirm. Es war wirklich ein großartiges Stück, von einem Meister der ägyptischen Schrift und Sprache vor über dreieinhalbtausend Jahren geschrieben. Zum tausendsten Mal bewunderte er die eleganten, kraftvollen Striche, mit denen der altägyptische Gelehrte Eulen, sitzende Männchen und den aus dem Himmelsgewölbe schießenden Blitz geschrieben hatte. Er seufzte zufrieden auf. Dann fuhr er das Programm herunter und schaltete den Computer ab.

Er nahm seine Sachen, packte sie zusammen mit einigen Büchern in eine brüchige Plastiktüte und wandte sich zum Gehen. Wie immer achtete er darauf, die Tür seines Arbeitszimmers sorgfältig abzuschließen. Dieses Zimmer lag in einem Rückgebäude des Michaelishauses. Sein einziges schmales Fenster blickte auf den Leinekanal und das gegenüberliegende Gebäude, in dem die Büros eines Sicherheitsdienstes untergebracht waren. Der Raum war zwar sehr klein und dunkel, doch für ihn wie geschaffen, denn er lag weit ab vom wahren Geschehen am Kaffeetisch und im Direktorzimmer, so daß er hier unbeobachtet und ungestört seinen Forschungen nachgehen konnte.

Nicht, daß es bis vor kurzem irgend jemand in diesem Institut interessiert hätte, was er tat, dachte er bei sich. Früher hatte ihn dies manchmal verbittert, aber jetzt war er heilfroh über dieses Desinteresse, das seine Privatsphäre schützte. Schon lange gab es eine Art beiderseitigen Einvernehmens, nach dem er sich nicht über den winzigen Raum beschwerte, mit dem man ihm, davon war er überzeugt, seine Bedeutungslosigkeit vorspiegeln wollte. An das Märchen vom angeblichen Platzmangel hatte er nie geglaubt, das war nur ein praktische Ausrede gewesen. Andererseits ließ man ihn eben dank dieser Unwichtigkeit in Ruhe, so daß er in dieser besseren Abstellkammer ungestört war. Dies hatte er vor allem in letzter Zeit mehr und mehr zu schätzen gewußt.

Langsam ging er durch den Korridor, öffnete leise eine Glastür und bog dann ab in ein Treppenhaus. Der Fußboden war mit einem Linoleumbelag versehen, der im Lauf von Jahrzehnten brüchig geworden war, und unter dem die Dielen knarrten, wenn man nicht, so wie er es gelernt hatte, die knarrenden Stellen vermied. Er hatte es sich zur Gewohnheit gemacht, sich möglichst leise und unauffällig zu bewegen, obwohl ihm nie recht klar gewesen war, wozu das gut sein sollte. Dieses Schattendasein hatte er so sehr verinnerlicht, daß er die Heimlichkeiten und Unsicherheiten, die seinen Tagesablauf bestimmten, nicht mehr bewußt wahrgenommen hatte. Erst in letzter Zeit, als die Geheimniskrämerei notwendig geworden war und er wirklich etwas zu verbergen hatte, war ihm diese Distanz zum Rest der Welt, mit der sich sein Leben abspielte, aufgefallen. Mit dem Fortschreiten seiner Studien war es dann auch immer wichtiger geworden, vorsichtig zu sein, so daß er die seit langem angewöhnte Einsamkeit und Zurückgezogenheit sehr begrüßte.

Das Treppenhaus beschrieb einen L-förmigen Knick. Von seinem Ende aus führte eine breite Holztreppe ins Obergeschoß. Er blieb stehen und spähte vorsichtig um die Ecke, um sicherzugehen, daß niemand dort oben stand. Das war eigentlich unnötig, denn die knarrenden Dielen hätten jeden verraten, der nicht ebenso wie er darauf bedacht war, nicht aufzufallen. Der Treppenaufgang war zum Glück leer.

Er öffnete die Haustür und trat hinaus in die schneidende Kälte. Seine Schritte knirschten auf der verharschten Masse aus Schnee und Dreck, als er die Straße überquerte, um aus alter Gewohnheit einen Blick in den Leinekanal zu werfen. Er zitterte vor Kälte in seinem alten Mantel, als leichter Schneefall und eisiger Wind eine nochmalige Verschlechterung der Wetterlage ankündigten.

Der Leinekanal war zugefroren, und auf dem Eis lagen Schneematsch, traurige Reste von Herbstlaub und jede Menge herbeigewehter Unrat, in dem sich, selbst auf diese Entfernung sichtbar, Käfer und Küchenschaben tummelten. Er sah dem Treiben der Insekten eine Weile zu und träumte dabei völlig unpassend vom alten Ägypten. Dann zog er seine Pudelmütze tiefer über die Ohren und eilte mit gesenktem Kopf zurück über die Straße, als ihn wildes Hupen und ein ganzer Regen aus dreckigem Schneematsch mit einem Schlag in die Gegenwart holten. Nur wenige Zentimeter von ihm entfernt war ein Golf mit einer häßlichen graubeigen Lackierung zum Halten gekommen. Im Schnee hinter dem Wagen waren deutlich die Schlitterspuren zu erkennen. Der Fahrer, offensichtlich ein Student mit blondierten Rastalocken und selbstgestricktem Schafwollpullover, kurbelte die Scheibe herunter, um sich aus dem Fenster zu lehnen.

„Du blöder Idiot!" schimpfte er ärgerlich. „Kannste nicht aufpassen?"

Er wußte nicht, warum der Mann am Steuer sich so plötzlich eines Besseren besann, jedenfalls trat er auf Gaspedal und kurbelte, während er wieder anfuhr, die Scheibe hoch. Vielleicht war ihm ja aufgegangen, daß er ohne zu hinzusehen – und schneller als erlaubt – unvorsichtigerweise um die Ecke gebogen war. Es war jedoch wahrscheinlicher, daß es der feindselige Blick gewesen war, mit dem er den rüpelhaften Fahrer unter dem Rand seiner altmodischen Strickmütze hinweg gemustert hatte, der den Rowdy in die Flucht geschlagen hatte.

„So ein Schnösel", entfuhr es ihm. Dann verdrängte er die unangenehme

Vorstellung, was alles hätte passieren können, wenn der Mann ihn angefahren hätte, und machte sich auf den Weg in sein sicheres Zuhause. Er freute sich schon darauf, wieder die Zauberformeln zu sprechen, und ein Lächeln breitete sich auf seinem Gesicht aus, das er für ein zufriedenes hielt, jedem potentiellen Betrachter aber einen Schauer über den Rücken gejagt hätte.

Der Wind blies jetzt heftiger durch die Straßen und wirbelte die Schneeflocken durcheinander. An der Ecke zur Prinzenstraße kippte eine überladene Mülltonne mit lauten Geschepper um. Der gesamte Unrat, einschließlich der dazugehörigen Krabbeltiere, fiel auf die Straße und wurde von Wind bald in alle Richtungen geweht. Eine große Konservendose krachte scheppernd gegen einen geparkten Wagen, wobei der zackige Rand des Deckels eine häßliche Kratzspur auf dem dunklen Lack hinterließ. Eine schmierige Plastiktüte wehte einer Passantin ins Gesicht, die angeekelt aufschrie und versuchte, die Tüte mit spitzen Fingern weit von sich zu schleudern.

Er schnupperte. Schnee und Unheil lagen in der Luft.

„Ein Wunder, daß wir überhaupt noch etwas zu Essen bekommen haben!" Philip lehnte seinen prall gefüllten Rucksack und eine überquellende Plastiktüte gegen die Kühlschranktür. „So was habe ich ja noch nie erlebt: halb Karstadt liegt in Schutt und Asche."

„Und die vielen Polizisten überall! Gebracht hat ihnen der Aufwand allerdings gar nichts. Die kamen ja erst, als alles schon vorbei war."

Maria knipste eine Stehlampe an, um die aufkommende Dunkelheit aus ihrer kleinen Wohnung zu vertreiben. Sie ließ sich laut seufzend auf ihren Schreibtischstuhl sinken und streckte ihre Füße von sich. Dann wackelte sie mit den Zehen, um wieder etwas Gefühl in ihre vor Kälte erstarrten Füße zu bekommen.

Die beiden kamen aus der Innenstadt, wo sie sich für ein gemeinsames Abendessen mit Verpflegung versorgen wollten. Das war jedoch schwieriger gewesen, als sie anfangs angenommen hatten. Nach einer kurzen Diskussion, in der sie sich gegenseitig ihrer Vorliebe für gesundes Essen versichert hatten, hatten sie sich für diesen Abend auf ungesunde Tortillachips mit Dips geeinigt. Der Tag war einfach zu frustrierend gewesen, als daß sie nicht der Bequemlichkeit von ‚Essen für die Seele', wie Maria das nannte, nachgeben wollten. Zuerst waren sie bei Plus einkaufen gewesen, aber dann noch auf der Suche nach Avocados und Philips Lieblingstequila zu Karstadt gegangen. Was sie dort erlebt hatten, hatte den Ereignissen dieses Tages die Krone aufgesetzt.

„Diese Leute spinnen doch so ziemlich", meinte Philip kopfschüttelnd, während er sich auf Marias Sofa fallen ließ. „Die reden immer vom Ende der Welt, aber der wahre Weltuntergang waren ja wohl diese Leute selbst und ihre Show, die sie heute bei Karstadt abgezogen haben."

Die Mitglieder der Weltuntergangssekte ‚Bereut nun!', die nun schon seit Wochen mit Demonstrationen auf sich aufmerksam gemacht hatte, hatte sich ausgerechnet heute dafür entschieden, eine härtere Gangart eingeschlagen. Ihre Mitglieder waren fest davon überzeugt, daß Konsumdenken und Obrigkeitshörigkeit die Menschheit zum Untergang verdammen und deshalb das Ende der Welt nahe sei. Die Mitglieder dieser Sekte boykottierten Kaufhäuser und Supermarktketten und weigerten sich, ihre Strom, Telefon- und sonstigen Kosten zu bezahlen. Sie lebten in Wohngemeinschaften auf dem Lande und lehnten alles, womit die Gesellschaft sie ihrer Meinung nach unterdrücken wolle, ab. Nur so könne man dem drohenden Untergang der Welt noch entkommen.

Das Ganze klang ziemlich nach Verschwörungstheorie und wirkte auf die meisten Menschen reichlich verrückt und unglaubwürdig, doch hatten die Erfinder die lukrative Idee gehabt, ihre Theorie mit viel astronomischem Schnickschnack auszustatten, mit dem sie dieser ein interessantes und magisch-geheimnisvolles Aussehen gaben. Dadurch war es ihnen in letzter Zeit gelungen, immer mehr Menschen, die auf der Suche nach etwas Besonderem im ihrem tristen Alltagsleben waren, für ihre Theorien zu interessieren. Daß der Verkauf von Amuletten aus Plastik und Räucherstäbchen zu astronomisch hohen Preisen ebenfalls für den angeblich so teuflischen Konsum sorgte, war den begeisterten Anhängern nicht aufgefallen. Die Gründer der Sekte dagegen hatten bestimmt bemerkt, daß sich ihre Kassen füllten.

Gestern nun hatte ein Sprecher im Fernsehen verkündet, die Zeit der Plakate und Sprechchöre sei jetzt vorbei und nun würden Taten folgen. Mitglieder der Sekte hatten daraufhin im Verlauf des nächsten Tages verschiedene Warenhäuser und Supermärkte gestürmt und alles kurz und klein geschlagen.

Eine nicht geringe Anzahl der Anhänger von ‚Bereut nun!' war am späten Nachmittag auch in die Göttinger Karstadtfiliale eingedrungen, um die Lebensmittelabteilung im Untergeschoß mit Baseballschlägern zu demolieren. Maria und Philip hatten gerade vor dem Regal mit den verschiedenen Sorten von Salsa und Käsedips halt gemacht, als sie von einem Tumult und lauten Rufen aufgeschreckt wurden. Geistesgegenwärtig hatten die beiden ihren Einkaufskorb einfach stehengelassen und waren gerade in dem Moment getürmt, als das Spirituosenregal mit lauten Scheppern zu Bruch ging. Überall herrschte Chaos, und der Krach war ohrenbetäubend gewesen. Zu allem Überfluß war Maria noch über einige Ravioldosen gestolpert und hatte sich einen großen blauen Fleck am linken Knie zugezogen.

Nachdem sie sich einen Weg durch das Getümmel im Erdgeschoß gebahnt hatten, war es ihnen in letzter Minute, bevor der Geschäftsführer den Laden dicht machte, gelungen, ihre Einkäufe in einem benachbarten Supermarkt zu erledigen. In aller Eile hatten sie ihren Einkaufswagen gefüllt und standen schon an der Kasse, als sie die Sirenen der Polizeiwagen hörten, die bei Karstadt vorfuhren.

Maria war überzeugt, daß irgend jemand viel Geld damit verdiente, den Sektenmitgliedern etwas vorzumachen. Im besten Falle wurden diese nur um ihr Geld betrogen. Schlimmer vielleicht noch, wenn die gutgläubigen Mitglieder für politische Zwecke ausgenutzt würden. Philip hatte da weniger Mitleid, denn er fand, daß sie selber Schuld hätten, wenn sie auf so einen Hokuspokus hereinfielen und sich ausnutzen ließen.

Während Maria sich daran machte, die Guacamole zuzubereiten, nahm Philip einen kleinen Stoffelefanten von der Sofalehne und gestikulierte mit dem Tier in der Luft herum. Dabei äffte er den Sprechchor der Weltuntergangssekte nach und skandierte lautstark:

„Boykottiert das Establishment! Weg mit den Unterdrückern!"

Maria grinste: „Der Elefant war bis jetzt immer ganz zufrieden mit dem Establishment in dieser Wohnung. Aber wenn du ein Problem hast, mußt du keine Unterdrücker-Tortillachips essen. Ich schaffe die Tüte schon alleine. Und den Tequila auch!"

„Na, darauf bin ich schon gespannt!" lachte Philip.

Während er die Chipstüte aufriß und im Hängeschrank nach großen und kleinen Schalen für die verschiedenen Soßen suchte, sagte er: „Von diesen Leuten hört man schon seit Wochen, aber niemand hat sie ernst genommen, bis das Wetter so verrückt gespielt hat. Seitdem haben sie mit ihrem Gefasel vom Weltuntergang immer mehr Zulauf. Total irre!"

„Sogar in Süddeutschland sind sie erfolgreich, dabei hat es dort nicht einmal geschneit." Maria leckte genießerisch den Löffel mit der Guacamole ab. „Was ißt du eigentlich heute abend, wenn ich die Chips und die Soßen kriege?" neckte sie ihn und drückte ihm die Tequilaflasche zum Öffnen in die Hand.

„Wenn dein Stoffelefant es zuläßt, hätte ich auch gerne den einen oder anderen Schluck aus der Flasche", erklärte Philip.

Ungeschickt mühte er sich mit dem Plastiksombrero auf dem Flaschenverschluß ab, während er seinem Ärger über die Mitglieder von ‚Bereut nun!' Luft machte: „Die gehen einem ja mit ihrem Esoterikkram ganz schön auf die Nerven. Wahrsagerei und Horoskope – diese Leute glauben doch allen Ernstes an Zauberei. Was für ein Humbug kommt wohl als nächstes? Zukunftsdeuterei mit Hilfe von Kristallkugeln oder Schafslebern vielleicht?"

„Unmöglich, das gäbe dann Ärger mit den Tierschützern", warf Maria ein.

„Und wer schützt die Kristallkugeln?" Philip hatte sich so richtig in Fahrt geredet.

„Natürlich ist das Unsinn", pflichtete Maria bei. „Aber viele Menschen sind nun einmal unzufrieden. Sie suchen etwas Neues, das ihrem langweiligen Leben einen neuen Sinn geben soll. Das ist wie eine Religion, und die Leute glauben es gerne, schließlich werden sie ja auch nicht dazu gezwungen. Die Erfinder können eine Menge Menschen damit rekrutieren, die dann wiederum eine Menge Geld bezahlen für Heftchen, Broschüren und Krimskrams."

„Gesellschaft, Religion und Politik haben wie immer versagt, und manche dieser Geschäftemacher nutzen das schamlos aus."

Bevor Philip jedoch zu weiteren Vorträgen über die Gesellschaft ansetzen konnte, schnitt Maria ihm erfolgreich das Wort ab: „Zum Glück haben sie nicht Cron und Lanz demoliert, das wäre ein echter Verlust gewesen!" Damit tauchte sie ihren ersten Tortillachip tief in die Guacamole.

Er stand in der Mitte seiner kleinen kalten Wohnung und blickte durch das Fenster in das wieder stärker werdende Schneetreiben. Laut und deutlich formten seine Lippen die altägyptischen Worte, die er schon so lange auswendig konnte. Während er den Text des Papyrus rezitierte, dachte er an die Gottheit, und welches Opfer sie sich dieses Mal aussuchen würde. Auch, wie sie wohl diesmal töten würde. Er würde es natürlich morgen aus der Zeitung erfahren, aber seitdem er selbst einen seiner Widersacher beseitigt hatte, erinnerte er sich schaudernd, aber auch fasziniert an die Gefühle von Macht, Haß und Zorn, die ihn beim Töten bewegt hatten.

Er fragte sich, ob auch die Gottheit solche Gefühle habe, schob dann aber scheu diesen Gedanken von sich, denn er fand es anmaßend, zu überlegen, was ein Gott wohl empfinden möge. Was ihn selbst betraf, hatte er da weniger Zweifel. Tief in seinem Inneren wußte er, daß er im Wortsinne Blut geleckt und das Machtgefühl über das Leben eines anderes Menschen ausgekostet hatte. Ganz weit hinten in seinem Kopf war dabei die Hoffnung gereift, daß er beim bevorstehenden Weltende, wenn sowieso alles im Chaos versinken würde, diesem Bedürfnis frei und ungehindert würde nachgehen können. Eine Vorstellung, die er ungeheuer erregend fand.

Er war fast beim Ende des Textes angelangt, als er im Geräusch des Schneesturmes noch ein weiteres hörte. Unter dem anschwellenden Brüllen des Windes lag das ihm in zwischen vertraute Heulen, das die Ankunft der Gottheit signalisierte. Trotzdem begann er mit der Beschwörungsformel noch einmal von vorne, während der Wind seine Stimme als ein Flüstern weit hinaus in die Nacht trug.

Andrea Giesecke war auf dem Weg zum Nabel, der Kreuzung von Theater- und Weender Straße in der Mitte Göttingens, wo sie mit ihrem Mann verabredet war.

Zusammen mit ihrer Tochter überquerte sie den Theaterplatz. Sie gingen mitten auf die Straße, dicht am Rondell vorbei, denn bei dem Wetter waren sowieso keine Autos unterwegs. Das Deutsche Theater auf ihrer rechten Seite war in dem Schneetreiben kaum auszumachen. Mittlerweile war es dunkel geworden, obwohl der Einbruch der Nacht in den letzten Tagen nicht wirklich viel auszumachen schien, es wurde nur noch etwas dunkler als bei Tage.

Andrea schlotterte vor Kälte, und ihre Hände waren, weil sie ihre Handschuhe vergessen hatte, fast taub, obwohl sie sie in ihre Manteltaschen gesteckt hatte. Ihre vierjährige Tochter Ulrike rutschte neben ihr durch den Schneematsch, wobei sie versuchte, mit ihrer Mutter Schritt zu halten. Geduld war nicht eine der Haupteigenschaften ihrer Mutter, das hatte auch schon die kleine Tochter herausgefunden. Also trippelte sie entschlossen neben ihrer gehetzten Mutter einher und widerstand tapfer der Versuchung, stehenzubleiben, um einen Schneeball zu formen.

An einem anderen Tag hätte sich Andrea Giesecke vor dem Mörder, der seit Tagen Göttingen heimsuchte, in der dunklen und verlassenen Theaterstraße gefürchtet. Heute jedoch wollte sie einfach nur nach Hause und raus aus dem schrecklichen Schneetreiben; so verschwendete sie keinen Gedanken an die Zeitungsberichte, die sie noch am Morgen im ‚Göttinger Tageblatt' und im ‚Blick' gelesen hatte. Sie konnte es sich auch gar nicht vorstellen, Opfer eines Verbrechens zu werden oder sogar auf einen verrückten Massenmörder zu treffen. Wie alle anderen Menschen verschloß sie ihre Augen und ihren Geist vor einer Bedrohung, die sie einfach nicht wahrhaben wollte, die ja auch nicht passieren durfte. So etwas geschah nur im Film oder passierte anderen, über die in den Fernsehshows am frühen Abend berichtet wurde. Außerdem hatte sie ein kleines Kind dabei, und wer würde schon ein kleines Mädchen töten wollen? So verdrängte sie jeden Gedanken an die Gefahr, in der sie schwebte, und konzentrierte sich darauf, möglichst schnell voranzukommen und trotzdem auf dem Schneematsch nicht auszurutschen.

Im Licht der Straßenlaterne tanzten die Schneeflocken, während er zur dritten Wiederholung des Zaubertextes ansetzte. Er stellte sich vor, wie schwer es für die Gottheit heute sein müsse, ein Opfer zu finden, denn die Straßen waren wegen des schlechten Wetters wie leergefegt. Er meinte fast, ihr Drängen und Suchen fühlen zu können, obwohl er natürlich wußte, daß es keine derartige Gedankenverbindung zwischen ihm und der Gottheit gab. Anfangs hatte er noch gehofft, daß es irgendeine Art von Verständigung geben würde, doch dann hatte er sich zähneknirschend mit dem Gedanken anfreunden müssen, einer Kommunikation nicht für würdig erachtet zu werden. Zuerst war er sehr enttäuscht gewesen, doch dann war es ihm gelungen, sich als Teil einer größeren Sache zu empfinden, in dem der Einzelne nur ein kleines Rädchen war. Der Zeitpunkt seiner Belohnung würde kommen, wenn beim Untergang der Welt die Unwissenden in den Abgrund gestoßen, die Wissenden jedoch gerettet werden würden. Diese Gewißheit machte ihn stolz.

Ulrike blieb plötzlich stehen und zog an der Hand ihrer Mutter. „Mami, hast du das gehört?" fragte sie.
　Ungeduldig blickt Andrea zu ihrer Tochter hinunter.
　„Nein, was soll sein?" herrschte sie das Kind an. „Komm weiter, wir sind auch bald da!"
　„Da redet einer", beharrte Ulrike.
　Andrea Giesecke blickte sich um, aber da war niemand. Doch dann konnte sie es plötzlich auch hören, ein leises Flüstern drang über den Theaterplatz.
　„Keine Ahnung, was das ist. Vielleicht hat einer den Fernseher zu laut gestellt", mutmaßte sie wenig überzeugend. „Laß uns weitergehen!" Die Mutter versuchte, ihre aufkeimende Angst vor ihrer Tochter zu verbergen, doch dies gelang ihr nicht, denn das Flüstern um sie herum wurde immer lauter und unheimlicher.
　„Mami, Mami, was sagt der da?" Ulrike klammerte sich ängstlich an ihre Mutter. Andrea Giesecke hörte die Stimme jetzt ziemlich deutlich, doch sie konnte immer noch kein Wort verstehen.
　„Muß eine fremde Sprache sein", erklärte sie ihrer Tochter. „Komm jetzt! Wenn wir uns nicht beeilen, muß Papa warten."
　Sie nahm ihre Tochter fest bei der Hand und hetzte die Theaterstraße hinunter zum Nabel, um möglichst schnell bei ihrem Mann zu sein. Es war schwer, auf dem verharschten, eisglatten Schnee voranzukommen. Sie wußte auch, daß es für ihre Tochter doppelt schwer war, mit ihr Schritt zu halten, doch sie zerrte sie unbarmherzig weiter, denn diese Stimme aus dem Schneesturm war ihr nicht geheuer.
　Sie waren erst wenige Meter vorangekommen, als sie Schritte im Schnee hörten und beide wie angewurzelt stehenblieben. Dann drehten sie sich langsam, fast vorsichtig, um, doch sie konnten im Schneetreiben niemanden entdecken. Andrea atmete erleichtert auf. Sie spürte, wie Ulrike sich zitternd an sie lehnte, und versuchte, sie zu beruhigen:
　„Wir sind nicht die einzigen, die schnell nach Hause wollen", sagte sie und tätschelte die Wange ihrer Tochter.

Obwohl er weit entfernt war, konnte er spüren, daß die Gottheit bald ihr Opfer gefunden haben würde. Ein untrüglicher Instinkt schien sie zu der geeigneten Person zu führen. Zudem hatte er mittlerweile auch herausgefunden, daß die Gottheit immer im Umkreis des Papyrus erschien und tötete, den er, allen Vorsichtsmaßnahmen der Museen zum Trotz, schon vor langer Zeit entwendet hatte. Der gesamte Text war mit einer seltsamen dunkelroten Flüssigkeit geschrieben worden, von der er annahm, daß es sich um Blut handelte. Es war ihm bald klar gewesen, daß sich die Magie nur in Zusammenhang mit den schön geschriebenen Worten auf dem Papyrus entfaltete.

Auch hatte er selbst die Gottheit bisher nur einmal kurz gesehen, als einen großen dunklen Schatten, der sich über einen getöteten Mann gebeugt hatte. Vor Angst hatte er sich sofort aus dem Staub gemacht. Doch das war beim ersten Erscheinen der Gottheit gewesen. Heute würde er das Zusammentreffen sogar begrüßen, denn er fühlte sicher, daß er nicht als Opfergabe auserwählt war. Aber um sicherzugehen, daß ihn niemand in der Nähe der Tatorte sehen würde, hatte er es vorgezogen, die Beschwörungsformeln aus einem größerem Abstand zu dem Papyrus zu rezitieren, als er ihn noch beim ersten Versuch eingehalten hatte.

Als ihm klar geworden war, daß es eine Beziehung zwischen dem Aufbewahrungsort des Papyrus und dem Aktionskreis der Gottheit gab, hatte er sich entschlossen, den Papyrus in seinem Arbeitszimmer zu verstecken, anstelle ihn mit nach Hause zu nehmen, wie er es ursprünglich geplant hatte. Das in der Innenstadt gelegene Ägyptologische Seminar versprach viel mehr Anonymität. Also hatte er nach einigem Nachdenken einfach einen großen Wechselrahmen gekauft, den Papyrus hineingelegt und ihn wie ein ägyptisches Souvenir zwischen Ausstellungsplakaten und Fotos an die Wand gehängt. Er ging mit Recht davon aus, daß der offensichtlichste Platz auch gleichzeitig der sicherste war, denn dort würde ihm am wenigsten Beachtung geschenkt werden.

Er wußte, daß dieses gehäufte Auftreten in der Nähe des Michaelishauses, wo er den Papyrus versteckt hatte, die Polizei erst auf das Seminar aufmerksam gemacht hatte, bereits lange bevor er Christoph Becker beseitigt hatte. Zum Glück hatten sie nicht viel herausgefunden. Ihn selbst hatten die Polizisten nicht mal zu Gesicht bekommen, darüber war er ebenfalls sehr froh. Sollten sich doch die anderen die dummen Fragen gefallen lassen, während er aus sicherer Entfernung die Fäden, die zu ihrer Vernichtung führen sollten, zog.

Die Schritte im Schnee kamen jetzt immer näher, doch Mutter und Tochter blickten sich nicht mehr um. Sie rannten so schnell es ging durch die Schneeverwehungen und stemmten sich dabei gegen die immer stärker werdenden Sturmböen. Plötzlich gab Ulrike einen erstickten Laut von sich und wurde von der Hand ihrer Mutter gerissen. Andrea wirbelte herum. Vor ihr stand ein riesengroßer Mann, dessen schattenhafter Umriß von einem Vorhang aus wirbelnden Schneeflocken seltsam verwischt wurde. Jetzt wandte er ihr sein Gesicht zu und blickte sie direkt mit seinen gelb leuchtenden Augen an. Er hielt ihre Tochter auf Armeslänge von sich, seine rechte Hand umfaßte ihren kleinen Hals, und bevor Andrea noch reagieren konnte, hörte sie ein gräßliches Geräusch, als die Wirbelsäule ihrer Tochter krachend brach.

Die Gottheit hatte inzwischen ihr Opfer gefunden, dessen war er sich sicher. Zufrieden sprach er die letzten Worte der Formel und wandte sich dann vom Fenster ab. Morgen würde er alles aus der Zeitung erfahren. Die Polizei hingegen würde weiterhin im Dunklen tappen. Glücklicherweise waren die meisten Menschen zu leichtgläubig und so einfach zu täuschen, daß sie das Offensichtliche nicht sahen!

Er erinnerte sich noch zu gut, wie leicht es gewesen war, den Papyrus aus dem Britischen Museum zu stehlen. Er hatte einfach bei einem Fälscher in London eine Kopie nach Fotos anfertigen lassen, und diese dann in einem unbeobachteten Moment gegen das Original ausgetauscht. Bis jetzt war der Diebstahl noch nicht einmal bemerkt worden, davon hätte er sicher gehört. Aber außer ihm hatte sich in den letzten Jahren niemand für diesen Papyrus interessiert, so daß der Schwindel sicher noch lange unentdeckt bleiben würde. Das Verschwinden der bröseligen Einzelstücke aus dem Turiner Museum war anscheinend überhaupt noch nicht aufgefallen, was seiner Verachtung, die er allen Museumsleuten entgegenbrachte, nur bestätigt hatte. Wenn die gewußt hätten, was man mit diesem Papyrus erreichen kann, hätten sie besser auf ihn achtgegeben. Dort hatte er sich nicht einmal die Mühe gemacht, die halb zerfallenen Teile durch Fälschungen zu ersetzen.

Zugegebenermaßen hatte auch er die wahre Macht des Textes erst langsam erkannt. Eigentlich hatte er den Papyrus nur gestohlen, weil er ihn besitzen wollte, erst später war ihm der Zusammenhang zwischen dem Gegenstand selbst und dem Erscheinen der Gottheit klargeworden. Er glaubte fest daran, daß die Vorsehung ihn auserwählt hatte, die Macht des Papyrus zu erkennen und anzuwenden, und daß sie ihm daher auch den Gedanken eingegeben hatte, den Papyrus an sich zu nehmen.

Zuerst war sie wie gelähmt, doch als sie den toten Körper ihres Kindes in den Händen dieses Ungeheuers sah, sprang sie kreischend los und grub ihre Fingernägel in seinen Arm. Doch der Mörder ihrer Tochter zeigte sich wenig beeindruckt von dem Angriff. Er hob sie vom Boden hoch, als sei sie leicht wie ein Feder, obwohl sie gut dreißig Kilo Übergewicht hatte. Der Mörder schüttelte sie, bis ihr der Atem verging und sie jede Gegenwehr keuchend und erschöpft aufgab.

Es schien ihr, als sei eine Ewigkeit vergangen, bis sie einen schwachen Versuch machte, sich aus seinem Griff zu winden, doch er hielt sie eisern fest. Es schien ihm ganz egal zu sein, wie oft sie ihn trat oder mit ihren Fäusten nach ihm schlug.

Nichts schien eine Wirkung auf ihn zu haben. Irgendwann warf er sie mit einem Ruck gegen eine niedrige Gartenmauer, und etwas knackte laut. Sofort umnebelte ein schrecklicher Schmerz, der aus ihrer gebrochenen Schulter drang, ihr Gehirn.

Plötzlich wurde es dunkel, als sich sein Schatten über ihr erhob und das wenige Licht einer fernen Straßenlaterne verdeckte. Fast sanft legte der Mörder ihrer Tochter seine Hand auf ihr Gesicht. Wie gelähmt vor Entsetzen saß sie da und wartete ohne Gegenwehr ab, was als nächstes geschehen würde. Langsam und unerträglich bewegten sich seine Finger tastend über ihre Stirn und ihre Wangen, so daß sie seine rauhe, schwielige Haut spüren konnte. Irgendwann hielt er inne, verstärkte aber den Druck auf ihr Gesicht, als könne er ihre Angst durch seine Handflächen einsaugen. Er wartete einige Sekunden, schien ihre Furcht zu genießen, und riß dann mit seinen Klauen ruckartig das Fleisch über ihren Wangen herunter.

Schmerz und Entsetzen ließen sie noch einmal für kurze Zeit aus ihrem umnebelten Zustand erwachen. Sie rollte sich herum und versuchte, aufzustehen. Blut lief über ihr Gesicht und tropfte hellrot vor ihr in den Schnee. Sie stützte sich auf ihren gesunden linken Arm und stemmte sich schwankend hoch, doch ein Faustschlag auf ihre gebrochene Schulter schickte sie stöhnend zurück in den Schnee. Sie röchelte und bekam Blut, Schnee und Matsch in den Mund. Andrea begann zu husten, und jedes Mal schwappten Schmerzwellen, die von ihrer Schulter und ihrem zerfetzten Gesicht ausgingen, durch ihren Körper.

Sie zitterte unkontrolliert, als ihr Angreifer sie wieder vom Boden hochzog. Ihre Zähne schlugen vor Kälte und Angst aufeinander. Mühelos hielt er sie mit nur einer Hand, die ihren Hals umklammerte, aufrecht. Stöhnend öffnete Andrea ihre Augen, als das Monster seinen Kopf zu ihr herunterbeugte. Jetzt konnte sie direkt in seine gelben Augen mit den seltsamen Pupillen blicken. Sein Blick hielt sie förmlich in seinem Bann. Die Haut in seinem Gesicht schimmerte fast wie bei einer Schlange, was ihm ein dämonenhaftes Aussehen verlieh. Mehr konnte sie von seiner äußeren Erscheinung nicht erkennen, die im Schneesturm irgendwie verschwommen wirkte. Seine bloße Nähe und die Präsenz von Tod und Verderben, die von ihm ausging, ließen alle ihre Glieder erstarren und lähmten ihre Sinne.

Natürlich war ihr gleich bei seinem Auftauchen klar gewesen, daß dies kein einfacher Handtaschenräuber war. Doch erst jetzt wurde ihr die schreckliche Wahrheit bewußt, daß der sogenannte ‚Göttinger Schlachter' vor ihr stand. Zugleich begriff sie auch, daß er sie töten würde, genauso wie er alle anderen getötet hatte – genauso, wie er Ulrike ermordet hatte. Bei dem Gedanken an ihre kleine Tochter erwachte noch einmal der Kampfgeist in ihr, und sie begann ohne

Erfolg, mit ihren Fäusten nach ihm zu schlagen. Als sie keuchend Luft holte, um lautstark um Hilfe zu schreien, schlug er hart mit der Faust auf ihr Kinn und schickte sie ohnmächtig zurück in den Schnee.

Als sie wieder erwachte, hatte sie unbeschreibliche Schmerzen in ihrer verletzten rechten Schulter. Trotzdem gelang es ihr, sich halbwegs aufzurichten. Die Bewegung führte dazu, daß irgend etwas ihr Gesicht berührte. Ihre linke Hand zuckte nach oben und ertastete herunterhängende Hautfetzen und darunter liegendes blankes Fleisch. Brennender Schmerz zuckte durch ihr Gesicht. Die Vorstellung, daß ihr eigenes Fleisch halb losgelöst von ihren Knochen hing, drehte ihr den Magen um. Mit einem erstickten Jammern sackte sie zurück gegen den Gartenzaun.

Ihr Geist schien sich irgendwie von ihrem Körper getrennt zu haben, denn etwas Seltsames erregte ihre Aufmerksamkeit. Der Wind wirbelte jetzt nicht nur Schneeflocken, sondern auch rötlichgelben Sand herbei, der dem Schnee eine ungesunde beige Farbe verlieh. Wie aus weiter Ferne starrte sie auf die glitzernden Sandkörnchen und fragte sich, woher dieser seltsame Sand wohl gekommen war. Nichts in dieser Welt schien ihr interessanter als diese Frage. Doch schon war der Angreifer wieder über ihr und brachte sie unbarmherzig zurück in die Gegenwart. Eine schnelle Klauenbewegung des Monsters riß die Haut über ihrem Kinn auf und zerfetzte ihre Lippen. Ein weiterer Hieb riß ihr linkes Ohr ab und kratzte über ihr linkes Auge, so daß der Augapfel platzte und die warme Gallertmasse herausfloß.

Während er sie hochhob und durch die Luft wirbelte, konnte sie mit ihrem noch verbliebenen Auge einen letzten Blick auf ihre im Schnee liegende Tochter werfen, unter derem leblosen Körper sich eine glänzende Blutlache ausgebreitet hatte. Trotz ihres zerfetzten Mundes begann sie, den Namen ihrer Tochter zu wimmern, doch dann warf ihr Mörder sie mit aller Kraft quer auf einen gußeisernen Gartenzaun. Die Spitzen des Zaunes durchbohrten ihren Kopf und ihren Leib. Eine Spitze war durch ihren Hinterkopf gedrungen und ragte aus ihrem halbgeöffneten Mund. Die nächste Eisenspitze hatte ihre rechte Schulter durchstochen, zwei weitere den Brustkorb und ihren Unterleib.

Andrea Giesecke merkte nicht mehr, wie ihre Bauchdecke gänzlich aufgerissen und die Gedärme herausgezerrt wurden, denn ihr Herz hatte schon vorher aufgehört zu schlagen.

Maria drehte gedankenverloren ihr Glas Tequila in der Hand, bis das Klingen der Eiswürfel sie aus ihren Gedanken riß. Sie nahm einen Tortillachip und kratzte damit die Reste eines superscharfen Dips aus der Schale.

„Ich kann es einfach nicht glauben, daß Christoph tot ist. Allein die Vorstellung, daß jemand in unserer Bibliothek ermordet wurde, erscheint mir zu absurd, um wahr zu sein", erklärte sie kauend.

Sie stand auf und begann, mechanisch den Tisch abzuräumen. Sie stellte das schmutzige Geschirr in die Spüle und ließ gerade Wasser darüber laufen, damit die Soßenreste nicht zu einer betonharten Kruste eintrocknen würden, als das Telefon klingelte.

„Wer kann das sein, so spät am Abend?" fragte Philip verwundert.

„Meine Mutter!" antwortete Maria ergeben. „Ach Kind, du meldest dich ja auch gar nicht mehr!" ahmte sie den immer leicht vorwurfsvollen Tonfall ihrer Mutter nach, bevor sie zum Telefon griff.

Nur Sekunden später hörte Philip schlagartig auf zu grinsen, als ihm klar wurde, daß nicht Marias besorgte Mutter an dem anderen Ende der Leitung sprach. Maria hatte sich zwar schon innerlich gegen eine Standpauke gewappnet, aber auf diese Art von Gespräch war sie dann doch nicht vorbereitet. Am anderen Ende der Leitung hatte sich Dorothea Faßbinder gemeldet, die hörbar darum rang, sie nicht anzubrüllen. Trotzdem schnappte ihre Stimme manchmal gefährlich über, während sie Maria lautstark Vorhaltungen machte.

„Sie hätten die Morde vielleicht verhindern können, wenn Sie uns heute morgen alles gesagt hätten, was Sie wissen", knurrte die Beamtin. „Was ist das, was Sie angeblich herausgefunden haben? Wenn Sie uns ihre Erkenntnisse rechtzeitig mitgeteilt hätten, könnte das Kind vielleicht noch leben!"

„Er hat ein Kind umgebracht?" Maria flüsterte fast.

„Ja, Mutter und Kind, um genau zu sein. Wollen Sie die Einzelheiten wissen?" fragte Dorothea eisig. „Oder vielleicht wissen Sie es ja auch schon, denn Sie scheinen ja wohl einiges zu wissen", setzte sie mit ätzendem Tonfall nach.

„Ich weiß nichts darüber. Wenn ich das Kind hätte retten können, hätte ich es bestimmt getan, das können Sie mir wohl glauben!" Aus Marias Antwort klang ebensoviel Empörung wie Entsetzen, so daß sie Dorothea fast leid tat. Aber doch nur fast.

„Vorerst will ich Ihnen das mal glauben", sagte Dorothea ungnädig. „Aber als Gegenleistung möchte ich jetzt erfahren, was Sie wissen, und zwar wirklich alles."

„Eine Sekunde mal, ich möchte mit Philip Mann sprechen" bat Maria und blickte Philip fragend an. „Was sollen wir machen?"

Philip nickte zustimmend. „Erzähl es ihr, sie wird es sowieso nicht glauben."

„Vielleicht hilft es Ihnen ja auf die Sprünge, wenn ich Ihnen etwas über die Tat erzähle", sagte die Hauptkommissarin verärgert. „Morgen steht es sowieso in der Zeitung. Eine junge Frau ist zusammen mit ihrer kleinen Tochter zwischen Theaterplatz und Oberer Karspüle getötet worden", berichtete sie. „Dem Kind wurde das Genick gebrochen, die Mutter fanden wir aufgespießt auf einem Gartenzaun hängend. Es sah ziemlich schaurig aus. Ihr Gesicht war zerfetzt, und ihre Arme und Beine schaukelten im Wind."

Dorothea holte für einen Moment Luft. „Der übliche Sand war auch da. Aber das Schlimmste ist, daß der Killer die Gedärme der Mutter um das Kind gewickelt hatte. Es sah aus, als habe er das Kind damit gefesselt."

Sie machte eine kleine Pause, wie um mit der Erinnerung fertig zu werden, doch dann wurde ihre Stimme schneidend. „Haben Sie mir was zu sagen?"

„Wenn ich wüßte, wo ich anfangen soll", antwortete Maria unsicher. „Wir sind uns ja selbst nicht sicher …"

„Ich warte!" fauchte Dorothea.

„Na ja, es scheint, als hätte sich jemand in unserem Seminar mit gewissen Zaubertexten beschäftigt, die eigentlich als unübersetzbar gelten. Dieser jemand scheint dann altägyptische Vorstellungen aus den Texten in die Tat umzusetzen."

„Ist es altägyptisch, kleinen Kindern das Genick zu brechen?"

„Natürlich nicht!" Maria war zu entrüstet, um die beißende Ironie zu hören.

„Schon gut, war nicht so gemeint", beschwichtigte die Beamtin am anderen Ende der Leitung. „Wir sind alle etwas genervt."

„Es gibt da nur ein großes Problem: Die Anzahl von Leuten, die überhaupt imstande sind, solche Texte adäquat zu übersetzen und zu verstehen, ist sehr klein. Und alle diese Leute, sofern ich sie kenne, wären gar nicht in der Lage, diese brutalen Morde auszuführen." Maria stotterte leicht. „Ich meine, rein physisch nicht. Und ich traue es ihnen auch nicht zu!" sagte sie mit Bestimmtheit.

„Man kann nie wissen", antwortete Dorothea, die sich innerlich über Marias Weigerung, einen ihrer Kollegen für einen Mörder zu halten, amüsierte. „Bloß weil jemand ein guter Wissenschaftler ist, muß er noch kein guter Mensch sein."

„Und warum hinterläßt der Mörder, wenn er dann ein Ägyptologe ist, eine so offensichtliche Spur, die ihn selbst überführen kann?" fragte Maria zurück.

„Was weiß ich? Wenn das mit diesen Texten, die Sie erwähnt haben, stimmt, hält sich der Mörder vielleicht für einen großen Zauberer. Als es mit den Zaubersprüchen von alleine nicht geklappt hat, hat er eben etwas nachgeholfen. Es bleibt jedoch die Frage, wie er es gemacht hat, ohne jemals Spuren zu hinterlassen. Das ist doch sehr seltsam", gab Dorothea zu. „Und mit Magie hat das nichts zu tun."

Maria versuchte zu erklären: „Verstehen Sie, es gibt keinen Fluch der Mumie oder irgend etwas ähnliches. Es muß eine rationale Erklärung für das Fehlen der Spuren geben."

„Das weiß ich auch. Könnten Sie sich vorstellen, daß der Mörder den Zauber oder Fluch sozusagen in die Realität umsetzt, nicht um uns auf eine falsche Fährte zu locken, sondern weil er vielleicht selbst daran glaubt?" Dorothea überlegte weiter: „Deshalb könnte es ihm egal sein, wenn die Spur in Richtung Ägyptologie weist. Und wenn es nur so wenige Leute gibt, die den Text lesen können, sollten wir vielleicht den Mörder über die Texte finden können. Was wissen Sie eigentlich über die Texte?"

„Nicht viel", gab Maria zu und berichtete über die Schwierigkeiten beim Bearbeiten eines verschlüsselten ägyptischen Textes. Sie erklärte, daß es in ‚normalen' Zaubertexten um Liebeszauber, die Besiegung weltlicher Feinde oder die Vertreibung von Krankheitsdämonen gehe, aber in keinem solche Morde vorkommen würden. Sie wies auch darauf hin, daß es nur sehr wenige Ägyptologen gäbe, die überhaupt Interesse daran hatten, sich mit diesen Texten auseinanderzusetzen.

„Also keine Hinweise", sagte Dorothea enttäuscht.

Dann verstummte sie. Maria faßte sich, nach einem schnellen Seitenblick auf Philip, ein Herz und berichtete anfangs etwas zögerlich von den Zusammenhängen zwischen dem Sonnenaufgang und den Affen, auch dem sechsten Mord um Mitternacht, also zur ägyptischen sechsten Stunde.

„Die Morde und das ganze Drumherum scheinen völlig zusammenhanglos zu sein, aber wenn man einige Einzelheiten mit den Augen eines Ägyptologen betrachtet, ergeben diese durchaus einen Sinn." Marias Stimme wurde immer leiser. „Ob es stimmt, weiß ich allerdings nicht. Vielleicht sind wir ja auch auf dem Holzweg und ein Ethnologe oder ein Sinologe hätte da ganz andere Ideen", schloß sie lahm.

Wider Erwarten brach Dorothea Faßbinder nicht in lautes Lachen aus, sondern schien sehr interessiert.

„Was Sie gesagt haben, deutet doch noch mehr darauf hin, daß der Mörder Ägyptologe ist oder fachkundliche Hilfe hat. Haben Sie eine Ahnung, wer den Mörder mit solchem Wissen ausgestattet haben könnte? Derjenige muß sich ja ziemlich gut auskennen und nicht nur ein paar Bücher gelesen haben. Aber wer? Haben Sie vielleicht eine Idee?" Endlich stellte Dorothea die Frage, die ihr schon die ganze Zeit auf dem Herzen lag. Sie hoffte inständig, daß die junge Studentin ihr soweit vertraute, daß sie auch ihre restlichen Ideen preisgeben würde, aber sie wurde enttäuscht.

„Nein!"

„Was ist mit Professor Altmann?" hakte Dorothea nach. Sie schluckte dabei etwas, denn sie hätte beinahe wieder Professor Dumbledore gesagt. Am anderen Ende der Leitung blieb es ruhig. „Sie wollen ihren Doktorvater nicht belasten?" fragte sie daher.

„Ich kann es mir einfach nicht vorstellen", sagte Maria leise. „Er ist eigentlich nicht so abweisend, wie er tut. Das Fach hat für ihn absolute Priorität, verstehen

Sie, vor allem. Die Ansprüche, auch die, die er an sich selbst stellt, sind enorm hoch. Er duldet nichts neben der Beschäftigung mit der Ägyptologie. Die Morde stören ihn eher beim Arbeiten, das klingt ziemlich unmenschlich, aber anders kann ich es nicht erklären."

„Ich habe schon verstanden", antwortete Dorothea. „Ist Ihnen an ihm in letzter Zeit etwas aufgefallen? Hat er sich irgendwie verändert?"

„Er scheint sich zumindest mit den Texten beschäftigt zu haben", gab Maria zu. „Und er hat Philip und mich belauscht, als wir uns über den Zusammenhang mit den Sonnenaffen unterhalten haben. Er war ganz schön sauer und hat gesagt, wir sollten niemandem davon berichten."

„Ach was?" Dorothea hatte sich im Stuhl aufgerichtet. „Das ist ja interessant!"

„Allerdings haben wir – hat Philip – den einzigen brauchbaren Hinweis, nämlich ein Stück von einer Übersetzung, in der von zwei Köpfen die Rede ist, in dem Papierkorb von Professor Kramer gefunden, nicht bei Altmann." Marias Stimme klang immer leiser, denn sie hatte das ungute Gefühl, ihre Professoren zu hintergehen.

„Wer ist denn Professor Kramer?" fragte die Hauptkommissarin überrascht.

„Unser anderer Professor!"

Jetzt war es an Maria, überrascht zu klingen. „Wir haben zwei Professoren. Richard Altmann ist der Ordinarius. Haben Sie denn nicht mit Kramer gesprochen? Schließlich war Christoph Becker Kramers Hiwi."

„Ihr Chef ist nicht sehr mitteilsam, schon vergessen?" schnappte Dorothea. „Und was in aller Welt ist ein Hiwi?"

„Eine Wissenschaftliche Hilfskraft, Mädchen für alles, ein Kopiersklave eben. Christoph muß irgendwas gewußt haben. Vielleicht hat er Texte für Kramer kopiert oder bestimmte Bücher besorgt. Keine Ahnung, was es war. Aber Christoph muß etwas aufgefallen sein, denn Kramers Fachgebiet ist eigentlich Baugeschichte, nicht Religion. Trotzdem hat er wohl in letzter Zeit die gleichen Bücher gelesen wie Altmann. Wie auch immer, Christoph hat Philip beim Schnüffeln in Kramers Papierkorb erwischt und nichts gesagt, denn er wußte wohl, wonach Philip gesucht hat. Er ist einfach weggegangen und wenig später war er tot! Deshalb haben wir gedacht, daß auch Philip in Gefahr ist, wenn der Mörder Mitwisser aus dem Weg räumt.

„Der Mörder von Christoph Becker ist nicht derselbe wie der ,Göttinger Schlachter', um mal die Medien zu zitieren." Die Hauptkommissarin hatte mittlerweile entschieden, daß so viel Kooperationsbereitschaft auf seiten der Studentin doch eine kleine Belohnung in Gestalt von einigen Informationen wert war. „Es gibt zu viele Ungereimtheiten, die eher auf einen Nachahmungstäter schließen lassen. Vielleicht ist es aber auch jemand, der auf welche Art auch immer involviert ist, ein Helfer oder Mitwisser zum Beispiel. Möglicherweise hat er weniger den Mörder als vielmehr sich selbst mit dem Mord an dem Studenten decken wollen. Sicher ist nur, daß in Ihrem Institut mehr vorgeht, als Ihr Herr Professor zuzugeben bereit ist."

„Ich hoffe nur, daß ich niemanden beschuldigt habe, der jetzt unschuldig in Verdacht gerät?" Marias Einwände wurden immer kläglicher. „Ich möchte niemanden ans Messer liefern."

„Wir leben doch nicht im Mittelalter!" Dorothea konnte die Probleme der jungen Frau selbstverständlich nachvollziehen, wollte ihr das aber kaum sagen. „Wir untersuchen die ganze Sache ja erst; noch haben wir leider Gottes nicht so viele Hinweise beisammen, daß wir jemanden verhaften können, nicht wahr? Denn bis jetzt beruht alles nur auf Vermutungen. Wir brauchen aber Beweise. Auf jeden Fall werde ich morgen mit diesem Professor Kramer sprechen."

„Sagen sie ihm bitte nicht, wer ..." Maria klang jetzt völlig entsetzt.

„Natürlich nicht, wo denken Sie hin." Die Hauptkommissarin hätte beinahe gefragt, ob die Studentin sie denn für blöd hielte, als ihr ein weiterer Gedanke kam.

„Sie beide sollten aufhören, sich für die Papiere Ihrer Professoren zu interessieren. Am besten wäre es, Sie blieben für eine Zeitlang zu Hause. Wenn es geht. So als reine Vorsichtsmaßnahme", fügte sie hinzu, als sie den aufkeimenden Protest am anderen Ende der Leitung spürte. „Ich habe da noch eine letzte Frage, dann lasse ich Sie in Ruhe." Sie wartete Marias zustimmendes Gemurmel ab und stellte dann die Frage, die sie neben der Identität des Mörders am meisten beschäftigte: „Warum geschehen diese Morde? Welchen Zweck sollen sie haben, was ist das Motiv des Mörders?"

„Ich habe wirklich keine Ahnung. Wie ich schon sagte, es gibt keine Hinweise für solche Morde im alten Ägypten." Maria schüttelte unbewußt den Kopf. „Ganz sicher gibt es keine Belege."

„Okay, vielen Dank erstmal für Ihre Hilfe", verabschiedete Dorothea sich. „Vielleicht fällt ihnen ja noch was ein, dann rufen Sie mich bitte an – jederzeit. Ich gebe ihnen meine Handynummer. Überlegen Sie doch mal, warum der Mörder sein Opfer an das Altarkreuz gebunden haben könnte."

Bevor Maria noch nachfragen konnte, legte die Hauptkommissarin auf. Von dem Kruzifix hatten weder sie noch Philip etwas in der Zeitung gelesen, aber sie nahmen ganz richtig an, daß es sich um den sechsten Mord in der Kirche handeln müsse. Philip knallte sein Tequilaglas, daß er die ganze Zeit unbewußt in der Hand gedreht hatte, auf den Tisch.

„Und ich gehe doch ins Seminar!" verkündete er trotzig. Dann sah er Maria an, die vollkommen erschöpft auf dem Boden hockte, und meinte bewundernd: „Du bist so ruhig bei dem Gespräch geblieben. Wie machst du das nur? Ich hätte nur unzusammenhängendes Zeug gestottert."

„Ich habe eher das Gefühl, als hätte ich zu viele dumme Dinge gesagt. Ich komme mir schrecklich vor. Hoffentlich bekommt Altmann nicht heraus, daß ich mit der Polizei gesprochen habe. Er wird mehr als sauer sein."

„Nein, es war richtig, der Polizei zu helfen", sagte Philip. „Sie müssen den Mörder schnell finden. Selbst wenn es jemand aus dem Seminar ist, wollen wir ja schließlich nicht für die nächsten Jahre mit ihm zusammen in der Bibliothek sitzen. Oder noch schlimmer: in die Mensa gehen."

„Sicher, du hast recht", gab Maria zu. Dann stand sie vom Boden auf und reckte sich. „Sei mir nicht böse, aber ich muß jetzt ins Bett. Darf ich dich rausschmeißen?"

„Es ist sowieso schon spät, und ich habe morgen früh eine Übung: Wir haben jetzt endlich angefangen, den Sinuhe zu lesen, nachdem wir wochenlang nur über Grammatik schwadroniert haben."

Philip suchte seine Jacke und Schuhe zusammen, doch als er sich zum Gehen wandte, fragte er. „Hast du auch keine Angst? Soll ich vielleicht hierbleiben?"

„Nein, nein", wehrte Maria ab. „Ich komme schon klar. Bis morgen dann."

Erst als sie die Tür geschlossen hatte, fiel ihr auf, daß Philip weniger besorgt als hoffnungsvoll geklungen hatte.

„Du bist vielleicht eine dumme Kuh", beschimpfte sie sich selbst. „Du hättest eigentlich die Nacht mit ihm verbringen sollen."

Mit Sicherheit wurde im Seminar schon über die beiden geklatscht. Dabei war überhaupt noch nichts passiert, aber Martina Meyer, die jeden Klatsch liebte, dichtete ihr bestimmt schon ein Kind an. Als wäre das Leben nicht schon kompliziert genug.

Maria nahm die beiden Tequilagläser vom Sofatisch und wollte sie in die Spüle stellen, doch dann zuckte sie im letzten Moment mit einem kleinen Aufschrei zurück. In der Spüle lief gut ein Dutzend großer schwarzglänzender Käfer umher. Sie holte tief Luft, um sich von dem Schrecken zu erholen, und beugte sich dann vorsichtig über den Ausguß. Fasziniert besah sie sich die Insekten näher.

„Das kann doch gar nicht wahr sein", rief sie überrascht aus, als sie die Tiere als Skarabäuskäfer identifizierte. „Wie kommt ihr denn nach Deutschland, und dann auch noch im Schneesturm?" fragte sie die Käfer, die natürlich keine Antwort gaben.

Einerseits wollte sie die Mistkäfer in jedem Fall aus ihrer Küche haben, andererseits widerstrebte es ihr jedoch, Skarabäen, die heiligen Tiere des ägyptischen Sonnengottes, zu töten. Außerdem waren die Viecher groß, und es würde ziemlich eklig und matschig werden, sollte sie versuchen, diese einfach mit einer eingerollten Zeitung zu zerquetschen. Daher entschied sie sich dafür, mit einer schnellen Handbewegung den Stöpsel vom Ausguß zu entfernen und dann den Wasserhahn aufzudrehen. Während sie beobachtete, wie ein Käfer nach dem anderen in den Abfluß gespült wurde, fing sie an, über die letzte Frage der Kommissarin nachzudenken.

Sie hatte eine Idee, die auf den ersten Blick reichlich an den Haaren herbeigezogen wirkte, bei näherer Überlegung aber immer mehr Sinn machte. Sie tigerte noch eine Zeitlang in ihrer Wohnung hin und her, dann nahm sie ihr Telefon und rief Philip an.

Das Telefon klingelte, als Philip die Wohnungstür aufschloß. Er besaß nur einen altmodischen Apparat, denn seiner Ansicht nach stellten Handys einen Eingriff in die Privatsphäre ihres Besitzers dar. Die Vorstellung, ständig erreichbar sein zu müssen, abrufbar, wie er es nannte, bereitete ihm Unbehagen. Seiner Meinung nach waren Handys ein Zeichen dafür, wie die Menschen vergeblich versuchen, die Kontrolle über ihr Leben und das ihrer Mitmenschen zu behalten. An diesem Abend konnte er noch nicht ahnen, wie sehr er sich in naher Zukunft ein Handy wünschen würde.

Er griff zum Hörer und meldete sich, wobei er mit einer Hand versuchte, seine vor Schneematsch triefenden Schuhe auszuziehen, bevor sie immerwährende Abdrücke auf seinem guten chinesischen Teppich hinterließen. Am anderen Ende der Leitung erzählte ihm Maria mit vor Aufregung fast überschnappender Stimme von ihrer ‚Entdeckung', wie sie es nannte. Zuerst erschien ihm die ganze Sache zu absurd, als daß er sie glauben wollte, doch nach einigen Minuten Diskussion hatte sie ihn überzeugt.

„Wenn das wirklich stimmt, dann haben wir ein echtes Problem am Hals", gab Philip zu.

„Es muß wahr sein, denn alle Teile fügen sich zusammen, wie bei einem Puzzle." Diesmal war es Maria, die die Überzeugungsarbeit leistete, so wie Philip sie noch vor wenigen Tagen von den ersten Hinweisen auf die ägyptische Religion überzeugen mußte.

„Aber deine Theorie sagt uns trotzdem nicht, wer der Täter ist", gab Philip zu bedenken. „Noch, warum er das tut."

„Das ist wohl wahr", stimmte Maria zu. „Doch sie erklärt den kompletten Hintergrund für die Morde. Sozusagen aus der Sichtweise eines Ägyptologen."

Dann war all ihr Enthusiasmus plötzlich verflogen. „Meinst du, wir verrennen uns da in etwas und führen nachher noch die Polizei auf die falsche Fährte? Wenn wir uns nun im Kreis drehen, und das Ganze doch nichts mit dem Fach zu tun hat, mordet der Kerl munter weiter, und niemand kommt ihm je auf die Schliche. Ich möchte nicht Schuld daran sein, daß Menschen sterben", schloß sie unglücklich.

„Du bist nicht Schuld, das hat dir diese Polizistin eingeredet." Philip war ziemlich ärgerlich. „Diese Frau hat dich – und mich – maßlos unter Druck gesetzt, weil sie mit ihren Ermittlungen nicht weitergekommen ist. Was wir herausgefunden haben, oder besser: glauben, herausgefunden zu haben, klingt doch einigermaßen abenteuerlich, so wie in einem Mumien-Monstren-Mutationen-Film. So schnell wird die Polizei das nicht glauben, es sei denn, es gibt auch noch andere Beweise, die unsere Theorie erhärten."

„Du hast ja recht", pflichtete Maria ihm bei. „Wir können ja wirklich nur Hintergrundinformationen liefern. Zu Täter und Motiv fällt uns auch nichts ein."

„Allerdings ist die Polizei schon von ganz alleine auf die Ägyptologie gekommen. Die hatten wohl den richtigen Riecher." Philip dachte für eine kurze Zeit nach, dann sagte er: „Wir müssen uns jedoch bei unserer Idee absolut sicher sein. Sie muß sozusagen hieb- und stichfest sein, bevor wir Frau – wie hieß sie noch? – Faßbinder anrufen."

„Doch wann?" fragte Maria. „Ich habe das ungute Gefühl, daß uns die Zeit davonrennt."

Dann hatte sie eine ganz verwegene Idee. Sie zögerte einen Moment, denn sie kam sich ziemlich albern vor. Trotzdem faßte sie sich ein Herz und sagte: „Denkst du, wir sollten jetzt gleich darüber reden? Wir könnten Frau Faßbinder morgen ganz früh anrufen." Dann stellte sie die alles entscheidende Frage: „Möchtest du wieder herkommen?"

Sie war unendlich erleichtert, als er sie nicht ausgelachte oder fragte, ob sie noch ganz bei Trost sei. Es war im Gegenteil beeindruckend, wie schnell und bereitwillig Philip auf ihr Angebot einging.

Als er kurz darauf in der Tür stand, war sie zuerst befangen und versuchte möglichst schuldbewußt dreinzublicken. Auch in Anbetracht der Tatsache, daß er völlig durchweicht und abgefroren war. Er lachte: „So einem Angebot kann ich schwerlich widerstehen. Ich würde selbst bei noch schlechterem Wetter zu dir kommen, wenn du mich darum bittest."

Dann beugte er sich vor und küßte sie ganz leicht auf die Wange. Sie lehnte sich an ihn und genoß seine Nähe. Als er seinen Arm um sie legte, zuckte sie unwillkürlich zusammen, denn Philips Lederjacke war mit Schnee bedeckt, der eiskalt auf ihrem Nacken tropfte. Beide kicherten wie Schulmädchen und später, als sie mit ihren Teebechern in der Hand auf dem Sofa saßen, um über Marias Theorie zu sprechen, machte Philip einen zweiten Versuch, den Arm um sie zu legen, und diesmal kuschelte sie sich dankbar an ihn.

So ganz hatte Dorothea Faßbinder die Ausführungen der Studentin nicht verstanden. Dies fiel ihr erst richtig auf, als sie Georg Roeder am nächsten Morgen von dem Gespräch berichtete. Dieser glaubte allerdings kein Wort davon, und er schimpfte lautstark vor sich hin, daß es ja typisch für Menschen sei, in Aberglauben zu verfallen, wenn sie nicht gleich eine einfache Erklärung für irgendein Ereignis hätten. Es folgte eine hitzige Diskussion über Zauberei und Polizeiarbeit, doch am Ende einigten sich beide darauf, daß natürlich nicht die Polizisten, aber durchaus der Täter an Magie glauben könne.

„Wir dürfen da nicht auf das Geschwafel von ein paar Studenten reinfallen. Die wissen nichts, sie raten nur", warnte Georg.

„Raten – ha, das tun wir doch momentan auch", gab Dorothea bissig zurück. „Doch jetzt sollten wir uns mal mit diesem Professor Kramer unterhalten. So ganz unverbindlich …"

Eine dicke Wolkendecke, durch die kein Sonnenstrahl drang, lastete über Göttingen. Der Schneefall hatte aufgehört, und auch der Sturm war abgeflaut. Es war fast unheimlich, wie still es war ohne das Heulen des Windes. Obwohl sich der heftige Schneesturm gelegt hatte, sorgten die Berge von Eis und Matsch, die sich in den letzten Tagen angesammelt hatten, immer noch für Chaos auf den Straßen. Trotz der scheinbaren Wetterbesserung war es schneidend kalt. Bis zu minus 15 Grad sagten die Wetterexperten im Radio voraus.

„Es ist so dunkel und drückend, man kommt sich vor wie unter einer Käseglocke", bemerkte Georg, als er in den Wagen stieg. Dieser sprang trotz der Kälte schon beim zweiten Versuch an, und Georg steuerte ihn vorsichtig vom Hof des Polizeipräsidiums.

„Und die Luft ist zum Durchschneiden, es stinkt nach Autoabgasen. Ich kann dann immer kaum atmen, das ist wie eine schwere Last auf der Brust", nörgelte er weiter, wobei er übertrieben röchelte.

„Das nennt man Inversionslage", erklärte Dorothea, die nur halb zugehört hatte.

„Scheiß drauf, wie das heißt! Ich wünschte, ich wäre auf Mallorca."

Verträumt blickte Georg auf die Straße. Es war zwar viel Verkehr wie jeden Morgen, aber alle mußten langsam fahren, so daß er sich diesen kleinen gedanklichen Ausflug ins warme Urlaubsparadies durchaus erlauben konnte. Doch dann fesselte etwas seine Aufmerksamkeit. Der Wagen auf der linken Abbiegespur hatte einen großen roten Farbfleck auf seiner sonst makellosen silbergrauen Lackierung. Noch während Georg überlegte, ob es sich um eine besondere Form von Kunst handeln könne, tauchte hinter ihm ein weiterer Wagen auf, dessen gesamte Kühlerhaube und Teile der Windschutzscheibe mit neongrüner Farbe besprüht waren, die sich stark von dem eleganten dunkelblauen Ton des Mercedes absetzte. An der nächsten Kreuzung fielen Georg dann noch mehr Wagen auf, die alle mit bunter Farbe verunstaltet waren. Nachdem er seine Chefin darauf aufmerksam gemacht hatte, erfuhr diese von ihren Kollegen über Funk, daß die Mitglieder von ‚Bereut nun!', die schon seit Wochen mit Demonstrationen gegen den Konsumterror auf den angeblich kurz bevorstehenden Weltuntergang aufmerksam machen wollten, nun wahllos Autos mit Farbe besprühten. In einigen Fällen, so berichtete ein Kollege, sei es zu Prügeleien mit aufgebrachten Autobesitzern gekommen.

Gerade als Georg zu einer erneuten Tirade über Aberglauben im allgemeinen und Weissagungen im besonderen ansetzen wollte, sprangen zwei Männer und eine Frau auf die Fahrbahn direkt vor das Auto. Georg trat voll auf die Bremse, und der Wagen kam leicht rutschend direkt vor der Frau zum Stehen.

„Das war knapp", murmelte er und sog hörbar die Luft ein.

Die drei Sektenmitglieder erhoben drohend Farbsprühflaschen, wedelten mit Pamphleten und brüllten: „Der Weltuntergang ist nahe!"

Sie wollten gerade losprühen, als Dorothea wutentbrannt aus dem Wagen stürmte. Sie zückte ihren Polizeiausweis und herrschte die drei dermaßen an, daß sie stehenblieben und unschlüssig dreinblickten. Diesen Moment nutzte Dorothea, um wieder in den Wagen zu springen. Georg trat aufs Gaspedal und kurvte geschickt um die verdutzten Typen herum.

„Diese Spinner, diese Vandalen, beim nächsten Mal fahren wir die einfach über den Haufen!"

„Keine gute Idee", ermahnte Georg. Dann warf er ihr einen belustigten Seitenblick zu. „Ich wußte ja schon immer, daß du eine Respektsperson bist, aber das hätte ich nicht erwartet. Was hast du zu denen bloß gesagt, das sie so eingeschüchtert hat?"

„Ich habe lediglich darauf hingewiesen, daß wir Polizeibeamte im Einsatz sind, und daß sie ein echtes Problem haben werden, wenn sie uns aufhalten." Dorothea war immer noch wütend. „Allein die Anzeigen wegen Sachbeschädigung werden uns Monate beschäftigen, obwohl wir wirklich Besseres zu tun haben. Eine glatte Unverschämtheit!"

Sie hörte nicht auf zu schimpfen, bis die beiden das Michaelishaus erreicht hatten. Georg entschied, auf dem Parkplatz hinter dem Haus zu parken, und lenkte vorsichtig um die engen Kurven, denn hier war weder geräumt noch gestreut worden. Das Auto schlingerte kurz und kam dann neben einem dunkelgrünen BMW, dessen Fahrerseite von großen weißen Kreisen verunziert wurde, zum Stehen. Dorothea warf einen kurzen Blick auf die Farbspuren, dann sagte sie giftig: „Ich hoffe, das ist Altmanns Wagen."

Als sie ausstiegen, trat ein Mann, der unter einer gefütterten Jacke einen Hausmeisterkittel trug, aus einer kleinen Seitentür. Er blickte feindselig zu ihnen herüber und setzte sich dann betont langsam in Bewegung. Er baute sich vor Dorothea auf und muffelte:

„Sie dürfen hier nich parken. Das is Privatgelände un gehört zur Universität."
Dorotheas Laune war auf dem Nullpunkt angekommen. „Ach was! Wir sind von der Polizei und dürfen überall parken. Wir haben einige Fragen an Professor Kramer. Haben Sie irgendein Problem damit?"
Geflissentlich überhörte sie Georgs Kichern.
„Ach, schonn wieder die Polizei! Na, dann bleibm Se meinetwegen hier stehn."
„Zu freundlich von Ihnen", sagte Dorothea mit ätzender Stimme. „Wo finden wir Professor Kramer?"
„Den?" Natürlich kannte der Hausmeister den verrückten Professor, der nie grüßte und immer in die andere Richtung sah, wenn er jemanden traf. Obwohl der Kerl ein Professor war, nahmen er und seine Kollegen sich im gegenüber eine Menge Freiheiten heraus, denn auch niemand sonst schien ihn wirklich ernst zu nehmen. Er war auch lange nicht so einschüchternd wie dieser eingebildete Altmann. Daß ihn überhaupt jemand, und dann auch noch die Polizei, für wichtig genug erachtete, um mit ihm zu sprechen, war doch mehr als verwunderlich.
„Wenner da is, isser da hinten." Der Hausmeister wedelte mit seiner behandschuhten Hand in Richtung Hinterhaus. Dann zeigte er auf einen schmalen Trampelpfad zwischen Hauswand und Gebüsch. „Anner zweiten Tür müssen Se klingeln." Damit verschwand er ohne Gruß um die Hausecke.
Georg zuckte die Achseln und setzte ein schiefes Grinsen auf. Dann folgte er Dorothea, die schon entschlossenen Schrittes dem kleinen Trampelpfad folgte, der zu dem beschriebenen Eingang des Hintergebäudes führte. Der Pfad war stark vereist und rutschig. Mannshohe Büsche, die schon vor langer Zeit mal hätten geschnitten werden müssen, reckten ihre schneebedeckten Zweige über den Weg und erschwerten das Vorwärtskommen erheblich. Georg rutschte aus und wäre fast hingefallen, doch es gelang ihm in letzter Sekunde, sich noch einmal zu fangen. Keuchend blieb er stehen, um wieder Atem zu schöpfen. Und obwohl er vor Kälte und Schreck zitterte, brach ihm der Schweiß aus. Ein gebrochener Arm hätte ja wahrlich noch gefehlt, dachte er. Dorothea war schon an der Tür. Sie hatte von all dem offenbar nichts gemerkt und drehte sich nun suchend nach ihm um.
„Wo bleibst du denn?" fragte sie ungeduldig. Noch bevor er antworten konnte, hatte sie nicht eben sanft auf die Türklingel gedrückt. Ein unangenehm schnarrendes Geräusch ertönte von innen.
Georg setzte sich wieder in Gang, doch ein stechender Schmerz ging durch seinen linken Knöchel. „Ein verstauchter Knöchel, na großartig", jammerte er vor sich hin.
Er hinkte zu Dorothea, die immer noch nichts von seinem Malheur bemerkt hatte. Als er sie gerade erreicht hatte, öffnete sich die Tür. In dem nur spärlich beleuchteten Flur stand ein ziemlich großer Mann, dessen fahles teigiges Gesicht

wie ein weißer Fleck in dem Halbdunkel erschien. Seine weißlich blonden Haare waren seitwärts über den Kopf gekämmt, in einem vergeblichen Versuch, die Glatze zu überdecken. Einige fettige Strähnen hatten sich gelöst und hingen wirr über Stirn und Ohren des Mannes.

„Was wünschen Sie?" fragte er argwöhnisch.

Dorothea stellte sich und Georg vor. „Wir möchten zu Professor Kramer."

„Der bin ich", antwortete Kramer, machte aber keine Anstalten, sie hereinzulassen. „Worum geht es denn?"

Georg wäre beinahe ein ‚Ja, worum denn wohl?' herausgerutscht, doch zum Glück kam ihm Dorothea zuvor. „Es geht um den Mord in Ihrem Institut. Können wir reinkommen?"

Damit hatte sie sich schon an Kramer vorbeigedrückt und stand im Flur. Georg folgte ihr, so schnell es sein Knöchel erlaubte, bevor Kramer die Tür ins Schloß fallen ließ. Er führte sie durch einen halbdunklen Flur zu einem kleinen Raum, der von einer summenden Neonröhre unter der Decke erleuchtet wurde.

Dorothea sah sich in dem kleinen engen Raum um. Vor dem einzigen schmalen Fenster stand ein Schreibtisch, auf dem stapelweise Bücher und Papierkram lagen, viele Bücher davon unordentlich aufgeschlagen und dann übereinandergelegt. Dorothea wußte, daß diese schlechte Behandlung Buchrücken und Bindung ruinierte und deshalb jeden Bibliothekar wahnsinnig machte. Aber Kramer schien das nicht zu stören. In diesem Raum konnte er unbeobachtet schalten und walten, soviel stand schon einmal fest. Sogar auf dem Monitor seines Computers lag ein Buch, auf dem dann noch eine Kaffeetasse mit abgebrochenem Henkel balancierte.

An der linken Längswand stand ein wackeliges niedriges Bücherregal, in dem ein vergleichbares Chaos herrschte. An der Wand darüber hingen mehrere Wechselrahmen, in denen verblaßte Papyri, die in Ägypten als Souvenirs für Touristen gleich tausendfach hergestellt werden, vor sich hingammelten. Darüber waren kreuz und quer mit Tesafilm Grundrißzeichnungen irgendwelcher anscheinend riesiger Gebäude geklebt. Dorothea las exotisch klingende Namen wie Karnak, Medinet Habu und Tanis. Eine weitere Schicht wurde von Fotos und handgeschriebenen Notizzetteln gebildet, die mit Reißzwecken direkt an die Wand gepinnt waren.

An der anderen Wand gegenüber befand sich ein wuchtiger Kleiderschrank, auf dem einige vertrocknete Topfpflanzen standen. Rechts neben der Tür war ein Waschbecken angebracht, unter dem eine Kaffeemaschine direkt auf dem Boden stand. Noch nie hatte Dorothea ein so verdrecktes Waschbecken gesehen, in dem Kaffeesatz und Staub eine millimeterdicke braungraue Kruste gebildet hatten. An der Wand hinter dem Waschbecken, die mit einigen ehemals weißen Fliesen bedeckt war, waren die braunen Dreckspritzer so eingetrocknet, daß sie fast ein

Muster bildeten. Es schien, als habe seit Jahrzehnten hier niemand mehr saubergemacht. Dorothea überlegte, was wohl die resolute Putzfrau, die vor Tagen das Opfer am Leinekanal gefunden hatte, dazu sagen würde. Die Hauptkommissarin, die damals kurz mit ihr gesprochen hatte, fragte sich, wie es Kramer gelungen war, diese Frau, die mit der Durchsetzungskraft einer Fanatikerin sauberzumachen schien, aus seinem Zimmer fernzuhalten. Er mußte mehr Autorität haben, als man ihm auf den ersten Blick ansah. Oder weitaus widerlicher im Umgang mit Menschen sein. Dorothea nahm sich vor, ihn in jedem Fall nicht zu unterschätzen.

Während sie Kramer einige belanglose Fragen stellte, nahm sie die Gelegenheit wahr, ihn näher zu betrachten. Dieses Zimmer war wirklich Ausdruck seiner Persönlichkeit, stellte sie fest, denn er war genauso unordentlich und schmuddelig wie seine Umgebung. Seine schmutziggelben Haare waren seit Tagen, oder vielmehr Wochen, nicht gewaschen worden. Außerdem wäre ein Besuch beim Friseur keine schlechte Idee, denn der Professor mußte fast ständig seine zu langen Haare aus der Stirn und hinter die Ohren streichen. Er trug ein Hemd, dessen ehemals weißer Kragen jetzt braun aus dem Ausschnitt eines fast ebenso braunen Pullovers hervorsah. Dorothea war sich sicher, daß er gegen die Kälte zwei Pullover übereinander trug und sich dann auch noch in das Jackett seines abgetragenen dunkelbraunen Anzugs gezwängt hatte. Sein enormer Bauch wölbte sich über der Hose hervor und niemals, da war sich die Beamtin sicher, hätte er noch die Knöpfe seines Jacketts schließen können. Alles an ihm wirkte kantig und ungelenk, dabei trotzdem auf unbestimmbare Weise schmierig. Dorotheas kleiner Neffe hätte ihn in seinem blumigen Schulhofsjargon als ‚Schweinsqualle' beschrieben. Zu dem ungepflegten Eindruck gesellte sich dann noch ein dumpfer und muffiger Geruch, der nicht nur von seinem Raum, sondern auch von Kramer selbst auszugehen schien.

Guido Kramer beantwortete alle Fragen mit seiner weinerlichen Stimme, in die sich dann und wann ein ungeduldiger oder auch gehässiger Unterton mischte, den man anfangs nicht erwartet hätte. Dorothea konnte langsam nachvollziehen, warum die Putzfrau ihn in Ruhe gelassen hatte.

Sie beschloß, daß es jetzt an der Zeit für ein paar interessantere Fragen war, die Kramer vielleicht aus der Reserve locken würden.

„Viele Dinge, die mit der Mordserie zu tun haben, weisen auf jemanden hin, der Kenntnisse über das alte Ägypten haben muß. Doch die Einzelteile ergeben wenig Sinn für einen Laien. Fällt Ihnen vielleicht etwas dazu ein: der Kopf auf dem Gänseliesel. Oder die extreme Brutalität? Oder warum der Mörder ausgerechnet in der Kirche zugeschlagen hat?"

„Nein, im alten Ägypten gab es noch keine Kirchen. Erst in Koptischer Zeit wurden …"

Bevor Kramer noch zu einer Vorlesung, die Georg für ein schlechtes Ablenkungsmanöver hielt, ansetzen konnte, fragte er scharf: „Wie sieht es aus mit zwei Köpfen auf dem Sand?"

„Warum fragen Sie nicht den Ordinarius, Professor Altmann?"

„Ich frage aber Sie", gab Georg zurück.

„Ich weiß es nicht", Kramer betonte jedes einzelne Wort.

„Wissen Sie etwas über den Mord an Christoph Becker?" versuchte es Dorothea von neuem. „Wie ich gehört habe, hat er für Sie gearbeitet."

Kramer kniff die Augen zusammen. „Ja, er war mein Hiwi, hat für mich kopiert und Bücher aus der UB besorgt, das übliche eben."

„Wir gehen davon aus, daß der Mord an Herrn Becker nicht von demselben Täter begangen wurde, der die anderen sechs Morde verübt hat. Kennen Sie jemanden, der etwas gegen Herrn Becker gehabt haben könnte? Ein Streit vielleicht, oder Eifersucht?" Dorothea wurde langsam ungeduldig.

„Nein, er war zwar nur ein mittelmäßiger Student, aber deshalb bringt man wohl keinen um."

Für einen Moment verschlug es Dorothea die Sprache ob der Kaltschnäuzigkeit, mit der Kramer den Tod des Studenten abtat. Sie erinnerte sich, daß Altmann sichtlich erschüttert gewesen war, und auch, daß er Christoph Becker für einen guten Studenten gehalten hatte. Ungern mußte sich Dorothea eingestehen, daß sie eher gewillt war, in dieser Sache Altmann zu vertrauen.

„Er hat nie richtig verstanden, worum es in unserem Fach ging. Verstehen Sie, das große ganze hat er nicht erkennen können." Kramer begann zu schwafeln. „Er wollte nicht sehen, daß hinter allem eine einzige umfassende Idee steht: Tod und Wiedergeburt sind eins. Ursprung und Chaos lösen die Grenzen der bekannten Welt auf. Die Realität oder besser, was wir dafür halten, hat keinen Wert. Der Verlust der Gegenwart ist der Anfang des Seins."

Kramer hielt erschrocken inne. Hatte er vielleicht zuviel gesagt, zu viel von seinem Wissen offenbart? Nein, ein Blick in die verständnislosen Gesichter der beiden Polizisten zeigte ihm, daß sie ihm nicht hatten folgen können. Natürlich nicht, dachte er befriedigt. Dazu waren sie wohl zu beschränkt. Trotzdem hätte er vorsichtiger sein müssen, aber sein nur schwer unterdrücktes Machtgefühl hatte ihn davongerissen. Das würde nicht wieder vorkommen.

„Entschuldigen Sie, für einen Moment hatte ich vergessen, daß Sie ja Laien sind, die sich in unserem Fach nicht auskennen."

Georgs Kinnlade klappte herunter, und Dorothea riß überrascht die Augen auf vor so viel Unverschämtheit. Ehe einer von beiden jedoch zu einer Erwiderung ansetzen konnte, fuhr Kramer fort.

„Fachsimpeleien können Ihnen ja auch ganz egal sein. Ich weiß nichts über

Herrn Beckers Tod. Aber wenn Sie möchten, können Sie sich ja umsehen. Meistens ist es doch das, was die Polizei will." Mit einem unwirschen Ruck öffnete er die Tür des Kleiderschrankes, um dann mit gespielter Höflichkeit eine einladende Geste mit der Hand zu machen.

Dorothea und Georg warfen sich einen schnellen Blick zu, dann besahen sie sich kurz den Inhalt des Kleiderschrankes. Hier herrschte die gleiche Unordnung wie im übrigen Zimmer. Bücher, viele davon aufgeschlagen und mit Eselsohren, dazu haufenweise Papierkram, waren unordentlich in die Regale gestopft. Auf einem dicken Buch mit hellrotem Einband lagen ein Paar Socken und offensichtlich Kramers Ersatzunterwäsche. Georg verzog das Gesicht und wandte sich schnell ab, damit der sein breites Grinsen nicht sehen konnte.

„Vielen Dank, aber das wäre nicht nötig gewesen." Die Hauptkommissarin kämpfte hörbar darum, freundlich zu bleiben. „Ich denke, wir müssen jetzt gehen."

Sie konnte sich allerdings einen ironischen Unterton nicht verkneifen, als sie sich bei Kramer für seine Mitarbeit bedankte. Doch der hatte die beiden Polizisten schon vergessen oder tat jedenfalls so. Er ließ sich schwer auf seinen klapprigen Bürostuhl fallen, der unter seinem Gewicht erbarmungswürdig quietschte, konzentrierte sich auf den Bildschirm seines Computers und begann hastig, die Tastatur zu bearbeiten.

Dorothea und Georg traten den Rückzug an. Was für ein verschrobener Spinner, dachte Georg, für den bis jetzt Altmann die Spitze in seiner Unfreundlichkeitsskala eingenommen hatte. ‚Es gibt immer noch einen größeren Fisch', zitierte er in Gedanken einen großen Jedimeister, als er hinter Dorothea aus der Tür humpelte.

Zum Glück schneite es nicht, aber die Luft schien noch kälter und schneidender geworden zu sein. Auch war es nicht eben heller geworden, vielmehr hatte sich die Farbe der Wolken, die bleischwer über der Stadt lagen, zu dunkelstem Grau gewandelt. Der Schnee knirschte unter ihren Füßen, als sie zurück zum Auto gingen. Dorothea blickte an ihrem Kollegen hinunter.

„Hinkst du?" fragte sie irritiert.

„Ich bin vorhin ins Rutschen gekommen", erklärte er. „Aber es ist schon besser."

„Sieht schlimm aus. Ist der Fuß verstaucht?" Ungeniert hatte Dorothea sein Hosenbein hochgezogen. Angesichts der dunkelblauen Schwellung klang sie ehrlich besorgt. „Warum hast du bloß nichts gesagt?"

„Es ist wirklich nicht so schlimm, wie es aussieht", versuchte Georg, sie zu beruhigen.

Dorothea fragte nicht mehr weiter, denn sie konnte auch so an seinem schmerzverzerrten Gesicht sehen, daß es ihm nicht wirklich gut ging. So entschied sie kurzerhand, selbst zu fahren, was Georg nach einer zögerlichen Sekunde offensichtlich gerne annahm.

„Aber keine Leute mit Sprühflaschen über den Haufen fahren, hörst du", scherzte er, während er nach dem Gurt tastete.

„Nur, wenn mir die Farbnuance nicht gefällt!"

In diesem Moment klingelte ihr Handy. Auf dem Display erschien eine unbekannte Nummer. Dorothea zuckte die Achseln und meldete sich. Sie war sichtlich überrascht, als sich am anderen Ende Philip Mann meldete.

Was er ihr zu erzählen hatte, war so unglaublich, daß sie sich kerzengerade auf ihrem Sitz aufrichtete. Aus den wenigen Fragen, die sie stellte, konnte Georg nichts entnehmen, doch seine Chefin wirkte so angespannt und konzentriert, daß er es kaum erwarten konnte, die Neuigkeiten zu hören.

Endlich bedankte sie sich, versprach, sich wieder zu melden, und legte dann das Handy vor sich auf die Ablage. Sie sah Georg mit großen Augen an, schüttelte den Kopf und sagte: „Du wirst es nicht glauben."

„Was hat er gesagt?" Georg platzte fast vor Neugierde.

„Ich muß das erst mal alles in meinem laienhaften Kopf zusammenkriegen."

„Dieser Spruch von dem verrückten Kramer hat dich doch nicht wirklich verletzt?" fragte Georg.

Unausgesprochen waren sie davon überzeugt, daß sie der Besuch bei dem Professor keinen Deut weitergebracht hatte. Dorothea fand ihn einfach widerlich und konnte im nachhinein verstehen, warum Maria Rothe gestern abend Professor Altmann so vehement verteidigt hatte. Der war im Vergleich zu Kramer wirklich die Liebenswürdigkeit in Person.

Dorothea sackte zurück und lehnte ihren Kopf gegen die Kopfstütze. Dann berichtete sie, was ihr Philip gesagt hatte. Danach hatten er und seine Freundin – Dorothea war sich sicher, daß diese Maria Rothe seine Freundin war – gestern abend wohl noch etwas nachgedacht. Zumindest hatte ihr Anruf zu einem ersten Ergebnis geführt, konstatierte sie befriedigt. Dorothea kniff die Augen zusammen, wie sie das immer tat, wenn sie sich konzentrierte. Dabei blickte sie starr geradeaus durch die Windschutzscheibe, ohne wirklich etwas zu sehen. Schließlich fing sie an zu berichten.

Philip hatte angerufen, weil er und Maria noch einige weitere seltsame Zusammenhänge entdeckt hatten, die ihnen vorher nicht aufgefallen waren. Zuerst einmal gab es da einen Hinweis zu dem Sandhaufen mit den Köpfen. Der Student hatte ihr erklärt, daß es sogenannte Unterweltsbücher gibt, in denen die Ägypter ihre Vorstellungen von der Unterwelt abgebildet haben. In diesen Büchern, die sowohl Texte als auch Bilder beinhalten, kommen auch Abbildungen vor, in denen ein Kopf aus einem Sandberg herausragt.

„Ist diese Unterwelt so etwas wie die Hölle?" warf Georg ein.

„Nein, ich glaube, es geht um die Frage, was mit der Sonne in der Nacht passiert." Es war Dorothea anzuhören, wie unsicher sie dieses ganze Gerede über Religion gemacht hatte. „Wenn ich Philip Mann richtig verstanden habe, zeigen diese Bücher, wie der ägyptische Sonnengott eine Art Reise antritt. In der Nacht fährt er in einem Schiff durch die Unterwelt, um am nächsten Morgen im Osten wieder aufzugehen. Tut er das nicht, geht die Welt unter oder so ähnlich."

„Aber wozu dann die Morde?" Georg hatte kein Wort verstanden.

„Das ist es ja, diese Texte stellen etwas Positives dar, um Mord und Totschlag in unserem Sinne geht es da nicht."

Dorothea zuckte die Achseln. „Laß mich zu Ende erzählen, bevor ich wieder alles vergessen habe." Sie begann wieder, Löcher in die Luft zu starren, während sie fortfuhr:

„Dieser Sandberg mit dem Kopf steht für die Fähigkeit des Sonnengottes, am Morgen neu geboren zu werden. Darum scheint es in allen diesen Texten zu gehen: die Wiedergeburt der Sonne. Er nennt das Regeneration. Ich glaube, ich habe das Wort noch nie so häufig in so kurzer Zeit gehört wie eben", warf sie ein.

Dann wandte sie ihren Blick direkt zu Georg. „Dieser Regenerationsvorgang scheint besonders dann zu geschehen, wenn der Sonnengott in der Unterwelt den Gott Osiris trifft. Den Namen habe ich wenigstens schon mal gehört. Die beiden gehen dann eine Art von Verbindung ein, deren Ziel wiederum die Wiedergeburt oder eben diese Regeneration ist."

„Der Sonnengott heißt Re", informierte Georg sie, stolz auf sein Wissen.

„Woher weißt du denn das?" fragte seine Chefin erstaunt.

„Aus dem Kreuzworträtsel. Das fragen die immer." Georg grinste. „Erzähl weiter, was hat das mit unserem Problem zu tun?"

„Offenbar liegt – nein, schwebt – der eine Gott über dem anderen." Dorothea versuchte, sich an Philips Formulierung zu erinnern. „Er hat gesagt, die Seele des Sonnengottes läßt sich auf dem anderen Gott, also auf Osiris, nieder."

Georg starrte sie immer noch verständnislos an.

„Einer, der sich über einem Gott befindet – denk doch an den Mord in der Kirche! Der Mörder hat den Küster zwar außerhalb der Kirche angegriffen, sich dann aber die Mühe gemacht, die Leiche in die Kirche zu schaffen und an das Kreuz zu binden."

„Ach du mein Schreck", war alles, was Georg dazu einfiel. „Wir haben es nicht nur mit einem Verrückten zu tun, sondern auch noch mit einem ziemlich gebildeten Verrückten. Wer kennt sich schon mit diesen Sachen aus!"

„Warte ab, es kommt noch mehr." Dorothea überhörte Georgs Seufzen. „Diese ganze Reise des Sonnengottes in der Unterwelt ist zwölf Stunden lang. Die Affen

– erinnerst du dich an das Plakat in der Apotheke, wo wir das erste Opfer gefunden haben? – gibt es wohl in der ersten Stunde. Sie begrüßen den Sonnengott, wenn er seine Reise durch die Unterwelt antritt. Der Sandberg mit dem Kopf gehört in die fünfte Stunde, das Zusammentreffen der beiden Götter in die sechste Stunde."

„Das sind die Opfer vier und fünf auf dem Sand und das sechste in der Kirche", flüsterte Georg fast ehrfürchtig. „Morden nach Zahlen, oder was soll das sein?"

„In der siebten Stunde wird gezeigt, wie das Böse gefesselt wird", fuhr Dorothea unbeirrt fort. „Das ist das getötete kleine Mädchen, die Mutter ist Nummer acht. Wenn das stimmt, dann folgen noch …"

„Vier Morde!" Georg beendete den Satz. „Was passiert dann? Hört der Kerl dann einfach auf, oder fängt er wieder von vorne bei den Affen an?"

„Ich weiß es nicht", gestand Dorothea. „Und die beiden Studis haben auch keine Ahnung. Sie sagen, diese ganze Reise in der Unterwelt sorgt dafür, daß die Welt weiterbesteht. Sie steht für einen Kreislauf, durch den die Welt jeden Tag neu erschaffen wird. Die beiden sind der Meinung, daß der Mörder vielleicht denken könnte, die Welt geht unter, und er müsse das irgendwie verhindern."

Georg holte hörbar Luft. „Diese Weltuntergangsleute, meinst du, es ist einer von denen?"

„Meine Güte, an die habe ich gar nicht gedacht. Wir sollten mal mit den Kollegen, die sich um diese Leute kümmern, reden."

Dorothea griff zum Funk, doch bevor sie etwas sagen konnte, klingelte ihr Handy erneut. Während sie mit einem genervten Kollegen sprach, der gerade Dutzende von Beschwerden wegen der besprühten Autos hereinbekommen hatte, sprach Georg am Handy mit einem der Pathologen.

Als sie beide fertig waren, sagte Dorothea nur: „Wir treffen ihn später. Wer war am Telefon?"

Georg berichtete, daß die Pathologen eine erste Spur gehabt hätten, von der sie dachten, sie weise auf den Täter hin. Das letzte Opfer, die gestern abend getötete Andrea Giesecke, hatte sich so vehement gewehrt und den Mörder gekratzt, so daß man unter ihren Fingernägeln Spuren gefunden habe, die auf eine DNS-Analyse hoffen ließen.

„Ja und, was ist dabei herausgekommen?" Dorothea trommelte ungeduldig mit ihren Fingern auf dem Lenkrad herum.

„Ja und, nichts. Irgendwas ist falsch gelaufen."

„Können die nicht mal die Spuren richtig sichern, oder was?"

„Jetzt hör doch erst mal zu. Die Spuren sind nicht menschlich." Es machte Georg sichtlich Spaß, Dorothea warten zu lassen.

„Was heißt das, ‚nicht menschlich'? Komm mir jetzt nicht mit Marsmännchen, dann kündige ich!"

„Die Spuren stammen von mehreren verschiedenen Tieren. Der Pathologe gibt zu, daß ihnen da ein Fehler unterlaufen sein muß, denn abgesehen von Hinweisen auf Schlange, Esel und Nilpferd sei auch eine gänzlich unbekannte Spezies dabei gewesen. Seine Computer, sagt er, haben vollkommen verrückt gespielt."

Verdrießlich zuckte Georg die Achseln. Zuerst war da diese verworrene Geschichte vom dem Sonnengott in der Unterwelt. Er hatte weder verstanden, worum es dabei ging, noch konnte er begreifen, wieso Dorothea diesem Akte-X-Gerede überhaupt Bedeutung beimessen konnte. Seiner Meinung klammerte sie sich an diese scheinbaren Hinweise, weil sie nichts Handfestes vorzuweisen hatten. Mit diesen Studenten war doch die Phantasie durchgegangen, oder sie waren über ihren Büchern einfach durchgedreht. Und jetzt hatte auch noch irgendein Idiot die einzige brauchbare Spur auf den Täter ruiniert. Georg wollte gerade zu einer Schimpftirade ansetzen, als ihm auffiel, daß Dorothea sich bis jetzt zu alledem nicht geäußert hatte.

Er wedelte mit der Hand vor ihrem Gesicht. „Hallo, hallo! Metaluna 4 antwortet nicht! Was sagst du dazu?"

„Gib mir mal das Handy, ich habe da eine Idee", antwortete sie nur und streckte die Hand aus. Dann wählte sie die Nummer von Maria Rothe. Die Studentin meldete sich erst, nachdem das Handy fast eine Ewigkeit geklingelt hatte.

„Ach hallo, Sie sind es. Tut mir leid, daß ich Sie hab' warten lassen, aber ich mußte erst die Handschuhe ausziehen, bevor ich das Handy anschalten konnte." Im Hintergrund waren Straßenlärm und lautes Hupen zu hören. „Hat Philip Sie schon angerufen?"

„Ja, hat er. Vielen Dank, daß sie sich Gedanken gemacht haben. Es klang alles sehr interessant", antwortete Dorothea verbindlich. „Ich habe da noch eine weitere Frage."

„Schießen Sie los, aber ich sage nichts mehr über meine Professoren."

„Ist schon in Ordnung. Fällt Ihnen zu diesen Tieren etwas ein: Schlange, Esel und ..."

„Nilpferd", half Georg aus.

„Nilpferd?"

„Schlange, Esel, Nilpferd?" Am anderen Ende blieb es für eine Weile still. „Ja, alle Tiere sind Erscheinungsformen des Gottes Seth. Seth personifiziert das Böse, auch Unordnung, Chaos, Dunkelheit. Er ist der Gegenspieler des Götter Horus und Osiris. Wie kommen Sie gerade auf diese Tiere?"

Statt zu antworten, fragte Dorothea: „Was sind Erscheinungsformen?"

„Die mögliche Darstellungsform einer Gottheit. Das ist wie mit der Taube im Christentum. Sie symbolisiert den Heiligen Geist. Den kann man aber nicht malen, denn niemand weiß, wie er aussieht, und so wird er eben in Gestalt einer

Taube dargestellt. Das Bild der Taube gibt uns überhaupt erst die Möglichkeit, so etwas wie den Heiligen Geist abzubilden. In Ägypten kann die Erscheinungsform des Sonnengottes ein Widder sein, oder ein Mistkäfer, die des Schreibergottes ein Vogel, die des Gottes Seth sind Nilpferd und Esel. Schlange weniger, die deutet mehr auf den Götterfeind schlechthin. Der heißt Apophis und sieht aus wie eine Schlange. Hat Philip Ihnen von der Besiegung des Bösen, dem Fesseln und Unschädlichmachen des Apophis in der siebten Stunde der Nachtfahrt erzählt?"

„Ja, er hat es mir erklärt. Nur um sicherzugehen: Gibt es noch andere Götter, für die Nilpferd und Esel in Frage kommen?" Dorothea hoffte inständig auf ein Nein, um die Verwirrung nicht noch größer werden zu lassen, doch sie wurde enttäuscht.

„Sicher gibt es das, aber ich dachte, Sie fragen nach der Kombination Nilpferd und Esel, dann ist Seth am wahrscheinlichsten. Außerdem kann er noch in Gestalt eines seltsamen, undefinierbaren Tieres abgebildet werden." Maria hatte diese Information unbewußt hinzugefügt, weil sie für sie einfach dazugehörte, doch der Erfolg war unerhört groß.

„Ein undefinierbares Tier?!" Dorothea brüllte fast, so daß Maria erschrocken innehielt. „Erzählen Sie weiter!" befahl sie.

„Man kann nicht feststellen, was für ein Tier das ist. Es hat hohe Ohren, die oben aussehen, wie gerade abgeschnitten, irgendwie rechteckig, dazu eine gebogene Schnauze und einen gegabelten Schwanz. Um das zu verstehen, müssen Sie bedenken, daß Seth nicht nur für das Chaos steht, sondern auch für die Fremdländer und die Wüste. Als ein Bewohner einer fremden Gegend ist das Tier auch andersartig dargestellt. Es kann und soll nicht definiert werden, weil es für einen anderen Bereich als die bekannte Welt steht." Maria wartete einige Sekunden, bevor sie fragte: „Hilft Ihnen das irgendwie weiter?"

„Sie haben mir vielleicht mehr geholfen, als Sie ahnen." Dorothea wirkte jetzt fast euphorisch. „Ich lasse Sie heute nachmittag abholen, wenn Sie Zeit haben. Bitte bringen Sie doch ein paar Bücher mit, in denen ich mir diesen Gott mal ansehen kann. Vielleicht auch etwas über diese Unterwelt, von der mir Herr Mann berichtet hat. Ist das möglich?"

„Ja sicher, rufen Sie mich ab halb vier an, vorher habe ich in der Uni zu tun." Maria schüttelte den Kopf, denn sie konnte sich keinen Reim auf die Fragen der Kommissarin machen. „Da ist noch etwas", fügte sie hinzu. „Seth ist nicht nur böse, er hat auch gute Eigenschaften. Weil er so kriegerisch ist, beschützt er den Sonnengott in der Unterwelt. Ich weiß nicht, ob diese Information wichtig für Sie ist, aber in den Unterweltsbüchern ist Seth eine positive Figur, seine negativen Seiten werden hier sozusagen unterdrückt."

„Er steht für Gut und Böse?" fragte Dorothea erstaunt. In diesem Moment begann das Handy der Studentin hektisch zu piepen, weil der Akku leer war. Dann war die Verbindung unterbrochen.

Die Hauptkommissarin drehte mit einem triumphierenden Grinsen den Zündschlüssel herum.

„Ich erzähle dir alles auf dem Weg ins Büro."

Damit wendete sie den Wagen und fuhr vom Hof hinaus auf die Prinzenstraße.

„Jetzt ist Schluß damit!" Professor Altmanns Faust knallte auf den einzigen freien Platz auf Kramers Schreibtisch. „Sie haben mit Dingen experimentiert, von denen Sie nichts verstehen. Und jetzt sind diese Dinge außer Kontrolle geraten!"

Er blickte erwartungsvoll auf seinen Kollegen, dessen Gesichtsausdruck zwischen gespielter Unterwürfigkeit und höhnischem Grinsen wechselte.

„Halten Sie mich nicht einmal einer Antwort wert?" Altmann verlor ungewohnterweise die Beherrschung. Er schnappte sich einen Stapel Papiere, um sie Kramer vor die Füße zu schleudern.

„Ihre maßlose Überheblichkeit hat uns das eingebrockt. Sie hatten doch nicht einmal eine Ahnung, was Sie da losgelassen haben. Noch schlimmer, als Sie es wußten, haben Sie keine Anstalten gemacht, diese Monstrosität zu stoppen. Ist Ihre Arroganz so weit gediehen, daß Sie glauben, sich einen besseren Namen im Fach machen zu können, indem Sie Menschen umbringen?"

Endlich erhielt der Professor eine Antwort:

„Wenn Sie annehmen, ich weiß nicht, was ich tue, dann irren sie sich gewaltig. Ich weiß sehr wohl, worauf mein Projekt abzielt. Dies ist meine Forschung, und sie werden mich nicht davon abhalten, damit weiterzumachen", geiferte Kramer.

„Was für eine Art von Forschung soll das sein?

Aggressiv wedelte Kramer jetzt mit seinem erhobenen Zeigefinger vor Altmanns Gesicht herum. „Ich bin es gewesen, der den Kontakt zur ägyptischen Götterwelt wieder hergestellt hat. Ich allein habe den Schlüssel dazu gefunden. Und nicht Sie! Endlich konnte ich beweisen, daß ich besser bin als Sie. Immer habe ich in Ihrem Schatten gestanden. Hinter dem ach so großen Professor Altmann. Sie sind ein Egoist, wie er im Buche steht! Neben Ihnen durfte niemand existieren, also haben Sie mich und meine Projekte immer nur niedergemacht."

„Das ist nicht wahr", schrie Richard Altmann.

Doch Kramer war in seiner Rage nicht mehr aufzuhalten. „Sie haben mich doch immer nur belächelt und auf mich herabgesehen! Doch damit ist es jetzt vorbei, nun bin ich am Zuge."

„Sie haben das alles getan, sogar den Tod von Menschen in Kauf genommen, weil Sie sich zurückgesetzt fühlen?"

Altmanns Stimme schwankte, denn er mußte zugeben, daß Kramer zum Teil die Wahrheit sprach. Als Ordinarius hatte er nicht dazu beigetragen, Kramers schlechte Stellung im Seminar zu verbessern, im Gegenteil. Daher hielt es Altmann für besser, das Gespräch auf eine andere Bahn zu lenken: „Sie geben also zu, daß Sie dieses Etwas, dieses Monster, gerufen haben?" fragte er.

„Es handelt sich um eine Gottheit", verbesserte ihn Kramer kalt. „Ja, ich gebe es zu, um in Ihrem Verhörstil zu bleiben. Die Gottheit wird die Welt verändern, die Wissenden werden siegen, und die Unwissenden werden sterben." Kramers Stimme schnappte über, als er schrie: „Und diesmal werde ich zu den Siegern gehören. Sie aber werden sterben."

Haßerfüllt ließ er sich den letzten Satz auf der Zunge zergehen, während er theatralisch mit einen zitternden Finger auf sein Gegenüber zeigte. Altmann war sich vollkommen sicher, daß Kramer wahnsinnig war. Er glaubte nicht wirklich, ihn aufhalten zu können, indem er mit Vernunftgründen argumentierte, trotzdem versuchte er es noch einmal.

„Wenn Sie jetzt damit aufhören, verlaufen die Ermittlungen der Polizei vielleicht im Sande, und Sie kommen ungeschoren davon. Lassen Sie es gut sein, denn Ihre Macht haben Sie ja wohl eindeutig demonstriert."

Mittlerweile kam sich Altmann klein und mickrig vor, wie er, in die Rolle eines Bittstellers gedrängt, einen Irren versuchte, von seinen Mordplänen abzubringen. Offenbar hatte Kramer die gleiche Vorstellung, denn er drohte seinem Kollegen jetzt mit triumphierender Stimme: „Sie können mich nicht aufhalten, Sie nicht! Ich freue mich schon auf das Weltende, denn es wird auch Ihren Tod bringen."

Wie ein Herrscher winkte er mit der Hand, um Altmann mit dieser Geste zu verstehen zu geben, daß er entlassen sei.

„Sie sind größenwahnsinnig – und ein Mörder!" schloß Altmamn, der Mühe hatte, die Fassung zu bewahren.

„Ja und", giftete Kramer jetzt. „Was wollen Sie tun? Der Polizei sagen, mein unbedeutender Kollege hat Zauberkräfte und beschwört das Ende der Welt herauf? Wer wird Ihnen das glauben? Wer wird Ihnen glauben, selbst wenn Sie die volle Wahrheit sagen? Man wird Sie für verrückt halten."

„Ich habe gleich eine Besprechung mit dem Unipräsidenten. Er wird dann die Polizei verständigen und den Sachverhalt erläutern."

Im selben Moment, in dem er diese Drohung ausgesprochen hatte, wußte Altmann, daß er besser nichts gesagt hätte. Doch jetzt war es zu spät, seine Worte zurückzunehmen. Sie waren ihm förmlich herausgerutscht, denn die Vorstellung, daß jemand auf diese Art und Weise sein Fach mißbrauchen könnte, war ihm so zuwider, daß er alle Vorsicht vergessen hatte. Es gab schließlich Grenzen, und die hatte Kramer mit der Beteiligung an den Morden ja wohl eindeutig überschritten.

Trotzdem hätte er besser den Mund gehalten, das konnte er an dem kurzen Aufblitzen in Kramers Augenwinkeln ablesen.

Resigniert wandte er dem überheblichen Grinsen Kramers den Rücken und ging zur Tür. Er fühlte eine unbestimmte Furcht in sich aufsteigen, gleichzeitig breitete sich eine lähmende Leere in seinem Kopf aus. Er hatte alle Mühe, seine zitternden Hände unter Kontrolle zu bringen. Kramer hätte sicher mit Freuden bemerkt, wie sehr er seinen Gegenspieler erschüttert hatte. Diese Genugtuung wollte Altmann ihm wirklich nicht geben.

Im Vorbeigehen warf er einen Blick auf das Chaos von Zetteln und im Seminar schon lang und vergeblich gesuchten Landkarten, die dort mit Tesafilm und Reißzwecken an die Wand geklatscht waren. Dazwischen hing eine – wie er annahm – professionelle Kopie des Zauberpapyrus, der so viel Leid gebracht hatte. Kramer schien es nicht einmal für nötig zu erachten, sein Interesse an diesem Papyrus zu verbergen. Altmann fragte sich beklommen, ob er nicht auch eine Mitschuld hatte, weil er für so lange Zeit nichts von Kramers Treiben bemerkt hatte. Anfangs war ihm die Wahrheit einfach nur absurd erschienen. Deshalb hatte er auch viel zu spät die richtigen Schlüsse gezogen. Doch noch war es nicht gänzlich zu spät, so hoffte er jedenfalls.

Im Türrahmen drehte er sich noch einmal um und sagte: „Sie sind schlimmer als der Zauberlehrling, der die Geister, die er rief, nicht mehr los wird. Sie sind selbst zu einem Geist geworden."

Er zog die Tür zu, die mit einem lauten Krachen ins Schloß fiel. Im wohltuenden Dämmerlicht, das im Flur herrschte, lehnte er sich an die Wand. Für einen Moment schloß er die Augen, während er versuchte, seinen rasenden Puls zu beruhigen. Natürlich mußte er die Polizei benachrichtigen, aber er hoffte, daß durch die Beziehungen des Unipräsidenten wenigstens ein Teil des Schadens vom Seminar und vom Fach abgelenkt würden. Wenn er allein an den Presserummel dachte, wurde ihm schlecht. Natürlich durfte man bezüglich des Zaubertextes und seiner Kräfte niemandem die Wahrheit sagen, sondern mußte Kramer als den Verrückten, der er ja auch war, vorführen. Trotzdem würde der Ruf des Seminars auf Jahre hinaus beschädigt sein.

Ganz langsam löste sich Altmann von der beruhigenden Kühle der Wand und ging schleppenden Schrittes zur Tür. Plötzlich nahm er unter seinen Füßen ein leises Knacken wahr, das sich mit jedem Schritt verstärkte. Er blickte nach unten und hätte beinahe laut aufgeschrien. Der Fußboden wimmelte von kleinen hellgrünen Insekten mit langen Fühlern. Angeekelt versuchte der Professor, den Tieren auszuweichen, doch es waren zu viele. Mit jedem Schritt zertrat er ein Dutzend von ihnen, und das matschige Geräusch ihrer zerquetschten Panzer jagte ihm Schauer über den Rücken. Er beschleunigte seine Schritte, stieß die Tür auf und stolperte fast in den Schnee. Es war ein Glück für ihn gewesen, daß er nicht nach oben gesehen hatte, wo die Käfer in Scharen wie ein dichter hellgrüner Belag unter der Decke hingen.

Draußen war es nicht viel heller als in dem Flur, denn immer noch lagen dichte bleierne Wolken am Himmel, die alles Sonnenlicht abhielten und die Welt in ein diffuses Dämmerlicht tauchten. Wenigstens schneite es nicht mehr, aber der Wind hatte wieder aufgefrischt und brachte erneut eisige Kälte mit sich. Richard Altmann fragte sich, ob nicht das schlechte Wetter ebenfalls auf das Konto Professor Kramers ging.

„Bei dieser Kälte ist es leicht, an den Weltuntergang zu glauben", murmelte er vor sich hin. Seine Zähne begannen, trotz seines warmen Mantels zu klappern, als er sich auf den Weg in das Direktorzimmer im Hauptgebäude machte.

Auf dem Parkplatz hatten sich einige seiner Studenten zu einer Schneeballschlacht versammelt. Ihre vergnügten Rufe hallten über den Hof, als sie ausgelassen versuchten, die besten Treffer zu landen. Ein Schneeball flog haarscharf an Altmanns linkem Ohr vorbei und riß ihn brutal aus seinen düsteren Gedanken. Der Student, der den Schneeball geworfen hatte, sah entsprechend entsetzt aus und stammelte ohne Unterlaß Entschuldigungen. Wahrscheinlich denkt er jetzt, er fällt deswegen nächste Woche durch seine Zwischenprüfung, dachte Altmann amüsiert. Dann besann er sich, daß dies beileibe nicht der erste Anfall sinnloser Panik vor einer Prüfung bei seinen Studenten war. Richard Altmann war sich seines Rufes durchaus bewußt. Aber in Anbetracht der Gefahr, die Guido Kramer heraufbeschworen hatte, war eine Zwischenprüfung wirklich nicht der Rede wert. Sein stotternder und zitternder Student hätte das bestimmt anders gesehen, selbst wenn er die Wahrheit gewußt hätte. Altmann entschloß sich, die Wogen so gut es ging zu glätten.

„Na, Herr König, so leicht werden Sie mich aber nicht los", sagte er daher beschwichtigend.

„Aber Professor Altmann, ich wollte wirklich nicht …", stotterte Sebastian König, der die verhaltenen Lacher seiner Kommilitonen vor Schreck gar nicht hörte.

„Ich weiß doch, daß Sie sich nicht auf diese Weise um Ihre Prüfung drücken wollen. Trotzdem hoffe ich, Sie sind im Übersetzen besser als im Zielen!" fügte er mit einem, wie er hoffte, aufmunternden Grinsen hinzu, denn er hatte eigentlich keine Zweifel am positiven Ausgang der Prüfung.

In diesem Moment kreischte Sibylle Panislowski laut auf und warf den Schneeball, den sie in der Hand hielt, vor ihre Füße. Aus dem zusammengepreßten Schnee kletterten die gleichen giftgrünen Insekten, die Altmann auf dem Flur vor Kramers Zimmer gesehen hatte. Sogleich begann eine lautstarke Diskussion über die Insektenplage, doch Altmann hörte nur halb zu. Er fragte sich, ob das seltsame Auftreten verschiedener Insekten eventuell auch mit Kramers Machenschaften zusammenhängen könnte. Bei der Vorstellung, wieviel Macht der Text in die Hände seines verrückten Kollegen gelegt hatte, wurde ihm schwindelig. Trotz der Kälte brach er in Schweiß aus. Er fand es wirklich an der Zeit, etwas zu unternehmen.

So wünschte er den Studenten noch viel Spaß und ging vorsichtig über die rutschige Hintertreppe ins Haus. Irgend etwas beschäftigte ihn, aber zuerst war er sich nicht klar darüber, ob es wirklich nur die Insekten waren, die ihn so erschreckt hatten. Er hätte natürlich niemals offen zugegeben, daß er sich vor den krabbelnden Tieren fast panisch fürchtete. Trotzdem hätte er am liebsten ebenso laut gekreischt wie seine Studentin.

Nein, da war noch etwas anderes. Er wurde das Gefühl nicht los, daß Sebastian Königs Zwischenprüfung niemals stattfinden würde. Er schalt sich selbst abergläubisch und versuchte, den Gedanken zu verdrängen. Dieser rumorte jedoch hartnäckig in seinem Hinterkopf herum, während er seine Sachen zusammensuchte. Tief in Gedanken versunken stapfte er an Dr. Edelmann vorbei, ohne ihn überhaupt wahrzunehmen, verließ das Seminar und machte sich zum Büro des Unipräsidenten auf dem Campus auf.

Altmann entschied sich, einen kleinen Umweg über den Wall zu nehmen, um seine Gedanken zu ordnen, bevor er sich den mit Sicherheit inquisitorischen Fragen des Unipräsidenten zu stellen hatte. Der Fußweg über den Wall würde ihm die benötigte Abgeschiedenheit bieten, die er dringend brauchte, um seine gewohnte innere Ruhe zurückzugewinnen.

9

Dämmrung senkte sich von oben,
Schon ist alle Nähe fern;
Doch zuerst emporgehoben
Holden Lichts der Abendstern!
Alles schwankt in's Ungewisse
Nebel schleichen in die Höh;
schwarzvertiefte Finsternisse
wiederspiegelnd ruht der See.

J. W. v. GOETHE, DÄMMRUNG SENKTE SICH VON OBEN

Nachdem Richard Altmann das Michaelishaus verlassen hatte, kämpfte er sich mit entschlossener Miene durch die Schneeverwehungen auf der Goetheallee. Verbissen stapfte er durch den Schneematsch, ohne die letzten versprengten Mitglieder von ‚Bereut nun!' zu beachten, die immer noch unter lautem Johlen hier und da ein Auto besprühten oder mit Baseballschlägern Fensterscheiben einschlugen. Diese Form der Anarchie erschien ihm harmlos im Vergleich zu dem, was Guido Kramer heraufbeschworen hatte.

Er war so mit den Gedanken an das bevorstehende Gespräch beschäftigt, daß er nicht wahrnahm, wie eine Seitentür des Michaelishauses geöffnet wurde, aus der, sich vorsichtig und verstohlen umblickend, Professor Kramer auf die Straße trat. Altmann merkte auch nicht, daß dieser ihm die Straße hinunter folgte.

Kramer hatte ganz richtig vermutet, daß sein Kollege wie gewohnt den Weg über den Wall einschlagen würde. Er wollte diese Gelegenheit nutzen, Altmann ein für allemal zu beseitigen, denn der Wall würde praktisch leer sein, so daß es keine Zeugen geben würde. Es war nicht nur die Notwendigkeit, Altmann daran zu hindern, sein Wissen um Kramers geheime Machenschaften preiszugeben, sondern er empfand eine nahezu ausgelassene Freude dabei, den so viel erfolgreicheren Ägyptologen, der Altmann nun einmal war, aus dem Weg zu räumen.

So hatte Kramer entschlossen den Wechselrahmen mit dem verhängnisvollen Papyrus von der Wand genommen, diesen kurzerhand in eine Plastiktüte gestopft, und war, alle Vorsicht außer acht lassend, Altmann in einigem Abstand gefolgt. Aus Beobachtungen wußte er, daß sein Kollege die Fähigkeit besaß, seine Umwelt komplett auszublenden, wenn er sich auf etwas konzentrieren wollte. Dies ging sogar so weit, daß er gedankenverloren auf der Straße an jedem Bekannten oder seinen Studenten vorbeilief, wenn diese ihn nicht ansprachen. Kramer war sich sicher, daß diese Angewohnheit ihn nun vor der Entdeckung schützen würde.

Sie hatten schon die Hälfte der Goetheallee hinter sich gebracht, als Kramer anfing, die altbekannte Formel vor sich hinzumurmeln. Er hoffte, auf diese Weise das Schicksal etwas beeinflussen zu können, obwohl er bis jetzt noch keine rechte Vorstellung davon hatte, wie er die Gottheit auf die Fährte seines Feindes setzen könne. Der Wunsch, Altmann auszuschalten, war so groß geworden, daß er alle Vorbehalte, aber auch alle Vorsicht vergaß. So folgte er Altmann, der mit verkniffener Miene durch den Schnee stapfte und weder rechts noch links blickte, als dieser in den Weg auf den Wall einbog.

Die Stadtverwaltung hatte hier nicht geräumt, und der Schnee lag fast einen halben Meter hoch, immer noch wunderbar weiß und fast unberührt. Nur wenige Fußspuren waren im Schnee zu sehen. Kramer hatte ganz richtig vermutet, daß der Weg über den Wall menschenleer sein würde.

Die Bäume, deren Äste sich unter der Schneelast bogen, schirmten das wenige Licht ab, so daß die märchenhafte Winterlandschaft in ein geheimnisvolles Halbdunkel getaucht war. Der Weg war nur noch eine schmale Gasse, die an den Seiten von den weißen Wänden verschneiter Hecken begrenzt war. Er schien in eine andere, eine verzauberte Welt hineinzuführen.

Der Verkehrslärm wurde genauso wie das Heulen des herannahenden Sturmes von der weißen Pracht gedämpft. Nur das feine Klingen der Eiszapfen an den Bäumen war zu hören. Doch bald mischte sich ein weiterer Klang unter das Geräusch. Kramer war gerade zwischen die Bäume getreten, als er die Ankunft der Gottheit spürte. Er startete seine Beschwörung erneut, als plötzlich, nur wenige Meter vor ihm, direkt zwischen Altmann und dem Busch, hinter dem er selbst Deckung gesucht hatte, die dunkle Gestalt der Gottheit auftauchte.

Obwohl Guido Kramer glaubte, den Weg die ganze Zeit im Auge gehabt zu haben, hatte er die Ankunft der Gottheit nicht gesehen. Sie war einfach aus dem überall herrschenden Halbdunkel herausgetreten, war ganz plötzlich dagewesen. Ein Schauer aus Angst und Ehrfurcht rieselte seinen Rücken hinunter, während er sich tiefer in den Schutz der Hecke zurückzog. In der jetzt mit aller Macht hereinbrechenden Dunkelheit schien die Gottheit fast über dem Boden zu schweben. Ihre massige Gestalt war nur schemenhaft zu erkennen, denn sie verschmolz fast mit der Dunkelheit am Rande des Weges, als sie sich in Bewegung setzte. Nur hier und da hob sie sich kurz und schattenhaft von dem glitzernden Weiß des Schnees ab.

Kramer beendete gerade seinen Zauberspruch, als Altmann, der etwas weiter vorne auf dem Weg stehengeblieben war, sich umdrehte. Er konnte beobachten, daß jener mißtrauisch und etwas verwirrt in die Dunkelheit starrte, dort jedoch nichts erkennen konnte. Wahrscheinlich hielt er das Flüstern für Einbildung, denn er drehte sich wieder um und folgte dem Waldweg weiter.

Nachdem Kramer gesehen hatte, wie die Gottheit erneut aus den Schatten heraustrat, um Altmann zu folgen, war er sich sicher, daß der Tod des bekannten Göttinger Ägyptologen die Schlagzeilen der morgigen Zeitungsausgaben beherrschen würde. Unbewußt rieb er sich die Hände, bevor er sich auf den Weg in seine Wohnung machte und seinen Kollegen dem sicheren Schicksal überließ.

Zuerst hielt Altmann das Flüstern für eine Sinnestäuschung, die der Wind hervorgerufen hatte. Dann knirschte der Schnee, als ob jemand hinter ihm sei. Als er sich umdrehte, sah er jedoch niemandem auf dem Weg hinter sich. Sollte das Gespräch mit Kramer ihn so aufgewühlt haben, daß er schon Gespenster sah, fragte er sich ärgerlich. Er entschied, sich keinesfalls einschüchtern zu lassen, und stapfte weiter durch den Schnee.

Doch das leise Flüstern schwebte weiterhin in der Luft, vertraut klingende und doch unbekannte Worte drangen durch die Dunkelheit. Vorne auf dem Weg raschelte etwas im Gebüsch. Pulvriger Schnee rieselte von den Zweigen. Die leise Stimme war allgegenwärtig, sie raunte in den Büschen und flüsterte auf dem Weg. Immer schneller hastete Altmann den verschneiten Pfad entlang.

Da, diesmal konnte er ganz deutlich Schritte hinter sich hören, die im Schnee knirschten. Er drehte sich wieder um und blieb dann wie erstarrt stehen. Richard Altmann glaubte, seinen Augen nicht zu trauen. Trotz des Dämmerlichtes konnte er die Gestalt, die vor ihm aufragte, deutlich erkennen. Er wußte sofort, daß es sich um die von Kramer heraufbeschworene Gottheit handelte. Mit großen Augen starrte er die Kreatur über den goldenen Rand seiner Brille hinweg an.

Sie war riesengroß. Über zwei Meter, schätzte Altmann, der zu den gelben, reptilienartigen Augen aufblicken mußte. Ihre mit dunkelroten und bräunlichen Schuppen bedeckte Haut glänzte matt wie die einer Schlange. Auf dem Kopf trug sie mehrere hörnerartige Fortsätze, die sich von der Stirn bis zum Hinterkopf heruntzogen und nach hinten abstanden.

Diese Hörner, die aussahen wie Teile eines Hummerpanzers, bedeckten auch die Schultern und verliefen von dort über die Oberarme bis hin zu den Ellenbogen. Die klauenartigen Hände endeten in langen, fahlgelben Krallen, bei deren Anblick Altmann sich nur zu gut vorstellen konnte, wie die extremen Verletzungen der Opfer zustande gekommen waren.

Etwa von der Taille abwärts veränderte sich die Haut der Gottheit, sie war hier dunkelgrau und glänzte feucht, als sei diese eben erst aus dem Wasser gestiegen. Trotzdem waren auch die unteren Extremitäten mit den gleichen panzerartigen Verdickungen versehen wie Schultern und Nacken der Kreatur. Im Gegensatz zu denen am Oberkörper waren die Panzerplatten jedoch nicht rötlichbraun, sondern hatten eine ungesunde gelbgraue Farbe.

Anstelle der Füße liefen die Beine der Gestalt in großen schwarzen Hufen aus. Altmann erschauerte, als er hinter den Beinen einen gegabelten Schwanz erkannte, der unruhig hin- und herpendelte und pulverigen Schnee aufpeitschte. Wenn er es nicht schon gewußt hätte, hätten die hohen eckigen Ohren ihm die Gewißheit gegeben, wer vor ihm stand. Die Gottheit, die Chaos, Unordnung und den Tod symbolisierte, neigte leicht den Kopf zur Seite, und es schien Altmann so, als wüßte sie, daß er sie erkannt hatte.

Ganz kurz ging ihm der Gedanke durch den Kopf, daß Kramer die Gottheit gezielt gerufen haben mußte, um ihn zu töten. Damit hatte selbst Altmann nicht gerechnet. Doch anstatt sich der Frage zuzuwenden, wie Kramer so viel Einfluß auf die Gottheit bekommen hatte, entschied er sich lieber, um sein Leben zu laufen. Nachdenken konnte er auch später.

Richard Altmann drehte sich auf dem Absatz um und rannte, so schnell er konnte, den Weg hinunter. Er hoffte, es bis zur Straße zu schaffen, wo dank einer gütigen Fügung vielleicht Menschen waren, die ihm zur Hilfe kämen. In dem hohen Schnee kam er jedoch nur langsam voran, Schneematsch klebte schwer an seinen Schuhen und hinderte ihn am Laufen. Schon nach wenigen Metern begann er zu keuchen. Er verspürte ein Ziehen in den Beinen und bedauerte zu spät, daß er schon seit Jahren jegliche sportliche Betätigung vernachlässigt und statt dessen alle Zeit am Computer verbracht hatte.

Doch darüber muß ich mir wohl bald keine Sorgen mehr machen, dachte er noch bei sich, da hatte die Gottheit ihn auch schon eingeholt. Er bekam einen Schlag in den Rücken, der ihn taumeln ließ. Ein brennender Schmerz zog sich von der rechten Schulter quer über seinen Rücken, wo die Krallen seines Angreifers durch die Kleidung gedrungen waren und seine Haut aufgeschlitzt hatten. Warmes Blut lief über seinen Rücken, und er fühlte, wie die eisige Kälte durch den zerfetzten Stoff seines Mantels kroch. Trotz Schmerzen und Angst versuchte er weiterzulaufen, doch er rutschte aus und fiel kopfüber in den Schnee. Verzweifelt drehte er sich auf den Rücken und konnte gerade noch einem Hieb der hoch über ihm aufragenden Gestalt ausweichen, indem er sich herumrollte. Irgendwie gelang es ihm, wieder auf die Beine zu kommen, obwohl er sich in seinem Mantel verhedderte. Doch schon nach ein paar stolpernden Schritten streckte ihn ein erneuter Schlag nieder. Diesmal hatte der Angreifer mit einem heftigen Hieb seine linke Hüfte erwischt, so daß er mit einem lauten Schmerzensschrei in die Knie ging.

Während er fiel, fragte Richard Altmann sich, warum ihm bloß niemand zu Hilfe kam. Er konnte es einfach nicht glauben, daß er hier in Kälte und Einsamkeit eines so grausamen Todes sterben sollte. Er fragte sich, ob die Gottheit ihm wohl auch die Eingeweide herausreißen würde. Bei diesem Gedanken erschien das Bild des getöteten Christoph Becker vor seinem inneren Auge, und wie dessen Darm über dem Lexikon der Ägyptologie und den vielen Bänden des Berliner Wörterbuchs verteilt lag.

Nicht so sehr wegen der Kälte, sondern aus schierer Todesangst zitterte er jetzt unkontrolliert am ganzen Körper. Seine Knie fühlten sich weich und gummiartig an, so daß er sich nicht aus dem naßkalten Schnee erheben konnte. Richard Altmann atmete keuchend, und jeder Atemzug verursachte Schmerzen, die von seiner linken Hüfte aus durch seinen ganzen Körper zuckten.

So hockte er vornüber gebeugt im Schnee und wartete ergeben auf den nächsten Schlag, doch dann warf er mehr unbewußt einen Blick zur Seite, wo sein eigenes Blut im Schnee glitzerte und dampfte. Daneben lag seine zerbrochene Designerbrille, auf die er immer so stolz gewesen war, weil er glaubte, sie würde sein distinguiertes Aussehen noch unterstreichen. Solche nichtigen Überlegungen waren jetzt jedoch weit entfernt und erschienen ihm lächerlich in Erwartung seines Todes.

Trotzdem brachte der Anblick seiner zerbrochenen Brille, die sozusagen die baldige Vernichtung seiner Existenz schon vorweggenommen hatte, seinen Lebenswillen noch einmal zum Aufflammen, so daß er sich torkelnd erhob, um seinem Mörder wenigstens symbolisch entgegenzutreten, in dem sicheren Bewußtsein, daß er dem gut einen halben Meter größeren Angreifer keinesfalls gewachsen war. Doch die Gottheit gab ihm keine Zeit, sich aufzurichten. Noch bevor Professor Altmann sich halb erhoben hatte, verpaßte der Angreifer ihm einen Schlag auf die Schläfe, der ihn für einige Sekunden bewußtlos zurück in den Schnee schickte. Die Eiseskälte weckte ihn jedoch sofort wieder auf, und er blinzelte benommen durch das Blut, das aus einer geplatzten Augenbraue in sein linkes Auge lief. Instinktiv hob er die Hand, um das Blut aus seinem Auge zu wischen, doch der andere packte mit eisernem Griff seinen Unterarm, zog ihn heftig zurück und brach dabei Altmanns Handgelenk. Dieser hörte die Knochen splittern und stieß einen gellenden Schmerzensschrei aus.

Wie aus weiter Ferne hörte Richard Altmann sich selbst schreien. Sein Bewußtsein schien vom Körper getrennt zu sein, denn er sah sich selbst vor Schmerzen gekrümmt im Schnee liegen. Obwohl er wußte, daß es nicht wahr sein konnte, hoffte irgend etwas in ihm, dies alles geschehe einer anderen Person. Gleichzeitig nahm er überdeutlich seine Umgebung war, den zertrampelten Schnee, von dem sich sein Blut dunkel abzeichnete, ebenso die schuppige Haut der Gottheit und ihre Ohren, die so sehr an den Gott Seth erinnerten. Er begrüßte dieses körperlose Gefühl, das ihm vorgaukelte, er schwebe unbeteiligt außerhalb des Geschehens, und das für ihn der willkommene Vorbote eines nahen Todes war.

Ein weiterer Ruck riß ihn unbarmherzig zurück in die Wirklichkeit, in der er noch immer vor Schmerzen zusammengekrümmt im Schnee lag. Mehr aus einer unbewußten Reaktion heraus wandte er den Kopf stöhnend zu Seite, wodurch er einem Hieb mit der klauenbewehrten Hand auswich, der bestimmt sein Gesicht in Fetzen gerissen hätte, so aber nur einige Kratzer auf seiner Wange hinterließ. Scheinbar mühelos hob die Gottheit ihn anschließend hoch und schleuderte ihn zur Seite. Richard Altmann machte sich schon auf den Aufprall und das Brechen weiterer Knochen gefaßt, doch sein Sturz wurde unerwartet von einem Busch abgefangen. Er verfing sich in den Zweigen, die Äste zerkratzten seine Haut, wo immer diese offenlag. Heftig mit den Armen rudernd, landete er schließlich unter dem Busch relativ sanft in einer Schneewehe. Schnee rieselte auf ihn herab, als plötzlich und ganz unerwartet noch jemand auf dem Weg auftauchte.

„Hey, Kumpel, haste ma 'nen büschen Kleingeld?" lallte Johann Moser, genannt Madenjockel, einer der vielen Kumpel des erst kürzlich verstorbenen Albert Schröder.

Richard Altmann erkannte ihn sofort, denn er verwendete zum Schnorren immer den gleichen Satz, der bei manchen Einwohnern Göttingens schon zu einer Art geflügeltem Wort geworden war.

„Mann, Kumpel, bist du groß", blubberte Madenjockel jetzt weiter, der offenbar so benebelt war, daß er das seltsame Aussehen des vermeintlichen Spenders gar nicht bemerkte, geschweige denn die Gefahr, in der er schwebte, erkannte. Er gurgelte erwartungsvoll vor sich hin, als die massige Gestalt sich ihm zuwandte. Viel zu spät drang die Erkenntnis, daß dies wohl kein harmloser Spaziergänger sein konnte, in sein umnachtetes Gehirn, so daß sich ihm keine Möglichkeit zur Flucht mehr bot.

Doch Richard Altmann begriff, daß hier seine einzige Chance lag, sein Leben zu retten. Er drehte sich auf den Rücken, ließ sich nach hinten kippen und rutschte so den kurzen Abhang am Wall einfach hinunter. Er hoffte, daß der Schnee den Fall bremsen würde. So war es denn auch, und er zog sich nur einige weitere schmerzhafte Prellungen zu. Diese nahm er jedoch gerne in Kauf, weil sie etwas Distanz zwischen ihn und Guido Kramers mordgierige Kreatur brachten. Nachdem er sich mehrfach überschlagen hatte, kam er röchelnd am Fuß des Walles zum Liegen. Jeder Atemzug schmerzte, doch als er sich mühsam auf seiner unverletzten Hand aufgerichtet hatte, leuchtete gegenüber das vertraute gelbe Schild der Post, das ihm in diesem Moment wie ein Rettungsanker erschien. Mit schier übermenschlicher Anstrengung rappelte er sich ein letztes Mal hoch und hinkte auf die Straße.

Die Berliner Straße, eine der Hauptverkehrsadern Göttingens, war selbst bei diesen schlechten Witterungsverhältnissen und der Bedrohung durch die Farbensprüher von ‚Bereut nun!' noch relativ gut befahren. Zum Glück für Richard Altmann mußten alle Autofahrer auf ihre gewohnte Raserei an dieser Stelle verzichten, denn die Straße glich einer Eisbahn. Altmann schlitterte einfach vor das erstbeste Auto, einen großen roten BMW mit hellblauen Farbspritzern auf der Kühlerhaube, dessen Fahrer laut fluchend auf die Bremse trat.

„Wenn der Kerl eine Sprühflasche dabei hat, mache ich ihn fertig", sagte Bernhard Schreiber zu seiner Frau gewandt.

„Was ist denn mit dem passiert?" fragte Christina Schreiber anstelle einer Antwort erstaunt. „Sieh doch, der Mann ist verletzt."

Beide sprangen ungeachtet der Verkehrsstockung und des unvermeidlichen Hupkonzertes aus dem Wagen und liefen um die Kühlerhaube herum. Vor ihrem Auto lag ein Mann auf dem Bauch, mit dem Gesicht im Schnee. Christina drehte ihn auf den Rücken. Als sie seine Verletzungen sah, zuckte sie mit einem unterdrückten Aufschrei zurück. In diesem Moment schlug Richard Altmann die Augen auf. Halb fürchtete er, wieder das schreckliche Monster vor sich zu sehen, und er startete deshalb einen letzten schwachen Fluchtversuch, der ihn jedoch gleich wieder stöhnend zurück in den Schnee sacken ließ. Bernhard Schreiber warf einen schnellen Blick auf die Blutlache, die sich unter dem Körper des Mannes ausbreitete und das Eis hellrot färbte. Er runzelte besorgt die Stirn und versuchte, den aufgeregt und angsterfüllt um sich blickenden Mann zu beruhigen, der offenbar erst jetzt erkannte, daß er nicht mehr in unmittelbarer Gefahr war.

Während Bernhard Schreiber trotz der Kälte seine Jacke auszog, um sie über dem Verletzten auszubreiten, hörte er, wie seine Frau Christina über das Handy den Krankenwagen rief. Er hoffte inständig, daß der Mann das Drängen in ihrer Stimme nicht mitbekam, mit der sie dem Arzt die Ernsthaftigkeit der Lage schilderte. Nachdem seine Frau das Gespräch beendet hatte, steckte sie das Handy in ihre Manteltasche und ging neben dem Verletzten in die Hocke. Sie nahm ein Taschentuch und versuchte behutsam, das Blut von seinem Gesicht zu wischen. Aber als sie die tiefen Furchen über der Stirn und der Wange sah, die die Klauen der Kreatur gerissen hatten, hielt sie erschrocken inne.

Während die Menge der Schaulustigen um sie herum immer größer wurde, erwachte der Mann noch einmal aus seinem umnebelten Zustand und tastete nach Christina Schneiders Hand. Ein flüchtiges Lächeln erschien auf seinem Gesicht, dann murmelte er:

„Gerettet, nicht wahr?"

Christina beugte sich über ihn und sagte mit sanfter Stimme: „Alles in Ordnung, der Krankenwagen ist schon unterwegs."

„Bitte, Sie müssen die Polizei anrufen, Frau Faßbinder vom Morddezernat."

Altmanns Stimme wurde eindringlich. „Bitte, es ist wichtig. Sagen Sie ihr, ich habe ihn gesehen!"

In diesem Moment erscholl ein gellender Schrei auf dem Wall, der allen Umstehenden das Blut in den Adern gefrieren ließ. Alle blickten hinüber, aber in der undurchdringlichen Dunkelheit zwischen den Bäumen war nichts und niemand zu erkennen. Nun herrschte dort tödliche Stille. Furcht breitete sich unter der Menschenmenge aus. Obwohl es niemand laut aussprach, war allen klar, daß das, was den Mann vor ihnen so zugerichtet hatte, erneut zugeschlagen hatte.

Christina, die bei dem schrecklichen Schrei aufgesprungen war, ging wieder neben Altmann in die Knie, doch dieser war endlich ohnmächtig geworden. Sie hielt diese Ohnmacht für eine Gnade, denn die Verletzungen mußten höllische Schmerzen bereiten. Zum Glück konnte sie schon das Martinshorn des herannahenden Krankenwagens hören.

Zuerst hatte sie die Bitte um den Anruf bei dieser Frau Faßbinder für wirres Gerede gehalten, was bei dem Zustand des Mannes nur wahrscheinlich erschien. Doch nachdem sie diesen gräßlichen Schrei gehört hatte, glaubte sie dem Mann aufs Wort, daß er zumindest irgend etwas Schreckliches gesehen hatte.

Während der Krankenwagen um die Ecke bog, holte sie ihr Handy erneut aus der Tasche und wählte die 110. Sie fragte nach der Telefonnummer von dieser Frau Faßbinder im Morddezernat, und nach einigem hin und her gab der Mann ihr die Nummer vom Polizeipräsidium. Dort war eine unfreundliche Dame in der Telefonzentrale, die Christina einfach nicht durchstellen wollte.

„Frau Faßbinder ist in einer Besprechung, rufen Sie später noch mal an."

Diesen Satz wiederholte sie dreimal, bis Christinas Geduld am Ende war. Sie brüllte etwas von ‚Freund und Helfer' ins Telefon und war gerade dabei, sich über die Höhe ihres Steuerbescheides auszulassen, mit dessen Hilfe schließlich auch das Gehalt dieser Telefonistin, oder was immer diese Frau war, bezahlt wurde, als ihr eine Idee kam.

„Der Mann hat gesagt, er habe ihn gesehen." Bevor sie noch hinzufügen konnte, daß er nicht gesagt habe, wen genau er denn gesehen habe, schwang die Stimmung der Frau am Telefon um.

„Sie sagen, er hat ihn gesehen und er lebt noch?"

„Sicher lebt er noch, wie hätte er mir sonst sagen können, daß er ihn gesehen hat?" Christina begann, sich ernsthaft Gedanken über die Verschwendung von Steuergeldern zu machen, als es plötzlich in der Leitung klickte, und sich Dorothea Faßbinder meldete.

Maria rannte fast zur Heizung, nachdem sie ihre Wohnungstür geschlossen und ihre Einkaufstüten in eine Ecke gelehnt hatte. Sie hockte sich direkt vor der

Heizung auf den Boden und zog ihre Strümpfe aus. Unter dem lauten Gelächter von Philip stemmte sie ihre Füße und Hände gegen den Heizkörper, nur, um sie Sekunden später mit einem lauten Aufschrei zurückzuziehen.

„Meine Güte, ist das heiß", japste Maria. „Draußen ist es bestimmt noch kälter geworden. Meine Zehen sind wie Eiswürfel. Ich glaube, Göttingen ist nach Sibirien verlegt worden."

„Du hast recht", stimmte Philip zu, nachdem er prüfend auf das Thermometer draußen vor dem Fenster gesehen hatte. „Es sind mittlerweile fast 20 Grad minus, und es ist erst acht Uhr abends. Wer weiß, wie kalt es in der Nacht werden wird."

Maria hatte sich mittlerweile umgedreht und lehnte nun mit dem Rücken an der Heizung. Sie blickte zu Philip auf, der stirnrunzelnd in die Dunkelheit sah.

„Das Wetter wird tatsächlich wieder schlechter. Ich dachte schon, das Winterwetter sei vorbei, als es gestern aufhörte zu schneien. Aber jetzt hat es wieder angefangen."

Gedankenverloren starrte Philip in das zunehmende Schneegestöber. Er erwischte sich dabei, wie er überlegte, was seine Eltern wohl von Maria halten würden. Mama wird sich zu allererst für ihre Kochkünste interessieren, dachte er, denn sie glaubte immer noch, daß Philip ohne mütterliche Hilfe früher oder später verhungern würde. Deshalb gab sie ihm nach jedem Besuch Berge von Konservendosen und Tütensuppen mit nach Göttingen. Philip hatte längst aufgegeben, ihr klarzumachen, daß er lieber selber kochte, als Hühnerbrühe aus der Dose zu essen. Seine Mutter hatte sich entschieden, ihm einfach nicht zu glauben. Und so schleppte er gehorsam jedesmal zwei volle Plastiktüten mit Konserven nach Hause, nachdem er seine Eltern besucht hatte. Papa wird Maria mögen, schon wegen der langen dunklen Haare, überlegte Philip und grinste vor sich hin. Aber gottseidank ist noch etwas Zeit bis zu einem Besuch bei den Eltern, beruhigte er sich. Schließlich hatten er und Maria sich gerade erst so richtig kennengelernt.

Er dachte an den gestrigen Abend, als Maria sich nach dem Abendessen in seiner Wohnung an ihn gekuschelt und kurze Zeit später vertrauensvoll gegen seine linke Schulter gelehnt eingeschlafen war. Nach einer Stunde war Philips Arm eingeschlafen, so daß er sie wecken mußte. Er hatte sie neckend gefragt, ob sie keine Angst habe, einfach so in der Wohnung eines fremden Mannes zu schlafen, vielleicht würde er ja die Situation ausnützen. Sie hatte gelacht, ihre Haare zurückgestrichen und seine Wange gestreichelt. In seiner Erinnerung konnte er ihre Stimme hören. ‚Du bist kein Fremder. Und woher weißt du, daß nicht ich die Situation ausnutze?' Danach hatte er die Arme um sie gelegt, um sie lange und leidenschaftlich zu küssen.

„Worüber grinst du eigentlich so. Ist da draußen irgend etwas Komisches?" Marias Frage riß ihn in die Gegenwart zurück, und er ließ sich neben ihr auf dem Boden nieder.

„Ich habe an dich gedacht, und wie hübsch du bist", gab er zu und nahm ihre Hand.

Maria lachte, stand auf und zog ihn mit sich hoch. „Gib zu, daß du auch an meine Kochkünste gedacht hast."

„Woher weißt du das?" fragte er verdutzt.

„Ich habe deinen Magen knurren gehört", antwortete sie grinsend.

Dann wandte sie sich den Plastiktüten zu, die Philip vor dem Kühlschrank abgestellt hatte. Er beobachtete, wie sie Tomaten, Zwiebeln, Crème Fraîche und ein Paket Nudeln zum Vorschein brachte. Er griff nach der zweiten Tüte und holte zwei Flaschen Rotwein heraus.

„Ich mache schon mal den Wein auf, ein echter Männerjob."

„Ich dachte immer, Männer müssen die Mammuts jagen", gab sie zurück, während sie das Nudelwasser aufsetzte.

„Dies ist sicherlich kein Mammut, aber immerhin ist es Fleisch, das ich eigenhändig aus dem Kühlregal genommen habe." Philip griff noch einmal in die Tüte und legte ein Päckchen mit gekochtem Schinken auf die Arbeitsplatte.

Maria schnitt die Tomaten auf einem Brett in kleine Stückchen. Philip beobachtete erst überrascht, dann besorgt, wie sie immer heftiger mit ihrem Küchenmesser hantierte, bis das ungeduldige Klappern der Schneide auf dem Holz einem Stakkato gleichkam. Plötzlich sah sie abgespannt aus, mit grauen Schatten unter den Augen und einem verkniffenen Zug um die Mundwinkel.

„Willst du mir verraten, was los ist?" Behutsam legte er seine Hand auf die ihrige und stoppte damit das energische Klackern.

Er konnte sehen, wie sie mit ihrer Selbstbeherrschung kämpfte, und daß sie seine Hand am liebsten mit einer unwirschen Geste abgeschüttelt hätte. Doch dann entspannte sie sich schließlich, ließ die Schultern hängen und stützte sich schwer auf die Arbeitsplatte.

„Um dir das zu erklären, muß ich etwas weiter ausholen", sagte sie ohne aufzublicken. „Bist du sicher, daß du es hören willst?"

Philip nickte nur, und sie begann, von ihren Abschweifungen, wie sie es nannte, zu erzählen. Sie meinte damit diese großen und kleinen Ablenkungen, von denen Philips Ansicht nach jeder Mensch hin und wieder heimgesucht wurde. Doch Maria schien das mehr auszumachen als anderen. Sie hatte eine seltsame Form von Ehrgeiz entwickelt, stellte Philip fest, in der wohl nur noch die Ägyptologie zählte und alles andere als bloße Ablenkung von der einzig richtigen Beschäftigung mit dem Fach galt.

„Aber man sollte doch vielseitig interessiert sein", gab er zu bedenken. „An Geschichte, Kunst, Sprachen, es ist nun mal ein Kulturfach."

„Das ist wahr, aber meistens geht man zu weit. Alles andere scheint wichtiger sein, man lernt die abgefahrensten Dinge, nicht nur aus Interesse, sondern auch, weil es so bequem ist. Sie liefern gute Ausreden, damit man die wirklich wichtigen Prüfungen und Scheine vor sich herschieben kann."

Maria fuhr achselzuckend mit ihren Erklärungen fort, doch Philip hatte bereits verstanden, was sie meinte. Es fiel jedem schwer, zu seinem Fach, oder noch schlimmer, zu seiner Magisterarbeit oder Dissertation zu stehen. Anstatt die Sache einfach abzuschließen, gibt es immer etwas anderes zu tun, wobei sich gute und auch gutgemeinte Vorwände jederzeit finden lassen. Da war noch eine weitere Sprache zu lernen oder die Kenntnisse in Polnisch zu vertiefen, ganz zu schweigen von der Versuchung, ein Semester in einem ganz anderen Fach, zum Beispiel bei den Kunsthistorikern oder der Volkskunde, zu verbringen, um den Horizont zu erweitern, oder auch, weil es einfach Spaß machte.

Philip fand dies nicht weiter schlimm, doch war ihm natürlich auch bewußt, daß man irgendwann mal ‚in die Pötte kommen mußte', wie seine Oma das nannte. Diesen Absprung dann wirklich zu schaffen, war zugegeben verteufelt schwer.

„Nicht nur, daß ich bei der Kunstgeschichte jedes verfügbare Buch zur Renaissance gelesen habe, anstatt für meine Zwischenprüfung bei den Ägyptologen zu lernen, nein, ich habe auch die berühmte Grammatikübung bei Altmann sausen lassen, um Aztekisch zu lernen, obwohl ich niemals Ethno studiert habe."

Maria schüttelte den Kopf und wandte sich wieder den Tomaten zu. „Jede Ablenkung war mir recht", gab sie zu.

„Ist es denn nicht richtig, sich zu bilden? Wie kann das Erlernen einer so interessanten Sprache wie Aztekisch falsch sein?"

Philip war beeindruckt, als sie die Liste aller, wie sie meinte, umsonst besuchten Vorlesungen fortführte. Er fand ein so breites Interessenspektrum außergewöhnlich, und es trug dazu bei, daß er sie noch faszinierender fand.

„Ich wußte nicht, was ich wirklich wollte. Eine Zeitlang dachte ich, ich sollte am besten mit der Ägyptologie aufhören und was Vernünftiges studieren", versuchte Maria zu erklären.

Das war nun doch zu viel, und Philip fand, daß es an der Zeit für einen seiner Vorträge über die Spießergesellschaft war, und er nutzte die günstige Gelegenheit, um so richtig loszulegen.

„Es ist spießig, nur das zu lernen, was im Moment zweckdienlich zu sein scheint, anstatt den Interessen und Neigungen zu folgen", dozierte er drauflos. „Wer weiß schon, was später für den Beruf entscheidend ist. Und das muß es nicht mal sein, eine Gesellschaft, in der *l'art pour l'art* nicht mehr möglich ist, ist krank", setzte er mit Nachdruck hinzu. „Und arm dran!"

Er verstummte und hoffte, daß er nicht zu heftig gewesen war oder ihre Gefühle verletzt hatte. Er hatte ja auch leicht reden, denn er stammte aus einer Familie von Geisteswissenschaftlern, die sein Studium rückhaltlos unterstützten. Aus Gesprächen mit seinen Kommilitonen wußte er, daß manche mit erheblichen Widerständen in ihren Familien zu kämpfen hatten.

Zu seiner Beruhigung grinste Maria vor sich hin. „Das war mal wieder einer deiner berühmten Ausbrüche gegen die Gesellschaft. Warte nur ab, du bekommst nachher nichts von meiner spießigen Tomatensoße, wenn du so weiterredest."

Dann wurde sie wieder ernst. „Du hast ja recht. Man darf sich nicht einreden lassen, daß die Geisteswissenschaften sinnlos seien, Orchideenfächer, oder noch schlimmer, Hausfrauenfächer. Ich mag diese Ausdrücke nicht, sie sind diskriminierend."

„Und sie sind falsch", warf Philip ein. „Kompletter Blödsinn!"

„Es hat eine ganze Zeit gedauert, bis ich mich mit meinem Leben ausgesöhnt hatte", gab Maria zu. „Man muß diese Einstellung, die du eben so eloquent beschrieben hast, erst einmal verinnerlichen. Und dann gibt es da ja auch noch die Sache mit dem Geldverdienen, diese Fächer bieten wenig Zukunftsperspektiven."

„Oder eher gar keine."

„Deswegen war ich vorhin so ärgerlich. Das Fach bietet nicht nur keine Zukunftschancen, jetzt ist es auch noch Schuld an dem Tod so vieler Menschen. Gerade hatte ich gelernt, mich mit meinem Beruf zu identifizieren, jetzt kommt so etwas. Jemand benutzt diese faszinierende Welt, die das alte Ägypten nun mal ist, um Menschen umzubringen. Das will mir einfach nicht in den Kopf. Vielleicht zerstört er sogar unser aller Zukunft", fügte sie düster hinzu.

„Jetzt red' hier nicht vom Weltuntergang. Das macht mir angst. Es gibt keine Geister und Dämonen, die unser Verderben planen."

„Nein", gab sie zurück. „Aber Verrückte gibt es. Und Götter!"

Er weigerte sich, sich von ihren dunklen Vorahnungen anstecken zu lassen. Die Vorstellung, daß die Ägyptologie der Auslöser für so viele Morde gewesen war, erschreckte ihn jedoch ebenfalls. Die Ereignisse der letzten Tage wuchsen ihm und Maria langsam über den Kopf und ließen sie mehr als nur paranoid werden.

Um auf andere Gedanken zu kommen, wechselte er das Thema und fragte nach Marias Besuch bei Frau Faßbinder. Maria beschrieb mit sichtlicher Ironie das Chaos, das vor dem Polizeigebäude geherrscht hatte. Polizeiwagen hatten kreuz und quer auf dem Hof gestanden, weil die Übertragungswagen der Presseleute alle Parkplätze blockiert hatten. Dorothea Faßbinder, die sie persönlich am Seminar abgeholt hatte, hatte ihr von dem immensen Druck erzählt, den die Medien zur

Zeit auf die Polizei ausübten. Die Mordserie beschäftigte die Menschen natürlich, aber auch die Aktionen der Weltuntergangssekte hatten viel öffentliches Interesse auf sich gezogen. Die Polizei, so hatte die Beamtin zugegeben, hatte keinen besonders guten Eindruck in der Öffentlichkeit hinterlassen, da sie weder einen Fahndungserfolg bei den Morden vorweisen konnte, noch die spektakuläre Spraydosenaktion hatte eindämmen können.

Dementsprechend ging es auch in Dorothea Faßbinders Büro hoch her, bis sie die Zeit gefunden hatte, sich von Maria einige Bücher und Abbildungen zeigen zu lassen. Maria zählte für Philip die Bücher auf, die sie mitgenommen hatte, damit er sich einen Überblick verschaffen konnte. Doch Philip, der am Fenster stand, hatte nur halb zugehört. Als er sich umdrehte, bemerkte Maria die tiefen Sorgenfalten auf seiner Stirn.

„Vielleicht hattest du doch recht mit deinen düsteren Ahnungen", sagte Philip und drehte unbewußt ihren Stoffelefanten in seinen Händen. „Das Wetter gleicht wirklich einer Katastrophe, und es sieht draußen überhaupt nicht nach den Segnungen des Sonnenlaufes aus. Es ist arschkalt und dunkel. Was wäre also, wenn wir uns geirrt haben, und der Mörder gar nicht den Sonnenaufgang bewirken will. Was, wenn er im Gegenteil die Texte benutzt, um die Regeneration des Sonnengottes mit Hilfe der Morde zu verhindern? Was, wenn er nicht nur verrückt, sondern abgrundtief böse ist?"

Maria ließ den Löffel in die Tomatensoße fallen und blickte erschreckt auf.

„Das wäre das Ende der Welt! Chaos, Weltuntergang!" Sie schüttelte sich. „Wer redet jetzt von Geistern und Dämonen?" fragte sie.

„Das Wetter ist wieder schlechter geworden, es stürmt und schneit schlimmer denn je. Die Sonne ist schon seit Tagen nicht mehr zu sehen gewesen, seltsame Insekten tauchen überall auf." Philip hatte sich in eine angsterfüllte Rage geredet. „Du hast doch selbst gesagt, du hättest Skarabäen in der Küche gehabt. Wenn der Mörder nun genau dieses Chaos beabsichtigt hat, was passiert dann erst nach dem zwölften Mord?"

„Jetzt reicht es aber, jetzt machst du mir angst!" Maria versuchte, zuversichtlicher zu klingen, als sie war. „So schnell geht die Welt nicht unter. Das Wetter ist einfach nur schlechtes Winterwetter."

Sie trat zu ihm, legte den Arm um seine Schultern und schmiegte sich an ihn. „Wir dürfen uns nicht verrückt machen lassen", flüsterte sie. „Komm jetzt, das Essen ist fertig."

In diesem Moment schlug irgendwo in der Innenstadt krachend ein Blitz ein, der für eine Sekunde den Himmel über Göttingen in ein gespenstisches Licht tauchte, gefolgt von lautem Donnergrollen, das die Scheiben klirren ließ.

Dann bebte die Erde.

Als Dorothea und Georg in der Uniklinik ankamen, waren sie vollkommen überrascht zu hören, daß es sich bei dem verletzten Mann, dem es gelungen war, dem ‚Göttinger Schlachter' zu entkommen, um Richard Altmann handelte. Immerhin hatte er bis vor kurzem auf der Liste der Verdächtigen ganz oben gestanden. Das mußten sie jetzt wohl revidieren. Wenigstens sollte Altmann mit etwas Glück den Täter genau beschreiben können, so daß sie endlich eine heiße Spur hätten. Zu diesem Zeitpunkt ahnten weder Georg noch Dorothea, wie genau der Professor über den Mörder Bescheid wußte.

Nach einer kurzen Verhandlung mit dem diensthabenden Arzt durften sie das Krankenzimmer betreten. Dorothea war ziemlich schockiert, als sie die Verbände und Pflaster sah, unter denen das Gesicht Altmanns nur zu erahnen war. Sein linkes Auge war zugeschwollen und blau wie bei einem Boxer nach einem Weltmeisterschaftskampf. Sein linker Arm steckte in einem dicken Verband, und er konnte sich trotz der verabreichten Schmerzmittel nur langsam und vorsichtig bewegen, denn sein ganzer Körper war mit offenen Wunden, die die Krallen des Angreifers hinterlassen hatten, Prellungen und blauen Flecken übersät.

Der Professor richtete sich mühsam im Bett auf, als Dorothea und Georg nähertraten.

„Bestimmt denken Sie jetzt, Sie könnten mich von der Liste der Verdächtigen streichen. Aber dem ist nicht so!" begrüßte er die beiden.

Dorothea stellte fest, daß er nichts von seiner überheblichen Art verloren hatte. Deshalb sagte sie, ohne nach seinem Befinden zu fragen, wie sie es eigentlich vorgehabt hatte:

„Wir haben Sie nie für den Mörder gehalten, aber wir sind davon ausgegangen, daß Sie wissen, wer er ist."

„Die Sache ist noch weitaus komplizierter, als Sie glauben. Denn eine Zeitlang glaubte ich tatsächlich, ich selbst sei der Mörder", antwortete Altmann kryptisch.

„Das müssen Sie uns erklären", forderte Georg verblüfft.

„Das versuche ich gerade", schnitt ihm Altmann das Wort ab. „Mein Kollege, Guido Kramer, den Sie bestimmt kennengelernt haben, hat ebenso wie ich an bestimmten Zaubertexten gearbeitet. Mit Hilfe dieser Texte hat er eine altägyptische Gottheit heraufbeschworen. Dieser Gott hat die Morde begangen."

„Wenn Sie davon wußten, wieso haben Sie dann Professor Kramer gedeckt?" wollte Dorothea wissen.

„Habe ich gar nicht. Zuerst habe ich mich nur gewundert, daß er sich ausgerechnet mit Religion beschäftigt hat, wofür er niemals vorher Interesse gezeigt hat. Religion ist eigentlich mein Fachgebiet. Ich bin neugierig geworden, also habe ich mir ein bißchen angesehen, was er so treibt."

„Sie haben spioniert, weil Sie die Konkurrenz fürchteten?" warf Georg ein.

„Die Wissenschaft ist ein hartes Geschäft", erklärte Altmann ungerührt. Dann fuhr er fort: „Nach einiger Zeit wurde mir der Zusammenhang zwischen dem Text und den Morden klar, aber ich dachte, ich selbst hätte die Gottheit unbewußt bei der Bearbeitung des Textes herbeigeholt. Es war mir unvorstellbar, daß Kramer diese Art von Texten überhaupt lesen, geschweige denn soweit durchschauen konnte, um selbst die Beschwörung vorzunehmen. Ich dachte, das Auftauchen der Gottheit sei eine Art Nebeneffekt meiner eigenen Forschungen. Da habe ich Guido Kramer vollkommen unterschätzt."

„Das passiert manchmal", sagte Dorothea kalt.

„Er hatte allerdings einige Monate Vorsprung", beeilte sich Altmann zu sagen. „Dazu hat er mich geschickt auf eine falsche Fährte gelockt und vorgetäuscht, er käme mit seinen Forschungen nicht weiter", gab er zu. „Erst viel zu spät ist mir klargeworden, daß er allen etwas vorgemacht hat. Ich hätte ihn durchschauen müssen, aber ich war viel zu schockiert, als ich glaubte, mit meinen Forschungen vielleicht selbst den Tod von Menschen heraufbeschworen zu haben, daß ich für eine Zeit den Überblick verloren habe."

Er stockte, dann fuhr er fort: „Ich habe, nein, ich mache mir immer noch schreckliche Vorwürfe, weil ich nicht rechtzeitig eingegriffen habe. Doch zuerst wollte ich selbst nicht glauben, daß es überhaupt möglich ist, so einen Zaubertext tatsächlich zu benutzen. Daß es wirklich funktioniert, erschien mir einfach zu unglaubwürdig. Ich habe niemals gewollt, daß Menschen dabei zu Schaden kommen. Und wer glaubt schließlich an Zauberei?" fügte er ungewohnt hilflos hinzu.

„Denken Sie, es war ein Zufall, daß der Mörder beinahe Sie getötet hätte?" fragte Georg.

„Bestimmt nicht!" wehrte Altmann ab. „Ich habe heute nachmittag Kramer zur Rede gestellt. Aber er hat nur ausweichend geantwortet. Nicht mal eine halbe Stunde später war das Monster hinter mir her. Kramer muß mehr Macht über das Wesen haben, als ich je geahnt hätte."

Erschöpft ließ Richard Altmann sich zurücksinken. Er tat Dorothea das erste Mal, seitdem sie ihn kennengelernt hatte, leid, denn er trug ihrer, und auch wohl seiner eigenen Meinung nach, eine erhebliche Mitschuld an den Geschehnissen, obwohl er niemals etwas Böses beabsichtigt hatte. Gräßlich, so etwas auf dem Gewissen zu haben, überlegte Dorothea.

„Wie geht es denn Ihrem Handgelenk?" fragte sie etwas milder gestimmt.

„Geht so. Die gebrochene Rippe ist schlimmer. Ich kann nur schwer atmen." Er machte eine kleine Pause. „Narben werden bleiben, auch im Gesicht. Immerhin bekommt damit mein Spitzname unter den Studenten noch eine interessante Note."

„Sie kennen den Spitznamen, den ihre Studenten für sie benutzen?" fragte Georg überrascht.

„Sicher. Ich kriege mehr von dem mit, was im Seminar passiert, als den meisten lieb ist."

Plötzlich schlich ein lauernder Ausdruck in Altmanns Augen. „Wieso haben Sie eigentlich nicht nach der Gottheit gefragt? Sie haben das einfach so hingenommen! Bis vor kurzem habe nicht einmal ich an Götter und Dämonen geglaubt, sozusagen bis einer davon direkt vor mir stand. Ihnen scheint das nichts auszumachen."

Dorothea lächelte und genoß sichtlich ihre Überlegenheit: „Wir haben Erkundigungen eingezogen. Auch die Polizei war nicht ganz untätig. Wir wissen, daß die Texte sich in irgendeiner Weise mit dem Sonnenlauf auseinandersetzten, und daß sie den Gott des Bösen herbeiholen können."

Überrascht setzte sich Richard Altmann in seinem Bett auf. „Von Sonnenlauf steht nichts in den Texten, aber die ägyptischen Vorstellungen davon bilden tatsächlich den Hintergrund sowohl für den Zaubertext, als auch für die Morde."

Er schüttelte den Kopf und machte ein Angebot: „Nun gut, ich werde Ihnen alles über den Text erzählen. Im Gegenzug verraten Sie mir, wer ihnen geholfen hat. Abgemacht?"

„Abgemacht", versprach Dorothea. „Aber Sie dürfen unseren Helfern die Sache nicht nachtragen. Ich habe sie mehr oder weniger zur Zusammenarbeit gezwungen."

„Es ist jemand von meinen Studenten, nicht wahr?" Altmann schüttelte immer noch den Kopf. „Versprochen! Wer immer Ihnen geholfen hat, er ist besser, als ich dachte."

Dann faßte Altmann den Inhalt des Textes zusammen und gab kurze Erläuterungen dazu. Als er bemerkte, daß Dorothea bei einigen Details wissend nickte, huschte ein amüsiertes Lächeln über sein Gesicht. Er fügte noch einige Informationen über Guido Kramer hinzu und wollte gerade seine Theorie zu dem Motiv seines Kollegen erläutern, als plötzlich die Erde zu beben begann.

Fensterscheiben klirrten, und ein Wasserglas, das auf dem kleinen Tischchen neben Altmanns Bett gestanden hatte, fiel herunter und zersplitterte auf dem Boden. Ein Bild, das die obligatorische Reproduktion von van Goghs Sonnenblumen zeigte, krachte hinter Georg auf den Boden. Der Krach und die Glassplitter ließen ihn erschreckt in die Höhe springen. Beinahe wäre er gestürzt, doch er konnte sich gerade noch an der aufschwingenden Tür des Kleiderschrankes festhalten.

Dorothea war ebenfalls in der ersten Schrecksekunde aufgesprungen, hatte sich aber geistesgegenwärtig sofort wieder auf ihren Stuhl fallen lassen. Von überallher hörte man Scheppern und das Klirren von Glas. Es herrschte ein ohrenbetäubender Lärm, denn aufgeregte Menschen schrien und rannten polternd über den Flur. In ganz Göttingen heulen Alarmsirenen und Autosicherungen, sogar die Kirchenglocken läuteten.

Als Dorothea schon glaubte, das Rütteln und Schütteln würde niemals aufhören, war es vorbei. Obwohl immer noch Hektik und Unordnung herrschten, schien die Welt von einer Sekunde auf die andere wieder normal. Sie atmete erleichtert auf. Ihr Blick fiel auf Richard Altmann, der immer noch krampfhaft mit einer Hand die Bettkante umklammerte. Obwohl Dorothea dies für unmöglich gehalten hätte, war er noch weißer im Gesicht geworden. Er zitterte am ganzen Körper.

„Sind Sie in Ordnung?" fragte sie besorgt.

Unendlich langsam und vorsichtig ließ er die Bettkante los. „Jetzt ist es besser", erklärte er, immer noch aschfahl. „Ein Erdbeben in Japan hätte mich vor Jahren beinahe umgebracht. Zweimal Todesangst am Tag ist eindeutig zuviel."

„Ich sehe ja ein, daß es in Japan Erdbeben gibt", ließ sich jetzt Georg vom Kleiderschrank her vernehmen. „Aber in Göttingen …?"

„Ich könnte mir vorstellen, daß das Erdbeben mit Kramers Machenschaften zusammenhängt", antwortete Richard Altmann. „Ich bin überzeugt, daß er versucht, mit Hilfe der Texte so eine Art Weltuntergang zu inszenieren. Erdbeben und das schlechte Wetter passen da gut ins Bild."

„Wenn er dieses Ungeheuer wieder losgelassen hat, bedeutet das auch, daß er sich der Verhaftung entziehen konnte", stellte Dorothea resigniert fest, die schon vorher, während der Erklärungen des Professors, die Fahndung eingeleitet hatte.

„Wer weiß, was für Fähigkeiten er mittlerweile erworben hat", gab Altmann zu bedenken. „Schließlich hat er auch Einfluß darauf, welche Opfer sich die Gottheit aussucht. Ich hatte nur mehr Glück als Christoph Becker und die anderen."

„Ich gehe mittlerweile davon aus, daß Kramer selbst den Mord an Christoph Becker begangen hat, weil dieser ihm auf den Fersen war", klärte Georg den überraschten Professor auf. „Es gibt zu viele Hinweise auf einen Nachahmungstäter, als daß es diese seltsame Gottheit gewesen sein könnte."

„Kramer ist und bleibt eben ein Stümper, wenn auch ein ziemlich gefährlicher."

Dorothea stellte beinahe erleichtert fest, daß Altmann seine gewohnte Arroganz zurückgewonnen hatte. Zu ihrer Überraschung schwang dieser jetzt seine Füße aus dem Bett und kam etwas unsicher schwankend auf die Beine. Bevor die Polizisten eine Frage stellen konnten, sagte er:

„Wir müssen ihn aufhalten. Ich glaube nämlich nicht, daß ihre Leute ihn rechtzeitig finden werden. Aber vielleicht können wir ihn mit seinen eigenen Waffen schlagen. Doch dazu müssen wir in die Bibliothek."

Er blinzelte Dorothea kurzsichtig an. „Bitte sagen Sie mir jetzt, wer Ihnen geholfen hat, das war Teil der Abmachung."

Dorothea gab einen knappen Bericht über die Zusammenarbeit mit Maria und Philip. Sie gab sich alle Mühe, die beiden in gutem Licht erscheinen zu lassen, doch Altmann winkte ungeduldig ab.

„Können Sie die beiden erreichen?" Dorothea nickte und zückte ihr Handy. „Gut, dann lassen Sie mich mit den beiden reden. Dann können Sie Ihre Leute anrufen und fragen, ob es etwas Neues gibt."

Bei Philip Mann ging niemand an den Apparat. Beim nächsten Versuch hatte Dorothea mehr Glück, denn schon nach dem zweiten Klingeln meldete sich Maria Rothe. Die Polizistin versuchte, einen ungefähren Lagebericht abzugeben und sowohl über die neuesten Erkenntnisse in Bezug auf Guido Kramer und seine Machenschaften als auch über den Mordversuch an Richard Altmann zu berichten. Doch sie kam nicht sehr weit. Ungeduldig wie eh und je riß ihr Altmann das Handy aus der Hand.

„Maria", schnaubte er ins Telefon. „kommen Sie ins Seminar. Wir haben zu tun. Und bringen Sie Philip mit!"

Georg versuchte nicht mal, sein Grinsen zu verbergen, als er mit seiner Chefin einen vielsagenden Blick wechselte. Der gewohnte kalte Befehlston war in Altmanns Stimme zurückgekehrt, obwohl er wegen seiner angeschwollenen Lippe etwas nuschelte. Offensichtlich hatte der Kampf mit dem Monster ihn nicht milder werden lassen.

„Nein, mir geht es gut", wich er einer Frage nach seinen Verletzungen aus. „Das ist jetzt nicht wichtig. Wir müssen Kramer aufhalten, also beeilen Sie sich." Damit drückte er auf eine Taste und reichte Dorothea das Handy zurück. Erst jetzt bemerkte er die Blicke der beiden.

„Ist was?" fragte er, während er nach einigen Kleidungsstücken griff.

„Ich denke, die beiden hätten ein Lob verdient", erinnerte ihn Georg und zog ein Gesicht.

„Sie dürfen denken, was immer Sie wollen", schnauzte Altmann den verblüfften Georg an. „Aber für Sentimentalitäten haben wir jetzt keine Zeit."

Bevor noch einer der beiden etwas antworten konnte, schickte Richard Altmann sie auf den Gang, damit er sich anziehen konnte. Während die beiden Polizisten draußen warteten, bog ein Arzt um die Ecke und ging schnurstracks an ihnen vorbei in Altmanns Zimmer. Es dauerte keine Minute, bis sich ein lautstark geführter Streit entwickelt hatte, von dem selbst auf dem Flur noch jedes einzelne Wort zu verstehen war. Natürlich wollte der Arzt Altmann keinesfalls gehen lassen, doch dieser ließ sich nicht aufhalten.

Erst jetzt wurde es Dorothea bewußt, wie fanatisch Altmann klang, als sie seine schneidende Stimme über den Flur hallen hörte. Er hatte es sich zur Aufgabe gemacht, Guido Kramer zu finden und aufzuhalten, und nichts und niemand würde ihn daran hindern können. Natürlich war es Dorothea klar, daß eine ganz gehörige Portion schlechtes Gewissen dazukam, weil er die Gefahr nicht früher erkannt hatte. Andererseits schien er fest davon überzeugt zu sein, daß er als einziger genug von den Ereignissen verstand, um ihren Fortgang aufhalten zu können. Wahrscheinlich stimmte dies sogar, gab Dorothea, wenn auch ungern, in Gedanken zu.

Die Tür wurde geöffnet, und ein erboster Arzt eilte achselzuckend den Gang hinunter. Sekunden später erschien Altmann im Türrahmen.

„Wir können jetzt gehen", verkündete er und war schon auf dem Weg zum Ausgang, vorbei an einer verdutzten Krankenschwester.

Georg und Dorothea hätten Mühe gehabt, ihm zu folgen, wenn er nicht so stark gehinkt hätte. Das Gehen fiel ihm sichtlich schwer, schon im Fahrstuhl mußte er sich anlehnen. Noch schwieriger wurde es für ihn auf dem eisglatten und verschneiten Parkplatz vor der Uniklink. Nachdem sie endlich den Dienstwagen der beiden Polizisten erreicht hatten, ließ er sich erleichtert aufatmend auf den Rücksitz fallen.

Georg setzte sich ans Steuer, doch bevor er losfuhr, drehte er sich zu ihm um und fragte: „Ich bin ja doch etwas neugierig, reine Berufskrankheit, aber wie ist denn Ihr Spitzname bei den Studenten?"

Zuerst blickte Altmann ihn verständnislos an, dann sagte er mit einem leisen Hüsteln: „Sie nennen mich den Hexenmeister."

Dorothea war froh, daß der Professor in diesem Moment ihr Gesicht nicht sehen konnte.

10

I'm sent for elimination – To where I cannot know, ...
I'm sent for eradication – By whom I cannot know,
but I'm lost without a chance in hell.

PARADISE LOST, ISOLATE

In der Stadt herrschte das absolute Chaos! Das Erdbeben hatte doch mehr Schäden angerichtet, als sie zuerst angenommen hatten. Auf den Straßen lagen abgebrochene Äste und zertrümmerter Sperrmüll. Papierkörbe und gelbe Müllsäcke hatten ihren Inhalt auf den Straßen verstreut. Viele Fensterscheiben waren zerborsten, Glassplitter glitzerten gefährlich im Schnee. Überall in der Stadt hörte man Hundegebell und Alarmsirenen, die einen erheblichen Lärm verursachten. An der Weender Landstraße war sogar eine Straßenlaterne umgefallen und lag nun quer über der Fahrbahn. Drei Männer waren gerade dabei, die Lampe aus dem Weg zu räumen.

Der Schnee fiel immer dichter und tauchte alle Gebäude, Autos und umhereilende Menschen in ein diffuses weißgraues Licht. Wie in einem dichten Nebelschleier waren nur undeutliche Umrisse und Schatten zu erkennen. Eine Ampelanlage auf der Weender Landstraße war teilweise ausgefallen, und das hektisch blinkende rote Licht bildete den einzigen Farbpunkt in dem einheitlich grauen Schneegestöber. Es schien, als sei die Welt hinter einem weißen wabernden Vorhang verschwunden, der alle Farben und Formen einfach aufgelöst hatte.

Es war zu einer ganzen Anzahl von Auffahrunfällen gekommen. Ratlose wie wütende Autofahrer standen herum, besahen die Beulen in ihren Autos oder brüllten heftig gestikulierend aufeinander ein. An mehreren Stellen waren parkende Autos durch die Wucht des Bebens auf die Straße gerollt und hatten sich hoffnungslos ineinander verkeilt. An einigen Stellen hatten sich lange Autoschlangen gebildet, bis einige beherzte Autofahrer durch waghalsige Wendemanöver oder mutiges Ausweichen über die Gehsteige den Stau wieder aufgelöst hatten.

Das Dach einer Tankstelle am Weender Tor war so stark beschädigt, daß es jeden Moment einzustürzen drohte. Einige Betonplatten waren schon heruntergefallen, und die ovale Reklametafel lag quer über der Fahrbahn.

„Hoffentlich stürzt das Dach nicht ein, sonst fliegt hier alles in die Luft", murmelte Georg besorgt. „Und wenn doch, dann bitte nicht gerade, wenn wir daran vorbeifahren."

„Nur keine Panik", versuchte Dorothea ihn zu beruhigen. Sie warf aber ebenfalls einen mißtrauischen Blick auf das schon gefährlich schief über den Zapfsäulen hängende Dach.

„Als hätte es nicht noch schlimmer kommen können", fuhr er fort. „Sieh mal, da vorne brennt es."

Tatsächlich schlugen Flammen aus dem Eckgebäude, in dem ein McDonald's-Restaurant untergebracht war. Das Untergeschoß brannte bereits lichterloh, und die Hitze trieb die Umstehenden immer weiter zurück. Jedesmal schrie die Menge auf, wenn ein neuer Funkenregen über die Straße sprühte. Die Flammen ließen die Wände der umliegenden Häuser gelb und rot aufleuchten. Schwarze Schatten tanzten unheimlich und gespenstisch über die Wände. In direkter Nähe des Gebäudes war der Schnee geschmolzen, das Wasser bildete mit Staub und Ruß vermischt große schmutziggraue Pfützen. In der Nähe der Flammen verdampfte das Schmelzwasser spritzend und zischend. Mancherorts entwickelten sich sogar kleine Dampfwolken, die den Ort in einen unwirklichen Nebel einhüllten.

„An diesem Ort hatte ich schon immer den Vorhof zur Hölle vermutet", bemerkte Richard Altmann trocken vom Rücksitz her.

Dorothea verkniff sich eine passende Antwort. Sie hatte keine große Lust, sich eine beißende Bemerkung einzufangen. ‚Ich bin schon wie einer seiner Studenten', überlegte sie resigniert. ‚Bloß nicht widersprechen, sonst gibt er eine noch ätzendere Bemerkung von sich.' Trotzig geradeaus blickend ärgerte sie sich über sich selbst. Von irgendwoher hörte Dorothea die Sirenen der Feuerwehr, die versuchte, sich einen Weg durch das Chaos zu bahnen.

„Na endlich", kommentierte Georg erleichtert das Sirenengeheul. Nach einem schnellen Seitenblick auf das brennende Restaurant fügte er hinzu: „Muß das Pommesfett gewesen sein."

„Kein Verlust", ließ sich jetzt Altmann wiederum vernehmen. „Passen Sie lieber auf die Straße auf, da liegen überall Glasscherben."

„Ja, Sir", murmelte Georg ärgerlich. Dorothea sah, wie er mit einem Kommentar kämpfte, den er dann auch nicht zurückhalten konnte.

„Kein Verlust, sagen Sie. Aber was ist, wenn jemand verletzt wurde? Auch kein Verlust?" fragte Georg kampfeslustig.

„Sie halten mich wohl für einen Unmenschen?" Altmann klang eher müde als aggressiv. „Wenn wir uns nicht beeilen, werden vielleicht noch mehr Menschen verletzt werden. Oder Schlimmeres. Wir haben eine Aufgabe, Mann. Haben Sie vergessen, daß die Gottheit bald wieder ihrer Mordlust frönen wird?"

Georg öffnete den Mund, um sich die unpassende Anrede zu verbitten. Schließlich war er kein Dienstbote. Doch seine Chefin kam ihm zuvor:

„Das reicht jetzt!"

Dorothea fand, daß das Maß voll war. Streiten konnten sie sich später. Sie nahm sich vor, daß sie, wenn alles vorbei wäre, dem Professor so die Meinung sagen würde, daß er sich hoffentlich nie mehr davon erholte. Dorothea konnte nicht verhindern, daß sich bei dem Gedanken an all die Dinge, die sie ihm entgegenschmettern würde, ein Lächeln auf ihrem Gesicht ausbreitete.

Gerade nachdem sie das Restaurant passiert hatten, hörte der Schneefall so plötzlich auf, wie er vor ein paar Stunden begonnen hatte. Als Dorothea für einen Moment freie Sicht auf ihre Umgebung bekam, erstarb dieses Lächeln sofort. Vor ihnen, im Licht einer Straßenlaterne und der Autoscheinwerfer deutlich erkennbar, tauchte eine schwarze Wolke auf, die sich schnell auf sie zu bewegte. Während Georg sich auf die Straße konzentrierte und wirklich bemüht war, vorsichtig um Glasscherben und allen möglichen auf der Fahrbahn liegenden Schrott und Müll herumzukurven, beugten sich Altmann und Dorothea gleichzeitig nach vorne.

„Was ist das denn?" fragte die Polizistin verwundert, um die Frage gleich darauf selbst zu beantworten. „Das sieht aus wie irgendwelche Insekten! So etwas kann es doch gar nicht geben!"

„Biblische Plagen", dozierte Altmann von seiner Rückbank aus. „Die Sonne verdunkelt sich, die Erde bebt und Insekten suchen das Land heim. Paßt alles zusammen. Sie sind wohl nicht bibelfest?" stichelte er weiter.

„Für die Plagen reicht es noch", gab sie genervt zurück.

Für einen kurzen Moment überlegte Dorothea, ob nicht auch Altmann eine jener Plagen sein könnte. Die wiederauferstandenen Heuschrecken vielleicht, oder glibberige Frösche.

Jetzt hatte die Wolke sie erreicht. Georg trat hektisch auf die Bremse. Mit einem Ruck kam der Wagen zum Stehen, während seine drei Insassen in sich zusammenzuschrumpfen schienen. Angeekelt und fasziniert zugleich starrten sie aus dem Fenster. Riesengroße Käfer mit glänzenden grünen und blauen Panzern surrten an den Fenstern vorbei. Sie flogen fast bedächtig, so daß man ihre geäderten Flügel, die kurzen dicken Fühler und die glänzende Augenpartie genau betrachten konnte. Dorothea schluckte hörbar.

Einige der Käfer flogen mit einem dumpfen Plopp gegen die Scheiben. Das klatschende Geräusch wurde von einem wütenden Brummen des durch die Luft taumelnden Käfer gefolgt. Zusätzlich zu diesen großen Käfern gab es aber auch kleinere Insekten, die wie schwarze Heuschrecken aussahen, aber eine größere Anzahl von Fühlern auf dem Kopf hatten. Diese flogen wiederum so schnell, daß viele von ihnen an der Windschutzscheibe zerplatzten, wo sie häßliche graue Schleimflecken hinterließen. Während die Käfer und die schwarzen Heuschrecken ein tiefes Brummen hervorbrachten, gaben kleinere rote Insekten, die wie Bienen bepelzt waren, ein hohes Summen von sich, das fast in den Ohren schmerzte. Die Tiere und das ohrenbetäubende Geräusch, das sie verursachten, kamen von überall. Die schwarze Insektenwolke hüllte das Auto gänzlich ein, sie füllte die Welt aus.

Dorothea fühlte Panik in sich aufsteigen. Sie glaubte, nicht atmen zu können, denn wenn sie atmen würde, würde sie das Summen und Flügelsurren in ihrer Kehle spüren. Sie ballte ihre Hände zu Fäusten, konnte nicht locker lassen, so sehr sie es auch wünschte und versuchte. Schon wurde ihr schwindelig, in ihren Ohren rauschte es.

Dann, mit einem Mal, war es vorbei. So schnell die Insekten gekommen waren, waren sie auch wieder weitergezogen. Erleichtert nahm Dorothea einen tiefen Atemzug und lehnte sich langsam zurück. Vorsichtig öffnete sie ihre schmerzenden Fäuste. Vor dem Wagen tanzten im Scheinwerferlicht schon wieder die ersten Schneeflocken, aber ansonsten hatte sie wieder freie Sicht auf die Straße. Die Welt war wieder so, wie Dorothea sie kannte. Als Georg anfuhr, hörten sie hinter sich Gekreisch und Geschrei, als der Schwarm das brennende Fastfood-Restaurant erreichte und die Schaulustigen dort einhüllte.

Als Georg um die Ecke bog, tauchte vor ihnen der dunkle Klotz des ehemaligen Stadtbades auf, das genaugenommen nicht mehr als eine riesige Ruine war. Vor kurzem hatte sich die Stadt zum Abriß des Komplexes, der schon seit Jahren leerstand, entschieden. Die Abbruchfirma hatte bereits mit den Arbeiten begonnen. Vor dem grauen Himmel waren schemenhaft einige Baumaschinen und ein Kran mit einer schwachen gelben Lampe zu erkennen. Doch etwas stimmte mit diesem Ort nicht. Erst beim zweiten Hinsehen erkannte Dorothea, daß das Dach der ehemaligen Schwimmhalle halb auf die Straße gerutscht war. Das Erdbeben hatte den Bauleuten wohl einige Arbeit abgenommen.

Kurzentschlossen fuhr Georg auf dem Bürgersteig weiter. Als das Auto über die Bordsteinkante rumpelte, hörten sie hinter sich ein ersticktes Röcheln und dann ein lautes Klatschen. Dorothea drehte sich mit fragend hochgezogenen Augenbrauen um. Altmann hatte ein alte Zeitung in der Hand und schlug auf einige der roten bienenartigen Insekten ein, die einen Weg in das Wageninnere gefunden hatten.

„Stechen die etwa?" fragte sie besorgt

„Ich versuche gerade, das nicht herauszufinden!" Ein letztes Mal holte Richard Altmann aus. An der Fensterscheibe blieb ein weiterer gelbgrauer schmieriger Fleck zurück. Altmann keuchte, dann bemerkte er Dorotheas besorgten Blick.

„Ich kann mich nicht richtig drehen. Die gebrochene Rippe schmerzt bei jeder Bewegung, außerdem kann ich nur eine Hand benutzen." Er schwenkte ungelenk seinen bandagierten Arm. „Also kann ich mich entweder abstützen oder zuschlagen. Beides zusammen ist unmöglich."

Dorothea wollte einwenden, daß es besser für ihn gewesen wäre, im Krankenhaus zu bleiben. Doch sie verkniff sich die Bemerkung, da er wahrscheinlich recht mit seiner Annahme hatte, daß er eine gute Chance hatte, Kramer und das Monster mit Hilfe seiner Kenntnisse aufzuhalten. Diskussionen waren in seinem Fall sowieso sinnlos, wie Dorothea mittlerweile gelernt hatte.

Georg war zu sehr damit beschäftigt, den Wagen über den Gehsteig und durch die Schneemassen zu steuern, und die beiden anderen blickten überhaupt nicht nach draußen, so daß niemandem die dunkle Gestalt auffiel, die im Schatten einiger heruntergefallener Betonklötze und entwurzelter Bäume an der Trümmerlandschaft entlangglitt. Hätte er die Gestalt bemerkt, hätte zumindest Richard Altmann die Gottheit wiedererkannt, die nur wenige Stunden zuvor versucht hatte, ihn zu töten.

Die Gottheit selbst hatte ihre Sinne schon auf die nächste Opfergabe gerichtet, deren Herannahen auf der anderen Seite des zerstörten Gebäudes sie spüren konnte. Die Nähe des anderen Opfers, das ihr entkommen war, und das sie auch nicht wirklich gewollt hatte, dessen Beseitigung sozusagen ein Geschenk für den Beschwörer gewesen wäre, war ihr zwar bewußt, doch interessierte sie nicht mehr. Stattdessen glitt sie tiefer in die Dunkelheit des Gebäudes und war damit aus dem Sichtfeld der drei Menschen im Auto entschwunden.

Selbst wenn die drei die Gottheit bemerkt hätten, hätten sie Dietrich Lorenzen, einem Versicherungsvertreter, der noch bis spätabends in seinem Büro gearbeitet hatte und jetzt auf dem Weg nach Hause war, nicht mehr helfen können. Dieser hatte sich für den Nachhauseweg zu der Abkürzung über das Stadtbad entschlossen, ohne zu ahnen, daß es bereits eine Ruine war, die ihm keine Fluchtmöglichkeit bieten würde. Wie hätte er auch voraussehen können, daß er dem ‚Göttinger Schlachter', über den er täglich mit freudiger Gänsehaut in der Regenbogenpresse las, direkt in die Arme laufen würde.

Georg fuhr um das Michaelishaus herum den Leinekanal entlang und bog dann nach links in die Prinzenstraße ein. Als das Michaelishaus in Sichtweite gekommen war, hatten alle drei erleichtert aufgeatmet, weil das Gebäude relativ unbeschadet aussah. Die alten Fachwerkhäuser schienen allgemein das Erdbeben besser überstanden zu haben als die neueren Häuser aus Beton. Georg parkte das Auto auf dem Hof direkt vor der kleinen Hintertreppe. Das Haus lag in tiefem Dunkel, wirkte ruhig und friedlich, doch Georg und Dorothea erschauerten und warfen sich einen vielsagenden Blick zu, als sie daran dachten, was für ein Monster Guido Kramer in diesen Räumen herbeigerufen hatten.

Es blieb auch dunkel auf dem Hof, als sie ausstiegen. Offenbar waren die Bewegungsmelder, die sonst zwei starke Strahler anschalteten, ausgefallen. Nachdem Dorothea ausgestiegen war, blieb sie unschlüssig neben dem Wagen stehen und blinzelte in die Dunkelheit. Der Wind fegte schneidend um die Ecken, so daß ihre Augen zu tränen begannen. Zusätzlich behinderte das erneut einsetzende Schneetreiben ihre Sicht. Doch das war es nicht, was sie beunruhigte. Da war ein unbestimmtes Gefühl, daß irgend etwas nicht in Ordnung war. Sie versuchte, sich zu konzentrieren, um herauszufinden, was ihre Aufmerksamkeit auf sich gezogen hatte, konnte aber nichts feststellen. Mittlerweile hatte Georg den Wagen abgeschlossen und war Professor Altmann gefolgt, der schon die kleine Hintertreppe hochgehinkt war. Dorothea stand immer noch da und witterte in die Dunkelheit hinein. Ich muß auf meine Gefühl vertrauen, sagte sie sich immer wieder. Das ist bei diesem abstrusen Fall vielleicht die einzige Hoffnung, die wir haben.

„Georg?" rief sie ihrem Assistenten nach. „Warte mal, irgend etwas stimmt da nicht."

Georg, der während der letzten Jahre gelernt hatte, auf die beinahe schon hellseherischen Fähigkeiten seiner Chefin zu vertrauen, blieb augenblicklich stehen und drehte sich um.

„Was ist?" fragte er.

„Nur so eine Ahnung", antwortete Dorothea und blickte sich unentschlossen um.

Altmann, der keinesfalls vorhatte, sich von Dorothea Faßbinders Vorahnungen aufhalten zu lassen, hatte bereits die Tür geöffnet. Einige Sekunden später sollte er sich vornehmen, in Zukunft dem Beispiel Georgs zu folgen und auf Dorotheas sechsten Sinn zu hören.

Beim Eintreten hatte er automatisch nach dem Lichtschalter gegriffen, und wie durch ein Wunder waren sowohl elektrische Leitungen als auch Lampen im Michaelishaus intakt, und das Licht ging sofort an. Fahles weißes Neonlicht gab der Halle mit den hellgrün gestrichenen Wänden ein ungemütliches Aussehen. Auf ihrer linken Seite führte eine breite Treppe ins Obergeschoß, dahinter war die Tür zum Ägyptologischen Seminar. Rechter Hand befanden sich ein Pförtnerhäuschen und die Toiletten.

Eine der Neonröhren flackerte und ging mit lautem Brummen an und aus. Doch das war es nicht, was Richard Altmann so erschreckt hatte. Mit einem Schlag war ihm klargeworden, was das für seltsame Geräusche waren, die er beim Eintreten gehört hatte. Das Trippeln und Schaben, auch das seltsame Knacken unter den Schuhen war mit Sicherheit keine Einbildung gewesen, hervorgerufen durch diesen schrecklichen Tag und die Dunkelheit.

Im gesamten Treppenhaus wimmelte es von Küchenschaben und Ohrenkneifern. Die Insekten schienen ständig in Bewegung, sie krabbelten auf dem Fußboden hin und her, kletterten über Treppenstufen und Absätze, sich scheinbar sinnlos von einer Ecke der Eingangshalle zur anderen begebend. Sie waren wie riesige Armeen, die sich zu einer schrecklichen Schlacht formierten. Die meisten

Tiere waren sehr groß, einige waren mehrere Zentimeter lang. Ihre Fühler zitterten erwartungsvoll, wenn sie sich aufrichteten, und für Wesen mit so kleinen dürren Beinchen machten sie einen Höllenlärm, während sie über den Boden und die Wände huschten.

Ein schneller Blick nach oben zeigte dem Professor, daß sich seine schlimmsten Alpträume bewahrheitet hatten, denn auch an der Decke krochen die Insekten scharenweise herum. Geschickt hielten sie sich dabei mit ihren dünnen Beinchen an der glatten Decke fest. Er kannte nur noch einen Gedanken, nämlich daß sie bitte dort oben bleiben mögen. Bei der Vorstellung, daß sich die Insekten eventuell auf ihn herunterfallen lassen könnten, wurde ihm angst und bange. Er hatte das ungute Gefühl, umzingelt zu sein, was einen panikartigen Fluchtimpuls in ihm auslöste, den er nur schwer zu unterdrücken vermochte.

Weder Richard Altmann noch die beiden Polizisten, die mittlerweile dicht hinter ihn gedrängt im Türrahmen standen, hätten jemals geglaubt, daß es in Deutschland so große Küchenschaben geben könne, und dann auch noch mit orangefarbenen und beigen Streifen auf den gepanzerten Rücken.

Eine große Anzahl achtbeiniger Wesen, die keiner der drei entsetzten Menschen zuordnen konnte, kroch ebenfalls die Wände auf und ab. Diese hatten runde Körper wie Spinnen, trugen aber ungesund aussehende weißliche Chitinpanzer, die sie als Bewohner lichtloser Höhlen und Spalten kennzeichneten. Niemand wollte sich nähere Gedanken darüber machen, wo diese weißen Spinnen herkamen, noch, was sie hervorgelockt hatte.

Das Krabbeln so vieler kleiner Insektenbeine hatte das seltsame Geräusch hervorgerufen, das Altmann beim Eintreten gehört hatte. Die gesamte Halle war von den knisternden und schleifenden Geräuschen erfüllt, die sich jetzt natürlich noch verstärkten, denn die Tiere flohen glücklicherweise, wie Georg aufatmend feststellte, vor dem Licht. Er selbst stand wie angewurzelt hinter Altmann. Hinter sich hörte er Dorotheas gepressten Atem. Mit aller Macht versuchte auch er, eine aufkommende Panik zu unterdrücken und nicht wie wild schreiend davonzulaufen.

Endlich ebbte das panikartige Rennen ab. Die Halle sah wieder aus wie gewohnt, leer und unbewohnt. Hier und da trippelte noch ein sechsbeiniger Nachzügler über das Linoleum, doch bald hatten alle Schaben und andere Krabbeltiere in irgendwelchen geheimen Ritzen Schutz gefunden. Doch für die drei Menschen blieb das unheimliche Gefühl, nicht allein zu sein. Die unbehagliche Vorstellung, daß sich hinter den Wänden etwas bewegte, ließ sich nicht so leicht verdrängen.

Gerade als Altmann und Georg die ersten vorsichtigen Schritte durch die Halle in Richtung Seminartür wagten, hörten sie hinter sich wieder den Schwarm der fliegenden Insekten heranrauschen. Es war dasselbe an- und abschwellende Geräusch, mit dem sich die Tiere schon einmal angekündigt hatten. Alle drei sprangen ungeachtet der letzten Küchenschaben, die gerade noch dabei waren, sich in alle möglichen Ecken und Winkel zu verdrücken, in die Eingangshalle. Gerade noch rechtzeitig schlug Dorothea krachend die Tür ins Schloß, so daß die Glasscheiben fast gesprungen wären. Hinter ihnen prallten die Insekten mit einem Geräusch, das wie prasselnder Regen klang, gegen Glas und Holz. Die drei hetzten in Richtung Seminartür, als ein schwaches Nachbeben sie förmlich in den Flur des Seminars hineinschleuderte. Auch hier krochen die gleichen Insekten hin und her, doch die schnell angeschalteten Lichter verscheuchten die Tiere in wenigen Minuten. Trotzdem sollte es an diesem Abend niemand mehr wagen, den Kühlschrank zu öffnen.

Die Auswirkungen des Erdbebens hatten auch in den Räumen der Ägyptologie ihre Spuren hinterlassen. Ein ganze Anzahl von Büchern war durch die Erschütterung aus den Regalen und von den Tischen gefallen, auch Stifte, Papierbögen und persönliche Gegenstände lagen auf dem Fußboden. Allerlei bunte Stofftiere waren unter großformatigen Bildbänden begraben. In einem sentimentalen Anfall stellte Dorothea bei einem kurzen Rundgang ein ganzes Rudel von verschiedenen Teddybären, Katzen und Hunden wieder auf die Tische. Wissenschaftler werden wahrscheinlich nie erwachsen, überlegte sie. Ich bin selbst aber auch nicht besser, murmelte sie vor sich hin, als sie einen lilafarbenen Widder mit gelben Hörnern und riesengroßen Glubschaugen unter einem bestimmt hundert Jahre alten Wälzer hervorholte.

Das Durcheinander auf und unter den Arbeitstischen war zwar ziemlich groß, aber im allgemeinen nicht so schlimm, wie sie erwartet hatte. Zum Glück war keines der Bücherregale umgefallen – bis jetzt wenigstens –, dachte Dorothea bei sich und blickte unbehaglich zu einem der vollgeräumten Ungetüme auf. Sie setzte ihren Rundgang fort und inspizierte die Fenster. Auch die Fensterscheiben waren noch an ihrem Platz. Wenn das Glas auch an einigen Stellen gesprungen war, so würde es doch ausreichend Schutz vor den fliegenden Insekten bieten, wovon sich Dorothea zuallererst überzeugt hatte.

Wider Erwarten funktionierte sogar der Kopierer, wie ein grünlich leuchtendes Lämpchen anzeigte. Er stand nur leicht schief auf seinem Tisch, ließ sich aber leicht wieder in seine ursprüngliche Position zurückschieben. Neben dem kleinen Kaffeetisch lagen zerbrochene Becher auf dem Boden. Dorothea kehrte die Scherben mit dem Fuß zusammen und schob sie mit einem leichten Tritt unter einen umgestürzten Stuhl.

Im Sekretariat summte dienstbereit ein Computer vor sich hin. Als sie die Maus bewegte, erschien ein Bildschirmschoner, der ein paar Worte in einer ihr völlig unbekannten Schrift über den Bildschirm laufen ließ. Gleichzeitig fragte der Computer, diesmal lesbar, nach einem Paßwort.

Diese Mischung aus Normalität und Durcheinander gab dem Ort eine merkwürdige Atmosphäre, und Dorothea schien es so, als sei diese Ausdruck für die Ereignisse der letzten Tage. Hier schienen sich alle widersprüchlichen Gefühle, die sie unlängst so unerwartet heimgesucht hatten, und die sie ohne Unterlaß beschäftigen, manifestiert zu haben. Sie hatte sich gefragt, was sie hätte tun können, um die Geschehnisse zu verhindern. Hatte sie versagt, vielleicht nicht alle Möglichkeiten bedacht? Schwer zu beantworten, wenn man die außergewöhnlichen Umstände bedachte. Schließlich war sie niemals darauf vorbereitet gewesen, sich mit Magie und Zauberei zu beschäftigen, geschweige denn gegen einen derart überlegenen Gegner anzutreten.

Sie fühlte sich müde und ausgelaugt, weil sie das Gefühl hatte, anstelle eines Teilnehmers nur ein Beobachter in einem Spiel zu sein, das sie nicht verstand. Fragen nach dem Sinn des ganzen, wie auch die Überlegung, ob sie selbst noch ganz richtig im Kopf war, hatten immer wieder an ihr genagt. Doch sie hatte nicht einmal eine Antwort erhalten, weil die Ereignisse förmlich über ihr zusammengebrochen waren. Sie hatte an so viele Dinge zu glauben gelernt, die sie noch vor einem Monat strikt abgelehnt hätte. Und daß sie nun an der Seite eines unfreundlichen und halb durchgedrehten Professors versuchen sollte, den Untergang der Welt aufzuhalten, hätte sie sich nie träumen lassen. Es erschien ihr viel zu abgefahren, um wirklich wahr zu sein, daß sie diesen Hirngespinsten mehr traute als ihrem gesunden Menschenverstand, anstatt in gewohnter Manier nach Guido Kramer zu fahnden.

Unschlüssig stand sie in dem kleinen hinteren Bibliotheksraum und blätterte in den Seiten eines aufgeklappten Bildbandes über ägyptische Kunst. Aus dem Buch heraus schaute sie die Statue eines alten Ägypters an, streng und weltabgewandt blickte er unter seinem Kopfputz in die Ewigkeit hinein. Hinter seinem Kopf schwebte ein großer Vogel mit ausgebreiteten Schwingen. Für Dorothea, die keine Vögel mochte, eigentlich eine beängstigende Vorstellung, doch war es dem altägyptischen Bildhauer gelungen, in die Darstellung etwas Tröstliches und Beschützendes zu legen, das Dorothea selbst über Jahrtausende hinweg spüren konnte. Verwirrt und erschreckt über die Macht, die diese Kultur noch nach Jahrtausenden auszustrahlen vermochte, schüttelte die Polizistin den Kopf. Dann drehte sie sich abrupt um und ging zurück zu den anderen.

Im Flur war die Kaffeemaschine umgekippt, eine nicht unbeträchtliche Menge Kaffee war über den Kühlschrank hinweg auf den Boden geflossen. Georg versuchte gerade, den gröbsten Schmutz zu beseitigen, um Kaffee kochen zu können. Er wischte halbherzig die heruntergelaufene braune Brühe mit einem Papierhandtuch auf. Insekten klebten darin und warteten zappelnd auf ihr Ende. Bei dem Anblick gab Georg endgültig auf und begnügte sich damit, die Kaffeemaschine in Gang zu setzen, ohne groß sauberzumachen.

Richard Altmann kramte lautstark zwischen Büchern und Papieren in seinem Arbeitszimmer herum. Er räumte schwankend und ungelenk Bücherstapel vom Couchtisch auf die Erde, um einen provisorischen Arbeitsplatz zu schaffen. Dann schaltete er seinen Computer an, der nach einigem Zögern gehorsam mit dem charakteristischen ‚Pling' ansprang. Gegen seine sonstige Gewohnheit ließ er den Computer gleich die gesamte Datei ausdrucken und hoffte dabei, daß der Drucker keine Probleme bereiten würde. Er hielt es für entscheidend, daß die beiden Polizisten wenigstens einen Eindruck von dem Text, der für sie alle eine derartig große Bedrohung darstellte, erhielten. Auch wenn sie vielleicht nicht alles verstehen würden. Aber wer tat das schon?

Er rief nach den beiden anderen: „Wo sind Sie denn? Nun kommen Sie schon. Aufräumen können morgen die Hiwis!"

Noch ehe die beiden sich überhaupt in Gang setzen konnten, erschien er im Türrahmen. „Und wo bleiben eigentlich Philip und Maria?"

Als hätten die beiden anderen die Frage beantworten können! Georg stieg über einen Bücherstapel, dann fragte er: „Nur so nebenbei: hat sich schon mal jemand Gedanken darüber gemacht, wie es eigentlich in unseren Wohnungen aussieht?"

„Ich versuche gerade, nicht daran zu denken", gab Dorothea zurück. „Wenn Professor Altmann recht hat – wovon ich ausgehe –", fügte sie schnell hinzu, „dann sind ein paar heruntergefallene Bilder und kaputte Glasscheiben unsere geringsten Probleme. Aufräumen können wir tatsächlich später."

„Es wird schon nichts sein, was sich nicht wieder beseitigen läßt", sagte Altmann mehr oder weniger desinteressiert. „Doch darf ich Sie jetzt mit unserem Gegner bekannt machen: Voilà, dies ist der Zaubertext!"

Dabei händigte er den beiden einige der gerade ausgedruckten Seiten aus. Dorothea verstand zuerst gar nichts, sie sah nur Vögel, Männchen und seltsame Gegenstände. Erst nach einigem ungeduldigen Kopfschütteln und Aufseufzen verstand sie das Prinzip. Es waren immer abwechselnd eine Zeile Hieroglyphen und eine Zeile deutschsprachiger Text abgedruckt. Diese Sätze schienen die Übersetzung von dem zu sein, was darüber auf Ägyptisch stand.

„Ich gebe Ihnen jetzt eine kurze Zusammenfassung, damit Sie sich eine Vorstellung machen können."

Während Georg und Dorothea nickten und sich ergeben auf das Sofa fallen ließen, setzte sich Altmann verkrampft auf seinen Schreibtischstuhl und begann zu erklären.

Etwa zur selben Zeit, als die drei die Hintertür des Michaelishauses öffneten, bogen Philip und Maria beim Carré-Einkaufszentrum um die Ecke. Sie hatten eine ganze Zeit lang gebraucht, bis sie sich von dem Erdbeben erholt hatten. Beiden war hinterher ganz mulmig gewesen. Neben dem Beben der Erde war es vor allem der Krach gewesen, der ihnen Angst eingejagt hatte. Im Küchenschrank hatte das Geschirr geklappert, Nippesfiguren und Krimskrams waren scheppernd aus den Regalen gefallen. Das seltsame Rascheln, als einige Poster von den Wänden fielen, hatte sie mehr erschreckt als nötig. Ihre Nerven, die vorher schon zum Zerreißen gespannt gewesen waren, ließen sie langsam im Stich. Dazu kam die Nachricht über Richard Altmanns Begegnung mit der Gottheit, die sie in Angst und Schrecken versetzt hatte. Erst langsam gelang es ihnen, sich wieder etwas zu beruhigen. Und erst dann hatten sie sich bereit gefunden, sich auf den Weg zu machen.

Maria hatte vorher wenigstens das heruntergefallene Poster von Brad Pitt aufhängen wollen, während Philip einige der umgekippten Dosen und Becher in der Küche wieder an ihre Plätze gestellt hatte. Ansonsten hatte das Erdbeben in Marias Wohnung keine großen Schäden hinterlassen, so daß die beiden nach einigen halbherzigen Aufräumversuchen, immer noch aufgeregt sowohl über das Erdbeben als auch Altmanns Anruf diskutierend, zum Seminar aufgebrochen waren.

Es war gar nicht so leicht, auf der Straße voranzukommen, nicht nur wegen der Schneemassen und des eiskalten Windes, sondern auch wegen der vielen Trümmerteile, die überall herumlagen. Ganze Berge umgekippter Fahrräder behinderten manchmal das Vorankommen, und in dem Schnee waren die Glassplitter von zerbrochenen Fensterscheiben oftmals gar nicht auszumachen. Beide gingen daher sehr langsam und blickten konzentriert vor sich auf den Boden.

Die Bürgerstraße und der südliche Zugang zur Innenstadt waren komplett gesperrt, so daß sie den Umweg über das Weender Tor in Kauf nehmen mußten, wie ihnen von einem Polizisten mit einem ziemlich unfreundlichen Befehlston mitgeteilt wurde. Auf Philips Bemerkung hin, daß sie dafür halb um die Göttinger Innenstadt herumlaufen müßten, blickte der Polizist nur an Philips bunter Kleidermischung hinunter und fragte mit einem lauernden Unterton in der Stimme: „Haben Sie irgendwelche Probleme mit den Anordnungen der Polizei?"

Obwohl Philip dazu einiges zu sagen gehabt hätte, entschloß er sich, in diesem Fall lieber den Mund zu halten. Eine Auseinandersetzung mit einem entnervten Polizeibeamten, der ihn noch dazu offensichtlich in die Kategorie ‚Krawallmacher' eingeordnet hatte, hatte gerade noch gefehlt. Also schluckte er ein ironisches ‚Jawoll, Sir!' hinunter, drehte sich um und stapfte gehorsam mit Maria an der Hand von dannen.

Je mehr sie in die Nähe der Innenstadt kamen, um so größer waren auch die Zerstörungen, die das Beben verursacht hatte. Maria schätzte sich glücklich, daß ihre Wohnung im Süden der Stadt lag und nicht innerhalb des Walls. Einige kurze Blicke, die sie im Vorbeigehen in die Goetheallee geworfen hatten, zeigten Philip und Maria, daß die Häuser in der Innenstadt weitaus stärker beschädigt worden waren. Auf der Weender Straße waren Löschzüge, die ein Feuer bei McDonalds gelöscht hatten, kreuz und quer geparkt. Zwischen den Häusern stand beißender grauer Rauch.

„Wieso sind nur so viele Menschen unterwegs?" wunderte sich Maria. „Das Wetter ist nicht gerade einladend."

„Nun, ich denke, die meisten sind einfach nur neugierig. Bestimmt wollen einige auch nach ihren Familien oder Freunden sehen", vermutete Philip.

„Oder es sind Schaulustige", mutmaßte Maria mit dem entsprechend angewiderten Tonfall in der Stimme.

Als sie am alten Stadtbad vorbeikamen, blickte Maria beklommen zu dem dunklen Klotz des schon seit Jahren leerstehenden Gebäudes hinüber. Das Dach war teilweise eingestürzt, Stahlpfeiler ragten wie anklagend erhobene Finger in den Himmel. Schon bei Sonnenlicht machte die verlassene Ruine einen düsteren Eindruck, aber jetzt, in der Dunkelheit, ging ungefähr die gleiche unheimliche Bedrohung von den Trümmern aus wie von Schloß Dracula.

Im Inneren des Gebäudes war ein Feuer ausgebrochen, dessen flackernder Schein von Zeit zu Zeit Teile der zerstörten Schwimmhalle erhellte. Maria stutzte. War dort jemand in dem Gebäude? Für einen Moment glaubte sie, einen Schatten gesehen zu haben, der sich dunkel vor dem Feuerschein abzeichnete. Wie eine große und bedrohliche Gestalt, die vor den tanzenden Flammen aufgetaucht und wieder verschwunden war. Vielleicht war es aber auch nur eine Illusion, dachte sie bei sich, hervorgerufen durch das Feuer. Zögerlich ging sie weiter. Nur Sekunden später nahm sie aus dem Augenwinkel heraus wieder eine Bewegung war. Nein, ganz sicher lief dort jemand ungerührt von den drohenden Flammen durch das Gebäude. Ein riesiger Mann, der sich langsam und fast elegant vorwärts bewegte. Für einen Moment konnte sie seine Silhouette deutlich erkennen, bevor sie hinter einer Mauer verschwunden war.

„Da ist jemand im Schwimmbad!" Unwillkürlich flüsterte Maria.

„Was ist da?" fragte Philip zurück.

„Pscht, nicht so laut", wies sie ihn an. „Dahinten geht jemand." Sie deutete mit ihrer behandschuhten Hand in Richtung Schwimmhalle.

Philip konnte niemanden erkennen. „Vielleicht ein Plünderer", vermutete er. „Es laufen tatsächlich eine Menge seltsamer Leute heute nacht draußen rum."

„So sah er nicht aus. Er wirkte irgendwie …", sie überlegte, „irgendwie bedrohlich, nicht normal. Ich weiß nicht, wie ich das Gefühl beschreiben soll, als ich ihn sah. Und bitte", fügte sie mit flehender Stimme hinzu, „sei leise. Ich möchte wirklich nicht, daß er auf uns aufmerksam wird."

Philip blickte überrascht und besorgt zugleich. „Du wirst mir doch nicht paranoid werden?" Er legte einen Arm um sie und lächelte ihr aufmunternd – wie er hoffte – zu. „Laß uns weitergehen, wir sind fast da."

Sie nickte zwar zustimmend, blieb aber trotzdem beharrlich stehen und starrte hinüber zum Schwimmbad.

„Mir lief es eiskalt über den Rücken bei seinem Anblick", erklärte sie schaudernd.

„Das kommt vom Wetter. Es ist eiskalt", stellte Philip lakonisch fest. Er ergriff ihre Hand und wollte gerade versuchen, sie fortzuziehen, als ein erstickter Schrei irgendwo aus dem Gebäude drang. Die beiden erstarrten. Philip faßte sich als erster wieder und setzte sich in Richtung der ehemaligen Schwimmhalle in Bewegung, doch Maria klammerte sich angsterfüllt an seinen Arm.

„Geh nicht!" flüsterte sie entsetzt. „Das ist viel zu gefährlich!"

„Vielleicht braucht da jemand Hilfe. Wir können nicht einfach weitergehen." Philip machte sich ungeduldig von ihr los. Er kletterte über einen umgefallenen Bauzaun und war schon auf einer kleinen Treppe angelangt, als Maria ihn einholte.

„Laß uns gehen. Wenn es das Monster ist, möchte ich ihm wahrlich nicht begegnen."

„Wenn es da drinnen ist, können wir das Opfer vielleicht retten." Entschlossen schlitterte Philip weiter über die verschneite Betonruine.

„Wenn es wirklich das Monster ist, dann ist der arme Kerl längst tot", erklärte Maria kalt, „Und wir sind es auch, wenn wir dem Mörder in die Quere kommen."

„Es ist unterlassene Hilfeleistung", versuchte es Philip wieder.

„Deine Argumente werden immer schwächer", gab Maria aggressiv zurück. Sie erschrak über sich selbst, doch sie konnte das Gefühl, daß sie beide in größter Gefahr schwebten, einfach nicht loswerden oder gar ignorieren. Im Gegenteil, je näher sie der Schwimmhalle kamen, um so deutlicher verstärkte sich ihre Angst, die schon von dem ersten Anblick der schwarzen Gestalt ausgelöst worden war. Doch jetzt war es zu spät. Sie hatten bereits die großen Panoramafenster erreicht, die natürlich schon lange keine Glasscheiben mehr hatten. Von hier konnten sie die gesamte Schwimmhalle überblicken. Im Hintergrund, wo früher die Umkleidekabinen und Duschen gewesen waren, hatte sich ein Feuer ausgebreitet, das von dem dort gelagerten Sperrmüll und Altpapier genährt wurde. Die Flammen tauchten die Halle in ein flackerndes Licht, das auf den türkisblauen Fliesen gespenstisch schimmerte. Das Feuer spendete auch gerade genug Helligkeit, daß sie den Mörder und sein Opfer, die sich beide schräg unter ihnen im tiefen Teil des Schwimmbeckens befanden, gut erkennen konnten.

Etwa zum gleichen Zeitpunkt, an dem sich Richard Altmann vorgenommen hatte, in Zukunft auf die Eingebungen von Dorothea Faßbinder zu hören, faßte auch Philip den Entschluß, von jetzt an Marias Ahnungen zu vertrauen.

Beide waren sie unwillkürlich hinter einer Verstrebung in die Hocke gegangen, von wo aus sie vorsichtig hinunterspähten. Es handelte sich um die Gottheit, daran konnte es keinen Zweifel geben. Die massige Gestalt mit den eckigen Ohren war unverkennbar. Ihre gepanzerte Haut glänzte im Feuerschein. Sie bewegte sich majestätisch, fast gleichgültig durch die Trümmer, nur die ungeduldigen Bewegungen ihres gegabelten Schwanzes ließen ihre Anspannung erraten.

Angstzitternd beobachteten Philip und Maria die hochaufgerichtete Gestalt, die ihr lebloses Opfer an einem Arm gepackt hielt und hinter sich herschleifte. Der Körper der Mannes schlitterte durch schmutziges Schmelzwasser, das sich im unteren Teil des Beckens angesammelt hatte. Sein linkes Bein war offenbar gebrochen, denn es stand in einem seltsamen Winkel vom Körper ab. Ein wuchtiger Faustschlag hatte die Nase des Opfer zerschmettert, dieser Teil seines Gesichtes war nur noch eine breiige blutige Masse. Das ehemals weiße Hemd des Mannes, der aussah, als sei er auf dem Weg vom Büro nach Hause von seinem Mörder überrascht worden, war blutgetränkt.

Die Gottheit zerrte ihr Opfer weiter durch das Becken, in dem sich neben dem Dreckwasser auch gewaltige Mengen von Müll angesammelt hatten. Hier und da schepperten Getränkedosen oder kollerten Plastikbecher über den Unrat. Die Gliedmaßen des Opfers verhakten sich ständig zwischen Mülltüten und zerbrochenen Möbelstücken. Doch die Gottheit zerrte den Mann unerbittlich weiter. Dieser war schon halb bedeckt mit zerfetzten Zeitungen und den Werbeprospekten schon lange nicht mehr existierender Pizzabringdienste, als sich sein rechter Fuß in der Lehne eines kaputten Bürostuhls verfing, und das unbarmherzige Ziehen und Zerren der Gottheit den Mann noch einmal zu sich kommen ließ. Verzweifelt versuchte dieser, sich zu wehren. Seine Hände suchten krampfhaft zuckend nach Halt, vielleicht auch nach etwas, was er als Waffe benutzen konnte. Doch er bekam nur verfaulten Müll und matschig gewordene Zeitungen zu fassen. Während seines verzweifelten Kampfes drehte er den Kopf hin und her, und plötzlich fiel sein Blick auf Maria und Philip, die von oben auf ihn herabstarrten. Seine Augen weiteten sich hoffnungsvoll, er streckte ihnen flehentlich eine Hand entgegen und öffnete dabei den Mund zu einem Hilferuf.

Sein Schrei ging jedoch in dem Lärm, der von einem Nachbeben verursacht wurde, unter. Ganze Berge von Schrott und Müll, Altpapier und Tüten mit undefinierbarem Inhalt kamen ins Rutschen. Brackwasser floß über das Gesicht des Mannes und brachte ihn zum Verstummen. Philip und Maria hörten ihn husten, als er wieder aus dem Wasser auftauchte. Bis zu diesem Moment hatten beide wie erstarrt auf die grausige Szene geblickt, doch jetzt setzte sich Philip in Bewegung.

„Wo willst du hin? Bist du verrückt geworden?" Maria riß Philip, der schon halb aufgestanden war, wieder zurück hinter die schützende Verstrebung.

„Wir müssen dem Mann helfen, vielleicht können wir dieses Monster irgendwie ablenken."

Er war aufgestanden und griff nach einem Stein, der im Schnee lag. Philip wollte ihn gerade hinunterwerfen, um die Aufmerksamkeit des Mörders von seinem Opfer abzulenken, als dieser den Mann mit einer schnellen Bewegung hochzerrte – der Stuhl hing noch immer schaukelnd an seinem rechten Bein – und ihm förmlich den Hals umdrehte. Das Krachen der Halswirbelsäule hallte schaurig von den Wänden wieder.

Maria und Philip starrten weiterhin wie betäubt hinunter in das Schwimmbecken, wo die Gottheit den toten Körper und die inneren Organe des Mannes irgendeinem geheimen Muster folgend im Wasser arrangierte. Endlich löste sich Philip aus seiner Starre. Vorsichtig erhob er sich und trat mit Maria an der Hand den Rückzug an. Als sie die Straße erreichten, sah er, daß ihr Gesicht tränenverschmiert war. Sie schluchzte und schniefte. Er zog sie in den Schutz einer Häuserwand.

„Wenn wir schneller gewesen wären, hätten wir ihn vielleicht retten können." Die Angst und das schlechte Gewissen standen in ihren Augen.

Philip schüttelte den Kopf. „Nein, du hast recht gehabt. Wir konnten nichts mehr machen. Dieses Monster hätte uns auch umgebracht."

Er versuchte, seinen Arm um sie zu legen, doch sie entwand sich ihm mit einer hilflosen Bewegung. Philip beugte sich hinab zu ihr und versuchte sie zu beruhigen: „Hey, du hast mir das Leben gerettet, als du mich daran gehindert hast, einfach loszurennen. Du hast dein Gehirn benutzt, im Gegensatz zu mir. Vielen Dank!"

Maria gab keine Antwort. Er nahm an, daß sie unter Schock stand, denn sie schniefte und zitterte unkontrolliert vor sich hin. Tränen rannen über ihr Gesicht. Philip kramte in seiner Manteltasche und brachte ein zerknittertes Papiertaschentuch zum Vorschein. Während er versuchte, ihr Gesicht zu trocknen, murmelte er:

„Ich frage mich, wie Altmann es wohl geschafft hat, diesem Koloß zu entkommen?"

Als Antwort kam von Maria nur ein gehetztes: „Wir müssen hier weg!"

Dann ließ sie ihn einfach stehen und rannte in panischer Angst zum Michaelishaus, ungeachtet des rutschigen Schnees und der Trümmerteile. Philip sprintete hinterher. Nach einigen Metern hatte er sie eingeholt. Er konnte sie jedoch nicht dazu bringen, langsam zu gehen. Sie schüttelte nur immer wieder den Kopf und rannte dann weiter.

Unwillkürlich hatte sie den Weg über die Prinzenstraße zum Haupteingang des Michaelishauses eingeschlagen, was ein Glück war, denn Philip konnte im Vorbeirennen einen Blick auf die dunkle Wolke fliegender Insekten erhaschen, die vom Hinterhof aus in Richtung Leinekanal davonschwebte.

Er fragte sich, was das für eine wabernde Masse war, die sich so schnell durch die Luft bewegte, gestand sich aber augenblicklich ein, daß er es lieber gar nicht wissen wollte. Er zog es vor, hinter Maria herzurennen, um die vermeintliche Sicherheit des Michaelishauses zu erreichen.

Das Untergeschoß des Gebäudes war hell erleuchtet. Das Licht zeichnete freundliche und einladende helle Quadrate auf den Schnee vor dem Haus. Erleichtert atmeten Maria und Philip auf. Sie rannten die Stufen der Eingangstreppe hoch und ließen sich polternd gegen die Tür fallen. Maria fand ihr Schlüsselbund als erste. Während sie die Tür aufschloß, sagte sie entschuldigend zu Philip:

„Tut mir leid, aber ich hätte keine Sekunde mehr dort bleiben können. Ich mußte einfach weg."

„Ging mir genauso."

Als sie die schwere Eingangstür hinter sich wieder abschlossen, wurde die Seminartür geöffnet, und Dorothea Faßbinder erschien im Eingang.

„Da sind sie ja endlich", sagte sie wenig freundlich. Sie sah müde und genervt aus. Als die beiden näher kamen, weiteten sich jedoch ihre Augen erschrocken.

„Was ist passiert?" fragte sie und blickte von einem zum anderen.

„Er hat wieder zugeschlagen", brachte Maria unter Schluchzen heraus.

Während Philip und Maria abwechselnd von ihrer Begegnung mit der Gottheit berichteten, informierte Georg seine Kollegen über den weiteren Mord. Dorothea hörte aufmerksam zu, doch die meisten Einzelheiten über das Aussehen des Gottes, seine Größe und enormen Körperkräfte hatte sie natürlich schon von Richard Altmann erfahren.

Langsam beruhigte sich auch Maria wieder und hörte, nachdem sie zwei Becher Tee getrunken hatte, auch auf zu weinen. Obwohl sie wußte, daß sie nichts dafür konnte, wünschte sie sich, sie wäre weniger schockiert gewesen und hätte sich nicht so gehen lassen. Sie haßte es, wenn andere sie für schwach hielten oder sie sogar weinen sahen. Am peinlichsten war es ihr aber dann, wenn sich alle äußerst freundlich und beruhigend um sie bemühten. So gab sie sich alle Mühe, den Weinkrampf unter Kontrolle zu bringen, ohne vorher noch jemanden anzuschnauzen.

Georg, der auf einem Stuhl hockte und einen Kaffeebecher in den Händen drehte, sagte jetzt zu Philip:

„Welch ein Glück für Sie, daß Sie zu spät gekommen sind, und daher nicht auf den Gedanken gekommen sind, den Helden zu spielen. Dieses Wesen hätte Sie getötet oder zumindest genauso schwer verletzt wie Ihren Chef."

„Und der hat noch Glück gehabt mit seiner gebrochenen Hand und der angeknacksten Rippe. Ansonsten hat er nur Prellungen und Kratzer davongetragen. Ein wahres Wunder", warf Dorothea ein.

„Lebendig sind wir auch mehr von Nutzen für die Polizei, nicht wahr?"

Richard Altmann stand in der Tür, einen Bücherstapel unter den rechten Arm geklemmt. Offenbar hatte er schon eine geraume Weile dort gestanden und zugehört.

Er wandte sich an Philip und Maria: „Herr Roeder hat übrigens recht, Sie hätten nicht mehr viel tun können. Sie wären auch getötet worden, und mein werter Kollege wäre jetzt einen Schritt weiter."

Altmann ließ die Bücher, die er unter dem Arm getragen hatte, umständlich auf seinen Schreibtisch gleiten. Dann setzte er sich vorsichtig auf seinen Schreibtischstuhl. Er bemühte sich nach Kräften, Marias aufgelösten Zustand zu übersehen – offenbar seine Art von Höflichkeit, mit der Situation fertig zu werden. Philip fragte sich, ob er dies aus Unsicherheit tat, weil er nicht wußte, wie er reagieren sollte. Schließlich konnte er seine Studentin nicht einfach in den Arm nehmen. Aber er hätte vielleicht etwas Freundliches sagen können, überlegte Philip, doch Maria schien dies nichts auszumachen. Im Gegenteil, sie beruhigte sich ziemlich schnell und brachte sogar ein unsicheres Lächeln zustande. Trotzdem wollte Philip diese Mißachtung von Marias Gefühlen, und auch seiner eigenen, denn er selbst war auch ziemlich aufgewühlt, nicht einfach hinnehmen. Er deutete vage auf Altmanns verbundene linke Hand und fragte:

„Wie geht es Ihnen denn?"

Altmann winkte ab: „Ich fühle mich scheußlich, aber bitte erinnern Sie mich nicht auch noch daran."

Diese Antwort machte Philip klar, daß Altmann seine Schmerzen, aber auch Gefühle wie Angst und Wut einfach verdrängte, um effektiver arbeiten zu können. Er nahm wohl an, daß dies auch für Maria und Philip gelte, und hatte deshalb kein tröstendes Wort für die beiden übrig gehabt. Philip erkannte frustriert, daß dies mal wieder typisch für Altmann war, und daß er es sich auch hätte denken können.

Philips Ahnung wurde Sekunden später bestätigt, als der Professor Maria einen verstohlenen Blick zuwarf, sich sein Blick aber mit dem Philips kreuzte. Altmann beugte sich sofort wieder kurzsichtig über seine Bücher, aber Philip hatte trotzdem befriedigt einen ziemlich besorgten Ausdruck über Altmanns Gesicht gleiten sehen.

Hoffentlich macht er sich wenigstens Vorwürfe, daß er uns da mit hineingezogen hat, dachte Philip giftig bei sich. Dann erschrak er über sich selbst. Natürlich hatte Altmann ein schlechtes Gewissen wegen der Morde, mehr als das, denn er gab sich bestimmt auch die Schuld für Christophs Tod. Wahrscheinlich hatte er zumindest eine Mitschuld, das war wohl nicht von der Hand zu weisen. Wenn er schneller reagiert hätte, hätte er Kramer vielleicht noch rechtzeitig aufhalten können, überlegte Philip beklommen. Er fragte sich, ob die Polizei vorhatte, Altmann am Ende sogar noch zu verhaften, wegen Mitwisserschaft oder unterlassener Hilfeleistung oder was auch immer. Mit einem Mal verstand Philip das seltsame Gebaren seines Professors, und er bekam eine Gänsehaut. Er nahm sich vor, in Zukunft gelassener und verständnisvoller auf Altmann zu reagieren, auch wenn dieser es ihm ganz sicher nicht leicht machen würde. Deshalb stand er auf und trat an seinen Schreibtisch

„Was kann ich tun?" fragte er.

„Bücher", sagte Altmann kurz. „Textausgaben von Unterweltsbüchern, Amduat, Pfortenbuch und so weiter. Sonnenlitanei und Mundöffnungsritual. Sie wissen schon, die ganze Palette."

„Ja, einmal Königsgrab rauf und runter", antwortete Philip, froh, endlich etwas tun zu können. „Kommt sofort!" Damit verschwand er in der Bibliothek.

„Wo sind Sie eigentlich eben gewesen?" fragte Dorothea. Sie hatte die ganze Zeit verwirrt auf den Computerausdruck gestarrt, den Altmann ihr gegeben hatte. Obwohl sie es wirklich versucht hatte, hatte sie kein Wort verstanden. Die Übersetzung war unendlich kompliziert, zudem in reichlich seltsamem Deutsch abgefaßt. Einige Wörter, wie zum Beispiel ‚Ba' und ‚Ka' oder ‚Gliedervergottung', hatte sie überhaupt noch nie gehört. Mit den ebenso unvertrauten Begriffen ‚Erscheinungsform' und ‚Regeneration' dagegen hatte Philip sie immerhin schon am vorherigen Tag bombardiert. Als sie bei dem Wort ‚Verklärung' angekommen war, hatte sie ganz einfach aufgegeben.

„Ich habe Kramers Zimmer durchsucht", berichtete Altmann. „Unter diesen Umständen hielt ich es durchaus für erlaubt. Noch vor ein paar Wochen hätte ich alleine die Idee daran als verwerflich abgetan."

„Er kann ja herkommen und sich beschweren!" Im ersten Moment erschrak Maria über ihren sarkastischen Tonfall, doch ihr Professor schien die Ironie überhört zu haben.

„Das hat er leider nicht mehr nötig", antwortete Altmann bedauernd und deutete auf einige zerknitterte Hefte. „Wenn ich seine Aufzeichnungen richtig verstehe, dann braucht man den Originaltext, um die Gottheit beschwören zu können. Kramer muß den Papyrus irgendwie aus dem Britischen Museum entwendet haben. Danach rezitiert er ganz einfach den Text, der Gott erscheint in der Nähe des Papyrus und beginnt mit seinem Zerstörungswerk. Das bedeutet allerdings auch, daß der Papyrus hier in Göttingen sein muß."

„Würde es ausreichen, den Papyrus zu zerstören?" fragte Georg hoffnungsvoll.

„Vielleicht. Aber was ist, wenn sie Kramer nicht rechtzeitig finden, oder er den Papyrus irgendwo versteckt hat? Wie wollen Sie ihn dazu bringen, das Versteck zu verraten, ehe es zu spät ist? Oder haben Sie eine mittelalterliche Streckbank in ihrem Büro? Meiner Meinung nach gibt es nur noch eine Möglichkeit. Wir müssen ihn mit seinen eigenen Waffen schlagen."

„Wenn unsere Theorie von der Nachtfahrt und den zwölf Stunden richtig ist, braucht er nur noch zwei Morde, um sein Ziel zu erreichen", ließ Maria sich vernehmen. „Wie immer dieses Ziel aussehen mag. Niemand hat eine Vorstellung, was passieren wird."

„Totenbuch 175. Haben sie wirklich nicht daran gedacht?" fragte Altmann.

„Sicherlich, aber es schien uns zu …" Maria zögerte, während sie nach einem passenden Wort suchte. Sie fand keines. „Irgendwie zu abgedreht."

„Das war auch mein Fehler", gab ihr Professor zu. „Weil ich einfach nicht daran glauben wollte, sind Menschen gestorben. Und jetzt läuft uns die Zeit gewaltig davon. Mehr denn je."

„Was zum Teufel ist Totenbuch 175?" fragte Georg gereizt. Die ganze Aktion kam ihm überflüssig vor. Er hatte das Gefühl, wertvolle Zeit zu verlieren, während er hier saß und sich dieses Terra-X-Geschwätz anhörte, das ihn gewaltig nervte. Eigentlich war er nur mitgekommen, um Dorothea einen Gefallen zu tun. Er spürte Zorn und Trotz in sich aufsteigen

„Ich aber werde alles, was ich geschaffen habe, zerstören.'", zitierte Altmann den Spruch Nummer 175 aus dem Totenbuch. „Diese Welt wird wieder in das Urgewässer zurückkehren, in die Urflut, wie bei ihrem Anbeginn.'"

Er beugte sich vor. „Es geht um das Ende der Welt, Herr Roeder. Kramer versucht, die Welt zu zerstören. Die Morde der Gottheit sind nur Teil des notwendigen Rituals. Wenn sie dieses Morden vollendet hat, wird das Gefüge der Welt auseinanderbrechen. Es wird sein wie vor der Schöpfung."

„Das gibt es doch gar nicht", begehrte Georg auf.

„Oh doch, es hat ja schon angefangen", gab Altmann zurück. „Das Wetter spielt verrückt. Dann das Auftauchen der Insekten, obwohl nicht die Jahreszeit dafür ist. In Göttingen gibt es sonst auch keine Erdbeben. Die Welt steht Kopf, oder besser: ‚die Erde dreht sich wie eine Töpferscheibe', wie die Ägypter es ausgedrückt haben."

„Aber wenn die Welt untergeht, dann stirbt Kramer doch auch!" Georg fühlte sich hilflos. „Das paßt doch nicht zusammen."

„Der Kenntnis von Dingen, dem Wissen, wird in Ägypten eine besondere Kraft beigemessen. In der Spätantike hat man das Gnosis genannt. Wer es besitzt, dem wird ewiges Leben zuteil. Darauf scheint Kramer laut seinen Aufzeichnungen zu spekulieren."

„Vielleicht ist es ihm auch einfach egal", brummelte Dorothea, die langsam ungeduldig wurde. „Was genau haben wir eigentlich vor?"

„Wir suchen eine Möglichkeit, die Beschwörungsformeln des Zauberpapyrus zu durchkreuzen, indem wir ...", Altmann hob die Stimme, um Georgs Frage im Keim zu ersticken. „Indem wir uns anderer ägyptischer Texte bedienen. Das Prinzip, nach dem wir vorgehen, heißt Dualität. Demnach ist in Ägypten nur dann etwas vollständig, wenn zwei sich ergänzende Dinge zusammenkommen. Kein Sonnenaufgang ohne Sonnenuntergang, kein ewiges Leben ohne Tod, das Böse existiert, damit das Gute es besiegen kann. Kramer hat Untergang, Tod, das Böse heraufbeschworen. Wir werden uns um das Leben bemühen."

„Sie meinen, mit den richtigen Texten können wir dem Tun der Gottheit entgegenwirken?" fragte Dorothea. „Müssen wir sie dann nur noch aufsagen, oder was?"

„So ähnlich, das Problem ist nur, die richtigen Textstellen zu finden. Es muß exakte Gegenstücke in den uns bekannten Texten geben, mit denen man jede Aussage aus dem Zauberpapyrus förmlich umkehren kann. Sozusagen das Positiv zum Negativ."

„Eine bescheidene Frage", ließ sich Georg mit nörgelnder Stimme vernehmen. „Wie viele Texte gibt es denn, die Sie durchlesen müssen. Die Ägypter haben doch wohl mehr als nur ein paar Papyri vollgekritzelt."

Maria entwickelte langsam Verständnis für ihren Professor, der die beiden Polizisten immer leicht herablassend behandelte. Das offensichtlich zur Schau getragene Unverständnis und Desinteresse von Georg Roeder ging ihr auch auf die Nerven. Selbst ein Ignorant wie dieser hätte sich denken können, daß Altmann auf so eine Ungehörigkeit wie die ‚vollgekritzelten Papyri' ziemlich ungehalten reagieren mußte. So hörte sie denn auch mit diebischer Freude, wie Altmann in einem Tonfall, den er für nervende Nebenfächler und Martina Meyer reserviert hatte, antwortete:

„Wir können die Texte natürlich eingrenzen. Wir beschränken uns hierbei auf Kosmologien. Das sind Texte, die uns über den Aufbau und den Fortbestand der Welt unterrichten. Dazu Unterweltsbücher, das Totenbuch und noch einige andere. Und es gibt da noch einige Hilfsmittel wie Wörterbücher mit Belegstellen zum Beispiel. Wir kennen uns mit unseren Papyri aus."

Georg verstummte. Grinsend über seinen rhetorischen Sieg wandte Richard Altmann sich wieder seiner Arbeit zu. Dorothea Faßbinder warf ihrem Assistenten einen giftigen Blick zu, dann wandte sie sich hilfesuchend an Maria. Dorotheas Augen flehten förmlich um Beistand, so daß Maria sich ein Herz faßte. Sie beugte sich über den Computerausdruck und tippte mit einem spitzen Finger auf ein Zitat.

„Wir nehmen eine Textstelle aus dem Zauberpapyrus, versuchen, die Bedeutung zu erfassen, und suchen dann das Pendant in den anderen Texten. Hier steht zum Beispiel, daß das Auge des Gottes Horus von Seth zerstört wurde. Das ist ein Synonym für das Ende der Welt. Wir wissen aber, daß in der Mythologie der Gott Thot das Auge wieder heilt, die Weltordnung damit neu erschafft. Er kehrt Böses in Gutes, Zerstörung wird durch Schöpfung ersetzt. Wir suchen dann die entsprechende Textstelle, in der Thot den Finger des Seth, mit dem er das Auge ausgestochen hatte, wieder aus dem Auge des Horus herauszieht. So etwas steht zum Beispiel an der Wand des Osiristempels in Abydos. Wenn wir alle Stellen zusammengefügt haben, haben wir einen Text, der gegengleich zu dem von Professor Kramer ist. So bekommen wir unseren eigenen Zaubertext."

Zum ersten Mal schien Dorothea etwas begriffen zu haben, ein Anflug von Verstehen lag auf ihrem Gesicht. Sie fragte:

„Woher kennen Sie die entsprechenden Textstellen?"

„Es ist unser Beruf, verdammt noch mal!"

Maria hatte Altmann noch nie fluchen hören. Sie war überrascht und belustigt zugleich.

„Wir müssen einfach unserem Wissen vertrauen", erklärte sie der verdutzten Beamtin, um das peinliche Schweigen, das sich nach Altmanns Ausbruch über den Raum gesenkt hatte, zu unterbrechen. „Das Wort ist mächtig in Ägypten, es kann viel bewirken. Diese Texte, die wir benutzen, wurden geschrieben, um auf magische Weise den Fortbestand der Welt zu garantieren. Sie sind eine Art von positiven Zaubertexten, auf den Erhalt der Welt angelegt, nicht auf deren Zerstörung. Sie verfolgen alle dasselbe Ziel, nämlich die Schöpfung am Leben zu erhalten, nur zu diesem Zweck wurden sie geschaffen. Das werden wir uns zunutze machen."

Maria nahm Dorothea das Blatt aus der Hand und begann, die Übersetzung zu studieren. Sie hoffte, daß sie schnell genug waren, um den doch relativ langen Text durcharbeiten zu können. Immerhin waren sie zu dritt. Sie war froh, daß Philip hier war, und sie sich nicht alleine den Launen des Hexenmeisters – sie hoffte, daß er nie von diesem Spitznamen erfahren würde – stellen mußte. Ohne Philip hätte sie sich einsam und unendlich hilflos gefühlt. Der Vorstellung, daß er am heutigen Abend beinahe der Gottheit in die Arme gelaufen wäre, machte ihr panische Angst. Zum ersten Mal während der turbulenten letzten Tage gestand sie sich ein, wie sehr sie sich in Philip verliebt hatte. Der Gedanke, ihn zu verlieren, versetzte sie in Angst und Schrecken. Doch sie mußte sich zusammenreißen, sonst waren sie bald alle verloren. Sie zwang sich, ihre Gedanken wieder dem Text zuzuwenden.

Georg Roeder allerdings schien seine Lektion immer noch nicht gelernt zu haben. „Und was machen wir mit dem Killer? Wie halten wir diese Monstrosität auf?"

Er hat es sich wohl zur Aufgabe gemacht, alle bis aufs Messer zu reizen, dachte Maria, und beschloß, lieber gar nicht zu antworten. Keiner der Anwesenden sagte ein Wort, so daß Georg beleidigt auf seinem Stuhl herumrutschte.

Philip, der die ganze Zeit zwischen Bücherregalen, Schreibtischen und dem Direktorzimmer hin und hergelaufen war, um Altmanns Bücherwünsche zu erfüllen, kam gerade herein und stellte sich achselzuckend mitten in den Raum.

„Ich kann Piankoff, Livre des Quererts nicht finden", verkündete er. „Das Buch ist nicht im Regal und auf keinem Schreibtisch."

„Ich glaube, Herr Edelmann hat eine Kopie. Sie müßte im Bücherschrank hinter seinem Schreibtisch stehen", gab Altmann zur Auskunft und stellte damit wieder einmal seine beeindruckenden Kenntnisse, die er über alles, was in seinem Institut geschah, zu haben schien, unter Beweis.

„Der Schrank ist abgeschlossen."

Altmann sah mit einem verschwollenen und einem weit geöffneten Auge unschuldig zu ihm auf. „Brechen Sie den Schrank auf. Kann ja beim Erdbeben passiert sein."

Auf Philips Gesicht erschien ein teuflisches Grinsen. Maria wußte, daß es ihm diebische Freude machen mußte, mit Erlaubnis von ganz oben in Edelmanns Privatsphäre einzudringen. Die beiden führten manchmal einen regelrechten Privatkrieg, der wohl auch Richard Altmann nicht entgangen war. Maria erinnerte sich nur zu gut an den Tag, an dem Edelmann sich mit Philip über die Kunst der Amarnazeit gestritten hatte. Maria und alle, die dabei gewesen waren, hatten insgeheim Philips Ansichten zugestimmt, doch keiner hatte es gewagt, für ihn Partei zu ergreifen. Am Ende hatte der Herr Assistent Philip mit der Bemerkung abgekanzelt, er solle erstmal richtig seinen Gombrich lesen. Gombrichs Kunstgeschichte gehörte aber zu den auserkorenen Lieblingsbüchern von Philip, der sich maßlos und vielleicht auch über Gebühr über die Überheblichkeit und Ungerechtigkeit des Assistenten geärgert hatte. Edelmann hatte geglaubt, den Disput gewonnen zu haben, doch Philips Rache war furchtbar gewesen. Jeder wußte, daß Edelmann vorzugsweise Samstag vormittags arbeitet, ‚weil dann keine lauten Studenten im Seminar sind', wie er sich auszudrücken beliebte. So war Philip auf die Idee verfallen, einer peruanischen Musikgruppe dafür Geld zu geben, daß sie direkt vor Edelmanns Fenster in ihre Panflöten blies. Der Herr Assistent war unter dem schallenden Gelächter aller Anwesenden laut schimpfend aus dem Michaelishaus geflüchtet. Die Erinnerung brachte heute noch, ein halbes Jahr später, Maria zum Lachen, das sie sich nicht mehr verkneifen konnte, als aus dem hinteren Teil des Seminar ein lautes Krachen verkündete, daß Philip nur zu gerne dem Befehl seines Chefs nachgekommen war.

Eine Minute später kam er, triumphierend zwei Bände schwenkend, in das Direktorzimmer zurück. Altmanns wissendes Grinsen ignorierend, verkündete er:

„Das ging ganz leicht!"

„Es wird ihnen hoffentlich ebenso leichtfallen, unsere beiden Gäste jetzt über einige weitere Hintergründe aufzuklären. Geben sie ihnen Informationen über den Sonnenlauf, Unterweltsbücher, Osirismythos und so weiter. Erklären sie, daß auch der Gott Seth in die Idee von der Dualität eingebunden ist. Daß er zwei Seiten hat: eine, die die Welt gefährdet, eine die sie schützt. Es ist der schützende Aspekt des Seth, den wir hier brauchen."

Mit einem Ruck wandte sich Altmann Georg zu. „Es handelt sich übrigens um eine Gottheit, kein Monster. Sie dürfen daher schon ein bißchen mehr Respekt zeigen."

‚Treffer, versenkt!' amüsierte sich Maria innerlich, bevor sie sich wieder einer neuen Textstelle zuwandte. Während Philip mit leiser Stimme den beiden Beamten die Geschichte von Isis und Osiris und dem Kampf ihres Sohnes Horus gegen den Gott Seth erzählte, versuchte sie, Einblick in den Text zu bekommen.

Philip schloß sich ihrem Textstudium so gegen halb zehn an, nachdem die beiden Polizisten die Geduld verloren und nach Hause gegangen waren. Sie konnten tatsächlich nicht viel mehr tun, als abzuwarten, bis Richard Altmann aus den Einzelteilen einen Text zusammengestellt hatte. Am späten Abend hatte der Professor zugeben müssen, daß er die benötigte Zeit gehörig unterschätzt hatte. Daher hatten sie beschlossen, sich am nächsten Morgen um acht Uhr wieder mit den beiden Polizisten im Seminar zu treffen.

Georg war laut gähnend hinausgeschlürft, wohl wissend, daß die anderen eine lange Nacht vor sich hatten, eventuell sogar durcharbeiten müßten. Er ließ immer mehr erkennen, daß er nicht an die Erklärungen des Professors glaubte. Dorothea Faßbinder teilte seine Mißbilligung glücklicherweise nicht. Sie hatte sich sogar mit ihm gestritten, weil er diese so offen gezeigt hatte. Die Sticheleien der beiden machten die anderen nervös, so daß Philip, nachdem er ein zustimmendes Nicken von Altmann erhalten hatte, den Vorschlag gemacht hatte, sich am nächsten Morgen wiederzutreffen.

Dorothea Faßbinder hatte dankbar zugestimmt. Sie sah müde und besorgt aus, denn sie nahm richtig an, daß Kramer die Gottheit schon bald wieder auf die Suche nach einem neuen Opfer ausschicken würde. Sie wußte auch, daß sie es mit konventionellen Mitteln nicht würde verhindern können, sondern daß im Moment diese drei Ägyptologen ihre einzige Chance waren, den Mörder rechtzeitig aufzuhalten.

Beim Hinausgehen hatte sie Maria und Philip nur kurz zugenickt und schrecklich resigniert ausgesehen. Die Polizistin tat Maria leid, denn sie kämpfte gegen etwas, das sie nicht verstand, und gegen das ihre üblichen Methoden versagten. Die Hilflosigkeit, aber auch die Angst vor dem Versagen waren ihr deutlich anzusehen. Mitfühlend versuchte Maria, ihr ein aufmunterndes Lächeln zu schenken, doch die Beamtin war schon gegangen. Georg würdigte sie keines Blickes. Vielleicht hatte er etwas gegen Studenten, vermutete Maria. Manche Leute überkam seltsames Konkurrenzdenken, das von dem Vorurteil genährt wurde, Studenten wären nur faul und kosteten Geld. Georg schien zu diesen Leuten zu gehören, mit denen man auch beim besten Willen nicht diskutieren konnte. Vielleicht hatte er aber einfach auch nur ein Problem damit, über seinen Tellerrand zu blicken. Nachdem Dorothea und Georg sich verabschiedet hatten, fühlte Maria sich weniger eingeengt und gedrängt. Sie nahm an, daß es den beiden anderen auch so ging, denn die Arbeitsatmosphäre entspannte sich, als es ihnen gelang, einige echte Fortschritte zu machen.

Kurz vor elf Uhr gerieten Philip und Altmann fast in einen Streit. Zum Glück wurde die Situation von Marias schallendem Gelächter gerettet. Es hatte ganz harmlos angefangen. Als sie Hunger bekamen, hatten sie beschlossen, einen Pizzaservice anzurufen. Aber wegen des Wetters und natürlich auch des Erdbebens weigerten sich alle Pizzerias, das Essen auszuliefern. Man müsse es abholen, war die Standardauskunft. Philip wollte sich auf den Weg machen, doch Altmann versuchte, ihn davon abzubringen. Es sei zu gefährlich, bloß wegen einer Pizza draußen herumzulaufen. Philip hielt dem entgegen, daß es Altmann keine Sorgen bereitet hätte, Maria und ihn am frühen Abend ins Seminar zu rufen. Da wären sie auch auf der Straße in Gefahr gewesen, und zu dem Zeitpunkt habe es ihm auch nichts ausgemacht. Altmann versicherte ihm darauf, daß er sich sehr wohl Sorgen um seine Mitmenschen mache.

„Um Kramer das Handwerk zu legen, lohnt es sich, ein Risiko einzugehen", argumentierte er vernünftig. „Für eine Pizza lohnt es sich wohl kaum."

„Wenn wir nichts essen, brauchen wir uns um den Weltuntergang keine Sorgen mehr zu machen, denn wir werden ihn nicht mehr erleben", antwortete Philip schärfer als beabsichtigt, woran sein Bärenhunger die Schuld trug.

„Immer nur auf das eigene Wohl bedacht, was?" gab Altmann ebenso scharf zurück. „So schnell verhungert man nicht."

Bevor die hitzige Diskussion weitergehen konnte, fing Maria, die bis jetzt dem

Gespräch kopfschüttelnd zugehört hatte, an zu lachen. Unter Kichern und Glucksen erklärte sie den beiden verdutzt dreinschauenden Streithähnen:

„Diese Diskussion könnte man zusammenfassen mit der Frage: ‚Pizza oder Weltuntergang, was ist mehr wert?' Ist was für Günther Jauchs Ratesendung. ‚Die Einhunderttausend-Euro-Frage' heute lautet: Möchten Sie lieber Salami oder Schinken zu ihrem Weltuntergang?" Maria grinste triumphierend. „Auch hier gibt es eine ägyptische Lösung, und die heißt Bakschisch. Gib mir mal das Telefon."

Sie rief den nächstgelegenen Pizzaladen an, gab ihrer Stimme eine, wie sie hoffte, gleichermaßen verführerische wie hilfesuchende Note und versprach dazu dem Fahrer ein gehöriges Trinkgeld. Alles zusammen bewirkte, daß der Mann versicherte, die Pizza innerhalb der nächsten halben Stunde beim Michaelishaus abzuliefern. Grinsend über die erstaunten Gesichter der beiden Männer ließ Maria den Hörer wieder auf die Gabel sinken.

„Er kommt in einer halben Stunde", verkündete sie wichtigtuerisch. Dann setzte sie sich wieder an ihre Arbeit, als sei nichts gewesen.

Wie immer hatte Altmann die Situation durchschaut. „Tut mir leid, wenn Sie sich bevormundet gefühlt haben", sagte er leise zu Philip. „Ich fühle mich schon verantwortlich für den Tod eines Studenten. Noch einen möchte ich nicht auf mein Gewissen laden."

„Sie tragen keine Schuld an Christophs Tod", erwiderte Philip. „Kramer hat ihn ermordet."

„Sie ahnen ja gar nicht, wie lange ich schon weiß, daß irgendwas nicht stimmt." Altmann schüttelte resigniert den Kopf. „Wenn ich rechtzeitig geschaltet hätte, wäre vielleicht überhaupt niemand ermordet worden."

„Sie hätten keine Chance gehabt", warf Maria ein. „Niemand hätte Ihnen diese Geschichte geglaubt."

Da Altmann es vorzog, darauf besser nicht zu antworten, wandte auch Maria sich wieder ihren Texten zu. Sie fand eine passende Textstelle, verwarf sie wieder, überlegte, machte sich Notizen, doch so richtig kam nichts dabei heraus. Ihre Gedanken schweiften immer mehr ab. Sie merkte, wie ihre Konzentration von der Sonnenlitanei nicht nur in Richtung der erwarteten Salamipizza abwich.

Da war noch etwas anderes, enorm Wichtiges, das sie bis jetzt vergessen hatte. Sie legte ihr Buch auf den Tisch und starrte auf eines der Fotos an den Wänden. Es handelte sich um eine großformatige Fotografie, auf der die Säulen des Großen Säulensaales im Karnaktempel zu sehen waren. Ramses II. und sein Vater Sethos I. überreichten verschiedenen Göttern Opfergaben. Feigen, Gurken, Rinderschenkel und vieles mehr lagen aufgehäuft vor den Gottheiten, aber auch Landschenkungen an den größten Tempel Ägyptens wurden verzeichnet. Im

Gegenzug erhielten die Pharaonen Leben, Herrschaft und das Wohlergehen ihres Landes. Das Anbringen einer solchen Szene im Tempel reichte schon dazu aus, die Opfergaben des Herrschers als auch die Segnungen der Götter Wirklichkeit werden zu lassen.

Das war es! Ruckartig setzte Maria sich auf.

„Himmel, wir haben etwas Entscheidendes vergessen!" rief sie aus.

Philip und ihr Herr Professor blickten gleichermaßen übermüdet und genervt auf.

„Jetzt bin ich taub", nörgelte Philip in sich hinein.

„Was meinen Sie?" fragte Altmann scharf. „Was haben wir vergessen?"

„Die Morde, sie sind Teil des Rituals", versuchte sie das Problem zu erklären, das schon seit Stunden in ihrem Unterbewußtsein genagt hatte, aber erst jetzt herausgekommen war. „Wir können nicht einfach Leben geben, um ein Gegengewicht zu den Getöteten zu schaffen. Wie sollten wir das tun?"

Mit einem lauten Knall ließ Richard Altmann die Übersetzung des Totenbuches auf seinen Tisch fallen. Zum zweiten Mal an diesem Abend hörten Maria und Philip ihn fluchen.

„Sie haben recht, das ist ein Problem. Leben geben können nur die Götter." Er versank in brütendes Schweigen und starrte auf den Einband des Buches, als würde dort jede Minute ein hilfreicher Ägyptologe erscheinen, um das Problem aus der Welt schaffen. Philip hingegen wähnte sich unbeobachtet und beschloß, die Gelegenheit auszunutzen. Er lehnte sich zurück und schloß die Augen.

Maria hatte das Gefühl, daß die Lösung des Problems ganz nahe war. So wie bei einem bestimmten Ausdruck, der einem auf der Zunge lag. In dem Moment, in dem man aufhörte, krampfhaft daran zu denken, war der gesuchte Begriff plötzlich da. Sie zwang sich, ihre Gedanken wieder dem König als Sonnenpriester zuzuwenden, doch immer wieder schweifte sie ab. Ihr Blick wanderte öfter und öfter hinüber zu der Fotografie des Karnaktempels.

Leben geben können nur die Götter. Leben geben.

„Mundöffnung!"

Zum zweiten Mal innerhalb weniger Minuten riß sie mit einem Ausruf Altmann unsanft aus seinen Gedanken. Philip wäre vor Schreck beinahe vom Stuhl gerutscht. Vor Begeisterung war Maria aufgesprungen, jetzt setzte sie sich ganz langsam wieder. Entweder hatte ihr Professor nicht verstanden, was sie meinte, oder er hatte die Möglichkeit selbst schon in Erwägung gezogen und dann verworfen. Eine ganze Weile lang – Maria erschien sie endlos – sagte er nichts, sondern trommelte nur mit den Fingern auf den Buchrücken. Dann drehte er sich zu ihr um.

„Abbildungen von den Opfern herstellen und diese dann rituell beleben, mit

Hilfe des Mundöffnungsrituals. Keine schlechte Idee", stimmte er zu. „Es gibt da nur ein Problem: Wir sind keine Priester oder gar Könige. Zudem wissen wir nicht genug über das Ritual, um es richtig vollziehen zu können."

Mit Hilfe des Mundöffnungsrituals hatten die Ägypter gehofft, ihren Statuen, Reliefs und Mumien auf magische Weise ein neues, ewiges Leben geben zu können. Der Text war zwar bekannt, aber trotzdem nicht detailliert genug, um in allen Fällen sicher wissen zu können, was zu geschehen hat.

„Das meinte ich gar nicht", sprach Maria weiter. „Ich dachte, ein gutes Bild oder eine Zeichnung mit einer entsprechenden Inschrift reichen vielleicht aus. Nicht nur das Wort hat schließlich magische Kraft in Ägypten, sondern auch das Bild", schloß sie.

„Moment mal", ließ sich jetzt Philip vernehmen. „Du meinst, wir malen einfach ein Strichmännchen, geben diesem die Persönlichkeit eines der Opfer, indem wir dessen Namen daneben schreiben und vielleicht noch so was wie ‚dem Leben gegeben sei' hinzufügen. Und das soll funktionieren?"

Maria nickte.

„Kann ich mir nicht vorstellen", fuhr er fort. „Die Gottheit hat so brutal getötet, dem können wir nicht einfach ein Bildchen entgegensetzen. Das paßt irgendwie nicht zusammen."

„Und doch gibt es uns eine Chance", sagte Altmann. „Wir verkehren die Taten durch Bild und Wort wieder in etwas Positives. Das gleiche Prinzip liegt schließlich auch unserem neuen Text zugrunde. Schließlich hoffen wir doch auch, dem Geschehen mit einem positiven Text entgegenwirken zu können. Wir stellen dem Mord eine zugegeben theoretische Wiederbelebung des Opfers auf dem Papier gegenüber. Das ist es doch schließlich, wie Magie funktioniert. Realer Vorgang oder bloßes Abbild dürften in der Zauberei keinen Unterschied machen."

Er griff zum Telefon, ließ die Hand aber über dem Hörer schweben. Dann sah er auf die Uhr. „Es ist fast Mitternacht. Es dürfte wohl ausreichen, wenn wir Frau Faßbinder morgen früh anrufen, um sie zu bitten, eine Liste mit den Namen der Opfer und vielleicht Fotografien mitzubringen." Er legte den Kopf schief und dachte eine Weile nach. „Vielleicht könnten Sie dann anrufen", sagte er zu Philip gewandt. „Sie kommen irgendwie besser mit den beiden klar."

‚Wen wundert es?' dachte Maria amüsiert, während Philip gehorsam nickte.

„Bis dahin sollten wir auch mit unseren Text soweit sein", fuhr Altmann voll neuer Hoffnung fort. Es schwang sogar eine Art von Erleichterung in seiner Stimme mit.

„Eine gute Idee haben Sie da gehabt", sagte er zu Maria. Diese wollte ihren Ohren nicht trauen, denn Altmann war unter den Studenten dafür verschrieen, daß er niemals jemanden lobte. Überrascht riß sie die Augen auf. Doch bevor sie noch etwas erwidern konnte, setzte er dem Lob natürlich sofort einen Dämpfer auf.

„Es wird wirklich Zeit, daß Sie langsam mit ihrer Dissertation fertig werden!"

Der Spruch hatte noch gefehlt! Maria brachte nur ein verlegenes Grunzen zustande, doch ihr Doktorvater schien das Gespräch schon wieder vergessen zu haben und wandte sich wichtigeren Dingen zu:

„Schlagen sie doch mal den Text mit der Sonnenlitanei auf, die Stelle über die Vereinigung des Sonnengottes mit Osiris in der Mitte der Nacht!"

II

Wahrlich, die Herzen sind gewalttätig, Pest geht durch das Land,
Blut ist überall, kein Mangel an Tod, ...
Wahrlich, die Welt dreht sich wie eine Töpferscheibe, ...
Schläft er (= Gott) etwa? Man sieht ja seine Macht nicht!
AUS DEN MAHNWORTEN DES IPUWER

Dorothea fand sich in einem finsteren Raum wieder. Die Dunkelheit dort war vollkommen. Sie hüllte sie vollständig ein, so daß sie ihre Umgebung nicht erkennen konnte. Trotzdem wußte sie, daß sie sich in einem Zimmer befand, in einer Art Dachkammer mit knarrenden Holzdielen. Sie war verzweifelt, denn sie konnte den Ausgang nicht finden, obwohl sie sicher war, daß es irgendwo einen geben mußte. Aus dem Dunkel drangen geheimnisvolle Geräusche zu ihr, die sie nicht identifizieren konnte. Er klang wie ein Wimmern und Winseln, dazwischen metallisches Quietschen wie von einer rostigen Türangel. Was alles dort in den Ecken lauern konnte, wollte sie sich gar nicht erst vorstellen. Am liebsten wäre sie einfach dort stehengeblieben, hätte so getan, als sei sie nicht da. Nur schwer konnte sie der Versuchung widerstehen, sich schutzbedürftig auf dem Boden zusammenzukauern. Doch wenn sie hier herauskommen wollte, mußte sie sich bewegen. Unendlich langsam begann sie, sich vorwärts zu tasten. Vorsichtig setzte sie einen Schritt vor den anderen. Eine Hand hielt sie dabei vor ihrem Körper ausgestreckt, um nicht gegen ein Hindernis zu stoßen. Nach nur wenigen unsicheren Schritten spürte sie einen Luftzug, wie von einer Fledermaus, die lautlos an ihr vorbeiflog. Erschreckt schlug sie mit den Armen um sich. Dann fehlte plötzlich der Boden unter ihren Füßen, und sie fiel tiefer und tiefer in die bodenlose Dunkelheit hinein. Sie drehte sich um sich selbst und spürte, wie der Wind an ihren Haaren und Kleidern zerrte. In der Ferne hörte sie ein Telefon klingeln, beständig und nervtötend.

Mit einem Ruck setzte Dorothea sich in ihrem Bett auf. Sie schüttelte sich, um den Traum loszuwerden, doch dieses gräßliche Gefühl, ins Nichts zu stürzen, wollte nicht vergehen. Schweiß stand auf ihrer Stirn und rann ihren Rücken hinunter. Ihre Haut fühlte sich kalt und klamm an. Vorsichtig setzte sie erst den einen, dann den anderen Fuß auf den Boden. Glücklicherweise spürte sie die Auslegeware unter ihren nackten Füßen. Immer noch ein wenig mißtrauisch stand sie auf. Der Fußboden unter ihr löste sich natürlich nicht auf. Er war aus Beton und fest wie eh und je. Dann griff sie zum Telefon.

„Ich hoffe, es ist was wichtiges. Es ist nämlich kurz nach sechs."
Am anderen Ende der Leitung meldete sich Philip Mann.
„Tut mir leid, daß ich Sie geweckt habe. Aber ich dachte, es interessiert Sie, daß wir mit unserem Text fertig sind. Ich habe übrigens gar nicht geschlafen", konnte er sich nicht verkneifen hinzuzufügen.

Er berichtete, daß die Nachtaktion von Erfolg gekrönt war, und sie gegen fünf Uhr morgens den Text fertiggestellt hatten. An seiner Stimme war deutlich zu hören, wie stolz er war, daß sie es geschafft hatten. Trotzdem klang er müde und fertig. Auf Dorotheas Frage hin, wie es denn nun weitergehen sollte, erklärte er ihr, daß Maria die Idee gehabt hatte, die Opfer abzubilden und magisch wiederzubeleben. Zu diesem Zweck bat er sie, eine Liste mit den Namen der Opfer und Fotos von ihnen mitzubringen.

„Wenn es Ihnen nichts ausmacht, treffen wir uns so gegen acht Uhr in dem Café in der Goetheallee zum Frühstück. Dort können wir dann besprechen, was als nächstes zu tun ist", sagte Philip.

„Haben Sie denn schon eine Vorstellung, wie Sie weiter vorgehen wollen?" fragte Dorothea.

„Ehrlich gesagt: nein. Aber ich glaube, Professor Altmann hat eine", gab Philip leicht verlegen zurück.

Er selbst hatte nämlich keinen blassen Schimmer davon, was genau jetzt zu tun war. Altmann hatte auch nichts verlauten lassen, vielleicht weil er selbst noch keine Ahnung hatte, wie es weitergehen sollte. Es war aber auch durchaus möglich, daß er sehr genaue Vorstellungen hatte und nur nicht darüber sprechen wollte. Weder Philip noch Maria hatten die Kraft aufgebracht, ihn zu fragen. Sie waren nur froh gewesen, als diese lange Nacht endlich einen Abschluß gefunden hatte, und sie nach Hause gehen konnten, um wenigstens zu duschen. An Schlaf hatten sie gar nicht zu denken gewagt.

„Wollen wir hoffen, daß er weiß, was zu tun ist. Ich frage ja nur mal nach, weil ich schließlich auch noch einen Beruf habe. Ich muß mich schließlich um den Mord von gestern abend kümmern", gab Dorothea zu Bedenken. „Ich meine, mit konventionellen Mitteln."

„Natürlich", antwortete Philip. „Es ist ja schon bewundernswert, wie viel Zeit Sie sich für uns genommen haben."

„Ehrlich gesagt, glaube ich immer noch, daß es das beste ist, Kramer einfach festzunehmen. Er muß ja schließlich irgendwo in Göttingen sein. Es erscheint mir unwahrscheinlich, daß er die Stadt verlassen hat. Wenn wir ihn haben, hört hoffentlich der Spuk auf."

Die Polizistin klang nicht sehr überzeugt, vielmehr resigniert. Die Zeit lief ihr mit Riesenschritten davon. Guido Kramer hingegen hielt alle Trümpfe in seiner

Hand. „Trotzdem möchte ich mir alle Möglichkeiten offenhalten, deshalb werde ich mich nachher mit ihnen treffen, um zu hören, was sich ihr Professor ausgedacht hat."

Philip konnte ihr deutlich anhören, daß sie das Gespräch beenden wollte, wofür er in Anbetracht der frühen Morgenstunde durchaus Verständnis hatte. Andererseits brannte ihm eine bestimmte Frage auf der Zunge, die er bis jetzt nicht zu stellen gewagt hatte. Weniger, weil er die Polizistin nicht aufhalten wollte, als vielmehr aus Angst vor der Antwort selbst, hatte er die Frage vor sich her geschoben.

„Der Mann, der gestern abend ermordet wurde", begann er zaghaft. „Wer war er?"

„Sein Name war Dietrich Lorenzen, 48 Jahre alt, Versicherungsvertreter von Beruf", gab sie geschäftsmäßig zur Auskunft. Dann wurde ihr klar, was hinter der Frage steckte. Sie versuchte, ihre Stimme mitfühlend und verständnisvoll klingen zu lassen. „Sie dürfen sich keine Vorwürfe machen. Sie hätten ihm nicht helfen können."

„Vielleicht nicht", gab Philip zu, „Aber wir haben ihn sterben sehen und konnten nichts dagegen tun. Das war schrecklich. Wenn ich die Augen schließe, sehe ich sein angsterfülltes Gesicht vor mir."

„Ich weiß", murmelte Dorothea, die selbst nie richtig wußte, wie sie mit solchen Gefühlen fertig werden sollte. Dann gab sie sich einen Ruck: „Ich mache mir schon genug Gedanken um solche Dinge. Sie müssen das nicht auch noch tun. Ohne wie Ihr Professor klingen zu wollen, aber ich mache meine Arbeit, und Sie konzentrieren sich besser auf Ihre, nämlich die ägyptologische Lösung des Problems. Ihr schlechtes Gewissen können Sie behandeln, wenn alles vorbei ist."

Philip lachte leise.

„Seine unnachahmliche Art färbt wohl ab!" sagte er zum Abschied.

Dorothea entschied sich, Philips Antwort für ein Kompliment zu halten.

Er war auf der Flucht! Verärgert lief Guido Kramer in seinem Versteck auf und ab. Das hätte nicht passieren dürfen! Wieder einmal hatte er sich zurückziehen und seinem Konkurrenten das Feld überlassen müssen. Das war schon zu oft in seinem Leben passiert! Er hatte es gründlich satt, immer in der zweiten Reihe zu stehen. Bald, sehr bald, würde sich das jedoch ändern. Er spürte, wie der Moment der Revanche immer näher rückte. Endlich würde er den Ton angeben, während alle anderen vor Angst winselnd im Staub kriechen mußten. Ja, er würde sich dafür rächen, daß seine Belange, seine Wünsche, sogar seine eigene Person Zeit seines Lebens zurückgestellt worden waren. ‚Mittendrin statt nur dabei', hatte es nicht irgendein Werbeslogan im Fernsehen so treffend ausgedrückt?

Er freute sich auf den Moment seines Sieges. Er würde ihn voll auskosten! Aber noch war es nicht so weit, noch war es notwendig, auf der Hut zu sein. Deshalb mußte er sich auch in dem gräßlichen Zimmer seines Neffen aufhalten, in dem es nichts gab außer einem wackeligen Tisch, einem Stuhl und einer Matratze auf dem Boden. Schlimmer als die speckigen Decken und Kissen fand Guido Kramer allerdings die Wanddekoration. Olaf, sein Neffe, ließ wirklich keinen Zweifel an seiner politischen Richtung, als wäre ein weiterer Beweis neben seiner verrückten Frisur notwendig gewesen! Die Wände des Zimmers waren gepflastert mit Aufrufen zu Demonstrationen gegen alles und jeden. Gegen die Regierung, Neonazis, Unterdrückung der Frauen, das Großkapital, die Universität und den Hunger in Nicaragua. Verständnislos schüttelte Kramer den Kopf, als sein Blick auf ein Poster fiel, das über der Matratze hing und den Subcommandante Marcos in heroischer Pose vor einem Dorf in Chiapas zeigte. Viel Lärm um nichts, grummelte er und versuchte, sowohl dem Blick des Subcommandante als auch dem Che Guevaras, dessen Konterfei auf der gegenüberliegenden Wand prangte, auszuweichen.

Endlich ließ er sich auf dem Rand der Matratze nieder. So viele Schlachten hatten diese Revolutionäre geschlagen, und so wenig erreicht. Und jetzt, ja jetzt, war es zu spät. Den Krieg hatten sie verloren, denn bald würden sich ihre weltverbesserischen Träume in Luft auflösen. Die Hoffnung auf die Befreiung von Chiapas oder die Vernichtung der USA war unwichtig geworden, denn nichts von alledem würde noch existieren, wenn die Gottheit ihr letztes Opfer getötet haben würde. Ihre lächerlichen und kleinkarierten Kämpfe, Kriege und Rebellionen würden im Nichts versinken, denn er, Guido Kramer, hatte den Schlußstrich gesetzt.

Vor Aufregung konnte er nicht ruhig sitzen bleiben. Er sprang auf und nahm seinen unruhigen Gang durch das schreckliche Zimmer wieder auf. Seine Gedanken kreisten jetzt um seinen Widersacher Richard Altmann. Wie ärgerlich, daß er es geschafft hatte, der Gottheit zu entkommen! Es wäre eine schöne Form der Rache gewesen, denn im Gegensatz zu den anderen Opfern hatte Altmann genau gewußt, wer auf dem Wall vor ihm gestanden hatte.

„Ich hätte ihn selbst beseitigen sollen", schimpfte Kramer laut vor sich hin. Nur zu gut erinnerte er sich an das faszinierende Gefühl, als Christoph Beckers Blut über seine Hände gelaufen war und ihn mit einem nie gekannten Machtgefühl erfüllt hatte. Richard Altmann zu töten versprach noch ein weitaus intensiveres Hochgefühl. Er schöpfte tief Atem, denn vor Aufregung hatte er die Luft angehalten. Für einen kurzen Moment leistete er sich den Luxus, die Augen zu schließen und sich einem Tagtraum hinzugeben. In seinem Geist sah er Richard Altmann vor sich, an eine Betonwand gekettet. Die sonst so arrogante Gestalt durch Angst und Panik zu einem Häuflein Elend zusammengeschrumpft. Guido

Kramer fühlte das Messer in seiner Hand, er konnte das Eindringen der Klinge spüren, sah das Blut seines Opfers sprudeln. Er hörte dessen Schreie und spürte die letzten Zuckungen des Körpers in seinem Todeskampf.

Die Tür ging auf, und sein Neffe kann leicht schwankend herein.

„Hi, was grinst du so?" fragte er beim Anblick seines grinsenden Onkels, ohne allerdings eine Antwort zu erwarten.

Er schlurfte in eine Ecke des Zimmers, in der Plastiktüten und Bananenkartons standen, in denen Olaf Kramer seine wenigen Habseligkeiten aufbewahrte. Er durchwühlte einige der Tüten, brachte eine Anzahl leerer und voller Bierflaschen zum Vorschein, ebenso eine ganze Armee von Kakerlaken, die angsterfüllt tiefer unter die Pappkartons flüchteten.

„Mistviecher", brummelte Olaf und zertrat einige der Insekten, machte sich aber nicht die Mühe, die glitschigen Überreste zu beseitigen. Dann fischte er eine zerfledderte Ausgabe von Maos Rotem Buch und zwei volle Bierflaschen aus einer Alditüte. Eine davon reichte er seinem Onkel.

„Junge, es ist früh am Morgen. Wie kannst du da Bier trinken?" Kramer blickte kopfschüttelnd vom gelb und grün gefärbten Irokesenschnitt seines Neffen hin zu dessen Nasenring.

„Ist nichts anderes da. Wenn du mir Geld gibst, gehe ich einkaufen", schnorrte Olaf seinen Onkel an.

Der Professor holte einen Zwanzig-Euro-Schein aus seinem Portemonnaie, den sein Gegenüber sofort in der Tasche einer nietenbesetzten, abgewetzten Lederjacke verschwinden ließ. Guido Kramer wußte, daß dieser das Geld wahrscheinlich zum Kauf von mehr Bier oder dem Kopieren irgendwelcher Pamphlete benutzen würde, aber das war ihm schon immer egal gewesen. Darauf war es ihm noch nie angekommen, denn im Prinzip mochte und billigte er das Reveluzzergehabe seines Neffen, kam es doch seiner eigenen Weltanschauung entgegen. Sie beide haßten die Welt, wie sie nun einmal war, und versuchten, jeder auf seine Weise, diese Welt zu verändern und den eigenen Vorstellungen anzupassen. Olafs Methoden, die vom altbackenen Kommunismus bis hin zu dem diffusen Wunsch nach Anarchie reichten, waren jedoch wenig effizient. Aber das schienen weder sein Neffe noch dessen Freunde bemerkt zu haben. Kramer hingegen hielt sich für viel zu abgeklärt, um auf politische Parolen noch hereinzufallen. Seine Ideen von der Veränderung der Welt waren weitaus radikaler, als es sich Olaf jemals hätte vorstellen können. Sie hatten sozusagen ein Ziel, aber gänzlich verschiedene Mittel. Und auch verschiedene Ergebnisse. Wie Kramer sich insgeheim stolz eingestand, hatte er den erfolgreicheren Weg gewählt.

Weitaus schlimmer als Olafs politische Schaumschlägerei fand Guido Kramer dann doch die Kleidung und das Aussehen seines Neffen. Er war einfach zu alt, um mit angeblicher Toleranz darüber hinwegzusehen. Mißbilligend ließ er seinen Blick von der leopardengemusterten Hose über ein T-Shirt mit dem Aufdruck ‚Resident Evil' und wieder zurück zu den Springerstiefeln gleiten. Das Ensemble wurde von einem Patronengurt, der lässig über den Hüften baumelte, vervollständigt.

„Was machst du eigentlich den ganzen Tag lang?" fragte Guido Kramer, mehr um ein Gespräch in Gang zu bringen, als aus wirklichem Interesse. Die Antwort kannte er sowieso schon. „Studierst du eigentlich irgendwas?"

„Diese Uni ist mir zu reaktionär. Außerdem habe ich im Moment keine Zeit, da wir eine wichtige Aktion vorbereiten", gab Olaf die erwartete Standardauskunft.

„Wichtige Aktion? Die Befreiung des Göttinger Industrieproletariats etwa?" stichelte der Professor.

Aufs Stichwort setzte Olaf, dem die Ironie seines Onkels komplett entgangen war, zu einer Tirade über Marx und Mao an. Er steigerte sich immer mehr hinein und beschrieb freudestrahlend, wie glücklich die Chinesen unter Mao gewesen seien. Guido Kramer verkniff sich die Bemerkung, daß die Chinesen wohl eher froh waren, den Großen Vorsitzenden endlich los zu sein. Statt dessen ging er in Gedanken zurück zu dem Tag, an dem Olaf plötzlich vor seiner Haustür gestanden hatte, völlig abgerissen und pleite. Alles, was er brauchte, waren ein paar Scheine für das Bafög-Amt, hatte er seinem überraschten Onkel erklärt. Zuerst hatte sich Guido Kramer schlicht geweigert, schließlich handelte es sich um Urkundenfälschung, was er da verlangte. Sein Neffe hatte dagegen argumentiert, daß es nur legitim sei, einen Ausbeuterstaat wie Deutschland – Kramer mußte heute noch bei dem Gedanken an diese Formulierung grinsen – zu schädigen. Das aufrührerische Temperament seines Neffen hatte ihn wider Willen beeindruckt, so daß er sich schließlich hatte breitschlagen lassen, dem imaginären stud. phil. Olaf Kramer die Teilnahme an einigen ägyptologischen Seminaren und Übungen zu bescheinigen, obwohl dieser keine einzige Hieroglyphe lesen konnte, geschweige denn jemals etwas von Mentuhotep oder Hatschepsut gehört hatte. Ein gewisser Hang zur Anarchie lag wohl in der Familie, dachte Kramer amüsiert. Dieser kleine Handel hatte Olaf eine Menge Geld eingebracht. Für Guido Kramer machte er sich jetzt vollends bezahlt, denn Olaf hatte keine Fragen gestellt, als sein Onkel zur Verwunderung der anwesenden Autonomenszene im Juzi aufgetaucht war und erklärt hatte, daß er untertauchen müsse. Niemand hatte allzu großes Interesse gezeigt, als Olaf ihm sein Zimmer überlassen hatte. Sicherlich imponierte ihm der Gedanke, daß sein Onkel Probleme mit der Polizei hatte, wahrscheinlich bewunderte er ihn sogar dafür.

Endlich hatte Olaf sein Bier ausgetrunken, rülpste laut und stokelte zur Tür. „Ich muß jetzt los", verkündete er. „Treffe mich mit ein paar Leuten."

Im Türrahmen drehte er sich noch einmal um und stellte lakonisch fest: „Komisch, es ist immer noch dunkel draußen. Wenn ich den erwische, der für dieses Scheißwetter verantwortlich ist, mache ich ihn fertig." Er kam sich ungeheuer komisch vor, lachte laut auf und knallte dann die Tür zu.

Guido Kramer starrte auf die geschlossene Tür, an der ein großer roter Stern und die Aufschrift ‚Antifa heute' prangten, und grinste hämisch vor sich hin. Wenn du wüßtest, wie dicht du an dem Kerl dran bist, dachte er. Dann stand er auf und blickte aus dem Fenster. Das Wetter hatte sich wirklich nicht verbessert. Heftiger Wind, Eiseskälte, ab und zu Schnee. Olaf hatte recht gehabt, draußen war es stockdunkel. Kramer nahm an, daß die Dunkelheit ein Vorbote des nahenden Weltendes war. Vielleicht eine Art von Sonnenfinsternis, die sich über die Stadt erstreckte. Er fragte sich, was Olaf wohl zu diesem umfassenden anarchistischen Erfolg seines Onkels sagen würde.

Bevor sie sich mit Altmann und den beiden Studenten treffen mußte, wollte Dorothea Faßbinder noch schnell im Büro vorbeisehen. So verließ sie um Viertel vor sieben ihre Wohnung und fuhr die kurze Strecke bis zum Polizeipräsidium in der Kasseler Landstraße. Dort herrschte schon hektische Betriebsamkeit, denn einer der Anführer von ‚Bereut nun!', ein abgebrochener Jurastudent, der sich selbst Prophet Petrus nannte, mit bürgerlichem Namen allerdings Marcel Hagen hieß, hatte neue Aktionen angekündigt. Diesmal, so hatte er im Fernsehen gedroht, sei mit den harmlosen Aktionen Schluß, nun würden andere Geschütze aufgefahren, denn der Weltuntergang stünde unmittelbar bevor.

„Nur wer bei einer der Aktionen, die für morgen in vielen Städten geplant sind, mitmacht, kann sich noch vor der drohenden Vernichtung retten", lautete sein Versprechen. „Diese Aktionen werden die Menschen aufrütteln", hatte er weiter verkündet. „Mitmachen und Bereuen rettet Leben!" Zum Abschluß schwenkte er eine blaßlila Fahne mit dem Logo der Sekte, einer Faust mit drohend erhobenem Zeigefinger.

Niemand hatte sich eine Vorstellung davon machen können, was für Aktionen Marcel Hagen, genannt Prophet Petrus, und seine Mitstreiter geplant hatten. Sein Einfluß und der seiner Mitstreitern wurde mit erschreckender Geschwindigkeit immer größer. Seine Anhängerschaft wuchs von Tag zu Tag, immer mehr verzweifelte oder einfach nur gelangweilte Menschen nahmen an den Aktionen der Sekte teil. Glücklicherweise regte sich seit kurzen auch Widerstand, denn die Gewaltbereitschaft der Sektenmitglieder bereitete vielen Menschen Sorgen und bescherte zudem der Polizei einen Haufen unnötiger Arbeit. Sie hatte auch keine Hinweise darauf, was die Sekte für heute geplant hatte. Es war von Plünderungen und Straßenblockaden die Rede gewesen, und die Polizei bereitete sich darauf vor, massiv einzugreifen.

Auf dem Weg in ihr Büro wurde Dorothea Faßbinder von vielen ihrer Kollegen auf die Ereignisse des vorherigen Abends, speziell natürlich auf den Mord an dem Versicherungsvertreter angesprochen. Es wurde nach Fortschritten in der Ermittlung gefragt, auch, ob das einzige Opfer, das die Begegnung mit dem Mörder überlebt hatte, eine brauchbare Beschreibung des Täters geliefert hatte. Dorothea konnte nicht umhin, in vielen Fragen nicht nur Interesse, sondern auch Spott und Sarkasmus zu hören, daß sie mit ihren Ermittlungen immer noch nicht weitergekommen war. Sie war froh, daß außer Georg niemand von der Zusammenarbeit mit den Ägyptologen wußte. Deren von Magie und Zauberei durchsetzte Theorie hätte ihr sowieso niemand geglaubt, sondern sie wäre eher als schlechter Versuch angesehen worden, von ihrem Versagen abzulenken. Oder noch schlimmer, man hätte sie ausgelacht. Oder, am allerschlimmsten, ihre Kollegen hätten sie offiziell für übergeschnappt erklärt.

Nachdem sie sich über einige ganz offen vorgetragene ironische Bemerkungen geärgert hatte, fragte sie in einem ziemlich giftigem Ton nach den Fortschritten, die ihre Kollegen in bezug auf Marcel Hagens Aktionen gemacht hätten. Damit brachte sie einige ihrer Kritiker wenigstens vorläufig zum Verstummen. Das war zwar nicht nett gewesen, aber es hatte ihr gut getan. Sie hatte die Nase von den Sticheleien gestrichen voll gehabt.

Georg wartete schon in ihrem Büro. Er las den Bericht über den gestrigen Mordfall, als sie hereinkam. Er wirkte müde und mitgenommen. Die dunklen Ringe unter seinen Augen waren noch größer geworden. Seine von Furchen durchzogene Gesichtshaut sah grau aus, im Schein der Neonröhre schien sie sogar einen grünlichen Schimmer zu haben. Doch da war noch etwas anderes. Ein ungewohnter harter Zug um den Mund und ein gefährliches Glitzern in den Augen ließen Dorothea nichts Gutes ahnen.

„Was ist denn los?" fragte sie daher.

„Nichts", lautete die lakonische Antwort.

„Jetzt hab dich nicht so", versuchte sie es noch einmal. „Ich sehe doch, daß dir etwas auf dem Herzen liegt."

„Na gut, wenn du es unbedingt wissen willst", sagte Georg mit gereizter Stimme. „Diese ganze Geschichte von wegen Weltuntergang und herumwandelnder Götter ist meiner Meinung nach ausgemachter Blödsinn. Bullshit! So etwas gibt es nicht."

„Aber Georg!" protestierte Dorothea, „Es gibt vielleicht keine andere Erklärung."

Georg schnitt ihr das Wort ab: „Die spinnen da in ihrem verstaubten Institut.

Und du hast dich von ihnen anstecken lassen. Seid ihr denn alle gehirnalbern geworden?

„Hast du denn nicht zugehört?" fragte sie jetzt ebenso gereizt zurück. „Ich sehe momentan wirklich keine andere Möglichkeit, als Altmann zu vertrauen. Schließlich hast du auch keine brauchbaren Ideen gehabt!"

„Deine Idee scheint es zu sein, an Zauberei zu glauben. Und auf diese Quacksalber zu hören. So ein Quatsch!" Georg war so laut geworden, daß man bestimmt jedes Wort auf dem Flur verstehen konnte. Dorothea war sich sicher, daß alle lieben Kollegen mit gespitzten Ohren auf dem Gang standen und zuhörten.

„Wir haben alle unwahrscheinlichen Möglichkeiten eliminiert, und diese ist übriggeblieben, also sollten wir ihr nachgehen. Deshalb werden wir uns um acht Uhr mit Altmann und den anderen treffen", befahl sie und hoffte, damit weiteren Streit im Keim erstickt zu haben. Doch dem war nicht so.

„Sollen wir unsere Kristallkugeln mitnehmen oder lieber die Tarotkarten?" fragte Georg giftig. „Scheißzauberkram, auf den du reingefallen bist."

„Es gibt mehr Dinge zwischen Himmel und Erde, mein lieber Georg ...", fing sie an zu zitieren, doch er unterbrach sie und rief:

„Steck dir deinen Goethe an den Hut!" Damit verließ er das Büro und knallte die Tür hinter sich zu.

„Shakespeare, es ist von Shakespeare", brüllte Dorothea ihm hinterher.

Sie haßte es, sich so zu streiten. Vor allem wollte sie sich nicht mit Georg streiten, mit dem sie gerne zusammenarbeitete. Sie wollte ihn nicht verärgern und hatte sogar Verständnis für seine Zweifel. Schließlich war sie sich selbst keinesfalls sicher, daß Altmann überhaupt mit seiner Theorie richtig lag oder sogar Erfolg haben könnte. Rational betrachtet, hatte Georg recht. Aber ihre innere Stimme, auf die sie sich bis jetzt immer hatte verlassen können, riet ihr, auf diesem Weg zu bleiben. Sie hätte sich allerdings erhofft, daß Georg ihr und ihrem untrüglichen sechsten Sinn so weit vertraute, daß es nicht zu einem Streit über das weitere Vorgehen kommen würde. Sie betete nur, daß er sie nicht noch offen im Stich ließ. Das wäre das Ende.

Da Georg im Moment wohl nicht gewillt war, ihr bei dieser Sache zu helfen, stellte sie selbst die von den Ägyptologen gewünschte Liste mit den Namen der Opfer zusammen. Entmutigt blickte sie auf den Notizzettel, auf dem zehn Namen, zehn zerstörte Leben, standen. Sie würde alles ihr mögliche dafür tun, daß kein weiterer hinzukam. Sie nahm das Blatt Papier, faltete es und steckte es in ihre Tasche. Dann ging sie auf den Korridor und suchte nach Georg. Sie fand ihn, mißmutig in das Schneegestöber vor dem Fenster blickend.

„Es ist kurz vor acht, wir sollten uns auf den Weg machen", sagte sie im versöhnlichsten Ton, der ihr zur Verfügung stand, doch er brummelte nur in sich hinein.

Dorothea ging voraus zum Auto, während Georg unwillig hinter ihr herstapfte. Wenigstens kommt er mit, dachte sie erleichtert. Vielleicht hatte er sich doch etwas beruhigt. Doch als sie im Wagen saßen, wurde sie enttäuscht, denn Georg schwieg beharrlich und schien seine Meinung nicht geändert zu haben. Wie hatte sie das auch nur entfernt annehmen können! Wahrscheinlich hatte er sogar recht, aber ihre innere Stimme schrie ihr förmlich zu, Altmann zu vertrauen. Denn noch immer hatten sie Kramer nicht finden können, und ihnen lief die Zeit davon. So oder so. Sie warf einen Seitenblick auf Georg, der betont konzentriert auf den Verkehr achtete. Dabei machte er ein finsteres Gesicht und brütete muffelnd vor sich hin. Als sie unter der Eisenbahnbrücke am Groner Tor hindurchfuhren, rang er sich dann doch dazu durch, mit ihr zu sprechen.

„Ich glaube, daß die Morde mit diesen Leuten von der Sekte zu tun haben. Vielleicht ist es ein Einzeltäter, dem es mit dem versprochenen Weltuntergang nicht schnell genug geht, und der jetzt versucht, die Vernichtung der Menschheit zu beschleunigen, indem er schon mal einige Leute vorab umbringt. Ein Irrer, der zu viele Pamphlete aus der Hand vom Propheten Petrus gelesen hat und jetzt das Programm ‚näher zu Gott' einläutet."

„Gute Idee, wenn es da nicht einige gravierende Probleme gäbe", antwortete Dorothea. „Wie erklärst du zum Beispiel die DNS-Analyse, die auf so seltsame Tiere wie ein Nilpferd hingewiesen hat, anstelle auf einen Menschen?"

„Fehler bei den Biologen oder der Spurensicherung", antwortete Georg knapp.

„Wieso hinterläßt der Täter überhaupt keine Spuren?"

„Fehler bei der Spurensicherung", wiederholte Georg.

„Was ist mit Altmanns Aussage, auch ein Fehler bei der Spurensicherung?" spielte Dorothea ihren ersten Trumpf aus.

„Der ist verrückt. Er hat sich diese Gottheit eingebildet, weil er sie sehen wollte. Außerdem stand er unter Schock."

Dorothea gab nicht auf: „Vieles an den Morden weist auf das alte Ägypten, doch die Sektenpropaganda erwähnt Ägypten nicht mit einem Wort, an denen ist nichts ägyptisches."

„Ich habe weder Pyramiden noch Tutenchamun bei den Leichen gesehen", gab Georg zurück. „Und die sind für mich ägyptisch."

Dorothea verkniff sich den Ausdruck ‚Kulturbanause' und holte statt dessen ihren zweiten Trumpf aus dem Ärmel: „Nicht mal ein charismatischer Mensch wie Marcel Hagen hat Einfluß auf das Wetter oder Erdbeben. Er kann auch keine Insektenschwärme herbeirufen."

„Das sind Zufälle, die dem Anführer von ‚Bereut nun!' und seiner Bande mit Sicherheit sehr gut ins Konzept passen. Ein paar dumme Zufälle, und der Aberglaube tut dann ein Übriges", bemerkte er mit einem vielsagenden Seitenblick auf seine Chefin.

„Du willst einfach nicht eingestehen, daß es anders sein könnte", meinte Dorothea resigniert.

„Das gleiche könnte ich auch von dir sagen", gab er zurück.

Schweigend fuhren sie durch die Goetheallee. Hier hatte der Neuschnee die Spuren der Räumtrupps schon fast wieder verdeckt. Nur an einigen Häusern waren noch Beschädigungen zu erkennen. Gelegentlich sah man den einen oder anderen LKW einer Glaserei, doch sonst verriet die Straße keine Anzeichen des gerade überstandenen Erdbebens. Sie wirkte vielmehr wie eine friedliche Winterlandschaft, mit ihren verschneiten Bäumen und den Kindern, die auf dem Weg in die Schule Schneeballschlachten veranstalteten. Eine Mutter zog lachend ihre beiden kleinen Kinder auf einem Schlitten hinter sich her.

Georg hielt vor dem Café am Leinekanal, machte aber keine Anstalten, auszusteigen. Stattdessen erklärte er ihr: „Ich komme nicht mit. Ich gehe in die Stadt und höre mich mal im Bereich dieser Sektenleute um. Die planen heute irgendeine Aktion in der Innenstadt, also wird es leicht sein, mit dem einen oder anderen ins Gespräch zu kommen."

Dorothea war sprachlos.

„Ich parke das Auto auf dem Hinterhof des Michaelishauses. Du weißt schon, bei dem freundlichen Hausmeister. Du kannst den Wagen dann später nehmen und zum Büro zurückfahren. Oder wo immer du sonst hinfahren möchtest", fügte er sarkastisch hinzu.

Dorothea brachte nicht mehr als ein Schulterzucken zustande. Sie fühlte sich verraten und verkauft. Wütend stieg sie aus und knallte die Autotür hinter sich zu.

Guido Kramer zog ein zweites Paar Handschuhe über, ehe er das Zimmer seines Neffen verließ. Vorher hatte er den wertvollen Papyrus ganz unten in seinen alten zerschrammten Schalenkoffer gelegt und diesen dann abgeschlossen. Er hoffte, daß diese Sicherheitsmaßnahme ausreichend war, denn der Schlüssel zu seinem Zimmer war natürlich nicht aufzufinden gewesen. Er mußte einfach auf sein Glück vertrauen und darauf, daß Olafs Mitbewohner entweder zu desinteressiert oder zu bekifft waren, um überhaupt in seinen Sachen herumzustöbern.

Ein eisiger Wind fegte über die Bürgerstraße, Schneeflocken vor sich hertreibend. Der Himmel war dunkelgrau, über der Innenstadt von einem matten rötlichen Schimmer durchzogen. Der Berufsverkehr floß zäh und träge über die verschneiten Straßen, Menschen mit Aktentaschen unter dem Arm stapften frierend und schlechtgelaunt zur Arbeit. Nur einige ganz Mutige, bestimmt

Studenten, quälten sich auf dem Fahrrad voran, zwar immer einen jähen Sturz fürchtend, aber zu faul zum Laufen. Eine Radfahrerin balancierte sogar noch einen geöffneten Regenschirm in ihrer Linken.

Trotz der Kälte fand Guido Kramer es erholsam, nach der Nacht in dem überheizten und muffigen Zimmer an der frischen Luft zu sein. Erleichtert zog er die kalte Luft durch die Nase. Dann drapierte er einen hellbeigen Schal mit dunkelblauen Karos über seiner unteren Gesichtshälfte, einerseits um sich vor dem eisigen Wind zu schützen, andererseits um die Lippenbewegungen zu verdecken, die ihn vielleicht beim Aufsagen seiner Beschwörungen verraten hätten. Zusätzlich trug er eine Fellmütze mit Ohrenklappen, die ihn ebenfalls vor neugierigen Blicken, vor allem denen der Polizei, schützen würde.

Es lag eine seltsame, für einen normalen Wochentag sogar außergewöhnliche Ruhe über der Stadt. Kein Hupen ertönte, auch die Fahrgeräusche der Autos und Busse waren auf der Schneedecke fast nicht zu hören. Passanten gingen leise flüsternd an dem Professor vorbei. Sie würdigten ihn keines Blickes. Im Vorbeihasten hoben sie nicht einmal die Köpfe. Es war, als hätten sich alle Einwohner der Stadt unbewußt dafür entschieden, leise zu sein.

Es war die Ruhe vor dem Sturm.

Zuerst erscholl irgendwo in der Innenstadt lautes Rufen und Johlen, gefolgt von dem Klirren eingeworfener Fensterscheiben. Nur Sekunden später gesellten sich zu dem Lärmen und Schreien der Mitglieder von ‚Bereut nun!' das schrille Heulen von Alarmsirenen und Martinshörnern.

Die Anhänger von Marcel Hagen, der sich selbst Prophet Petrus nannte, hatten sich am frühen Morgen auf dem Marktplatz getroffen. Von dort waren sie, nachdem einige kurze Reden gehalten worden waren, ausgeschwärmt und hatten verschiedene Geschäfte geplündert. Zu den ersten Opfern zählten die Besitzer von teuren Bekleidungsgeschäften und Antiquitätenläden, denn diese galten der Sekte als ganz besonders verdächtig, dem Konsum und sinnloser Verschwendung Vorschub zu leisten. Auch Geschäfte, in denen es überkandidelte CD-Spieler und teure Delikatessen gab, standen auf ihrer Abschußliste ganz oben.

Aber schon bald war in der allgemeinen Aufbruch- und Gefechtsstimmung die eigentliche Motivation ins Hintertreffen geraten, und man hatte angefangen, wahllos Scheiben einzuschlagen und die Auslagen aus den Fenstern zu reißen. Überall hängten die in weiße und blaßlila Büßergewänder gekleideten Sektenmitglieder Plakate und Spruchbänder auf, die vor dem nahe bevorstehenden Weltuntergang warnten. Nur die Rückkehr zu einem einfachen Leben könne die Menschheit noch retten.

Die Beute aus den geplünderten Geschäften warfen sie an verschiedenen Plätzen in der Innenstadt zu großen Haufen auf, gossen Benzin darüber und zündeten sie an. Überraschten Fußgängern wurde nicht nur erklärt, daß es sich dabei um reinigende Feuer handle, die die Gesellschaft von ihrer Verschwendungssucht heilen sollten, sondern manche der kopfschüttelnd vorbeieilenden Passanten wurden kurzerhand von militanten Sektenmitgliedern ihrer teuren Aktentaschen, Armbanduhren und nachgemachten Burberry-Schals beraubt, die dann ebenfalls auf den Scheiterhaufen wanderten.

Direkt vor der Johanniskirche kam es zu einer Schlägerei, als eine Frau nicht von ihrem Nerzmantel lassen wollte, den die wütende Menge auf einen Berg brennender Kleidungsstücke werfen wollte. Sie versuchten, ihr den Pelzmantel auszuziehen, aber die Frau klammerte sich kreischend an das gute Stück, so daß sie beinahe mit in die schon hoch aufschlagenden Flammen gezerrt worden wäre. Nur das beherzte Eingreifen einiger Passanten, die mit Schirmen und gefüllten Einkaufstüten auf die Angreifer einschlugen, rettete ihr das Leben.

Die meisten Schaufensterscheiben in der Innenstadt waren in weniger als einer halben Stunde zertrümmert worden. Doch die Plünderungen hielten an. Immer mehr Waren wurden aus den Geschäften gezerrt und in die hell lodernden Feuer geworfen. Polizei und Feuerwehr versuchten zwar, die rasenden Anhänger unter Kontrolle zu bringen und gleichzeitig die Feuer zu löschen, doch die Aktion war so schnell und unerwartet gekommen, daß das Chaos schon perfekt war, bevor die ersten Wagen der Feuerwehr überhaupt eingetroffen waren.

Guido Kramer wurde das Ausmaß dieser Aktion erst klar, als er auf dem Nikolaikirchhof ankam, wo Polizei und Sektenmitglieder in eine Straßenschlacht verwickelt waren. Vor der Kirche loderte ein riesiges Feuer, in das immer neue Gegenstände geworfen wurden. Unflätige Beschimpfungen schwirrten durch die Luft, gefolgt von den ersten Pflastersteinen. Die Polizisten hatten bereits ihre Schlagstöcke wütend erhoben. Nur der Einsatz eines Wasserwerfers wurde von der Eiseskälte boykottiert.

Quer über der Nikolaistraße hatten die Sektenmitglieder eine Barrikade errichtet, hinter der sie sich, mit der Kirche im Rücken, verschanzt hatten, um die Polizisten mit Steinen und Molotowcocktails zu bewerfen. Die Fensterscheiben aller umliegenden Geschäfte, viele davon gerade erst nach dem Erdbeben ersetzt, waren erneut in Scherben. Wütende Geschäftsleute und ratlose Verkäuferinnen stritten sich mit den Polizisten über die beste Taktik. Diese vorübergehende Unachtsamkeit wurde von den Sektenleuten genutzt, um noch mehr Ware zu entwenden und unter lautem ‚Bereut nun!'-Geschrei zu verbrennen.

Während der Professor versuchte, sich möglichst unauffällig und unbeschadet einen Weg durch das Durcheinander zu bahnen, war er froh, daß niemand das schadenfrohe Grinsen in seinem Gesicht bemerkte. Dieses Chaos kam ihm wie gerufen, denn die Polizei war viel zu beschäftigt, um nach ihm Ausschau zu halten. Wenn er Glück hatte, würden die Anhänger von ‚Bereut nun!' die Polizei den ganzen Tag lang auf Trab halten und sie damit von ihm und auch der Gottheit ablenken.

Dann erscholl ein neuer Schlachtruf:

„Nieder mit dem Polizeistaat! Macht die Bullen fertig!"

Mitten im Getümmel entdeckte Professor Kramer jetzt seinen Neffen und dessen Kumpel, die offenbar die günstige Gelegenheit, sich mit der Polizei zu prügeln, nicht ungenutzt vorübergehen lassen wollten. Sie waren es auch gewesen, die fachmännisch die Straßenbarrikade errichtet und Molotowcocktails hergestellt hatten, da war sich Kramer sicher. Deswegen hatte es Olaf an diesem Morgen auch so eilig gehabt, das Haus zu verlassen. Das hatte er also mit der ‚wichtigen Aktion' gemeint. Der Professor fragte sich halb bewundernd, wie sein ewig weggetretener Neffe von etwas gewußt hatte, das die Polizei offensichtlich komplett überrascht hatte. Anerkennend und fast respektvoll schüttelte er den Kopf, während er sich vorsichtig durch das Gedränge schob. An der Ecke zur Groner Straße drehte er sich noch einmal um und erhaschte einen letzten Blick auf seinen Neffen, der mit einem gekonnten Steinwurf die Frontscheibe eines Einsatzwagens zertrümmerte.

Wie Guido Kramer näherte sich auch Georg Roeder der Innenstadt, allerdings von der entgegengesetzten Seite her. Nachdem er das Auto auf dem Seminarparkplatz abgestellt hatte, war er zuerst zum Weender Tor gegangen, auf dem sich die gemäßigtere Fraktion von ‚Bereut nun!' versammelt hatte, um Flugzettel zu verteilen. Erst gegenüber des ausgebrannten McDonald's-Restaurants traf er auf die radikaleren Vertreter. Diese waren gerade dabei, ein Delikatessengeschäft zu plündern. Ihre Beute warfen sie auf einen Berg brennender Bücher und Prospekte. Die Saucen und Gewürze aus aller Herren Länder ließen die Flammen in den seltsamsten Farben aufleuchten. Ein durchdringender Geruch von Curry und Sojasauce lag über der Straße. Georgs leerer Magen revoltierte.

Aus dem Einkaufszentrum war lautes Rufen und Schreien zu vernehmen. Georg nahm an, daß die Randalierer dort auf seine Kollegen getroffen waren. Ein kurzer Blick in das Geschäftshaus zeigte dem verwunderten Kriminalbeamten jedoch ein ganz anderes Bild. Auf den Galerien und in den Geschäften tobte eine erbitterte Schlacht zwischen einer kleinen Gruppe von Sektenmitgliedern und den Angestellten verschiedener Läden, die mit aller Gewalt versuchten, ihre Ware zu retten. Manche hielten sogar Scheren und Taschenmesser in den Händen, und sie waren so rasend vor Zorn, daß Georg fast Mitleid mit den Leuten in den Büßergewändern bekam. Er zückte sein Handy, um seine Kollegen von der Saalschlacht zu informieren. In diesem Moment wehte der Wind einen durchdringenden süßlichen Geruch herbei, der aus Hunderten von zerbrochenen Parfumflaschen stammte. Georgs Magen krampfte sich endgültig zusammen, dann steckte er resigniert das Handy wieder ein und trat den Rückzug an. Das war sowieso vielmehr ein Job für eine Putzkolonne als für die Polizei.

Die Sonne war immer noch nicht aufgegangen.

„Nachdem sie die Scheiben eingeworfen hatten, haben sie die Pralinenkästen und Torten aus den Schaufenstern geholt. Doch anstatt die Schokolade und Aidatorten zu essen, haben sie sie in das Feuer geworfen." Philip rührte kopfschüttelnd in seiner Teetasse. „Die sind wirklich zu dämlich. Wer käme wohl auf so eine Idee?"

„Sie meinen also, Vernichtung durch Aufessen wäre sinnvoller gewesen", vermutete Richard Altmann mit einem maliziösen Grinsen.

„Eigentlich ja, denn das war ja wohl reine Verschwendung!"

Philip berichtete seinen sichtlich amüsierten Zuhörern, wie eine beherzte Verkäuferin die verbliebenen Pralinentüten an sich gerafft und sich dann geistesgegenwärtig hinter einer Tür verschanzt hatte. Den Plünderern sei es nicht gelungen, diese Tür aufzubrechen. So habe sie wenigstens einen Teil des für die Ägyptologen lebenswichtigen Pralinenvorrats gerettet. Dorothea, die sich bis jetzt auf ihr Brötchen konzentriert hatte, blickte erstaunt auf und zog fragend eine Augenbraue hoch. Maria erklärte lachend, daß bei den Studenten in der Ägyptologie das Gerücht umging, einige Referate, Aufsätze und Magisterarbeiten seien überhaupt nur dank der ständigen Zufuhr von Pralinen und Torten geschrieben worden. Zu aller Überraschung gab Richard Altmann zu, daß es schon Situationen gegeben hätte, in denen er nur nach einem Stück Frühlingstorte hatte weiterarbeiten können.

„Dieses ganze Gerede über Konsum und Verschwendung, die zum Weltuntergang führen sollen, ist doch Humbug", sagte er. „Solche Motive sind populistisch. Sie werden nur benutzt, um Mitläufer zu kontrollieren und ihnen ein Ziel zu bieten, mit dem sie sich leicht identifizieren können. Und Göttingens beste Konitorei zu plündern, ist wirklich allerhand. Doch weitaus schlimmer finde ich, daß es auch die Buchhandlungen getroffen hat. Wissen ist nicht dekadent oder gar Verschwendung. Denn uns allen ist wohl bewußt, daß nur unser Wissen uns vor dem Weltuntergang bewahren wird."

„Aber davon ahnen diese Leute doch gar nichts. Den meisten geht es sowieso nur um Vandalismus, nicht um Politik", gab Dorothea zu bedenken. „Obwohl das Auftauchen dieser Sekte gerade zu diesem Zeitpunkt schon seltsam ist. Zu seltsam vielleicht, um ein bloßer Zufall zu sein."

„Könnte sein, daß die wirklich etwas geahnt haben. Die Sekte gibt es allerdings nicht nur in Göttingen, sondern überall in Deutschland. Von hier aus nimmt es vielleicht nur den Anfang", orakelte Philip düster.

„Das werden wir zu verhindern wissen", setzte Richard Altmann dagegen.

Als einige der Demonstranten auf der Goetheallee aufmarschierten, um dort mit Töpfen, Pfannen und allen möglichen anderen Gegenständen einen Höllenlärm zu verursachen, war Dorothea froh, daß niemand nachfragte, wie es den Sektenmitgliedern gelungen war, die Polizei derartig zu überraschen. Ihre Kollegen hatten nichts von alledem verhindern können. Alles, was sie noch tun konnten, war, hinterher aufzuräumen. Dorothea war diese ewige Fragerei leid, die ja doch nur darauf abzielte, das Versagen der Polizeikräfte herauszustellen, anstatt echte Antworten zu erwarten. Und was hätte sie auch antworten sollen? Sie fühlte sich einfach nur noch müde.

Den anderen schien es genauso zu gehen. Ihnen war die durchwachte Nacht anzusehen, aber auch die Unruhe und Aufregung über die Aufgabe, die sie noch zu bewältigen hatten. Während sie sich eine Zeitlang schweigend mit ihrem Frühstück beschäftigten, nutzte Dorothea die Gelegenheit, ihre Mitstreiter zu betrachten.

Die beiden Studenten waren schon ein seltsames Paar. Schon als sie Philip und Maria das erste Mal getroffen hatte, war sie sich ziemlich sicher gewesen, daß die beiden ein Pärchen waren. Mittlerweile war sie davon absolut überzeugt. Äußerlich konnten sie sich nicht verschiedener geben, aber sie schienen sich gut zu verstehen. Das hatte offenbar auch Altmann herausgefunden, der sich zu Dorotheas Verwunderung weder etwas aus Philips skurriler Kleidermischung zu machen schien, noch von Marias eleganter Kleidung beeindrucken ließ. Obwohl unter der Schminke dunkle Augenringe zu sehen waren, war sie gestylt wie immer. Verstohlen musterte Dorothea die dunkelgraue Flanellhose und den flaschengrünen Cashmere-Pullover, dessen Farbe genau zu Marias Lidschatten paßte. Vom Bafög konnte sie sich das bestimmt nicht leisten, überlegte die Beamtin. Auch die Perlenkette an ihrem Hals ließ eher auf begüterte Eltern schließen. Ihre langen schwarzen Haare hatte sie mit einer Vielzahl von glitzernden Haarspangen hochgesteckt. Das hätte eigentlich zu festlich gewirkt, wenn sich nicht immer die eine oder andere Haarsträhne gelöst hätte, die Maria dann mit einer ganz unbewußten, aber wie Dorothea schon hatte feststellen können, ebenso charakteristischen Handbewegung wieder an ihren Platz brachte.

Ganz anders Philip Mann. Dorothea nahm richtig an, daß er kein Modemuffel im eigentlichen Sinn war, sondern sich ganz bewußt über jegliches Modediktat hinwegsetzte. Sie hatte arge Mühe gehabt, ein Grinsen zu unterdrücken, als sie ihn an diesem Morgen begrüßt hatte. Über seiner vielfach geflickten Jeanshose hingen quer zwei Nietengürtel, die ihm ein punkartiges Aussehen gegeben hätten, wäre da nicht das verwaschene rote Sweatshirt mit dem Aufdruck einer Whiskyfirma und die braune Strickweste gewesen, die bestimmt von seinem Urgroßvater stammte. Seine Haare waren zu einem Zopf geflochten, der von einem neongrünen Gummiband zusammengehalten wurde. An beiden Handgelenken trug er klimpernde Silberreifen, die eher zu einer arabischen Bauchtänzerin gepaßt hätten. Bestimmt aus Ägypten, vermutete Dorothea belustigt. Sie fragte sich, wie wohl seine Eltern auf diesen Aufzug reagierten. Sie hätte es niemals geglaubt, wenn Philip ihr versichert hätte, daß seine Eltern die Armreifen noch nicht einmal wahrgenommen hatten, obwohl dies der Wahrheit entsprach.

Dorothea fragte sich, wie die drei wohl sie selbst einschätzten. Sie war meistens praktisch gekleidet, mit Jeanshose und Pullover. Obwohl sie sich ehrliche Mühe gab, mit der Mode Schritt zu halten, hatte sie immer das Gefühl, zwei Jahre hinter ihr herzuhinken. Nur mit ihrer Frisur war sie zufrieden, denn seit einiger Zeit hatte sie aufgehört, ihr Haar rot zu färben. Statt dessen trug sie jetzt ihre dunkelblonden lockigen Haare zu einer verwegenen modischen Kurzhaarfrisur geschnitten. Das war nicht nur praktisch. Ohne die falsche Farbe hatte sie sich regelrecht befreit gefühlt. Das Kompliment ihres Freundes, der gemeint hatte, sie sähe aus wie dreiundzwanzig, hatte ein Übriges dazu getan.

Der Herr Professor, der gerade konzentriert in seinem Joghurt rührte, sah in seinem dunkelgrauen Anzug aus wie eh und je. Er schien nur dunkelgraue Anzüge zu haben, überlegte Dorothea. Bis auf den Verband an seiner gebrochenen Hand hatte Altmann alle Pflaster und Binden entfernt. Sein Arzt wäre sicherlich nicht begeistert gewesen, hätte er davon gewußt. Altmanns Haare waren sorgfältig gekämmt und wie immer zu einem Pferdeschwanz gebunden. Eine Ersatzbrille, mit Goldrand wie die vorherige, saß auf seiner Nase. Er hätte ausgesehen wie immer, wären da nicht die Schrammen und Kratzer im Gesicht und das tiefviolett umrahmte linke Auge gewesen, die an die tödliche Gefahr, in der er gestern abend geschwebt hatte, erinnerten.

Nachdem er jedes einzelne Fruchtstückchen aus seinem Joghurt gefischt und verspeist hatte, richtete sich Altmann auf und sah besorgt aus dem Fenster.

„Es wird gar nicht hell. Wir müssen uns beeilen."

„Es wird heute gar nicht hell", sagte Diana Rabusehl nach einem stirnrunzelnden Blick gen Himmel zu ihrer Freundin Angelika Mandolf.

„Runzel deine Stirn nicht so", antwortete diese. „Davon bekommst du nur Falten."

„Gestern haben sie übrigens bei Homeshopping Europe eine neue Creme angepriesen, die gleichzeitig gegen Falten im Gesicht und gegen Cellulitis wirken soll", sagte Diana mit einem verträumten Gesichtsausdruck.

Beide Freundinnen legten viel Wert auf ihr Äußeres. Sie trugen teure Kleidung, meistens kostspieliger als sie sich eigentlich leisten konnten, weshalb sie ständig im Minus waren. Dazu kamen die vielen teuren Cremes und Kosmetika, mit denen die ersten Fältchen zumindest verdeckt, wenn nicht gar beseitigt werden sollten. Tägliche Besuche im Fitnessclub und Tabletten halfen, etwaige Sünden im Lebensmittelbereich wieder wettzumachen.

„Hast du die Creme bestellt?" fragte Angelika.

„Ja, sicher. Eine Frau, die einen ordentlichen Mann abkriegen möchte, sollte nicht älter aussehen als Britney Spears", gab Diana ihr unerschütterliches Lebensmotto zum besten.

„In jedem Fall werden wir ziemlich alt aussehen, wenn wir schon wieder zu spät ins Büro kommen. Laß uns die Abkürzung über den Wall nehmen", schlug Angelika vor.

„Der Weg über den Wall ist mir zu unheimlich. Es ist immer noch stockfinster. Wer weiß, ob nicht dieser schreckliche Serienkiller wieder unterwegs ist." Diana schüttelte den Kopf, aber nur leicht, um ihre Frisur nicht durcheinander zu bringen.

„Du Angsthase!" lachte ihre Freundin. „Bei dem Wetter würde nicht mal Frankenstein draußen rumlaufen. Außerdem ist es früh am Morgen. Der ‚Göttinger Schlachter' schlägt doch immer nur nachts zu."

„Frankenstein ist vielleicht nicht hier, aber wir beide", brummelte Diana vor sich hin, stapfte dann aber gehorsam hinter Angelika her, die schon die ersten Bäume erreicht hatte.

Nach nur wenigen Schritten blieben sie überrascht stehen. Vor ihnen lag eine märchenhafte Winterwelt. Der Weg, der über den Wall zum Geismartor führte, lag vollkommen ungestört vor ihnen, kein einziger Fußabdruck war weit und breit in dem reinen Weiß zu sehen. Der Schnee auf den Bäumen glitzerte schwach im Schein der Straßenlaternen. Eiszapfen hingen an den Zweigen und klirrten leise im Wind. Die Bäume boten Schutz vor dem eisigen Wind, der nun den Schnee in Böen vor sich hertrieb. Hier schien alles ruhig, sogar der Lärm der Demonstranten, der aus der Fußgängerzone herüberdrang, wurde gedämpft.

„Sieht gar nicht echt aus, eher wie in einem Disneyfilm", staunte Diana.

„Also wenn hier uns einer begegnet, ist es eher der Yeti als Frankenstein", witzelte Angelika.

„Dracula wär mir lieber, jedenfalls wenn er aussieht wie Gary Oldman", gab Diana lachend zu.

„Alles, was uns hier begegnen wird, sind ein paar besoffene Punker aus dem Juzi", vermutete Angelika, bevor sie einen mißtrauischen Blick hinter sich in Richtung der stadtbekannten Hochburg der Autonomen warf.

Mit lange vor dem Spiegel geprobter Mißachtung rümpfte Diana ihre Nase und warf dann mit einer Geste, die sie für absolut cool hielt, ihre blondierten Haare zurück. „Ach was, die sind alle in der Innenstadt, um sich mit der Polizei zu prügeln."

Der Weg war wirklich wunderschön. Die beiden Freundinnen fühlten sich wie in eine andere Welt versetzt, und so schlenderten sie fröhlich über die neuen Frühjahrsfarben plaudernd unter den Bäumen dahin. Als schon die Neonreklame der Volksbank blau zwischen den Bäumen aufleuchtete, sagte Diana gerade: „Ich habe mich übrigens gefragt, ob ich nicht noch mal zum Schönheitschirurgen gehen soll. Ich bin mit meiner Nase immer noch nicht zufrieden. Vielleicht sollte ich mir eine zweite Nasenkorrektur leisten."

Sie hatte den Satz noch nicht ganz ausgesprochen, als ein wuchtiger Schlag ihr das kostbare Nasenbein zertrümmerte. Diana Rabusehl taumelte rückwärts, stolperte und fiel in den Schnee. Halb betäubt von dem heftigen Schlag sah sie vor sich einen großen schwarzen Schatten auftauchen, der ihre Freundin an der Kehle packte.

Mit einer Hand tastete Diana nach ihrer Nase, bekam aber nur eine blutige, schleimige Masse zu fassen. Vor Schmerzen keuchend, versuchte sie aufzustehen, doch der Mann trat mit einer schnellen Bewegung auf ihren rechten Knöchel. Diana hörte, wie ihre Knochen krachten. Ein stechender Schmerz raste durch ihr Bein, und ihr wurde gräßlich übel. Im ersten Moment nahm der Schmerz ihr den Atem, so daß sie nur ein ersticktes Röcheln zustande brachte.

Doch einige Angstsekunden später rief sie laut den Namen ihrer Freundin, die leblos in den Händen des Fremden hing. Dieser hielt Angelika auf Armeslänge von sich entfernt, während er sich gleichzeitig Diana näherte. Aus den Augenwinkeln heraus sah sie, daß die Zehenspitzen ihrer Freundin knapp über dem Schnee hingen. Vor Angst und Schmerzen stieß Diana jetzt spitze Schreie aus, während sie von dem Angreifer wegkroch. Auf Händen und Ellenbogen versuchte sie, sich durch den Schnee zu ziehen, doch sie verhedderte sich in ihrem Mantel, kam nicht frei und sackte hilflos nach hinten. Er kam näher und näher, bis er breitbeinig über ihr stand. Angelika, die er immer noch mit einem ausgestreckten Arm hielt, öffnete plötzlich ihre Augen. Diana konnte sehen, daß sie blutunterlaufen waren. Ihre Freundin umklammerte den Arm des Mannes mit beiden Händen und strampelte verzweifelt mit den Beinen. Doch alle Versuche, nach ihrem Peiniger zu treten, verliefen erfolglos, bis er sie, fast beiläufig, kräftig durchschüttelte, so daß sie wieder ohnmächtig wurde.

Angsterfüllt blickte Diana zu der hoch über ihr aufragenden Gestalt auf. Noch immer konnte sie sein Gesicht im Gegenlicht nicht erkennen. Jetzt beugte er sich zu ihr herab, seine freie Hand griff nach ihrem Handgelenk.

Ganz deutlich spürte Guido Kramer, daß die Gottheit wieder ein Opfer gefunden hatte. Dieses erregende Gefühl, ein Gemisch aus freudiger Erwartung und unendlicher Macht, durchflutete seinen Körper, und er fragte sich, wie intensiv die Empfindungen der Gottheit wohl sein mußten. Vielleicht konnte er ja eines nicht zu fernen Tages daran teilhaben. Vor Aufregung zitterte er so sehr, daß er stehenbleiben mußte. Er mußte abwarten, bis sich die Gänsehautschauer, die über seinen Rücken liefen, zu einem erträglichen Maß abgeschwächt hatten.

Er stand jetzt am Rande des Wilhelmsplatzes und beobachtete, wie sich die Demonstranten sammelten. Mittlerweile hatte sich ein buntes Gemisch aus Mitgliedern von ‚Bereut nun!', Punkern, Studenten und professionellen Plünderern gebildet, die zwar alle für ihre eigenen Ziele warben, sich aber immerhin in ihrem Haß auf die Polizei einig waren. Diese war natürlich auch schon aufmarschiert. Die Polizisten standen dichtgedrängt und waren wie Gladiatoren bis an die Zähne bewaffnet. Ihre transparenten Plastikschilde hatte Guido Kramer seit jeher am meisten bewundert. Daß etwas so fragil aussehen und trotzdem einem Pflasterstein standhalten konnte – faszinierend!

Wie immer hatte er sich von dem Aufbewahrungsort des Papyrus entfernt, wenn er die Gottheit herbeirief. So fühlte er sich sicherer. Deshalb war er in die Stadt gegangen, ohne von dem Tumult, der ihn so unerwartet vor der Aufmerksamkeit der Polizei schützte, auch nur zu ahnen. Auf dem Weg von seinem Versteck bis hierher hatte er immer wieder die Formel rezitiert und erst aufgehört, als er das Herannahen der Gottheit spüren konnte. Jetzt war er erschöpft und sehnte sich nach einer Tasse Kaffee, aber alle Bistros und Cafés, an denen er vorbeigekommen war, waren entweder demoliert oder geschlossen. Einmal noch würde er den Text aufsagen, damit er ganz sicher sein konnte, nahm er sich vor. Also drückte er sich an die Wand und begann, während er den Aufmarsch von Polizei und Demonstranten beobachtete, von Neuem mit der Anrufung.

Umständlich holte Richard Altmann mehrere Stapel Kopien aus seiner Tasche, die auf dem Boden stand. Mit nur einer Hand gestaltete sich die Prozedur schwierig, aber er wehrte Dorotheas Versuch, ihm zu helfen, mit einer unwilligen Geste ab. Aus den Augenwinkeln sah Dorothea ein Grinsen über Philip Manns Gesicht huschen. Sie setzte sich wieder gerade auf und zuckte betont mit den Achseln.

„Dieses ist der neue Text, den wir letzte Nacht zusammengestellt haben. Eben das Positiv zu Kramers Zaubertext", sagte er, während er die Kopien verteilte.

Dorothea blickte auf das Blatt, auf dem es von flügelschlagenden Vögeln, gewundenen Schlangen und seltsamen Gegenständen nur so wimmelte. Was für eine Schrift! In mehreren Zeilen entdeckte sie einen Vogel, der einem Falken ähnlich sah, und verspürte wieder das gleiche Gefühl der Sicherheit und Geborgenheit, das sie schon beim Anblick der Statue mit dem Falken in dem Buch gehabt hatte. Wenn das alles vorbei ist, muß ich mal nachfragen, was es mit dem Falken auf sich hat, nahm sie sich vor.

„Was tun wir jetzt mit dem Text?" fragte sie.

Alle blickten auf Richard Altmann, der sichtlich darum bemüht war, nicht verlegen zu wirken.

„Ich weiß nicht genau, was man tun muß. Kramer hat den Text einfach nur rezitiert, denke ich. Also müssen wir den Text auch nur vorlesen. Philip und ich werden das abwechselnd erledigen, während Maria versuchen wird, die Opfer der Gottheit, wenigstens rituell, wieder neu zu beleben."

Maria nickte. Vor sich hatte sie ein leeres Blatt Papier und die Liste mit den Namen der Opfer und ihren Fotografien liegen. Nervös spielte sie mit ihrem Kugelschreiber. Sowie Altmann mit der Rezitation anfangen würde, würde sie die Hieroglyphe für einen Mann beziehungsweise eine Frau hinter den Namen der entsprechenden Person zeichnen und ein ägyptisches Lebenszeichen danebenschreiben.

Dorothea war noch nicht zufrieden. „Woher wissen wir, ob der Text wirkt?" fragte sie.

„Wir wissen nicht, was passieren wird", gab Philip zu. „Vielleicht wissen wir es erst, wenn die Morde aufgehört haben."

„Und wenn nicht …?"

„Dann haben wir immerhin den Versuch gemacht", sagte Maria.

„Sehr aufmunternd ist das gerade nicht, was Sie da sagen."

„Wir merken vielleicht doch etwas", vermutete Altmann. „Es gab ja noch mehr Veränderungen, zum Beispiel das Wetter, die Insekten oder auch diese seltsame Dunkelheit. Wir müssen es einfach ausprobieren."

„Haben Sie eine Vorstellung davon, wie diese Gottheit auf unser Eingreifen reagieren wird?" Dorothea ließ nicht locker. Auf keinen Fall wollte sie es riskieren, daß die drei in gutem Glauben, oder auch aus zu viel Vertrauen in ihre eigenen Fähigkeiten, die ganze Angelegenheit noch schlimmer machten, als sie ohnehin schon war.

Altmann hatte wie immer die Situation erfaßt.

„Sie verlangen mehr Sicherheiten, als wir Ihnen geben können. Ich kann nur Vermutungen darüber anstellen, was passieren wird, wenn wir den Text lesen. Aber wir wissen ziemlich sicher, was geschehen wird, wenn wir es nicht tun: noch zwei Menschen werden ihr Leben verlieren. Und dann …" Er sprach nicht weiter. Offenbar wollte er den Gedanken nicht zu Ende denken, was passieren würde, sollten Guido Kramers kühnste Träume in Erfüllung gehen.

„Wenn es sich wirklich um eine Erscheinungsform des Gottes Seth handelt, dann kann es gut sein, daß wir ihn, nun ja, umstimmen können. Seth hat schließlich gute und schlechte Eigenschaften. Er symbolisiert das Böse, hat aber auch die Macht und Kraft, die es ihm erlauben, gegen die Feinde des Sonnengottes in den Krieg zu ziehen. Dann ist er sozusagen auf unserer Seite, und diese Eigenschaften sind es ja auch, die wir uns zunutze machen wollen", erklärte Maria, die wie immer die geduldigste von allen war, wenn es darum ging, Dorothea in die Geheinnisse des alten Ägyptens einzuweihen.

„Was ist eigentlich mit den anderen Göttern, dem Sonnengott zum Beispiel? Warum kümmert er sich nicht darum und kommt uns zu Hilfe?"

Zum ersten Mal hörte Dorothea Richard Altmann kichern.

„Ich hatte mich schon gewundert, wann Sie das fragen würden", gab er unter glucksenden Lauten zu verstehen.

Dann wurde er ernst: „Seit fast zweitausend Jahren hat niemand mehr an ägyptische Götter geglaubt, warum sollten sie sich also um die Menschen kümmern? Niemand hat gebetet, Hymnen gesungen oder Opfergaben dargebracht, wie kann die Menschheit dann im Gegenzug an den Segnungen der Götterwelt teilhaben?"

„Hoffentlich wird unser Text, der ja auch schon ein kleiner Hymnus ist, das ändern", warf Maria ein.

„Ehrlich gesagt hoffe ich, daß nicht zu viele Götter – sozusagen – aufmerksam werden", setzte Altmann dagegen.

„Wie meinen Sie das?" fragten die drei anderen wie aus einem Munde.

„Wir könnten nicht nur freundliche Götter auf den Plan rufen."

Dorothea hatte doch geahnt, das ein Haken an der Sache war! „Würden Sie das bitte näher erklären?" fragte sie scharf.

„Eine Sache macht mir Sorgen, und das ist das reptilienhafte Aussehen der Gottheit." Die Erklärung fiel Altmann sichtlich schwer. „Sie haben auch DNS-Spuren, die auf ein Reptil hinweisen gefunden, nicht wahr?"

Dorothea nickte erwartungsvoll.

Maria begriff als erste. „Scheiße!" entfuhr es ihr, dann entschuldigte sie sich schnell.

Die Rüge folgte sofort. „Deutlicher konnten sie es nicht ausdrücken. Also bitte!" Er machte eine einladende Geste. Offensichtlich war Altmann wie immer froh, die notwendigen Erklärungen auf Maria abwälzen zu können.

„Seth als Schlange ist selten, gibt es eher gar nicht." Maria verstummte mitten im Satz. Sie warf einen hilfesuchenden Bick zu ihrem Doktorvater, doch dieser übersah das geflissentlich.

„Bei einer Schlange würde man eher an Apophis denken", sagte sie vorsichtig, immer noch zu ihrem Professor hinüberschielend. „Und das ist der Götterfeind schlechthin, der schon seit der Erschaffung der Welt existiert. Er ist das absolut Böse, das aber trotzdem ein Teil der Schöpfung ist. Apophis hat keine guten Eigenschaften, außer der vielleicht, daß er nur da ist, damit wir all das Negative, für das er steht, vernichten können."

„Sie meinen, unser Monster ist nur der Vorbote von etwas weitaus Schlimmerem?" fragte Dorothea entsetzt. „Dann war das hier alles umsonst?"

„Natürlich nicht, denn wir könnten ihm ähnliche Mittel entgegensetzen. Apophis steht für das Böse, das vom Sonnengott vernichtet werden muß. Aber auch der König, die Priester, alle Menschen sind verpflichtet, das Böse zu bekämpfen. Also sollte es uns auch möglich sein. Unser Problem ist die Zeit. Niemand ist auf so etwas vorbereitet. Wir bräuchten einen neuen Text und könnten vielleicht nicht schnell genug damit sein. Ägyptologen denken in anderen Zeitspannen", setzte der Professor fast entschuldigend hinzu. „Doch jetzt gehen wir erst einmal davon aus, daß wir es nur mit einem Gegner zu tun haben. Lassen Sie uns anfangen zu lesen."

Damit beugte er sich über das Blatt und begann mit leiser Stimme den ägyptischen Text zu lesen.

Mit eisenhartem Griff hielt der Fremde Dianas Handgelenk umklammert und zog sie hoch. Sie mußte auf einem Bein balancieren, weil sie ihren rechten Fuß nicht aufsetzen konnte. Als er sie zu sich heranzog, wäre sie fast hingefallen, doch er hielt sie fest. Erst jetzt, als er im matten Licht einer Straßenlaterne stand, fiel ihr das seltsame Aussehen des Angreifers auf, die schuppige Haut und die gelben reptilienartigen Augen. Sie legte den Kopf in den Nacken und sah gleichzeitig entsetzt und fasziniert zu ihm auf. In diesem Moment ging eine wellenförmige Bewegung durch seinen Körper. Ein leichtes Zittern glitt über seine Haut. Langsam und majestätisch, als würde ein Vogel seine Fügel ausbreiten, spreizte er große Stacheln auf, die von seiner Schulter und seinen Armen abstanden.

Als Diana entsetzt aufschrie, schleuderte er sie mit einer verächtlichen Bewegung gegen einen Baum. Der Aufprall betäubte sie für einige Sekunden, doch dann kam sie langsam wieder zu sich. Sie lag auf der Seite, mit dem Rücken gegen einen Baumstamm gepreßt. Unter sich spürte sie eine Baumwurzel, die schmerzhaft in ihre linke Seite und auf ihren linken Ellenbogen drückte, doch sie wagte nicht, sich zu rühren. Aus den Zweigen rieselte Schnee auf sie herab, der sie wie ein Leichentuch zudeckte. Ihre Kleider waren durchnäßt, und sie zitterte vor Angst und Kälte. Ihre gebrochene Nase schmerzte und pochte höllisch. Im Mund spürte sie den metallischen Geschmack ihres eigenen Blutes.

Dann hörte sie ein seltsames Geräusch. Vorsichtig öffnete sie die Augen. Direkt vor ihr auf dem Weg stand das Monster im fahlen Licht einer weit entfernten

Straßenlaterne. Immer noch hielt es Angelika mit einer Hand aufrecht. Mit den Krallen seiner anderen Hand fügte er ihr systematisch über die ganze Haut verteilte Kratzer zu. Diese zogen sich über ihr Gesicht, ihre Arme und ihren Oberkörper. Ihr Mantel und ihr Kleid waren bereits zerfetzt, sie stand praktisch nackt vor ihm. Diana sah, daß trotz der Kälte der Schweiß in Bächen über Angelikas Körper rann.

Das seltsame Geräusch, das Diana dazu gebracht hatte, die Augen zu öffnen, war zwischen Angelikas zerkratzten Lippen hervorgekommen. Er waren keine Schreie mehr, die sie mit ihrer zerrissenen Zunge von sich gab, sondern nur noch ein langgezogenes Stöhnen, das sie bei jeder neuen Verletzung ausstieß. Jetzt zog er seine Krallen über ihre Oberschenkel, erst den linken, dann den rechten. Blut lief über Angelikas Beine und tropfte in den Schnee, wo es dampfende kleine Pfützen bildete. Licht glitzerte in den nassen Wunden, als ob Flammen darin stünden.

Mit einer weiteren Bewegung riß die Kreatur Angelikas Bauch auf. Diana konnte einen Schrei nicht unterdrücken, denn sie sah deutlich die Eingeweide ihrer Freundin herausfallen. Ein langes Stück Darm hing baumelnd aus ihrem Unterleib und wickelte sich bei jeder Bewegung um ihre Beine. Irgend etwas Dunkelrotes klatschte in den Schnee. Angelikas Kopf klappte nach hinten. Wiederum hatte Diana den Eindruck, als würde ein Feuerschein über dem Körper ihrer Freundin liegen.

Plötzlich richtete sich der Angreifer auf. Irgend etwas hatte seine Aufmerksamkeit erregt und schien ihn für kurze Zeit abzulenken. Er drehte suchend den Kopf hin und her. Es war, als würde er in die Luft hineinhorchen.

Dann wandte er sich wieder Angelika zu. Er strich mit der Hand über ihren Körper. Es war eine fast zärtliche Geste, die mehr zu einem Liebhaber gepaßt hätte, wenn er nicht mit ihr Angelikas Haut in Flammen gesetzt hätte. Das Feuer war also doch keine Einbildung oder bloße Lichtreflexe gewesen! Diana beobachtete entsetzt, wie Flammen aus Angelikas Wunden und Kratzern herausschossen – erst waren es kleinere, doch dann wurden sie immer größer, bis ihr Körper gänzlich von Feuer umhüllt war.

Im Schein des Feuers sah Diana, wie die Kreatur erneut ihren Kopf hob, als ob sie etwas hören würde. Diana versuchte, sich zu konzentrieren. Sie lauschte angestrengt, bis sie es auch hören konnte. Es war, als würde der Wind eine leise Stimme herbeitragen, die Wörter in einer unbekannten Sprache flüsterte. Die beschwörenden Worte waren fast körperlich spürbar. Sie erfüllten den Ort wie etwas Lebendiges und breiteten sich zwischen den Bäumen und Sträuchern aus. Das unsichtbare Drängen schien fast in der Luft zwischen Diana, Angelika und dem Monster zu schweben. In der Ferne schrie ein Vogel.

Dann gab der Mörder Angelika einen Schubs, und ihr brennender Körper wankte hinunter zur Straße. Es selbst blieb stehen und drehte witternd den Kopf hin und her. Diana überlegte nicht lange. Sie erwachte wie aus einem Traum, zog sich an dem Baum hoch und zwang sich, ungeachtet der Schmerzen in ihrem Knöchel hinter ihrer Freundin herzuhinken.

Der unheimliche Angreifer beachtete sie gar nicht. Mit zurückgelegtem Kopf lauschte er weiterhin der Stimme im Wind. Diana hatte fast die rettende Straße erreicht, als sie hinter sich Schritte im Schnee knirschen hörte. Angsterfüllt drehte sie sich um, doch da war niemand hinter ihr.

Angelika lag lichterloh brennend auf der Straße. Leute standen schockiert um sie herum. Diana wollte zu ihr laufen, doch ein Mann hielt sie fest. Sie starrte ihn haßerfüllt an.

„Sie können nichts mehr tun", sagte er. In dem vergeblichen Versuch, sie zu beruhigen, tätschelte er ihre Hand.

„Er hat sie umgebracht!" kreischte Diana. Ungläubig starrte sie auf den verbrannten Körper ihrer Freundin.

Der Mann versuchte, sie wegzuziehen, doch sie konnte und wollte sich nicht von dem Anblick losreißen. Dann bekam sie Angst, daß der Mörder zurückkommen könnte. Hastig drehte sie sich um, voller Furcht suchten ihre Augen die Bäume ab.

„Er ist hinter mir", stieß sie hervor. „Es ist ein Monster, riesengroß, mit Stacheln und gelben Augen."

Der Mann blickte mitleidig. „Sie stehen unter Schock", sagte er. „Der Krankenwagen ist schon unterwegs."

Tief in ihrem Inneren wußte Diana, daß ihr niemand glauben würde, trotzdem versuchte sie es noch einmal. „Es ist kein Mensch, es hat Schuppen und … Stacheln!"

Diana verstummte, denn im Gesicht des Mannes konnte sie nicht nur Mitleid, sondern auch Gereiztheit lesen. Wahrscheinlich hielt er sie für übergeschnappt. Nervös strich sie sich durch die Haare. Feiner gelbroter Sand rieselte aus den verfilzten Strähnen heraus. Verwirrt starrte Diana die Sandkörner auf ihrer Hand an, dann wischte sie sie schnell an ihrer Kleidung ab. Sie ekelte sich davor, denn der Sand erschien ihr unheimlich und bedrohlich.

Einige Leute, die ein Stück den Wall hinaufgelaufen waren, kamen gerade kopfschüttelnd zurück. Sie hatten nur Blut und Fußabdrücke im Schnee gefunden. Von dem Angreifer keine Spur.

„Sie können froh sein, daß Sie noch am Leben sind", sagte ein älterer Mann zu ihr. Doch Diana hörte ihn schon nicht mehr. Sie fing an zu schreien. Und sie hörte nicht auf damit, bis sie im Krankenwagen lag.

Die Verbindung zur Gottheit wurde mit einem Mal undeutlich. Irgend etwas mußte geschehen sein. Kramer hatte schon einmal ähnliches empfunden, nämlich als Richard Altmann der Gottheit entkommen war. Damals hatte er Enttäuschung und auch Verärgerung spüren können. Doch hier war noch etwas anderes im Spiel. Es war, als habe sich eine weitere Macht eingeschaltet. Er glaubte fast, eine leise drängende Stimme hören zu können, die sich unerlaubt in seine Beschwörungen eingeschlichen hatte. Wie eine Konkurrenz, die versuchte, die Aufmerksamkeit der Gottheit auf sich zu lenken.

Jetzt war die Verbindung gänzlich unterbrochen. Kramer sog scharf die Luft ein. Er konnte es nicht glauben, daß so kurz vor dem Ziel noch jemand versuchen würde, ihn aufzuhalten.

„Jemand ist gut", brummte er ungehalten vor sich hin. Eigentlich gab es da nur einen einzigen Menschen auf der Welt, dem er überhaupt das Wissen und die Fähigkeit zutraute, sich einzumischen. Irgendwie hatte Guido Kramer es schon geahnt, wer sich ihm in den Weg zu stellen gewagt hatte.

„Richard Altmann", zischte er laut.

Er biß sich rasch auf die Zunge. Er durfte jetzt keine Fehler machen und eventuell die Aufmerksamkeit anderer oder gar der Polizei auf sich lenken. Doch niemand hatte Notiz von ihm genommen. Keiner beachtete ihn, wie er im Schatten des Dekanatsgebäudes an der Wand lehnte. Alle Augen blickten auf den Wilhelmsplatz, wo sich die Situation zwischen Polizei und Demonstranten immer mehr verschärfte. Es konnte nur noch Minuten dauern, bis sich die aufgeheizte Stimmung entladen würde. Für Guido Kramer war es sowieso an der Zeit, zu gehen. Altmann mochte sich zwar gut in seinem Fach auskennen, aber daß er auch den Mut gehabt hatte, dieses Wissen anzuwenden, würde er bereuen. Er, Guido Kramer, würde die Sache selbst in die Hand nehmen und seinen Widersacher ein für alle Mal ausschalten.

Kramer schob sich von der Wand ab. Er würde die Suche nach seinem Kollegen, der ihm so unerwartet in die Quere gekommen war, im Seminar für Ägyptologie beginnen. Schließlich war das der einzige Ort, an dem dieser alle notwendigen Bücher und Publikationen einsehen konnte.

Sein Vorhaben bot noch einen weiteren Vorteil: er würde den Mord selbst begehen. Alle angesammelte Wut und seinen ganzen Haß würde er in diese Tat hineinlegen können. Er wußte, daß er sich dieses seit Jahren gewünscht hatte, doch erst in der letzten Zeit hatte er den Mut aufbringen können, dies auch vor sich selbst zuzugeben. Und jetzt war es endlich so weit. In seiner freudigen Erwartung auf die bevorstehende Tat bog er geschwinden Schrittes am Dekanat um die Ecke und in die Barfüßerstraße ein.

Sofort bereute er, daß er sich nicht vorher vergewissert und um die Ecke des

Gebäudes gespäht hatte, um zu sehen, wer sich vielleicht auf der anderen Seite befand. Und jetzt war es auch schon zu spät. Abrupt blieb er stehen und starrte sein Gegenüber erschrocken an. Direkt vor ihm stand dieser unfreundliche Polizist, der neulich zusammen mit der Kommissarin in seinem Zimmer gewesen war und so dumme Fragen gestellt hatte.

Kramer ärgerte sich über sich selbst, denn er war unvorsichtig geworden und hatte sich zu einer Unachtsamkeit hinreißen lassen. Das war nun der Preis, den er für einige Sekunden der Vorfreude auf den Mord zu zahlen hatte. Noch so einen Fehler durfte er sich nicht erlauben. Sofort wußte er, daß der Polizist, an dessen Namen er sich nicht mehr erinnern konnte, ihn wiedererkannt hatte. Noch mehr, dieser schien sehr genau Bescheid zu wissen. Denn auf dem Gesicht des anderen malte sich nicht nur bloßes Wiedererkennen, sondern echte Überraschung. Er hatte also gewußt, daß Kramer untergetaucht war, sonst wäre er nicht so verwundert gewesen, ihm mitten auf der Straße zu begegnen. Mit Sicherheit war ihm auch bekannt, daß er es gewesen war, der die Gottheit gerufen hatte, und somit indirekt für die Morde verantwortlich war. Er war ihm förmlich anzusehen, was er dachte. Selbstverständlich hatte dieser Polizist seine Informationen von Altmann erhalten. Von wem auch sonst! Der hatte ihn an die Polizei verraten. Noch ein Grund mehr zur Rache. Guido Kramer erholte sich als erster wieder von der Überraschung. Er drehte sich auf dem Absatz um und flüchtete.

Georg konnte es nicht fassen. Da stand dieser Kramer vor ihm und blickte ihn aus schreckgeweiteten Augen an. Schuld und schlechtes Gewissen, aber auch Angst standen ihm in das Gesicht geschrieben. Jener überlegte einige Sekunden lang, dann entschied er sich zur Flucht und hetzte über den Wilhelmsplatz. Offenbar versuchte er, im Gedränge unterzutauchen. Georg setzte ihm nach.

Im selben Moment begann die Schlacht. Beide Seiten gingen mit verbissenen Mienen aufeinander los. Parolen wurden skandiert, Fäuste erhoben, wütend geschüttelt und Wurfgeschosse verschiedenster Art hervorgeholt. Die Polizei war von Westen her auf den Wilhelmsplatz vorgerückt, wohingegen die Demonstranten sich auf der östlichen Seite und vor dem Studentensekretariat versammelt hatten. Manche waren sogar auf das Wilhelmsdenkmal geklettert, was ihnen einen strategischen Vorteil verschaffte.

Kramer lief durch die hinteren Reihen der Polizisten zum Eingang der Wilhelmsplatzmensa. Es herrschte bereits ein ohrenbetäubender Lärm von den verschiedenen Sprechchören und den Megaphonen der Polizei. Wütende Demonstranten schüttelten die drohend erhobenen Fäuste. Die ersten Steine und Gummigeschossse flogen über den Platz. Kramer schlängelte sich an den Beamten vorbei, die ihn offenbar für einen unbeteiligten Zuschauer hielten, der möglichst schnell versuchte, von der Straßenschlacht wegzukommen. Daher beachteten sie ihn gar nicht. Hinter ihm verhallten Georgs Rufe ungehört im Lärm.

Geschickt duckte sich Kramer zwischen zwei Einsatzwagen, so daß er für einige Sekunden aus Georgs Blickfeld verschwand. Der Polizist blickte hektisch um sich. Dann krachte schräg vor ihm ein Molotowcocktail in ein Fenster. Ein greller Blitz erhellte die Häuserwand. Ein Funkenregen, gefolgt von zersplittertem Glas, ging vor dem Eingang zum Mensagebäude nieder. Die Hitzewelle nahm Georg für eine Sekunde den Atem. Dann konnte er Kramer erkennen, der sich gerade von den Stufen vor dem Mensagebäude erhob. Ungeduldig klopfte er Glassplitter von seinem Mantel, sah sich kurz um und hastete dann weiter.

Georg versuchte, quer über den Platz zu laufen, um ihm den Weg abzuschneiden. Er drängte sich durch die Reihen der vorrückenden Polizisten, hechtete über eine Bank und war dann plötzlich mitten in einer Schlägerei. Ein Punker mit einer grünen Irokesenfrisur packte ihn am Kragen und trat ihm vor das Schienenbein. Als Antwort holte Georg aus und versetzte dem Mann einen Kinnhaken. Der taumelte rückwärts, doch sofort kamen ihm einige seiner Freunde zur Hilfe und versuchten, Georg in die Zange zu nehmen. Dieser schnappte sich den Erstbesten, zog ihn mit einem festen Griff an den Dreadlocks zu sich heran, wirbelte ihn dann herum und schleuderte ihn seinen Mitstreitern entgegen. Dabei rutschte der Rastatyp aus, riß zwei weitere mit sich und landete mit dem Gesicht voraus in einem Schneehaufen. Die anderen waren über die unerwartete Gegenwehr so verblüfft, daß für eine Sekunde eine Lücke zwischen ihnen entstand. Diesen Moment nutzte Georg und stürzte hinter Kramer her.

Der hatte sich geschickt immer an der Hauswand gehalten, und war daher weniger behelligt worden. Doch nun standen einige Mitglieder von ‚Bereut nun!' vor ihm und schwenkten ihre Plakate. Georg konnte von weitem sehen, daß der Professor hektisch auf die Leute einredete. Wahrscheinlich versucht er ihnen klarzumachen, daß er auf ihrer Seite ist, überlegte Georg. Kramer konnte von Glück sagen, daß die nicht wußten, wen sie da vor sich hatten. Immerhin war der Mann, der gerade sein Verständnis für die Aktionen von ‚Bereut nun!' beteuerte, in Wirklichkeit der Verantwortliche für diese Weltuntergangsstimmung. Sie würden ihn wahrscheinlich auf der Stelle lynchen, was Georg mittlerweile für keine so schlechte Idee mehr hielt.

Die Diskussion war noch in vollem Gange, als Georg sich immer weiter vorkämpfte. Jetzt versperrten ihm einige Polizisten den Weg. Georg wedelte mit seinem Ausweis und verlangte, durchgelassen zu werden. Die Beamten schüttelten verständnislos den Kopf, machten ihm aber dennoch Platz. Nun trennten ihn nur noch wenige Meter von Kramer, der gerade heftig mit den Armen wedelte und gestikulierte. Georg sah, daß sich dieser hektisch nach ihm umdrehte, um dann noch eindringlicher auf sein Gegenüber, einen riesengroßen Mann mit Halbglatze, ungepflegten langen Haaren und einem noch längeren Bart, einzureden.

Georg schubste einige Studenten, die mit Plakaten, auf denen die Köpfe von Lenin, Marx und Engels prankten, auf einen am Boden liegenden Polizisten einschlugen, zur Seite. Nach einem weiteren Hechtsprung hatte er Guido Kramer erreicht. Er packte dessen Mantelärmel und riß ihm den Schal herunter.

Doch Kramer schaltete schneller als erwartet.

„Er ist euer Feind", schrie er mit überschnappender Stimme. „Das ist ein Polizist in Zivil."

Damit lenkte er die Aufmerksamkeit wirklich aller Umstehenden auf Georg, über dem sich sofort der gesamte Volkszorn entlud. Gerade konnte er noch erkennen, wie jemand Kramer in die schützende Menge der Sektenanhänger zog, dann schlug ihm auch schon ein anderer hart seine Faust ins Gesicht. Georgs Kopf flog zurück, er taumelte, und der folgende Schlag in die Magengrube ließ ihn komplett zusammenklappen. Noch während er am Boden lag, traten zwei Männer auf ihn ein. Georg rollte sich zur Seite, wich einem Tritt aus, bekam das Bein des Angreifers zu fassen und brachte ihn mit einem schnellen Ruck zu Fall. Während er sich aufrichtete, rammte er dem anderen Mann mit letzter Kraft seinen Ellenbogen in den Solarplexus. Die Umstehenden wichen respektvoll zurück, was Georg Zeit gab, Luft zu holen. Keuchend blickte er sich um. Er hatte Guido Kramer aus den Augen verloren.

Ein lautes Kreischen zerriß die Luft. Dorothea, die wie hypnotisiert von den leisen Stimmen der Ägyptologen in ihre Kaffeetasse gestarrt hatte, schrak auf. Philip stockte im Text, doch nachdem Altmann eine auffordernde Geste mit der Hand gemacht hatte, las er die letzten Zeilen zu Ende.

„Haben Sie das gehört?" fragte der Professor überflüssigerweise in die Runde.

„Das Monster! Ich meine, die Gottheit", verbesserte sich Dorothea schnell.

„Eher nicht. Das klang vielmehr wie der Große Schreier", sagte Altmann kryptisch.

Er reckte umständlich den Hals, um aus dem Fenster zu blicken. Der Schneefall hatte aufgehört. Obwohl der Wind immer noch dunkle Wolken über den Himmel trieb, war es merklich heller geworden. Dann schien die Luft erneut zu vibrieren, wie bei einem feinen Ton, den man von weitem vernehmen konnte. Das Kreischen ertönte wieder, diesmal näher.

„Da", rief Maria und zeigte auf den schneebedeckten Bürgersteig. Dort zeichnete sich der Schatten eines riesigen Vogels ab. Das Tier selbst hatte sie nicht am Himmel erkennen können, doch der Umriß war Maria und den anderen nur zu bekannt.

„Ein Falke", flüsterte sie.

„Ein Falke?" fragte Dorothea verwirrt, denn sie erinnerte sich sofort an das Bild aus dem Buch, das die Statue des Pharao mit dem weltabgewandten Blick, der von dem Vogel mit den ausgebreiteten Schwingen beschützt wurde, gezeigt hatte.

„Woher wußten Sie das?" fragte sie an Altmann gewandt. War er etwa auch noch Ornithologe?

„Wenn Sie schon mal in Ägypten gewesen wären, hätten Sie den Ruf auch wiedererkannt", erklärte er ihr mit einem vielsagenden Blick. „Entweder ist das ein Zufall und ein wirklich gutes Omen oder – wir sind vielleicht doch nicht alleine."

„Wie meinen Sie das?" wollte Dorothea wissen.

„Der Falke ist das Tier des Gottes Horus. Horus ist der Sohn von Isis und Osiris und der ausgemachte Feind seines Onkels Seth." Altmann lehnte sich zurück und brachte trotz seines zerschrammten Gesichtes ein zufriedenes Grinsen zustande.

„Wollen wir hoffen, daß er uns Glück bringt", gab Dorothea mit einer Stimme zurück, in der allerdings wenig Hoffnung mitklang.

„Die Hoffnung stirbt zuletzt!" sagte Altmann, immer noch am Himmel den Vogel suchend. Dorothea war sich nicht sicher, ob der Spruch ernst gemeint war.

„Was tun wir jetzt?" fragte Philip, immer noch etwas außer Atem vom langen und konzentrierten Lesen.

„Wir machen weiter mit dem Rezitieren des Hymnus. Immer abwechselnd, jeweils zur vollen Stunde, wird einer von uns den Text lesen."

Sie verabredeten eine passende Reihenfolge, während Philip und Maria ihre Texte sorgfältig in ihren Mappen verstauten. Altmann faltete die Bögen beiläufig und stopfte sie in seine Jackettasche.

„Und was machen wir dann?" fragte Philip müde.

„Ich weiß nicht", gab Altmann zu. „Wir müssen wohl abwarten, was noch passsiert."

Alle zuckten zusammen, als wie auf ein Stichwort im Theater Dorotheas Handy klingelte. Altmann verzog das Gesicht, Maria und Philip kicherten, denn der Triumphmarsch aus Aida war so ungefähr das letzte, was die drei jetzt hören wollten. Offensichtlich war der Beamtin der Zusammenhang zwischen ihrem Klingelton und Ägypten noch gar nicht aufgefallen. Die anderen vergaßen Gloria in Egitto auch sofort wieder, denn sie konnten Dorotheas Gesicht und ihren Rückfragen entnehmen, daß etwas Wichtiges passiert sein mußte.

Alle drei blickten sie erwartungsvoll an, nachdem sie das Gespräch beendet hatte. Genüßlich lehnte sich Dorothea zurück und legte betont langsam ihr Mobiltelefon auf den Tisch. Dann blickte sie triumphierend in die Runde. Maria hatte das Gefühl, daß sie ihre Überlegenheit genoß, vielleicht eine kleine

Retourkutsche nach den vielen Sprüchen, die sie sich von Altmann hatte anhören müssen.

„Es gibt eine gute und eine schlechte Nachricht. Welche wollen Sie zuerst hören?" fragte sie.

„Die schlechte", antworteten alle drei wie aus einem Munde.

„Es hat einen weiteren Mord gegeben. Auf dem Wall in Höhe des Geismartors wurde eine Frau ermordet."

„Oh nein, es war alles umsonst!" Maria war fast den Tränen nahe.

Die Enttäuschung war allen anzumerken, so daß Dorothea fast Mitleid bekam. Dann fragte sie: „Wollen Sie denn nicht die gute Nachricht hören?"

„Doch, natürlich!"

„Es waren zwei Frauen, eine ist entkommen!" verkündete sie stolz.

Die anderen blickten sie verständnislos an. Muß wohl die durchwachte Nacht sein, daß sie so begriffsstutzig sind, dachte die Polizistin bei sich. Laut sagte sie: „Die Gottheit hat zwei Frauen angegriffen, aber sie hat nur eine davon getötet. Die andere ist entkommen."

Altmann begriff als erster. Er richtete sich kerzengerade auf, nur um gleich wieder mit schmerzverzerrtem Gesicht zusammenzusacken. Dabei rutschte er ungeduldig auf seinem Stuhl herum, und versuchte vergeblich, seine gebrochene Rippe möglichst nicht zu belasten.

Dorothea genoß es sichtlich, daß alle an ihren Lippen hingen.

„Nun warten Sie doch erst einmal ab, denn das beste kommt ja noch. Erstens: Die Überlebende hat die gleiche Täterbeschreibung geliefert wie Professor Altmann. Zweitens hat sie ausgesagt, daß der Täter irgendwie gestört wurde. Es habe so gewirkt, als hätte er etwas gehört, dann sei er plötzlich verschwunden."

„Meinen Sie wirklich, wir haben ihn – vertrieben? Das wäre ja großartig, denn es würde bedeuten …" Maria verschluckte sich fast vor Begeisterung. Jetzt war ihr doch nach einem Triumphmarsch zumute.

„… daß Sie mit ihrem Text der anderen Frau das Leben gerettet haben", vollendete Dorothea den Satz. „Zumindest hat es den Anschein. Deshalb ist es wichtig, daß Sie mit der Beschwörung so weitermachen wie verabredet. Ich fahre einstweilen ins Krankenhaus, um mit der Frau zu sprechen."

Bis jetzt hatte sich Philip wenig an der allgemeinen Begeisterung beteiligt. Er wirkte eher nachdenklich. „Die andere Frau, wie ist sie gestorben?" fragte er schließlich mit belegter Stimme.

Dorothea antwortete zuerst nicht. Dann sagte sie fast flüsternd: „Er hat sie verbrannt."

„Die Feuergruben in der elften Stunde", sagten Altmann und Maria fast gleichzeitig.

„Was soll denn das heißen? Sagen Sie mir nicht, daß sie die Todesarten etwa vorher gekannt haben." Die Polizistin klang genervt. Ihre Augen blitzten Altmann herausfordernd an, so daß er sich zu einer Erklärung durchrang.

„Nein, ich wußte es nicht. In den einzelnen Stunden der Nacht geschehen sehr unterschiedliche Dinge. Viele Götter sind daran beteiligt, den Sonnengott auf seiner nächtlichen Reise durch die Unterwelt zu unterstützen. Es wäre ein reines Ratespiel gewesen, herauszufinden, welche der vielen Begebenheiten so wichtig ist, um das Vorbild für den Mord zu liefern. Erst hinterher lassen sich die Zusammenhänge erkennen. Vor den Morden konnten wir nicht vollkommen sicher sein, was für jede Stunde tatsächlich ausschlaggebend ist. Jedenfalls nicht, was die Morde angeht. Hinterher ist man immer schlauer. Jetzt, wo wir wissen, wie der Gott vorgegangen ist, können wir auch das Vorbild erkennen. Er hat uns sehr interessante Informationen geliefert, die sich aber leider, wie gesagt, erst im nachhinein auswerten lassen."

Altmann deutete Dorotheas gereizten Gesichtsausdruck gänzlich falsch, deshalb fuhr er fort: „In der elften Stunde der Nacht werden unter anderem Sünder in Feuergruben vernichtet. Wie wir jetzt annehmen können, scheint das eine der Haupteigenschaften dieser Stunde zu sein."

Dorothea konnte nicht mehr an sich halten. Bewußt übersah sie das leichte Kopfschütteln Marias. Philips Räuspern überhörte sie ganz. „Sie finden wohl Gefallen daran, nicht wahr? Eine wissenschaftliche Sensation, die Sie ausnutzen können. Werden Sie ein Buch darüber schreiben, damit Sie berühmt werden, und alle Ihre Kollegen sie bewundern?" Sie war halb im Stuhl aufgestanden und beugte sich vor. „Werden Sie auch daran denken, das Buch allen den Opfern zu widmen, die ihr Leben für Ihre Berühmtheit gelassen haben?"

„Das habe ich nicht mehr nötig", erwiderte Altmann eisig. „Ich bin schon bekannt, jedenfalls in Fachkreisen. Und was Ihre ‚Sensation' angeht: natürlich ist es interessant, mehr über ägyptische Religion zu erfahren, sozusagen aus erster Hand."

„Menschenleben sind ein ziemlich hoher Preis dafür, finden Sie nicht?"

„Denken Sie wirklich, daß die Sache mein Gewissen nicht auch ganz schrecklich belastet? Was meinen Sie wohl, warum ich hier sitze und mich bemühe, dieses Wesen aufzuhalten?"

„Ich weiß es nicht!"

Die beiden Streithähne hatten bis jetzt auf keinen der Versuche, das Gespräch in eine andere Bahn zu lenken, reagiert. Philip und Maria hatten die Köpfe geschüttelt und versucht, beruhigende Sätze in den Disput einzuwerfen, doch vergebens.

Letztendlich faßte sich Maria ein Herz. Sie stand einfach auf und erklärte, daß sie jetzt nach Hause gehen würde. Man würde sich ja gegen Abend wiedersehen. Philip sprang ebenfalls erleichtert auf, zahlte und stand in weniger als einer Minute startbereit an der Tür. Die beiden anderen nickten nur. Ohne ein weiteres Wort miteinander zu wechseln, zahlten sie ebenfalls und zogen ihre Mäntel an.

Schweigend liefen die vier die kurze Strecke bis zum Michaelishaus nebeneinander her. Der eisige Wind hatte sich mittlerweile gelegt, und es hatte sogar aufgehört zu schneien. Auch war es merklich heller geworden. Durch diese unerwartete Verbesserung des Wetters erschien ihnen die Luft fast seltsam warm. Sie fühlten sich befreit, als hätte das schlechte Wetter wie eine Last auf ihnen gelegen. Sie alle hofften, daß sich die Wetterlage weiter verbessern würde, denn der ewige Schneefall, die Dunkelheit und der eisige Wind hatten zusätzlich zu allen anderen Problemen, die sie zu bewältigen hatten, auf das Gemüt gedrückt. Ungeachtet des nervtötenden Wetters erschien ihnen das Michaelishaus mit seinen verschneiten Giebeln und klirrenden Eiszapfen jetzt so romantisch wie in einem Märchenfilm. Licht leuchtete einladend aus vielen Fenstern und versprach Wärme und Geborgenheit. Als sie vor der Eingangstreppe ankamen, verabschiedete sich Dorothea mit einem kurzen ‚bis dann' und eilte hinter das Haus, wo Georg wie versprochen den Wagen geparkt hatte. Die anderen betraten das Haus.

„Eigentlich sollten wir uns freuen, aber irgendwie kann ich es nicht", sagte Maria, als sie vor der Tür des Seminars standen. „Ich habe ein ganz ungutes Gefühl."

Philip hantierte mit seinem Schlüsselbund. „Mir geht es genauso. Ich spüre die Gefahr, kann sie aber nicht einordnen. Es ist wie Klaustrophobie."

Endlich hatte Philip die Tür aufgeschlossen.

„Wir sind einfach alle nur müde", sagte Professor Altmann, der auch wirklich ziemlich angeschlagen klang. „Sie beide sollten nach Hause gehen. Den Text können Sie auch dort lesen. Denn einen Papyrus wie Kramer haben wir sowieso nicht. Aber es scheint auch ohne den zu funktionieren. Einfluß haben wir mit dem Text jedenfalls gewonnen, auch wenn wir keine Gottheit auf den Plan rufen konnten. Dafür müßten wir wirklich ein Original haben."

Als sie das Seminar betraten, herrschte wider Erwarten reger Betrieb. Einige Studenten hatten aufgeräumt, die Bücher in die Regale zurückgestellt und aufgewischt. Zwei jüngere Semester saßen am Kaffeetisch und sortierten Karteikarten in einen Kasten, der am Abend zuvor heruntergefallen war. In den meisten Räumen sah es fast schon wieder so aus wie vor dem Erdbeben. Sie wollten gerade einen Blick in die anderen Bibliotheksräume werfen, als sie im Hintergrund Herrn Dr. Edelmann lamentieren hörten, der sich über seinen kaputten Schrank aufregte. Ohne ein weiteres Wort zu sagen, zogen sich alle in das Direktorzimmer zurück.

„Ich glaube, ich weiß, was mir angst macht", sagte Maria, nachdem Philip ostentativ die Tür geschlossen hatte. „Ich verstehe immer noch nicht, warum Professor Kramer das getan hat."

„Du meinst, ‚es ist nicht nur unanständig, es ist sogar verboten!'" zitierte Philip seinen Lieblingsschauspieler Cary Grant.

„Ich finde das nicht komisch", antwortete Maria genervt. „Was will er bloß damit bezwecken?"

„Ich glaube, er ist durchgeknallt", vermutete Philip.

Beide blickten ratlos auf Altmann, doch der sortierte betont unbeteiligt Papierstapel von einer Seite seines Schreibtischs auf die andere. Maria ahnte, daß er schon eine sehr genaue Vorstellung von Kramers Motiv hatte, aber einfach nicht darüber reden wollte, Sie hielt dies für ziemlich unfair, denn schließlich zogen sie doch alle an einem Strang. Sie fand, daß sie ein Recht darauf hatten, etwas über Kramers Beweggründe zu erfahren, wenn Altmann sie denn kannte. Endlich brach er sein Schweigen.

„Sehen Sie mich nicht so erwartungsvoll an! Ich weiß nicht, was mit ihm los ist. Zuerst dachte ich, er wolle sich rächen. Er hat sich immer und überall benachteiligt und ungerecht behandelt gefühlt. Seine Probleme in dieser Hinsicht waren ja wohl unübersehbar. Aber mittlerweile denke ich, daß es viel tiefer geht. Ich glaube, er ist größenwahnsinnig geworden. Dieser Zaubertext hat ihm Möglichkeiten eröffnet, die seine kühnsten Träume noch übertroffen haben. Er hat ihm die Möglichkeit gegeben, sich zum Herrn aller Dinge aufzuschwingen. Selbst die verrücktesten Allmachtsphantasien konnte er plötzlich in die Tat umsetzen. Das hat ihn gänzlich überschnappen lassen. Alles andere dürfte dagegen zur unbedeutenden Nebensache geworden sein."

„Welcome to our humble madhouse. I trust you'll find yourself at home'", zitierte Philip den Marquis de Sade, zum Glück so leise, daß sein Professor ihn nicht richtig verstehen konnte.

„Wie bitte?" fragte Altmann.

„Ach nichts."

Richard Altmann holte tief Luft. „So, und nun gehe ich nach Hause. Würden Sie bitte einen Aushang machen, um meine Vorlesung und das Seminar abzusagen? Dann sollten Sie auch nach Hause gehen."

Philip rührte sich nicht von der Stelle: „Sollen wir Sie nicht nach Hause bringen? Vielleicht ist das sicherer?"

„Das wird wohl kaum nötig sein." Altmann gab sich alle Mühe, freundlich zu bleiben, das konnte Maria deutlich hören. Sie war allerdings derselben Meinung wie Philip. Aber bevor sie etwas sagen konnte, um Philips Angebot zu bekräftigen, meinte Altmann: „Sie müssen mich nicht beschützen. Ich nehme ein Taxi, so komme ich am schnellsten nach Hause. Das sollten Sie auch tun. Wir dürfen uns nicht so in die Defensive treiben lassen."

Philip ließ nicht locker. „Sollten wir nicht doch besser zusammenbleiben? Ist das denn nicht immer der Fehler, den die Leute in den Horrorfilmen machen? Die wissen doch meistens vorher, daß die Gefahr in dem dunklen alten Haus auf sie lauert, und trotzdem trennen sie sich. Dann wird einer nach dem anderen umgebracht."

Obwohl ehrliche Sorge in Philips Stimme zu hören war, wollte Altmann von nichts dergleichen wissen.

„Was sehen Sie denn für Filme?" kicherte er, um jede Diskussion gleich zu Beginn im Keim zu ersticken.

Maria wußte, daß er Philip nicht ernst nehmen wollte. Der Versuch, ihn umzustimmen, würde zwecklos sein. Er wollte einfach alle Warnungen in den Wind schlagen und als Schwarzseherei abtun. Maria war auch zu müde, um sich mit ihm zu streiten. Es hätte auch zu nichts geführt, denn es war klar, daß Altmann auf seiner Meinung beharren würde. Er will es einfach nicht wahrhaben, genauso wie die Leute in den Filmen, von denen Philip gesprochen hatte, dachte sie schaudernd.

Keiner der drei ahnte, wie sehr Philip mit seiner Vorahnung Recht behalten sollte. Keiner der drei ahnte auch, wie hoch der Preis sein würde, den sie dafür zahlen mußten, nicht auf ihn gehört zu haben.

Ein weiterer Molotowcocktail krachte gegen einen Einsatzwagen der Polizei, der vor der Aula abgestellt war. Ein zweiter schlug direkt neben Georg auf das Pflaster. Funken stoben in alle Richtungen. Georg duckte sich und hob gleichzeitig die Arme, um sich vor herumfliegenden Glassplittern zu schützen. Das Benzingemisch setzte den Inhalt eines umgestürzten Papierkorbes in Brand, der in Sekundenschnelle in Flammen stand. Georg wich vor dem Feuer zurück, geriet aber dadurch wieder in die Nähe der Schlägertypen, denen er gerade erst entkommen war.

Doch noch bevor es zu einer Fortführung des Schlagabtausches kommen konnte, rückte die Polizei plötzlich in die Mitte des Wilhelmsplatzes vor. Dadurch geriet die Menge so in Bewegung, daß Georg von den wütenden Sektenmitgliedern getrennt wurde. Diese wurden von den Beamten eingekeilt und gnadenlos an die Wand gedrängt. Menschen schoben und drängelten in alle Richtungen, und plötzlich fand sich Georg neben dem Wilhelmsdenkmal wieder. Er blickte sich suchend um. In der Nähe des Mensagebäudes war es der Polizei tatsächlich gelungen, die Sektenmitglieder einzukesseln. Doch die Studenten und Autonomen, offenbar in solchen Dingen mit mehr Erfahrung gesegnet, hatten sich nicht so leicht zur Räson bringen lassen und leisteten weiterhin vehement Widerstand.

Georg kam sich verloren und fehl am Platz vor. Verzweifelt suchte er nach einem

Weg, aus diesem Schlamassel herauszukommen. Um ihn herum herrschte ein unvorstellbar dichtes Gedränge und Geschubse, als Flüchtende und Kampfeslustige nicht aneinander vorbeikamen. Aber der Höllenlärm der Sprechchöre und Sirenen war das Schlimmste. Um sich einen besseren Überblick zu verschaffen, zog sich Georg halb am Denkmal hoch. Doch der Anblick der Straßenschlacht bestätigte nur, was er längst geahnt hatte. Alle Richtungen waren blockiert. Er saß fest.

„Scheiße", schimpfte er laut.

Jemand stieß gegen ihn, hielt sich an seiner Jacke fest und zog kräftig an seinem Ärmel. Georg rutschte schmerzhaft am Sockel des Denkmals herunter und landete unsanft auf Händen und Knien. Als er wieder hochkam, sah er direkt vor sich das Gesicht Guido Kramers. Diesem war es offenbar auch nicht gelungen, sich durch die Kämpfenden hindurchzuschlängeln. Er saß ebenfalls in der Mitte des Platzes fest und hatte wie Georg Schutz beim Denkmal gesucht.

Kramer drehte sich auf dem Absatz um, um sein Heil in der Flucht zu suchen. Doch er konnte nirgendwohin. Eine wütende und undurchdringliche Menschenmenge stand vor ihm. Als er sich nach links wenden wollte, packte Georg seinen Arm, zog ihn herum und versetzte ihm einen Kinnhaken. Kramer taumelte und fiel gegen eine Reihe von Fäuste schüttelnden Punkern. Diese schubsten ihn einfach wieder zurück. Georg packte noch einmal zu. Diesmal hatte er beide Hände um Kramers Schultern geklammert und schüttelte ihn. Er brüllte ihn an, beschuldigte ihn und warf ihm die Morde vor. Außer sich vor Wut ließ Georg nicht locker, bis Kramer jedweden Widerstand aufgegeben hatte und wie ein nasser Sack in seinen Armen hing.

Die Auseinandersetzung, die um die beiden herum tobte, verschärfte sich noch einmal. Steine und Gummigeschosse flogen mengenweise durch die Luft. Ein ganzer Hagel ging auch auf die beiden Kontrahenten nieder, die ihren eigenen Kampf inmitten der anderen ausfochten. Endlich war es Georg gelungen, seinen Gegner festzunageln. Er wollte ihn auf keinen Fall ein zweites Mal entkommen lassen. So hielt er ihn eisern im Griff, während weiterhin von allen Seiten die verschiedensten Geschosse auf die beiden einprasselten. Sie waren immer wieder gezwungen, die Köpfe einzuziehen. Das Gedränge wurde immer dichter und beide Kämpfer wurden von allen Seiten geschubst und gestoßen. Zum Glück hatte Kramer wohl eingesehen, daß er Georg hier nicht entkommen konnte und weitgehend aufgehört, sich zu wehren. Er hob den Kopf und unterbrach Georgs Vorwürfe mit einem eiskalten:

„Das müssen Sie erst einmal alles beweisen. Glaubt Ihnen doch kein Mensch."

„So verrückt, daß Sie das nicht wüßten, sind Sie wohl doch nicht", schnaubte Georg. „Aber wissen Sie was? Das ist mir egal, im Notfall werde ich Sie alleine zur Rechenschaft ziehen, Sie Mörder."

Jetzt trat doch so etwas wie Angst in die Augen des anderen, und er begann, sich wieder heftiger zur Wehr zu setzen. Georg hielt ihn jedoch weiterhin entschlossen fest. Die beiden hätten wahrscheinlich dort gestanden, gerangelt und sich gegenseitig beschimpft, bis sich die Polizei und die Demonstranten verzogen hätten, wäre nicht etwas Unvorhergesehenes geschehen. Ein Pflasterstein flog in hohem Bogen heran. Er traf Georg genau in dem Moment an die Schläfe, als dieser zu einem erneuten Kinnhaken ansetzte. Sofort schoß Blut aus der Wunde, das in einem weiten Schwall alle Umstehenden bespritzte. Eine Frau hinter Kramer stieß einen lauten Schrei aus, dann sackte Georg Roeder in Kramers Armen zusammen. Innerhalb von Sekunden hatte sich ein Kreis aus Menschen gebildet, die erschrocken auf die Szene in ihrer Mitte blickten. Als Guido Kramer Georgs Körper langsam zu Boden gleiten ließ, wichen die Umstehenden weiter zurück, so daß die freie Fläche um die beiden immer größer wurde. Mit einem Mal herrschte Totenstille auf dem Wilhelmsplatz.

Georg lag auf dem Rücken und blickte aus glasigen Augen zum wolkenverhangenen Himmel auf. Er rührte sich nicht mehr. Blut rann weiterhin aus der Wunde an seiner Schläfe und versickerte in der zertrampelten Erde, wo im Sommer eine Blumenrabatte den Platz geschmückt hatte.

Erschrocken wich Guido Kramer zurück. Jetzt nur weg von Georg Roeders leblosem Körper! Zuerst kam er nicht von der Stelle, als sei er in einem Alptraum gefangen, doch dann setzte er unendlich langsam einen Fuß hinter den anderen. Wie durch ein Wunder ließen ihn die Umstehenden vorbei. Er tauchte in ihrer Mitte unter, und keiner von ihnen dachte daran, ihn aufzuhalten. Schon hatte die Menge ihn verschluckt. Niemand beachtete ihn, als er sich aus dem Staub machte.

In kürzester Zeit leerte sich der Platz. Die eben noch wütenden Demonstranten schlichen leise davon, während hilflose Polizisten unschlüssig auf weitere Befehle warteten. Der Wind zerrte nur noch schwach an einigen zerfetzten Plakaten, der Schneefall hatte gänzlich aufgehört. Nur ein einsamer Falke flog über den Platz, einen einzigen lauten und anklagenden Schrei ausstoßend.

Neben Georg kniete eine Medizinstudentin. Doch schon bald stand sie auf, schüttelte bedauernd den Kopf und stellte mit professionellem Ton in der Stimme fest: „Er ist tot!"

Dann verließ sie ebenfalls den Platz.

Der Weg nach Hause erwies sich weit weniger kompliziert, als Maria erwartet hatte. Sie kam relativ gut durch und mußte nur einmal einen kleinen Umweg machen, um einer Straßensperre der Polizei auszuweichen. Weder die Leute von ‚Bereut nun!' noch die Polizei kümmerten sich um sie, so daß sie früher als erwartet in ihrer Wohnung ankam. Nachdem sie ihre Sachen von sich geworfen hatte, ließ sie sich auf ihr Bett fallen. Zum Glück hatte sie noch über eine Stunde Zeit, bis sie an der Reihe war, den Text zu lesen.

Eigentlich wollte Maria nur noch schlafen. Die Aufregungen der letzten Tage und besonders die durchwachte Nacht machten ihr zu schaffen. Vorher war sie so abgelenkt gewesen, daß sie gar nicht gemerkt hatte, wie müde sie eigentlich war. Doch jetzt brach aller Widerstand zusammen. Sie drehte sich auf die Seite und kuschelte sich in ihr Kopfkissen. Sofort fielen ihr die Augen zu.

Schon nach wenigen Minuten schreckte sie wieder auf. Kerzengerade saß sie auf ihrem Bett. Sie brauchte eine ganze Zeit lang, um sich zu vergewissern, daß es nur ein Traum gewesen war, in dem sie der Gottheit ein zweites Mal begegnet war.

Diesmal hatte die Gottheit dunkel und hoch aufragend direkt vor Maria gestanden, aus den gelb leuchtenden Augen auf sie herabblickend. Dann hatte sie unendlich langsam und majestätisch den linken Arm gehoben. In der Hand hielt sie einen rundlichen Gegenstand. Maria hatte ihn zuerst für einen Ball gehalten, doch dann hatte sie etwas genauer hingesehen und erkannt, daß dieses Etwas der abgetrennte Kopf von Philip gewesen war. Seine Augen waren geschlossen gewesen, doch in dem Moment, in dem Maria in ihrem Traum anfing, seinen Namen zu schreien, hoben sich die Augenlider. Dahinter blickte Maria in leere Augenhöhlen, von denen blutrot leuchtendes Licht ausstrahlte. Dann schwappte schwarzer dicker Schleim in einem Schwall aus Philips Mund. Er ergoß sich mit einem blubbernden Geräusch über seine Lippen, von wo aus er zähflüssig auf den Boden tropfte. Dort lag Philips Körper, oder das, was davon übrig war. Die abgetrennten Gliedmaßen lagen zu beiden Seiten des Körpers, der selbst in mehrere Einzelteile zerstückelt war. Auch von ihnen ging dieses rote Leuchten aus, das die Gottheit und Maria in ein diffuses Licht tauchte. Plötzlich fingen die einzelnen Körperteile an, sich zu bewegen, dann flogen sie förmlich auf Maria zu. Philips Hand, an der sich nur noch drei Finger befanden, klatschte gummiartig wabbelnd gegen ihre schützend erhobenen Arme, schwarzer kalter Schleim spritzte auf ihr Gesicht.

In diesem Moment war sie aufgewacht. Zuerst war sie orientierungslos gewesen, hatte zitternd auf ihrem Bett gesessen. Erst nach geraumer Zeit war es ihr gelungen, die schrecklichen Bilder zu verdrängen. Nur die Atmospäre von Furcht und Bedrohung blieb bestehen und nagte erbarmungslos an ihrem Unterbewußtsein.

Trotz ihrer Müdigkeit entschied sich Maria, aufzustehen. Sie wußte, daß es keinen Zweck haben würde, noch länger liegenzubleiben. Sie würde doch nicht schlafen können. Stattdessen ging sie zum Kühlschrank, öffnete die Tür und hockte sich davor. Es war nicht besonders schwierig, den Inhalt zu überblicken –

es war fast nichts da. Sie nahm einen Becher mit Himbeerjoghurt heraus, drehte ihn unschlüssig in der Hand, dann stellte sie ihn wieder hinein. Als nächstes griff sie nach einer flachen Schale mit Thunfischsalat, doch sie zog die Hand wieder zurück, ehe sie sie überhaupt berührt hatte. Schließlich stand sie auf und klappte die Kühlschranktür wieder zu. Auf einem kleinen Küchenbord vor ihr standen zwei Packungen mit Tütensuppen. Das war schon besser. Sie stellte den Wasserkocher an und schüttete den Inhalt eines Tütchens mit Spargelsuppenpulver in einen Becher. Nachdem sie das kochende Wasser darüber geschüttet hatte, rührte sie in der Suppe herum, damit sich die Klümpchen, die sich immer bildeten, egal, was die Firma versprach, endlich auflösten. Dann löffelte sie lustlos und gelangweilt etwas davon.

„Hat keinen Zweck", brummelte sie in sich hinein und schüttete den Rest der Suppe in den Ausguß.

Erneut öffnete Maria den Kühlschrank, denn sie erinnerte sich an Bananen und eine halbe Packung Milch. Bananenmilch war eines ihrer Lieblingsgetränke. Vielleicht half das ja, die düstere Stimmung, in die sie der Traum versetzt hatte, wieder aufzuheitern. Sie hatte schon eine Banane in der Hand, als sie auf die Idee kam, den Zustand der Milch zu kontrollieren, bevor sie die Banane schälte. Das war ein Glück, denn die Milch befand sich schon auf dem Weg zum Käse. Also schüttete Maria die mit dicken Brocken durchsetzte Flüssigkeit hinter der Suppe her in den Ausguß. Am Ende entschied sie sich für das klassische Ich-habe-Hunger-aber-ich-weiß-nicht-was-ich-möchte-Essen, nämlich Tee und Kekse.

Nachdem sie den Teebeutel aus der Kanne gefischt und weggeworfen hatte, war es auch schon so weit, mit dem Text zu beginnen. Maria setzte sich mit ihrer Teetasse und einer Tüte Waffelmischung an ihren Schreibtisch und begann zu lesen. Zuerst kam sie sich ziemlich albern vor, so alleine im Zimmer zu sitzen und laut zu lesen. Außerdem war sie schrecklich aufgeregt und hoffte inständig, daß sich nicht irgend etwas Unvorhergesehenes ereignen würde. Egal, was. Die ganze Sache war ihr doch zu unheimlich. Vielleicht war es Altmann wirklich gelungen, das Leben dieser Frau zu retten, doch die unglaubliche Macht, die er, aber auch Philip und sie selbst jetzt besaßen, jagte ihr eine gehörige Portion Angst ein. Was passieren konnte, wenn jemand diese Macht mißbrauchte, hatte Kramer wohl zur Genüge bewiesen. Was, wenn sie einen Fehler machten?

Bald jedoch hatte sie sich an den eigentümlichen Text gewöhnt. Sie las jetzt viel sicherer und lauter. Dann merkte sie, daß sie nicht nur dem Klang der ägyptischen Worte lauschte, sondern es war, als könne sie ihrer eigenen Stimme nach draußen folgen. Von der Macht der Worte getragen, spürte sie, wie sich diese über der Stadt auszubreiten begannen. Sie folgte ihnen durch die Straßen, glitt über die Plätze, als sie sich wie eine Decke langsam über die gesamte Stadt legten. Es war ein seltsames, zu gleichen Teilen wunderbares und furchteinflößendes Gefühl, das sie berauschte. Sie fühlte sich frei und mächtig, aber auch beschützt und sicher. Ihre Rezitation hatte sie zu einem Teil der Stadt, die wie abwartend unter dem Schutz der Worte lag, gemacht. Sie war mit den Worten und der Stadt eins geworden.

Nachdem sie das Lesen beendet hatte, kam sie erst langsam wieder zu sich. Sie wollte dieses körperlose Gleiten, das sie eben erlebt hatte, für Einbildung halten, doch es hielt sich hartnäckig in ihrem Bewußtsein. Es war dasselbe Gefühl, wie es sich auch nach einem Traum einstellte, in dem sie die Fähigkeit hatte, zu fliegen. Noch Stunden später erinnerte Maria sich wohlig an dieses Glücksgefühl, das sie manchmal sogar wieder herbeirufen konnte. Der unheimliche Flug, bei dem sie der ägyptische Text über die Stadt getragen hatte, hatte weitaus realer gewirkt, als sie zugeben wollte, obwohl sie ihre Wohnung sicherlich nicht verlassen hatte. Sie nahm sich vor, Philip zu fragen, ob er vielleicht ähnliches gespürt hatte.

Jetzt hatte sie noch einige Zeit, bis sie wieder an der Reihe mit Lesen war. Vorsichtshalber stellte sie ihren Wecker, dann warf sie sich aufs Bett und schaltete den Fernseher ein. Die Nachrichten waren voll von den seltsamen Vorkommnissen in Göttingen. Auf allen Kanälen spekulierte man über die Ursachen. Ein vor weniger als einer Stunde aufgezeichnetes Interview mit Marcel Hagen, dem charismatischen Führer von ‚Bereut nun!', beherrschte die Kanäle. In einer Zusammenfassung der Ereignisse erkannte Maria Dorothea Faßbinder, die verzweifelt versuchte, die mangelnden Fahndungsergebnisse der Polizei zu rechtfertigen. Das Interview war einige Tage alt, doch schon damals hatte die Beamtin müde und ausgelaugt gewirkt. Maria stellte fest, daß ihr die neue Frisur viel besser stand als die halblangen rotgefärbten Haare, auch wenn sie nur wenig von den dunklen Schatten unter den Augen der Polizistin ablenken konnte. Die Berichte über den ‚Göttinger Schlachter', der von den Medien zu einer Art Mischung aus Jack the Ripper und Fritz Harmann hochstilisiert worden war, wurden durch einen Live-Bericht von der Straßenschlacht am Wilhelmsplatz ergänzt, bei der es sogar ein Todesopfer gegeben hatte.

Maria wollte davon nichts hören, deshalb schaltete sie von einem Kanal auf den nächsten, doch sie bekam nur eine Daily Soap an der anderen zur Auswahl. Dann landete sie bei den Talk-Shows, in denen schreckliche Leute über ihre noch schrecklicheren Problemen berichteten, von denen Maria mit Sicherheit nichts wissen wollte. Auf MTV lief ein Konzertmitschnitt von Rammstein. Till Lindemann sang gerade ‚wollt ihr nicht auch den Dolch ins Laken stecken?' was Maria immerhin zum Kichern brachte. „Das war ja nun deutlich genug. Wir haben es verstanden", kommentierte sie den provokanten Text.

Damit schob sie sich einen weiteren Keks in den Mund. Sie sah das Video noch zu Ende an, doch dann folgte wie immer die Werbung. Schließlich blieb sie bei

Loriots Film ‚Pappa Ante Portas' stecken. Aus der Rubrik ‚Wer keine Probleme hat, schafft sich welche', dazu ungeheuer komisch. Maria fand viele Begebenheiten wirklich aus dem Leben gegriffen. Das war wenigstens etwas Lustiges. Während sie Evelyn Hamann beim Probieren unendlich vieler Schokoladenriegel zusah, schweiften ihre Gedanken immer wieder ab.

„Weder Pappa noch Hannibal sind ante portas", sagte sie gedankenverloren und blickte zu Brad Pitt hoch. „Vor den Toren Göttingens steht etwas weitaus Schlimmeres."

Maria drehte sich wieder zum Fernseher, da sah sie direkt vor sich eine Kakerlake, die über die Bettdecke auf die Kekstüte zukroch. Mit einem angeekelten ‚Igitt, hau bloß ab!' schnippte sie das Tier in eine dunkle Ecke.

„Schon diese ekligen Viecher sind ein Grund, sich gegen die Gottheit zu wehren!" nuschelte sie und zog die Kekstüte näher zu sich heran.

So richtig konnte sie sich dann doch nicht auf Loriots Bemühungen, sich der Avancen seiner Nachbarinnen zu erwehren, konzentrieren. Dunkle Vorahnungen, die wohl schon länger in ihrem Kopf herumgespukt hatten, lenkten sie ab. Sie fragte sich, ob sie das richtige getan hatten. Schließlich hatten sie keine Vorstellung davon, mit welchen Mächten sie sich angelegt hatten, oder welche Art von Gegenwehr sie gar auf den Plan gerufen hatten. Was diesen Text, die Begegnung mit der Gottheit und auch die ungeahnte Bedrohung betraf, bewegten sie sich immerhin auf gänzlich unbekanntem Terrain. Und vor allem hatten sie keinen echten Papyrus. Das Fehlen eines adäquaten Gegenzaubers, der wirklich aus dem alten Ägypten stammte, schien ihr doch das größte und vielleicht auch gefährlichste Problem bei ihrem Unterfangen zu sein. Zugegebenermaßen hatte sie es aus Furcht, daß Altmann ihre Ängste nicht würde zerstreuen können, nicht gewagt, ihn noch einmal darauf anzusprechen. Von sich aus hatte er das Fehlen eines Originals ja nur kurz erwähnt und dann das Problem eher verdrängt.

Jetzt war es zu spät, denn sie steckten schon zu tief in der Sache drin. Es gab kein Zurück mehr. Sie hoffte nur, daß nicht noch mehr Menschen mit hineingezogen oder sogar getötet werden würden. Ungern mußte Maria sich eingestehen, daß sie sich vor allem wünschte, sie selbst wäre niemals damit in Berührung gekommen. Zu diesem Zeitpunkt konnte sie nicht wissen, daß es tatsächlich schon zu spät war. Und auch nicht, daß sich ihre dunklen Vorahnungen schon so bald bewahrheiten sollten.

Plötzlich schrie eine Frau auf der Straße. Ihr Geschrei hörte gar nicht mehr auf, sondern wurde immer höher und höher, bis nur noch ein heiseres Kreischen übrigblieb. Neugierig ging Maria ans Fenster, öffnete es und blickte hinunter auf die Straße. Sie wollte ihren Augen nicht trauen. Die ganze Straße wimmelte von Ratten, eine größer und fetter als die andere. Maria hätte es nie geglaubt, daß diese Tiere überhaupt so eine Größe erreichen können. Und auch nicht, daß so viele von ihnen die Göttinger Kanalisation bewohnten. Die Ratten liefen von irgend etwas aufgeschreckt die Straße entlang und verschwanden dann um die Ecke in die nächste Seitenstraße.

Die meisten der Tiere liefen so dicht gedrängt, daß sie von oben wie ein einziges sich windendes braungraues Fellband wirkten, das fast die ganze Straße bedeckte. Nur einige hatten sich von ihren Artgenossen getrennt und wuselten aufgeregt zwischen geparkten Autos und Fahrrädern herum. Der Schnee war aufgewühlt, und die ganze Straße hatte sich in ein hektisches, wimmelndes und kratzendes Chaos verwandelt.

Jetzt verstand Maria auch, warum die Frau so geschrien hatte. Sie war wohl mitten auf der Straße von den aufgescheuchten Tieren überrascht worden und hatte sich gerade noch rechtzeitig auf eine Mülltonne retten können. Dort saß sie nun und kreischte sich die Lunge aus dem Leib. Ihre Schreie mischten sich mit dem hohen Quieken der Ratten zu einer gräßlichen Kakophonie.

Fasziniert und angeekelt zugleich starrte Maria auf die Straße. Dann war der Spuk vorbei. So schnell, wie sie gekommen waren, waren die Ratten auch wieder verschwunden. Die Straße war leer, nur noch der von unzähligen Füßchen zertrampelte Schnee bezeugte, daß dies kein Traum gewesen war. Übertrieben vorsichtig kletterte die Frau von der Mülltonne, zaghaft setzte sie erst den einen Fuß auf den Boden, dann den anderen. Dann schlich sie fast davon.

„Die Ratten verlassen wohl das sinkende Schiff. Kein gutes Zeichen", sagte Maria seufzend, während sie das Fenster wieder zuklappte.

Sie versuchte, Philip anzurufen, um ihm von den Ratten zu erzählen. Er war aber nicht zu Hause. Sie rannte im Zimmer auf und ab und schimpfte eine Weile laut auf ihn, weil er sich immer geweigert hatte, ein Handy zu kaufen. Dann beruhigte sie sich wieder. Wer weiß, was ihm mittlerweile begegnet ist, dachte sie. Vielleicht hatte er die Ratten auch gesehen, die waren bestimmt an mehreren Stellen Göttingens aus ihren Löchern gekrochen. Plötzlich blieb sie mitten im Zimmer stehen. Ihr war etwas eingefallen. Entschlossen ging sie in das Badezimmer, steckte den Stöpsel in den Ausguß der Duschwanne und klappte den Klodeckel zu.

„Man kann ja nie wissen, wo die Viecher durchkommen", sagte sie hinterher zu Brad Pitt, der wie immer geduldig von der Wand herunterlächelte.

Es war merklich wärmer geworden, der Wind war abgeflaut und der Schneefall hatte tatsächlich aufgehört. Trotzdem zog sich Philip mißtrauisch zwei Paar Handschuhe an und band zwei Schals um den Hals, den grün-weißen von Werder Bremen und einen beigegraukarierten von seinem Großvater.

Nachdem er zu Hause angekommen war, war Philip ebenso rastlos gewesen wie Maria. Er war unruhig in seinem Zimmer herumgelaufen und hatte dann halbherzig angefangen, das Badezimmer zu putzen. Schon ziemlich bald gab er wieder auf. Er konnte sich auf nichts konzentrieren, nicht stillsitzen, nicht entspannen. Da er noch Zeit hatte, bis er mit dem Rezitieren des Textes an der Reihe war, entschloß er sich, wieder zurück in die Stadt zu gehen. Er hatte eine Idee, wo sich Kramer vielleicht aufhalten könnte. Er wußte von Dorothea Faßbinder, daß Kramers Wohnung überwacht wurde, aber der würde nicht so dumm sein, dorthin zurückzukehren. In einem Hotel würde er auch nicht unbemerkt unterkommen, dafür hatte die Polizistin ebenfalls gesorgt. Blieben also nur Freunde oder Verwandte. Philip konnte sich nicht vorstellen, daß Guido Kramer viele Freunde hatte, aber er wußte, daß es einen Neffen gab, der angeblich der Autonomenszene angehörte. Er hatte diesen Neffen vollkommen vergessen, bis der Anblick einiger Demonstranten ihn daran erinnert hatte. Dabei war ihm auch wieder eingefallen, daß es Gerüchte gegeben hatte, wonach Guido Kramer und sein Neffe in irgendwelche Betrügereien verwickelt gewesen sein sollten. Niemand hatte etwas genaues gewußt, aber die Gerüchteküche hatte die Sache bis zu einem gefälschten Magister aufgebauscht. Philip wußte, daß das nicht wahr sein konnte, aber er konnte sich durchaus vorstellen, daß Kramer vielleicht die eine oder andere Gefälligkeit in Form einer Unterschrift geleistet haben könnte. Dieser Neffe schuldete seinem Onkel vielleicht einiges und hatte ihm deshalb geholfen, unterzutauchen. Oder er wußte zumindest, wo sich sein Onkel aufhielt.

Also machte Philip sich auf den Weg zum Juzi. Eigentlich hatte er nicht viel mit den Leuten dort zu tun – sie waren ihm einerseits schon wegen ihrer Gewaltbereitschaft zu radikal, besonders wenn es um das Werfen von Steinen ging. Andererseits hielt er sie manchmal für nicht kompromißlos genug, wenn sie sich jedem gesunden Menschverstand zum Trotz ihrer eigenen Doktrin zu sehr unterordneten, was wenig zu einem angeblich autonomen Lebensstil zu passen schien.

Philip war sich ziemlich sicher, daß er mit seinem seltsamen Kleidungsstil kaum Mißtrauen erregen würde, und sie ihn schnell als einen der ihrigen ansehen würden. Er wäre auch niemals so dumm gewesen, dort die falschen Parolen zu verkünden, sondern Philip hatte eine gute Vorstellung davon, wie er sich zu verhalten hatte. Einen Versuch war es allemal wert, wenn er dabei den Neffen, vielleicht sogar dessen verrückten Onkel, finden würde. Das war immer noch besser, als zu Hause rumzusitzen und Maulaffen feilzuhalten.

Obwohl es wirklich etwas heller geworden war, herrschte draußen immer noch ein dämmriges Licht, und die Sonne schien nicht mehr aufgehen zu wollen. Die Straßenlaternen sandten ein schmutziges, fahles Licht aus, das die Häuser, Straßen und alle Menschen in dieselbe diffuse graue Farbe tauchte. Vor dem dunkelgrauen Himmel, an dem sich hohe Wolken wie vor einem Gewitter türmten, hoben sich die gelben Lampen dagegen scharf und kontrastreich ab.

Auf der Straße vor Philips Haus war nur eine junge Mutter zu sehen, die mit großer Kraftanstrengung einen Kinderwagen durch den Schnee schob. Ansonsten wirkte die Straße wie ausgestorben. Als Philip jedoch zwei Straßenzüge weiter um die nächste Ecke bog, hatte sich dort eine ziemlich große Menschenmenge versammelt, die aufgeregt diskutierte. Schon wieder eine Demonstration, wunderte sich Philip. Doch dieses waren keine verrückt gewordenen Sektenmitglieder oder Punker, wie Philip schnell feststellen konnte. Es handelte sich um dieselben gelangweilten graugesichtigen Normalbürger, die das gesamte Stadtviertel bewohnten.

Vor sich sah er Blutspuren im Schnee. Hatte die Gottheit etwa schon wieder zugeschlagen, fragte er sich besorgt, doch dann sah er im Schneematsch mehrere braune und graue Fellknäuel liegen. Es waren bestimmt zwanzig tote Ratten, um die die palavernden Menschen herumstanden. Ein Mann, der seinen Spazierstock wie einen Degen hielt, fiel Philip sofort auf. Von dem Stock tropfte Blut in den Schnee.

„Es waren Tausende von diesen ekligen Viechern!" hörte Philip eine Frau neben sich sagen.

„Sie kamen aus den Kellern, wie eine Invasion!" berichtete eine andere.

„Wer weiß, was die so aufgescheucht hat?" fragte die nächste, die einen kleinen Hund schützend an sich drückte.

„Daran ist bestimmt dieses Wetter Schuld", ließ sich jetzt der Mann mit dem blutigen Stock vernehmen. „Das treibt die Tiere aus ihren Verstecken."

„Ja, und diese ganzen Demonstranten, die bringen eine Unruhe in die Stadt!" pflichtete ein kleiner rundlicher Mann bei.

Betont blickte er an Philip, der gerade vorbeigehen wollte, hoch und runter. „Ratten gibt es, wo solches Gesindel wohnt, wie der da", verkündete er und wies mit einem ausgestreckten Zeigefinger auf Philip, der sich plötzlich ganz ungewollt im Mittelpunkt des Interesses sah.

Obwohl der Spruch eine Unverschämtheit war, wollte er keinen Streit riskieren und entschloß sich, das mit dem Gesindel besser zu überhören. Es gab weitaus Wichtigeres zu tun, als sich mit ein paar Idioten rumzuärgern. Also trat er den Rückzug an, doch hinter ihm waren die Leute näher gerückt und schnitten ihm den Weg ab. Er wandte den Kopf hin und her, um einen Fluchtweg zu finden, doch die Menschen hatten ihn schon fast eingekreist. Sie alle starrten Philip an wie den berühmten Affen im Zoo.

‚Ich bin doch nicht der Killer, sondern Herr Professor Kramer, der immer wirkte wie der größte Biedermann, ist Schuld an dem ganzen Schlamassel', wollte er ihnen am liebsten zurufen. Aber natürlich hätte das keinen Sinn gehabt, denn selbst wenn er sie dazu hätte bewegen können, ihn ruhig anzuhören, hätten sie ihm nicht geglaubt. Einfach, weil sie es nicht glauben wollten.

„Das kommt daher, weil manche Leute sich nie waschen. Diese Typen mit ihren komischen dreckigen Sachen ziehen das Ungeziefer doch richtig an", wetterte die Hundebesitzerin mit ihrer Piepsstimme.

Das war in jeder Hinsicht zuviel für Philip. Obwohl er sich von den aufgebrachten und bedrohlich wirkenden Leuten eigentlich nicht hatte provozieren lassen wollen, sagte er schließlich:

„Wenn Sie dem schlechten Geschmack die Schuld geben wollen, sollten Sie eher vor ihrer eigenen Tür kehren. Und außerdem mal Ihren Mantel zur Reinigung bringen."

Dabei blickte er herausfordernd an ihrem Lodenmantel in pseudobayerischem Stil herunter, an dessen unterer Kante sich ein breiter Streifen aus verkrustetem Schneematsch und Schlammspritzern abzeichnete.

Die Frau hatte den Wink offenbar verstanden, denn sie warf schniefend den Kopf in die Luft, drückte ihren Hund fester an sich und zog ab. Ein Möchtegern-Casanova wollte ihr zur Hilfe kommen.

„Schneid' du dir erst mal die Haare, du dreckiger Gammelzapfen!" kreischte er mit überschnappender Stimme.

Philip hatte sich eindeutig schon mehr auf diesen Streit eingelassen, als er vorgehabt hatte, aber die Aufregungen der letzten Tage und die Müdigkeit hatten seine sonst stoische Ruhe aus dem Gleichgewicht gebracht. Er beschloß, sich einen schnellen Abgang zu verschaffen, allerdings nicht ohne dem Mann noch eins auszuwischen. Er legte den Kopf schief und betrachtete eingehend die strähnigen, fettglänzenden Haare, die der Mann vom Hinterkopf aus über seinen kahlen Schädel gekämmt hatte.

„Meine Haare sind sauber im Gegensatz zu Ihren paar Glatzenverdeckern", sagte Philip, drehte sich um und stapfte aus dem Kreis aufgeregt murmelnder Menschen heraus, wohl wissend, daß er die Achillesferse des Mannes getroffen hatte.

Jemand rief ihm „linke Socke!" nach.

„Braunes Gesindel!" rief Philip zurück und verschwand dann im Geschwindschritt um die Ecke.

In einem Punkt ist Kramer wirklich erfolgreich gewesen, überlegte er, während er den Weg zum Wall einschlug. Die Menschen sind paranoid geworden und haben angefangen, nach einem Sündenbock zu suchen. Zu dem Wetterchaos und der Bedrohung durch die Gottheit gesellt sich jetzt auch noch Angst und Unsicherheit. Das erzeugt eine gefährliche und aufrührerische Stimmung, in der die angsterfüllten Menschen zu allem bereit sind. Sie mußten sich wirklich beeilen, Kramer zu finden und die Gottheit aufzuhalten!

Philip eilte über die Kurze Geismarstraße zum Geismartor. Selbst hier waren die Scheiben vieler Läden eingeschlagen worden. Frustrierte und verärgerte Geschäftsleute waren mit den Aufräumarbeiten beschäftigt. Aus einem Spirituosenladen wehte der süßlich-rauchige Duft von Whisky herüber. Jemand fegte gerade klirrend Scherben zerbrochener Flaschen zusammen. Philip dachte fast wehmütig an die grenzenlose Verschwendung eines so wunderbaren Getränkes.

Ein Teil der Straße vor ihm war mit rotweiß gestreiften Bändern, die von einer Straßenseite zur anderen reichten, abgesperrt worden. Er mußte sich zwischen den Absperrungen hindurchdrängeln, wobei er sich in einem lose flatternden Plastikband verhedderte. Fast wäre Philip gestürzt. Das Band hatte sich so sehr in seinem Schnürsenkel verfangen, daß er es in Fetzen reißen mußte, um wieder freizukommen.

Stillschweigend war er davon ausgegangen, daß dies einer der vielen Schauplätze der Straßenschlacht war, bis er in der Mitte der Straße vor einem Drahtgitter stand und nicht weiterkam. Direkt vor sich konnte Philip auf der Straße einen großen dunklen Fleck erkennen. Der Schnee war an dieser Stelle geschmolzen und der Asphalt schwarz verbrannt. Sofort wußte er, daß er sich geirrt hatte. Dies waren nicht die Überreste einer Straßenbarrikade, sondern es war der Ort, wo am frühen Morgen die Frau gestorben war, von der Dorothea Faßbinder berichtet hatte. Schockiert starrte er auf den Brandfleck. Er konnte sich von dem Anblick nicht lösen, irgend etwas hielt ihn dort fest und zwang ihn, in dem unförmigen Etwas die Umrisse einer Frau zu suchen. Es war nicht die Faszination des Grauens, die ein schreckliches Unglück bei vielen Menschen hervorruft, was ihn dort hielt. Die pure Angst vor der Kreatur, die dies getan hatte, ließ ihn wie erstarrt auf den verbrannten Aphalt blicken, auf dem die Frau so eines gräßlichen Todes gestorben war. Sie war tot, weil er und die anderen vielleicht nicht schnell genug gehandelt hatten.

„Würden Sie bitte weitergehen?"

Vor Philip stand ein genervt aussehender Polizist. Er machte eine vage scheuchende Geste in Richtung Innenstadt. Langsam, wie aus einer Trance, erwachte Philip. Er nickte und trottete gehorsam von der Straße. Erst als er vor dem Juzi ankam, merkte er, daß seine Hände und Knie vor Angst zitterten. Er mußte mehrfach tief Luft holen, bevor er sich soweit zur Ruhe gezwungen hatte, daß er vor die Eingangstür treten konnte.

12

I'm so empty here without you,
I know they want me dead.
I know, it's the last day on earth.
We'll be together while the planet dies.
Marilyn Manson, The Last Day on Earth

Der Anfang ist das Licht,
das Ende ist die Urfinsternis.
aus dem Amduat

Obwohl er eigentlich vorgehabt hatte, gleich nach Philip und Maria das Seminar zu verlassen, stand Richard Altmann fast zwei Stunden später immer noch in seinem Arbeitszimmer. Er hatte nach Hause gehen wollen, um ungestört über die schwierigen Schritte, die vor ihm lagen, nachdenken zu können. Er war sich nämlich keinesfalls sicher, wie es weitergehen sollte, oder was genau er tun wollte. Auch wenn alle anderen dies zu glauben schienen. Deshalb hatte er gehofft, zu Hause die nötige Ruhe zu finden, um sich vor allem über seine eigene Rolle bei diesem gefährlichen Unterfangen klar zu werden. Immerhin konnte dieser Kampf, auf den er sich da eingelassen hatte, gut und gerne sein Leben kosten. Und er war weit weniger zu diesem Opfer bereit, als seine Mitstreiter annahmen. Gleichzeitig fiel es ihm schwer, sein schlechtes Gewissen, das ihn beharrlich einer Mitschuld bezichtigte, zu überhören.

Aber bis jetzt war an einen Rückzug nach Hause in sein behagliches Arbeitszimmer mit dem eleganten antiken Schreibtisch und seinem bequemen Lesesessel nicht zu denken gewesen, denn der Seminaralltag hatte ihn nicht aus seinen Fängen gelassen. Er hatte Dutzende von Fragen zu seiner Begegnung mit dem ‚Göttinger Schlachter', aber auch zu den Aufräumarbeiten in der Bibliothek, anstehenden Magisterarbeiten und organisatorischen Nebensächlichkeiten beantwortet. Dazu hatte er eine Vielzahl von gutgemeinten Ratschlägen für seine Gesundheit über sich ergehen lassen müssen. Mittlerweile hatte er jegliche Hoffnung, relativ früh nach Hause gehen zu können, aufgegeben. Er gab sich alle erdenkliche Mühe gegeben, den anstehenden Problemen die gebührende Aufmerksamkeit zu schenken, doch es fiel ihm merklich schwer, denn seine Gedanken schweiften immer wieder ab.

Die Begegnung mit der Gottheit hatte ihn davon überzeugt, daß er nicht der große Held war, für den er sich selbst gehalten hatte, und für den Dorothea Faßbinder und seine beiden Studenten ihn mit großer Wahrscheinlichkeit immer noch hielten. Niemals hätte er dies offen zugegeben, doch er sah es eigentlich nicht als seine Aufgabe an, den Rest der Menschheit vor dem drohenden Untergang zu retten und dabei vielleicht noch seinen eigenen zu riskieren. Ganz sicher war er nicht der große Kämpfertyp, der mutig, aber wider besseres Wissen, nur mit einem Breitschwert bewaffnet, gegen eine Panzerdivision ins Felde zog. Eine kurze Zeit lang hatte er sogar erwogen, das Weite zu suchen, vielleicht in Gestalt einer kleinen Forschungsreise ins warme und sonnige Ägypten, um, wenn sich die Wogen geglättet haben würden, wieder in seine gewohnte Umgebung zurückzukehren.

Eigentlich war es dann nur die Vorstellung gewesen, daß Guido Kramer irgendwo auf ihn lauern könnte, die ihn letztendlich zum Bleiben bewogen hatte. Auf keinen Fall wollte er für den Rest seines hoffentlich noch langen Lebens Angst vor dunklen Ecken und seinem eigenen Schatten haben müssen.

Die Entscheidung, in Göttingen zu bleiben und sich der unvermeidlichen Konfrontation zu stellen, war allerdings weitaus leichter gewesen, als die Beantwortung der Frage, wie er diese tödliche Bedrohung meistern solle. Es war wieder eine dieser vertrackten Situationen, in der jede mögliche Entscheidung die falsche ist, stellte er miesepetrig fest. Da man sich aber letztendlich für eine Handlungsweise entscheiden muß, bleibt einem nur übrig, zu hoffen, daß die Wahl auf die weniger verhängnisvolle fallen werde.

„Was man macht, ist falsch", murmelte er vor sich hin, während er zum wiederholten Male dieselbe wichtige Nummer aus dem Telefonverzeichnis heraussuchte, nur um sie Sekunden später wieder vergessen zu haben.

„Wie bitte?" fragte Helma von Wiederitz, die gerade in sein Büro gestürzt kam. Sie hatte eine der beiden Assistentenstellen, die das Seminar zu vergeben hatte, inne und erledigte in dieser Funktion vor allem den anfallenden Papierkram und wimmelte gegebenenfalls lästige Studenten ab. Helma von Wiederitz war Mitte fünfzig und hatte schrecklich blondierte Haare, die zu einer Jane-Mansfield-Frisur aufgetürmt waren. Hier endete allerdings auch schon die Ähnlichkeit mit der Filmdiva, denn Helma war nicht nur riesengroß, sondern auch reichlich übergewichtig. Ihre Massen versuchte sie unter möglichst weiten, schreiend bunten Sackkleidern zu verstecken, die sie jedoch noch voluminöser erscheinen ließen. Neben ihr kam sich Altmann immer vor wie ein dürrer Zwerg. Ihre stetig gute Laune in Verbindung mit einer durchdringenden Stentorstimme ließen Altmann meistens in einem erschöpften, halb betäubten Zustand zurück.

„Ach nichts", gab er nur kurz zur Antwort, in der vergeblichen Hoffnung, daß ihr Auftritt als Wirbelwind bald vorbei sein möge.

„Na dann ist ja gut", flötete sie lautstark. Dann legte sie den Kopf mit der heftig schwankenden Frisur schief und betrachtete ungeniert sein blaues Auge.

„Haben Sie eigentlich auch einen Treffer gelandet, oder hat der Kerl Sie einfach nur nach Strich und Faden vermöbelt?" fragte sie unverblümt. Dabei kam sie sich anscheinend unglaublich witzig vor.

Diese grobe Unverschämtheit ging selbst über das für Helma von Wiederitz übliche hinaus und hinterließ Richard Altmann mehr oder weniger sprachlos. Er brummelte nur ein „Sind Sie gekommen, um sich nach meinen Karatekenntnissen zu erkundigen, oder gibt es noch etwas Wichtiges zu besprechen?"

Bevor Helma von Wiederitz etwas erwidern konnte, richtete er sich ungeachtet eines schmerzhaften Ziehens in seiner Hüfte kerzengerade auf, blickte kurz zur Tür, und fragte gespielt liebenswürdig: „Wenn Sie Probleme mit der Erledigung Ihrer Aufgaben haben, besonders bei den ja doch einigermaßen schwierig zu organisierenden Aufräumarbeiten, können Sie ja vielleicht Herrn Doktor Edelmann hinzubitten. Ich bin sicher, er wird Ihnen gerne behilflich sein."

Von der Tür her kam ein Ton, der wie ein Aufstöhnen mit gleichzeitigem scharfen Ausatmen klang. Helma von Wiederitz drehte sich auf dem Absatz um, wobei ihre Körpermassen unter dem dunkelrosa Strickkleid mit den hellgrünen Blumen mächtig ins Wanken gerieten. Dann gab sie ein langgezogenes ‚Ääh' von sich und ließ die Schultern hängen. In der Tür stand Bernhard Edelmann und blickte genauso überrumpelt und entsetzt drein wie die Assistentin.

Diese bekam sich jedoch schnell wieder in den Griff. „Es gibt überhaupt keine Probleme", antwortete sie eisig. „Ich komme gut alleine zurecht."

Damit stolzierte sie aus dem Zimmer, ohne Bernhard Edelmann auch nur eines weiteren Blickes zu würdigen. Mit diebischer Freude sah Altmann, der nur zu gut wußte, daß die beiden unter keinen Umständen bereit oder fähig waren, auch nur eine Minute zusammenzuarbeiten, ihre wabbelnden Körpermassen um die Ecke verschwinden.

Dann richtete er seinen Blick auf ‚Dredelmann', wie er Dr. Edelmann insgeheim nannte. Altmann zog eine Augenbraue hoch und blickte ihn fragend an. ‚Dredelmann' schaltete schnell. „Ist nicht so wichtig", erklärte er knapp. „Ich komme später noch mal wieder." Dann trat er schnell den Rückzug an, wobei er dienstbeflissen die Tür zuzog. Altmann konnte sich bildlich ausmalen, wie Edelmann erleichtert aufatmete, daß er nicht die Zielscheibe für den Spott des Institutsleiters geworden war. Und daß er nicht mit Helma von Wiederitz zusammenarbeiten mußte. Auf Altmanns Gesicht machte sich ein hämisches Grinsen breit.

Gleichzeitig erschöpft und zufrieden über seinen Punktsieg ließ Altmann sich in seinen Bürostuhl fallen. Da hatte er wirklich zwei Fliegen mit einer Klappe geschlagen. Zum einen hatte er sich für die wenig feinfühlige Frage gerächt, indem er Helma von Wiederitz vor ihrem Erzfeind Edelmann bloßgestellt und der Unfähigkeit bezichtigt hatte. Zum anderen war er die Assistentin losgeworden, bevor sie ihn mit ihren langatmigen Berichten von Verstößen gegen die Bücherausleihe, nicht bezahlten Kopier- und Telefonrechnungen und der Hackordnung an den wenigen Arbeitsplätzen in der Bibliothek zu Tode langweilen konnte.

Ein weiterer positiver Nebeneffekt war, daß Altmann den lästigen ‚Dredelmann', der immer so lange und umständlich redete, losgeworden war, bevor dieser überhaupt zu einer seiner nörglerischen Tiraden ansetzen konnte.

„Wenigstens ein Erfolgserlebnis, wenn auch ein kleines!" Der Professor lehnte sich zufrieden in seinem Stuhl zurück.

Ein Blick auf die Uhr zeigte ihm, daß er noch fünf Minuten Zeit hatte, bis er mit dem Lesen des Textes beginnen mußte. Er beschloß, diese kostbare Zeit für eine kleine Ruhepause zu nutzen und dem Hausmeister zuzuschauen, der mißmutig die Schneeberge auf dem Hof von einer Seite auf die andere schaufelte, ohne dabei wirklich Platz zu schaffen.

Endlich war es soweit. Richard Altmann holte den Text heraus, setzte sich aufrecht hin und begann zu lesen. Doch schon nach den ersten Sätzen hielt er verwirrt inne. Da war ein Geräusch, nein, eine Stimme, die ihm antwortete. Zuerst war sie nur ein leises Raunen, doch dann wurde sie zunehmend lauter und verständlicher. Richard Altmann hielt sie zuerst für Einbildung, aber bald wurde ihm klar, daß er seine eigene Stimme hörte, die als Echo zu ihm zurückkam.

Er sah sich um, als könne er die Wand sehen, von der seine Stimme so verstörend widerhallte. Doch anstatt die gewohnte solide Wand seines Arbeitszimmers vor sich zu sehen, konnte er durch diese Wand hindurch in das Treppenhaus und von dort weiter in die Toiletten blicken. Ein Student stand dort an einem der Becken und kratzte sich beim Urinieren gedankenverloren am Hinterteil. Gleichermaßen erschrocken wie fasziniert starrte Altmann auf seine immer sichtbarer werdende Umgebung. Die etwas weiter von ihm entfernten Wände, die zuerst nur weiß wie Milchglas gewesen waren, lösten sich nun immer schneller auf, wurden transparent, bis sie schließlich ganz verschwunden waren. Selbst die Fußböden und Decken der Räume waren unsichtbar, so daß die Menschen, die Einrichtung der Räume, die Bilder an den Wänden in der Luft zu schweben schienen. Hektisch sah sich Richard Altmann um, doch alle Menschen gingen ihren gewohnten Tätigkeiten nach. Außer ihm schien niemand dieses Phänomen wahrzunehmen. Fasziniert warf er noch einen letzten Blick in die Tresorräume der schräg gegenüberliegenden Bank, dann zwang er sich, mit dem Text fortzufahren. Während er weiterlas, hatte er das Gefühl, als würde er im Geiste seinen Worten folgen und sich mit ihnen über die Umgebung ausdehnen. Es war, als könne er in alle Richtungen gleichzeitig sehen.

Als er angefangen hatte, den Zaubertext zu rezitieren, war es ihm so vorgekommen, als sei das Dämmerlicht etwas heller geworden, eine Art fahler Morgendämmerung, die vielleicht eine ermutigende Reaktion auf den Zaubertext gewesen wäre. Doch als er einen weiteren Blick auf seine so seltsam veränderte Umgebung riskierte, sah er die Dunkelheit herankommen wie eine heranbrandende Wasserwelle, die unter seinen Füßen brodelte und sich in Sekundenschnelle über die Welt ausgebreitet hatte. Sein Schreibtisch, die Bücherregale, das Treppenhaus, die nahegelegene Bäckerei wurden von der alles verschlingenden Finsternis umhüllt.

Er konnte gerade noch den Text beenden, dann war er allein im Nichts. Um ihn herum war nur noch undurchdringliche Schwärze. Die Welt, eben noch lebendiger, als er sie je gesehen hatte, war verschwunden. Sein Schreibtisch, Computer, Telefon, Papierstapel, nichts war mehr da. Er stand dort allein in der eiskalten Dunkelheit, hörte sein eigenes hektisches Atemgeräusch und versuchte krampfhaft, nicht drauflos zu schreien.

Die Zeit erschien ihm endlos, bis es ihm gelungen war, seine Panik halbwegs niederzukämpfen. Richard Altmann breitete die Arme aus und tastete vorsichtig herum, doch da war nichts. Mit Schrecken erinnerte er sich an die Geschichte von Edgar Allan Poe, in der ein Mann in einem stockfinsteren Gefängnis der Inquisition aufwacht. Der größte Horror ist wirklich der, nicht sehen zu können, was auf einen lauert, dachte Richard Altmann beklommen. Er scharrte mit den Füßen. Festgetretener Sand knirschte unter seinen Schuhsohlen. Dann hörte er leises Flügelschlagen und ein Schaben, als würde etwas Schweres über den Sand gezogen werden. Innerlich machte er sich auf einen Angriff gefaßt, einen harten Schlag vielleicht, der ihn zu Fall brachte oder gar verletzte, doch nichts dergleichen geschah. Statt dessen erschien fünf oder zehn Meter vor ihm ein heller runder Fleck auf dem Boden, so als hätte jemand eine unsichtbare Glühbirne angeknipst. Die beleuchtete Stelle war vielleicht so groß wie ein Kanaldeckel, und Altmann konnte gelbrot glitzernden Sand erkennen. Er fragte sich, ob er darauf zugehen sollte. Vielleicht war er ja eine Falle.

Blödsinn, ich sitze ja schon in der Falle, dachte er zähneklappernd. Vielleicht lag da seine einzige Chance, herauszubekommen, was hier vor sich ging. Und auch, diesen seltsamen kalten Ort wieder zu verlassen.

Laut, um sich Mut zu machen, sagte er dann: „Was soll's!"

Mit einem vernehmlichen Seufzer setzte er sich in Bewegung und eilte, so schnell es seine immer noch schmerzenden Knochen zuließen, auf den hellen Fleck zu. Nur zwei Schritte trennten ihn noch von dem Licht, als es plötzlich verschwunden war.

„Mist, ausgeknipst", entfuhr es dem Professor.

Gleich darauf erschien ein neuer Lichtfleck auf dem Boden, diesmal ein paar Meter links vor ihm. Auch dieses Licht ging aus, kurz bevor er es erreicht hatte, und ein neues erschien, etwas weiter vor ihm.

Gehorsam folgte Richard Altmann den Lichtflecken wie Dorothy dem gelben Steinweg. Er war gerade dabei sich zu fragen, ob die böse Hexe aus dem Westen hier nur Spielchen mit ihm spielte, oder ob er es bis nach Kansas schaffen würde, als sich mit einem Mal rechts von ihm eine Tür öffnete. Tür war nicht der richtige Ausdruck, eher Portal, denn der rechteckige weiße Fleck war riesengroß. Licht fiel durch das offene Tor und überzog den Sand mit einem silbrigen Glanz

Altmann blickte mit zusammengekniffenen Augen in die blendende Helle. Er schätzte die Höhe der Tür vielleicht auf dreißig oder vierzig Meter. Doch das war schwer zu sagen, weil die Türöffnung endlos weit von ihm entfernt zu sein schien. Das einfallende Licht hatte ihn nicht einmal erreicht. Er stand weiterhin in der Dunkelheit, von wo aus er gebannt zu der Tür hinübersah.

Dann hörte er die Geräusche. Anfänglich war es nur ein dumpfes Brummen, das zu einem lauten Summen, wie von einer überdimensionalen Neonröhre, anschwoll. Dazwischen meinte er so etwas wie Vogelgezwitscher und die überschnappende Stimme einer durchgedrehten Opernsängerin zu hören. Der Krach steigerte sich von ohrenbetäubendem Kreischen und Schreien bis zu einer höllischen Kakophonie, die ihn zwang, stöhnend die Hände auf die Ohren zu pressen.

Plötzlich war die irre Geräuschkulisse verstummt, so als hätte jemand den Strom abgestellt. Unendlich langsam und vorsichtig nahm Richard Altmann die Hände von den Ohren und lauschte in die Stille hinein. Dann fielen mit lautem Krachen die beiden großen Torflügel ins Schloß, was ihn japsend hochfahren ließ.

Der Schreck über den Knall und die anschließende Dunkelheit ließen ihn einige Schritte rückwärts taumeln. Er konnte sein Herz wie wild pochen hören. Es dröhnte ihm in den Ohren wie noch kurz zuvor der schreckliche Krach. Genervt wischte er Schweißtropfen von seiner Stirn.

Da erschien, nur wenige Meter von ihm entfernt, wieder der Kreis aus Licht am Boden. Diesmal ging das Licht nicht aus, nachdem er näher herangekommen war, sondern blieb beharrlich an einer Stelle. Richard Altmann blickte etwas verstohlen um sich und trat dann zögernd in den Lichtkreis hinein. Er sah, wie sein Atem in der kalten Luft kondensierte. Seine Finger waren schon fast taub gefroren.

In diesem Moment war wieder ein Geräusch zu hören, doch diesmal leise und angenehm. Der Professor stutzte, schüttelte ungläubig den Kopf und horchte erneut. Er war sich ganz sicher, in der Ferne das leichte Plätschern und Gluckern von Wasser zu hören.

„Weißt du, wo du bist?"

Die Stimme war nur in Richard Altmanns Kopf zu hören.

„N-n-nein!" stotterte er.

„Sicherlich weißt du es. Denk nach!" forderte ihn sein unsichtbarer Gesprächspartner mit einem leicht ironischen Tonfall in der Stimme auf.

„Wer bist du?" fragte Richard Altmann zurück. Er war sich plötzlich nicht mehr sicher, ob er die Frage wirklich laut ausgesprochen oder nur in Gedanken gestellt hatte.

Statt einer Antwort tauchte vor ihm in der Dunkelheit ein riesiger Schlangenleib auf. Die Haut bestand aus grün und gelb schimmernden Schuppen, hier und da mit roten und schwarzen Flecken durchsetzt. Licht brach sich auf der trockenen Haut, unter der sich starke Muskelbewegungen abzeichneten. Die Schlange glitt, wie es ihm schien, eine Ewigkeit lang an Richard Altmann vorbei. Er riskierte einen Blick nach oben, wo die schuppige Haut mit der Dunkelheit verschmolz. Er konnte weder die Länge noch die Höhe dieses Wesens schätzen. Für einen Moment blitzte das Licht hell auf einem metallischen Gegenstand auf, und Altmann erhaschte weiter oben einen kurzen Blick auf eine Waffe, die in dem schuppigen Leib steckte, als sei sie dort von einem früheren Kampf hängengeblieben.

„Ich bin dir ganz nah", flüsterte die Stimme.

Schaudernd drehte der Professor sich einmal um sich selbst, doch dann war der Spuk auch schon vorbei.

„Du bist auf meiner Sandbank!" donnerte die Stimme in seinem Kopf.

Richard Altmann spürte seine Knie weich werden, er hatte keine Kraft mehr, sich aufrecht zu halten und sackte auf dem Sand zusammen. Das Entsetzen, in das ihn diese Enthüllung versetzt hatte, ließ ihn unkontrolliert zittern. Er wagte es nicht mehr, den Kopf zu heben. So hockte er da und wartete auf den Todesstoß, denn nun wußte er, daß er dem Götterfeind schlechthin begegnet war. Es war die Schlange, die sich seit dem Anbeginn der Welt der Schöpferkraft der Götter widersetzte. Die ewige Bedrohung der geordneten Welt.

„Wer bin ich, sag es mir!" flüsterte die Stimme einschmeichelnd.

„Du bist Apophis", gab Richard Altmann zwischen bebenden Lippen zurück. Er glaubte, ein feines Lachen zu hören.

„Ja, der bin ich", bestätigte Apophis. „Du hast versucht, dich mir zu widersetzen. Aber du kannst mich nicht töten, denn ich bin unsterblich. Du kannst mich auch nicht besiegen, denn ich bin ein Teil der Schöpfung."

Hier bestätigte sich Richard Altmanns Vermutung, die er zuvor aus Angst vor den Konsequenzen verdrängt hatte, nämlich, daß sich hinter der Gottheit, die ihm auf dem Wall in Göttingen begegnet war und ihn beinahe getötet hätte, eine weitaus größere und gefährlichere Macht verbarg. Und den Kampf aufzunehmen gegen dieses Wesen, war von einem Menschen zu viel verlangt. Denn Apophis' Widersacher waren die Götter selbst.

Entmutigt und erschöpft ließ Richard Altmann den Kopf hängen. Dem Götterfeind schlechthin, dem Symbol allen Bösens in der Welt – wie konnte er nur geglaubt haben, ihn mit einem zusammengeschusterten Text vertreiben zu können? Denn Apophis war entstanden, als die Welt begonnen hatte zu existieren. Er war so alt wie die Götter und die Schöpfung selbst. Was konnte ein Mensch schon gegen den Willen eines Gottes ausrichten?

Er hatte den Kampf verloren, das Spiel war aus. Eine gewisse Erleichterung darüber, daß nun alles vorbei war, breitete sich in ihm aus. Apophis wird mich sowieso umbringen, dachte Altmann bei sich, also kann ich ihm wenigstens vorher noch ein paar Fragen stellen.

„Du bist nicht der, dem ich in meiner Welt begegnet bin. Wer war das?"

„Er ist ein Bote", antwortete die Stimme in seinem Kopf.

„Ist er Seth?" fragte Altmann weiter

„Das ist eine seiner Formen!"

„Wieso bin ich hier?" stellte er dann die bange Frage, obwohl er die Antwort fürchtete.

„Ich habe dich nicht geholt, du bist aus eigener Kraft und freiwillig hierher gekommen", erklärte die Schlange. „Dein Hymnus hat die Verbindung hergestellt und dich hierher gebracht. Ich dachte, du wolltest gegen mich kämpfen, aber nun sehe ich, daß du nicht die Macht dazu hast. Du hast nur mit den Worten der Lobpreisung gespielt, ohne ihre wahre Bedeutung zu erfassen. Wußtest du wirklich nicht, was dich erwarten würde?" Wieder der leicht belustigte Ton in der Stimme.

„Sonst standen hier Könige vor mir, aber du – du bist nur ein einfacher Mensch, der sich zuviel zugetraut hat." Die Ironie wich einem verächtlichen Tonfall. „Du hast anscheinend gar keine Ahnung, worauf du dich da eingelassen hast."

„Es ist lange her, daß hier ein König gestanden hat", gab Altmann trotzig und ein klein wenig beleidigt zurück.

„Das ist wahr", räumte die Gottheit ein.

„Wirst du mich töten?"

„Nein, es macht mir zu viel Spaß, dich und deinesgleichen bei ihren Bemühungen, sich mir zu widersetzen, zu beobachten. Und selbst du solltest wissen, daß unser Kampf ein Bestandteil der Welt ist. Nicht einmal ich kann mich dem Gefüge der Welt entziehen. Und jetzt geh. Geh zurück!" befahl Apophis mit dröhnender Stimme.

Richard Altmann erhob sich mühsam, drehte sich auf dem Absatz um und lief trotz der Schmerzen in seiner Hüfte so schnell er konnte in die Dunkelheit hinein. Er wollte nur weg, weit fort von einem Wesen, dessen Worte er nur halb begreifen konnte.

„Es gibt keine Sieger und auch keine Verlierer, denn unser Kampf ist Teil der Welt. Vergiß das nicht!" hallte die Stimme des Gottes durch die Dunkelheit.

Ungläubig starrte Richard Altmann auf seinen Schreibtisch. Der Text, der offenbar zauberkräftiger war, als Altmann jemals zu träumen gewagt hatte, lag vor ihm auf der Schreibunterlage. Alles war wie immer. Gelbe Klebezettel, Notizen, aufgeschlagene Bücher und Stifte lagen herum. Die Normalität erschreckte ihn im ersten Moment fast noch mehr, als es der Aufenthalt auf der Sandbank vermocht hatte. Auf dem Computermonitor flimmerte der Text eines angefangenen Briefes an das Dekanat. Seltsamerweise hatte der Computer nicht auf Bildschirmschoner geschaltet.

Sein Gefühl sagte Richard Altmann, daß er mindestens einige Stunden weg gewesen war, doch ein weiterer Blick auf den Bildschirm strafte sein Zeitgefühl Lügen. Die Uhr in der rechten unteren Ecke zeigte ihm, daß nur wenige Sekunden vergangen waren, seitdem er sein Arbeitszimmer scheinbar verlassen hatte. War es nur ein Traum gewesen oder eine Vision? Er wußte es nicht.

Richard Altmann streckte seine immer noch leicht zitternde Hand aus, um den Computer auszuschalten, da rieselte von seinen Fingern Sand auf die Tastatur. Er hob seine Hände dicht vor die Augen und starrte ungläubig auf die gelblichroten Sandkörner, die auf seinen Handflächen klebten.

„Dies war kein Traum. Dies war kein Traum", begann Altmann zu murmeln, während er hektisch seine Hände ausschüttelte, um den Sand loszuwerden. Dabei rannte er, Wortfetzen ausstoßend, wie ein Besessener im Zimmer hin und her. Vollkommen erschöpft und um Luft ringend, kam er erst Minuten später wieder zu sich. Auf wackeligen Knien schlurfte er zur Tür, öffnete sie aber nur einen Spalt breit, um sicherzugehen, daß auch niemand im Eingangsbereich zwischen Waschbecken und Kaffeemaschine stand, dem er nicht begegnen wollte. Der Flur war leer.

Nachdem er sich mehr als gründlich die Hände gewaschen hatte, ging er hinüber zum Kühlschrank, auf dem sowohl die Kaffeemaschine als auch eine Thermoskanne standen. Er schüttelte die Kanne erwartungsvoll und wurde mit dem schwappenden Geräusch von hoffentlich noch warmem Kaffee belohnt. Er kramte seinen Becher, auf dem das Konterfei von Jean-François Champollion prangte, aus dem Küchenschrank. Der Becher war das Geschenk einiger Studenten gewesen, die ihn von der letzten Exkursion nach Frankreich mitgebracht hatten. Ihm war die leise Ironie nicht entgangen, und so hatte er den Becher zur Überraschung aller täglich benutzt.

Er war gerade dabei, etwas Milch in den Kaffee, der so stark war, daß auch ein Magnet in ihm hätte schwimmen können, zu rühren, als er hinter sich Schritte hörte. Bevor er die Flucht ergreifen konnte, tauchte Martina Meyer neben ihm auf.

„Ich hab'n Problem. Können Sie mir mal helfen?" fragte sie unsicher.

Sie war offensichtlich bemüht, nicht zu sehr auf die Kratzer in seinem Gesicht und das violette Veilchen an seinem linken Auge zu starren. Sie senkte den Blick und stutzte, als sie seine Schuhe näher betrachtete. Altmann folgte ihren Augen und sah, daß überall an seinen Schuhen und an seiner Hose der gleiche rötlich-gelbe Sand klebte. Martina öffnete den Mund, um etwas zu sagen, doch Richard Altmann bekam sich gerade noch rechtzeitig unter Kontrolle, um sie daran zu hindern, irgendwelche neunmalklugen Fragen zu stellen, die er nicht die Absicht hatte zu beantworten. Schon überhaupt nicht dieser nervigen Studentin.

„Ist es sehr wichtig, oder hat es Zeit bis morgen?" herrschte er sie in der Hoffnung an, sie gleich wieder loszuwerden.

Der barsche Ton und vielleicht auch sein seltsames Aussehen verfehlten ihre Wirkung nicht. Martina stotterte ein: „Is' nich so wichtig", und trat dann den Rückzug in Richtung Bibliothek an.

Richard Altmann atmete auf, schnappte sich seine Kaffeetasse und einige Papierhandtücher und verschwand dann wieder in seinem Arbeitszimmer. Auf dem Weg dahin vermied er es tunlichst, einen Blick in den Spiegel über dem Waschbecken zu werfen. Er hatte auch so eine Vorstellung davon, wie gespenstisch bleich er war, und wie dunkel die Ringe unter seinen Augen, ohne daß er auch noch die Bestätigung seines Spiegelbildes brauchte. Es war kein Wunder, daß die Studentin so gestarrt hatte.

In seinem Arbeitszimmer angekommen, verschloß er sorgfältig die Tür und machte sich dann daran, den Sand von seinen Hosenbeinen und den Schuhen abzuwischen. Während er an seinen Schuhen herumputzte, spukte der letzte Satz, den Apophis zu ihm gesagt hatte, immer noch in seinem Kopf herum.

‚Es gibt keine Sieger und auch keine Verlierer, denn unser Kampf ist Teil der Welt.'

Er hatte das schon mal irgendwo gelesen. Aber wo? Der Gott hatte auf die Maat, die Weltordnung, angespielt, nach der das Böse wie das Gute Teil der Welt ist. Das Böse existiert, damit das Gute gegen es kämpfen und es besiegen kann. Aber was hatte der Gott damit gemeint? Wollte er Altmann dazu auffordern, weiterzumachen? Oder hatte er ihm vielmehr klarmachen wollen, wie vergeblich es war, sich gegen den Lauf der Welt zu wehren?

Nachdenklich warf Richard Altmann die benutzten Tücher in den Papierkorb. Dann nahm er seinen Kaffeebecher und stieg auf eine kleine Trittleiter, um an die Textbände im oberen Regal heranzukommen. Mit den Gedanken schon bei der Arbeit, nippte er nur an seinem Kaffee und stellte die Tasse dann in das oberste Regalfach. Daraufhin griff er sich den ersten Band mit der Publikation des Papyrus Bremner-Rhind heraus, auf dem ein Text geschrieben war, der sich mit dem Kampf gegen Apophis beschäftigte. Altmann begann systematisch, den Index nach der Bemerkung des Gottes zu durchforsten. Er war erst bei Band III angekommen, als die Erde zum zweiten Male anfing zu beben.

Zuerst drehte sich die Tasse mit dem Bild des Entzifferers der Hieroglyphen einmal um sich selbst und fiel dann vom Regal. Beim Aufprall auf dem Boden brach der Henkel ab, aber der Rest der Tasse blieb heil. Wie in einer Zeitlupenaufnahme sah Richard Altmann die Tasse fallen. Gleichzeitig hörte er im ganzen Seminar das Scheppern von Tassen, Flaschen und allen möglichen Gegenständen, die auf den Boden fielen. Dann krachten seine schönen gerahmten Fotografien von den Wänden und Glassplitter flogen durch die Luft.

Die Leiter, auf der er stand, rutschte gefährlich weit vom Bücherregal weg. Es gelang ihm gerade noch, die paar Stufen nach unten zu springen. Im selben Moment fielen die ersten Bücher aus den bedrohlich schwankenden Regalen. Richard Altmann machte einen weiteren Satz nach hinten, um nicht unter den schweren Regalbrettern oder den ebenso gewichtigen Büchern begraben zu werden.

In der Bibliothek krachte es laut, als eines der weniger gesicherten Regale umkippte. Altmann konnte erschreckte Ausrufe von den Studenten hören. Kurz darauf mischte sich unter die aufgeregten Stimmen unüberhörbar das schmerzerfüllte Schreien der Leute, die von dem umfallenden Regal verletzt worden waren.

Die Erde hörte einfach nicht auf zu beben. Richard Altmann kam es schon wie eine Ewigkeit vor. Er konnte sich nicht erinnern, wie lange ein normaler Erdbebenstoß sonst andauerte. Aber dies war mit Sicherheit kein normales Erdbeben. Es ebbte ab und begann von neuem, als ob kein Ende in Sicht wäre. Erstarrt stand er mitten in seinem Zimmer und wußte nicht, was er tun sollte.

Noch immer hatte er das Gefühl, unter einer Glasglocke zu stehen und als unbeteiligter Zuschauer von außen auf das Tohuwabohu zu starren, als ein weiterer heftiger Ruck seinen Computer vom Schreibtisch rutschen ließ. Der Rechner gab eine Art ersticktes Röcheln von sich, während der Monitor seine Bauteile auf dem Fußboden verstreute. Hastig griff Altmann nach einigen Disketten und stopfte sie in die Taschen seines Jacketts.

Der nächste heftige Stoß schob den schweren Schreibtisch in die Mitte des Zimmers. Sein Schwung wurde erst von den herausgefallenen Büchern und Regalbrettern gebremst. Trotz der überall herumwirbelnden Zettel, Papierblätter und herausgerissenen Bücherseiten sah Richard Altmann deutlich, wie seine Champollion-Tasse zwischen Tischbein und umgekipptem Druckertisch zu Staub zerbröselt wurde.

Der Boden schwankte jetzt so bedrohlich, daß ihm nichts anderes mehr übrigblieb, als sich an der Fensterbank festzuklammern. Er überlegte noch, daß dies eigentlich Blödsinn war, weil das ganze Haus, somit auch die Fensterbank, gefährlich schwankte. Aber der Reflex war da, er zwang seine Finger, sich an die scheinbare Sicherheit dieses Brettes zu klammern.

Der Professor konnte das dreihundert Jahre alte Fachwerk unter der Belastung ächzen und stöhnen hören. Er hatte das Gefühl, als neige sich das ganze Gebäude immer mehr auf eine Seite. Ein Blick nach draußen zeigte ihm, daß sein Gefühl ihn nicht betrogen hatte. Das Haus bekam Schlagseite, weil sich neben ihm die Erde auftat.

Quer über den Hof zog sich ein Riß im Asphalt, der sich zusehends verbreiterte. Ein weißer VW Golf war schon bis zur Stoßstange darin versunken. Mit lautem Scheppern rutschte ein großer brauner Audi gegen das andere Fahrzeug. Ein ganzer Fahrradständer, der die angeschlossenen Rädern hinter sich herzog, folgte den Wagen in die Erdspalte. Richard Altmann bekam eine Gänsehaut, als er Benzin aus dem geborstenen Tank des Audis tropfen sah.

Jetzt fielen Ziegel vom Dach, zerbrachen krachend auf dem Hof oder durchschlugen die bis dahin noch intakt gebliebenen Windschutzscheiben. Mitten in dem Chaos lief der Hausmeister in Panik über den Hof. Er sprang über die Erdspalte, die mittlerweile über einen Meter breit war, strauchelte und fiel mit einem schmerzerfüllten Schrei in eine Schneewehe. Ein herunterfallender Ziegel erwischte ihn am Kopf, an dem sofort eine große klaffende Wunde sichtbar wurde, aus der knallrotes Blut in den Schnee sickerte.

Aus weiter Ferne und dabei doch herangerückt wie durch ein Vergrößerungsglas nahm Richard Altmann die ganze Szene war. Ein Teil von ihm wollte dem verletzten Mann helfen, doch ein weitaus stärkerer zwang ihn, wie angewurzelt an seiner Fensterbank stehenzubleiben. Dort konnte er sich einfach nicht von dem Anblick des gleichzeitig tropfenden Blutes und Benzins lösen. Erst als die Deckenlampe auf den Schreibtisch fiel und der Raum in ein unheimliches Halbdunkel getaucht wurde, erwachte er wieder wie aus einer Trance. Sein unwillkürlicher Blick nach oben unter die Decke rettete ihm wahrscheinlich das Leben, denn die Gardinenstange hatte sich gelöst, und er sprang gerade noch rechtzeitig zurück, um nicht von dem altertümlichen Holzding erschlagen zu werden. Wo die Deckenlampe gehangen hatte, klaffte jetzt ein großer Riß, der sich schnell in viele kleine Risse aufspaltete. Putz und Staub rieselten von der Decke herunter und brachten ihn zum Husten.

„Meine Güte, das Haus stürzt ein!" rief er.

Endlich konnte er wieder handeln. Entschlossen wuchtete er seinen umgestürzten Schreibtischstuhl und die Teile eines Bücherregals aus dem Weg, dann trat er die Reste seines Computers erbarmungslos zur Seite. Beinahe wäre er auf der Tastatur ausgerutscht, doch es gelang ihm irgendwie, auf den Beinen zu bleiben und sich einen Weg zur Tür zu bahnen, die er mit einiger Mühe aufstemmte.

Im Eingangsbereich und in dem Raum dahinter herrschte ebensolches Chaos wie in seinem Arbeitszimmer. Studenten waren dabei, ihre Kommilitonen unter heruntergefallenen Folianten und Regalbrettern hervorzuziehen. Einer stützte mit sichtlicher Anstrengung Helma von Wiederitz, die eine große blutige Schramme über dem Knöchel hatte. Ihre Frisur war hin, ihre Haare und ein Haarteil, das Altmann gegen seinen Willen bemerkte, hingen wirr um ihren Kopf.

„Alles raus hier, schnell!" brüllte Altmann in das Chaos hinein. „Das Haus stürzt ein!"

Kaum waren sie auf der Straße, als ein Teil des Michaelishauses, das seit Jahrzehnten die altorientalischen Wissenschaften beherbergt hatte, in sich zusammenstürzte. Staub und Trümmerteile wirbelten durch die Luft, als fast die gesamte vordere Wand auf die Straße rutschte.

Dann hörte das Erdbeben auf.

Philip war gerade vor der Tür des Juzi angekommen, als er glaubte, Richard Altmanns Stimme zu hören. Er drehte sich um, doch hinter ihm war niemand. Im selben Augenblick wurde ihm klar, daß der Professor angefangen hatte, den Text zu lesen. Die leise geflüsterten Worte waren überall um Philip herum zu hören. Altmanns Stimme drang von allen Seiten auf ihn ein, als schwebe sie in der Luft.

Philip fragte sich, ob auch andere die Stimme hören konnten, doch das schien nicht der Fall zu sein. Jedenfalls war den Typen, die im Juzi ein- und ausgingen, nichts anzumerken. Entweder nahmen sie wirklich nichts wahr, oder sie hörten in ihrem zugedröhnten Zustand so manches und achteten nur nicht darauf.

Interessiert betrachtete Philip die Graffiti und Pamphlete an der Tür, als diese unversehens aufgestoßen wurde und ein junges Mädchen mit knallrot gefärbten Haaren im Türrahmen erschien. Sie sah betont desinteressiert an ihm vorbei, dann stapfte sie direkt in eine Schneewehe an der Hausmauer, nahm eine Rolle Tesafilm zur Hand, biß ein Stück mit den Zähnen ab und klebte ein weiteres Plakat mit dem Aufruf zu irgendeiner Demo für oder gegen den Weltfrieden über die anderen.

Philip versuchte, die immer eindringlicher werdende Stimme Altmanns zu ignorieren. Wenn er das Mädchen ansprechen wollte, sollte er lieber einen klaren

Verstand haben. Denn wenn er mit der Tür ins Haus fiele und direkt nach Guido Kramer oder seinem Neffen fragen würde, würde sie vielleicht mißtrauisch werden. Während er noch so dastand und überlegte, wie er sie am besten ansprechen sollte, sagte sie:

„Du stehst da rum wie bestellt und nicht abgeholt! Suchst du jemanden?"

„Äh ja", stotterte Philip verblüfft. Dann fügte er ein vages „Hi!" hinzu.

„Is was?" fragte sie. „Du siehst total fertig aus, Mensch."

„Bin nur müde", gab Philip zu. Mutig entschloß er sich doch, einen direkten Vorstoß zu riskieren. „Ich suche tatsächlich jemanden, weiß aber leider nur den Nachnamen. Er heißt Kramer. Vielleicht ist sein Onkel bei ihm. Der ist so Mitte fünfzig."

In Wirklichkeit hatte Philip keine Ahnung, wie alt Guido Kramer tatsächlich war, aber er stellte sich vor, daß für das Mädchen jeder Mann über dreißig uralt wirken müßte.

Das Mädchen schüttelte den Kopf. „Keine Ahnung", sagte sie. „Kenn ich nicht. Einen alten Mann habe ich auch nicht gesehen."

„Bingo!" gratulierte sich Philip.

„Wir können ja mal fragen. Wie war noch der Name?"

Au weia, dachte Philip. Ein Kurzzeitgedächtnis hat die wie eine Bratpfanne. Laut sagte er: „Sein Name ist Kramer."

Sie stieß die Tür auf und machte eine vage einladende Handbewegung, ihr zu folgen. Als Philip hinter ihr in das Gebäude trat, brach Altmanns Stimme mitten im Satz ab.

Das bedeutet bestimmt nichts Gutes, überlegte Philip voller düsterer Vorahnungen, während er in ein dunkles Treppenhaus trat. Das Mädchen betätigte einen versifften Lichtschalter, woraufhin eine 10-Watt-Glühbirne, die an einem Draht einsam von der Decke hing, aufleuchtete und die dunklen Schatten noch vertiefte, anstatt wirklich Licht zu spenden.

So eine Tranfunzel, murrte Philip bei sich. Der Raum wird dunkler, wenn man das Licht anmacht, und nicht heller. Gut erzogen, wie er war, blieb er am Treppenabsatz stehen und wartete, daß das Mädchen aus einem angrenzenden Raum, der so etwas wie eine gemeinschaftliche Küche zu sein schien, wieder herauskam.

Guido Kramer, der schon vor geraumer Zeit aus der Stadt zurückgekehrt war, hatte das rothaarige Mädchen und Philip durchs Fenster beobachtet. Dieser abgewrackte Kerl von einem Studenten und seine Kommilitonin, eine arrogante und ehrgeizige Person, deren Namen Kramer immer vergaß, waren ihm wirklich dicht auf den Fersen. Wenn er mehr Zeit gehabt hätte, hätte er die beiden genauso beseitigt wie diesen Christoph, seinen allzu wißbegierigen Hiwi. Und er hätte dazu nicht die Hilfe der Gottheit in Anspruch genommen! Er stieß scharf die

Luft aus. Leider war jetzt nicht der richtige Zeitpunkt, sich mit Rachegedanken zu befassen. Er mußte hier verschwinden, und zwar auf der Stelle, wenn er dem Studenten entkommen wollte. Ärgerlich über diese neue Komplikation warf er unwillig ein paar Sachen in eine Plastiktüte, steckte den Papyrus, den er mittlerweile in einer Papprolle untergebracht hatte, dazu und machte sich bereit, zum wiederholten Male die Flucht zu ergreifen.

Er war wütend und müde. Eigentlich hatte er sich erstmal erholen wollen, nachdem er den Tod dieses Polizisten mit angesehen hatte. Es war nicht die Tatsache an sich, die ihn so aufgewühlt hatte – nämlich daß er den Tod dieses Schnüfflers miterlebt hatte – im Gegenteil, der Anblick des Blutes und eines sterbenden Menschen hatten ihn sogar angestachelt –, sondern die Erkenntnis, wie nahe er der Entdeckung und vielleicht sogar einer Verhaftung gewesen war. Er mußte zugeben, daß er nur knapp entkommen war. Schieres Glück war das gewesen, denn er war den Polizisten schließlich nur durch Zufall losgeworden. Er mußte zugeben, daß er Angst bekommen hatte, vielleicht am Ende doch noch aufgehalten zu werden. Zähneknirschend gestand er sich selbst ein, daß er zu siegessicher gewesen war.

Jetzt konnte er nur noch hoffen, daß niemand, der in dem allgemeinen Chaos dabeigewesen war, ihm genug Aufmerksamkeit geschenkt hatte, um ihn wiedererkennen zu können. Immerhin war er es ja nicht gewesen, der den Stein geworfen hatte. Auch wenn er sich wünschte, er hätte es getan. Mit Genugtuung stellte Guido Kramer fest, daß dieser Pflasterstein schließlich nicht nur denjenigen, dem er gegolten hatte – nämlich einem Polizisten –, getötet hatte, sondern Kramer selbst gerettet hatte. Damit hatte der Steinewerfer unwissentlich Kramers Weltuntergangsplänen vorangeholfen, obwohl er bestimmt die gegenteilige Absicht gehabt hatte. Kramer fragte sich, ob dies reinem Zufall oder dem Eingreifen einer höheren Macht zu verdanken war.

„Ein Jahrhundertwurf", stellte er befriedigt fest.

Hastig nahm er seinen Mantel von einem Haken und verzog angeekelt das Gesicht. Die Flecken, die das eingetrocknete Blut Georg Roeders dort hinterlassen hatte, waren trotz intensiver Bearbeitung nicht rausgegangen. Sein Mantel sah schrecklich aus. Glücklicherweise war es immer noch reichlich dunkel draußen, so daß wahrscheinlich niemand die braunroten Sprengsel bemerkte.

Leise schlich Guido Kramer, die Plastiktüte mit dem verhängnisvollen Papyrus fest an sich gedrückt, aus dem Zimmer. Um unnötigen Lärm zu vermeiden, ließ er die Tür einfach offen stehen und stieg dann vorsichtig über die Hintertreppe ins Erdgeschoß. Ein gemeines Lächeln huschte über sein Gesicht, als er sah, daß die Hintertür einen Spaltbreit geöffnet war. Sie zu öffnen, würde keinen verräterischen Lärm verursachen.

Guido Kramer warf einen flüchtigen Blick in einen halbblinden Wandspiegel, in dem er quasi um die Ecke blicken und den wartenden Philip in der Eingangshalle sehen konnte. Philip schenkte ihm keine Beachtung, sein Interesse konzentrierte sich gerade auf die Glühbirne unter der Decke.

Vorsichtig schob Kramer die Hintertür etwas weiter auf und zwängte sich hinaus. Unbemerkt schlich er aus dem Haus und verschwand zwischen den verschneiten Hecken am Wall.

Philip stand immer noch am Treppenabsatz und starrte auf die schwarzen Fingerspuren neben dem Lichtschalter, als das Erdbeben losging. Der Dielenboden schwankte unter bedrohlichem Ächzen. Im ganzen Haus begann es zu scheppern und zu poltern, als Gegenstände von Tischen und aus Regalen fielen. Ein altertümlicher Spiegel aus den Fünfzigern, der vor Philip an der Wand hing, fiel von seinem Haken und zersplitterte auf dem Boden in tausend kleine Scherben. Gerade noch rechtzeitig machte Philip einen Sprung zurück, um den umherfliegenden Glassplittern auszuweichen. Ein weiterer heftiger Erdstoß ließ ihn gegen das Treppengeländer straucheln. Während die Welt um ihn herum schwankte und nie wieder zur Ruhe zu kommen schien, klammerte sich Philip krampfhaft an dieses Geländer. Er hoffte verzweifelt, daß die Erde endlich aufhören möge zu beben. Doch gerade, als er dachte, es sei vorbei, folgte ein noch heftigerer Stoß, der Putz von der Decke rieseln ließ. Panisch blickte Philip nach oben, wo schon ein Riß in der Tapete sichtbar wurde.

Bloß raus hier! Das war alles, was er denken konnte.

Laut krachend rollten jetzt an die zwanzig Konservendosen, gefüllt mit Ravioli, gemischtem Gemüse oder Katzenfutter von der Küche in die Diele. Eine Dose knallte mit einem dumpfen Geräusch gegen Philips Schienenbein. Mehr vor Schreck denn Schmerz schrie er auf und rieb sich heftig über die pochende Stelle. Solange es nur bei blauen Flecken bleibt, hoffte er, kann es nicht so schlimm werden.

Dann erschien das kleine rothaarige Mädchen im Türrahmen. Aus schreckgeweiteten Augen blickte sie Philip an, ohne ihn wirklich zu sehen. Über ihr aschfahles Gesicht lief Blut, das aus einer Wunde an ihrem Haaransatz herausfloß. Ganz vorsichtig löste Philip eine Hand vom Geländer und streckte sie ihr entgegen.

„Wir müssen hier raus", schrie er.

Das rothaarige Mädchen starrte nur weiterhin durch ihn hindurch, also ließ Philip das Geländer – seinen scheinbaren Rettungsanker in dieser schwankenden Welt – los und stolperte über den Dielenfußboden auf sie zu. Er bekam ihren Arm zu fassen und zerrte sie zur Eingangstür, wobei er versuchte, Konservendosen und Glassplitter so gut wie möglich zu umgehen.

Als sie ins Freie kamen, war das Beben immer noch in vollem Gange, und das Chaos hatte gerade seinen Höhepunkt erreicht. Autos standen kreuz und quer auf der Fahrbahn und auf dem Gehweg, viele davon nach Zusammenstößen zu Blechhaufen verkeilt, während die Fahrer hilflos in ihren Autos gefangen waren. Auf dem Fußweg, nur wenige Meter vom Juzi entfernt, rüttelte ein Mann in einem großen Mercedes, der hoffnungslos zwischen zwei Kleinlastern eingekeilt war, verzweifelt an der verbeulten Tür seiner Luxuskarosse. Gegenüber lag ein Radfahrer unter einem großen LKW. Philip konnte die schrecklich verdrehten Gliedmaßen des armen Teufels unter dem rechten Vorderrad sehen. Der Fahrer des Lasters stand schreiend daneben.

Der Strom wird sicher gleich ausfallen, nahm Philip richtig an. Die Straßenlaternen flackerten nur noch schwach, bevor eine nach der anderen erlosch. Direkt vor Philip klammerte sich ein älteres Ehepaar an einen Laternenpfahl. Die Frau schimpfte lautstark mit ihrem Mann. Philip konnte deutlich jedes einzelne Wort dieser Gardinenpredigt hören, die sie ihrem Mann, der wie ein geprügelter Hund aussah, mit Stentorstimme entgegenbrüllte. Sie machte ihm Vorwürfe, weil er gerade jetzt hatte rausgehen wollen.

„Das haben wir nun davon", kreischte sie. „Das ist alles deine Schuld!"

Im selben Moment löste ein erneuter Erdstoß einen in der Nähe stehenden Bauwagen aus seiner Verankerung und ließ ihn auf das Ehepaar zurollen. Er wurde auf dem kurzen, aber vereisten Stück, das ihn von dem Laternenpfahl trennte, immer schneller und schneller. Dann traf er mit voller Wucht auf die zeternde Frau, die in ihrer Rage nicht einmal das Herannahen des tödlichen Geschosses bemerkt hatte. Der Bauwagen riß sie mit sich und schleuderte sie kreischend über die Fahrbahn. Ihr Körper krachte auf die Motorhaube des Mercedes, dessen Fahrer jetzt seine vergeblichen Versuche, die Tür zu öffnen, aufgab, und statt dessen wie hypnotisiert auf die Leiche vor seiner Windschutzscheibe starrte. Unterdessen klammerte sich ihr Ehemann immer noch zitternd an den Laternenpfahl. Philip hatte den Eindruck, daß er nicht allzu enttäuscht darüber wirkte, daß die Schimpfkanonade endlich ein Ende gefunden hatte.

Als wäre alles nicht schon schlimm genug, setzte jetzt wieder der schneidende Wind ein, dessen eiskalte Böen ganze Zeitungen und jede Menge Mützen, Schals und Plastiktüten, die die Passanten verloren hatten, vor sich her trieben. Schon tanzten die ersten Schneeflocken, da wurde Philip mit einem Mal bewußt, daß irgend etwas schief gelaufen war und Kramer, die Gottheit oder alle beide offenbar zu einem erneuten Angriff ausgeholt hatten.

„Ich muß hier weg", rief er dem Mädchen über den tosenden Lärm aus Schreien, Autohupen und Sturm zu.

„Weg? Wie denn? Und wohin?" fragte sie nicht ganz unberechtigt.

Hektisch blickte sich Philip um, ob es nicht möglich war, sich einen einigermaßen sicheren Weg durch die verkeilten und ineinander geschobenen Autowracks zu bahnen. Da erklang plötzlich ein ohrenbetäubendes Knirschen und mitten auf der Straße öffnete sich ein breiter Spalt im Asphalt. Autos kippten seitwärts und versanken mit metallischem Quietschen in der klaffenden Öffnung. Wer sich aus den Wracks befreien konnte, rannte in Panik auf die Bürgersteige. Menschen sprangen über abgefallene Kotflügel, kletterten über Autohauben und schubsten gnadenlos jeden, der ihnen im Weg stand, zur Seite. Wie in Zeitlupe beobachtete Philip eine Frau, die einem ohnmächtig auf der Straße liegenden Mann die Brieftasche wegnahm und im Rennen das Geld zählte. Dann lief sie weiter zu einem Auto, aus dessen Seitenfenster der Arm einer Frau hing, und zog ihr geschickt einen glitzernden Ring vom Finger.

Philip sah die ehemals beringte Hand langsam im Spalt versinken. Ihm wurde schlecht, und er sackte auf den Boden, ohne die nasse Kälte, die sofort nach ihm griff, überhaupt zu bemerken. Neben ihm ging auch das rothaarige Mädchen in die Knie. Sie lehnte sich an Philip und fing an zu weinen.

Die weniger Glücklichen, die sich nicht aus ihren Wagen hatten befreien können, mußten hilflos zusehen, wie sie gefangen in ihren Karossen tiefer und tiefer rutschten. Einige Autos wurden mitsamt ihrer Insassen wie in einer Schrottpresse zusammengedrückt. Verzweifelte Schreie und Hilferufe gellten aus den Blechklumpen, die einmal der Stolz ihrer Besitzer gewesen waren.

Der Riß verbreitete sich zusehends und folgte offenbar dem Verlauf der Bürgerstraße bis hin zum Hiroshimaplatz. Philip sah, wie das Hochhaus, in dem die Göttinger Stadtverwaltung untergebracht war, schwankte und sich gefährlich weit nach rechts neigte. Er fragte sich, ob wohl jemals jemand auf die Idee gekommen war, in Göttingen erdbebensichere Hochhäuser zu errichten.

Ein entwurzelter Baum fiel krachend auf die Straße und drückte die schrottreifen Autos und ihre Insassen noch tiefer in die Erdspalte hinein. Unter dem tonnenschweren Gewicht seiner Äste verstummten die Schreie der Eingeschlossenen, die bis dahin noch am Leben gewesen waren.

Trotz des zunehmend dichter werdenden Schneefalls konnte Philip beobachten, wie die Flaggenmasten auf dem Dach eines Verbindungshauses schräg gegenüber vom Wind aus ihren Halterungen gelöst wurden. Die meisten landeten mit flatternden Fahnen im Vorgarten, doch eine rutschte auf dem Dach entlang, sprang über die Regenrinne und flog dann wie ein Geschoß nach unten. Das zersplitterte Ende der Fahnenstange durchschlug den Oberkörper eines jungen Mannes, der die ganze Zeit verzweifelt versucht hatte, sein superteures Fahrrad festzuhalten. Jetzt fiel es ihm aus dem Händen, als er ungläubig an sich hinunter auf die blutige Fahnenstange starrte, die aus seiner Brust ragte. Die Stange hatte sich in den

Boden vor ihm gerammt und den Mann förmlich festgenagelt. Noch im Sterben rutschte sein Körper an der Stange entlang in den Schnee. Über ihm flatterte die Fahne mit dem Wappen der Stadt Göttingen im Sturm.

Da plötzlich war alles vorbei. Das Beben hörte mit einem Schlag auf. Unsicher erhob sich Philip und machte dann einen vorsichtigen Schritt auf dem jetzt ungewohnt festen Untergrund. Die Stille, die auf das Beben folgte, war fast noch beängstigender als es der Krach, die Schreie und das Rufen vorher gewesen waren. Nur das Heulen des Windes, der langsam zu einem Orkan heranwuchs, war noch zu hören. Betäubt starrte er auf die Leiche des Radfahrers, der selbst noch im Tod eine Hand nach seinem Fahrrad ausstreckte.

Auch das kleine rothaarige Mädchen hatte sich erhoben. Sie schniefte heftig und wischte dann mit ihrem Ärmel an ihrer Nase herum.

„Ich habe die Nase voll von dieser Stadt. Hier sind doch alle meschugge! Ich fahre nach Hause zu meinen Eltern", verkündete sie in dem urplötzlichen Bedürfnis nach spießiger Normalität. Damit stapfte sie zurück zum Haus.

„Ja, tu das", antwortete Philip geistesabwesend. „Paß auf dich auf."

„Du auch. Und, äh, vielen Dank." Sie stand schon in der Tür, als sie sich noch einmal umdrehte. „Fast hätte ich es vergessen. Dieser Onkel von Olaf wohnt im ersten Stock gleich links."

Philip rannte wie ein geölter Blitz an dem verdutzt blickenden Mädchen vorbei zurück ins Haus. Er hetzte die Treppe hoch, immer zwei Stufen auf einmal nehmend. Doch als er oben um die Ecke bog, wußte er schon, daß er zu spät kam. Die Tür zu dem Zimmer stand sperrangelweit offen. Unter einem heruntergefallenen Poster lag ein geöffneter Schalenkoffer, in dem jemand mit ziemlicher Hast gewühlt hatte. Man brauchte nicht Columbo zu sein, um zu erkennen, daß Kramer sich die nötigsten Sachen geschnappt hatte, bevor er getürmt war.

„Scheiße!" entfuhr es Philip.

Dann drehte er sich um, sagte noch mal ‚Scheiße' und lief die Treppe wieder hinunter. Er ging in die Küche, in der ein unbeschreibliches Chaos herrschte, weil der riesige Kühlschrank umgefallen war und nun zur Hälfte die Tür versperrte.

„Kann ich mal telefonieren?" fragte er einen jungen Mann mit knallbuntem Irokesenschnitt, der gerade halbherzig in den Trümmern rumwühlte.

„Alle Leitungen sind tot", antwortete eine anderer, der in seinem Bemühen, wie Che Guevara auszusehen, schon relativ weit vorgedrungen war. „Handynetz ist auch ausgefallen." Er schwenkte das nutzlos gewordene neueste Nokia-Modell und warf es dann in eine Ecke.

Doch Philip war schon wieder auf der Straße. Die Angst um Maria, die zuerst mehr unterbewußt an ihm genagt hatte, wuchs von Sekunde zu Sekunde zu einer immer größeren Panik an. Was ist, wenn ihr Haus eingestürzt ist, fragte er sich entsetzt. Was ist, wenn sie auf der Straße war? Er hatte nur zu deutlich das Bild des von dem Flaggenmasten gepfählten Radfahrers vor Augen. Was ist, wenn Kramer hinter ihr her ist? Wenn er versuchen sollte, sie wie Christoph aus dem Weg zu schaffen.

Er mußte zu ihrer Wohnung. Unter normalen Umständen war der Weg dorthin nicht besonders weit, doch jetzt schien er ihm endlos lang zu sein. Von bösen Vorahnungen geplagt, hatte Philip den Eindruck, daß die Wirklichkeit in weite Ferne gerückt war, und seine Welt sich nur noch auf diese schreckliche Angst und den Wunsch, so schnell wie möglich Gewißheit zu haben, fokussiert hatte. Das Gefühl, etwas Schlimmes sei passiert, wuchs von Sekunde zu Sekunde.

Philip begann zu rennen.

Angst und Schrecken hatten Maria schon vor dem Erdbeben fest in ihren Griff genommen. Das Fernsehen war voll von Berichten über die seltsamen Vorgänge in Göttingen gewesen. Auf allen Kanälen hatte es Live-Schaltungen und Interviews mit Mitgliedern von ‚Bereut nun!' oder Wetterexperten gegeben. Doch dann konzentrierten sich alle Sender nur noch auf die Krawalle am Wilhelmsplatz. Zu ihrem großen Entsetzen hatte Maria erfahren, daß es sich bei dem Toten, der bei der Straßenschlacht am Wilhelmsplatz durch einen Steinwurf getötet worden war, um Georg Roeder handelte. Sie sah Dorothea Faßbinder, die Angaben über ihren Assistenten machte, und zusätzlich die üblichen Fragen, warum die Polizei die Kontrolle über die Situation verloren hatte, über sich ergehen lassen mußte.

Die Polizistin hatte äußerlich gefaßt gewirkt, aber Maria vermutete richtig, daß nur Schauspielkunst dahinter steckte. Dorothea Faßbinder war zu gleichen Teilen geschockt, wütend und unendlich traurig. Ein Reporter fragte, ob Dorothea sich jetzt nicht Vorwürfe mache, daß sie und ihre Kollegen nicht härter durchgegriffen hätten. Dann wäre Georg Roeder vielleicht noch am Leben. Maria hatte die mühsame Beherrschung in den Augen der Polizistin sehen können, als sie dem Reporter eine Antwort gab und dabei versuchte, sachlich zu bleiben. Nicht so Maria, die frustriert und wütend angefangen hatte, den Reporter auf dem Bildschirm ihres Fernseher lautstark zu beschimpfen.

In diesem Moment ging das Erdbeben los. Sekunden später brach die Übertragung ab. Maria saß wie angewurzelt auf ihrem Bett und starrte auf den leeren Bildschirm, bis das Beben aufhörte. Sie hörte weder das Scheppern ihres auf dem Küchenboden zerspringenden Geschirrs noch das Geschrei auf der Straße. Erst als alles vorbei war, konnte sie sich wieder rühren. Dann merkte sie auch, daß sich ihre Hände in die Bettdecke gekrallt hatten. Ganz vorsichtig und mit schmerzverzerrtem Gesicht löste sie ihre verkrampften Finger aus dem Stoff. Verwirrt blickte sie sich um.

Das Haus stand noch, und es zeigten sich glücklicherweise auch keine Risse in den Wänden. Außer etwas zerbrochenem Geschirr in der Küche und einigen heruntergefallenen Postern war nichts passiert. Auch Brad Pitt hatte es diesmal erwischt. Sein Poster war auf ihren Schreibtisch gefallen, und das schwere Hochglanzpapier hatte jeden Stift, jede Diskette und jedes Stofftier von der Schreibtischplatte heruntergefegt.

Maria griff nach dem Telefon, um Philip anzurufen, aber die Leitung war tot. Dann wühlte sie im Chaos unter ihrem Schreibtisch herum, wo sie ihr Handy vermutete. Doch auch das Netz war ausgefallen.

„Vielleicht würde eine Buschtrommel helfen", schimpfte sie vor sich hin. „Philip hat recht, die Scheißtechnik macht einen richtig abhängig."

Sie warf einen kurzen Blick nach draußen. Verzweifelte und verstörte Menschen rannten über die Straße, andere standen kopfschüttelnd neben ihren Autos, die durch das Beben ineinandergekeilt und zu verbeulten Blechhaufen zusammengeschoben waren.

Maria blickte mißtrauisch zu den dunklen Wolken am Himmel. Dicke Schneeflocken wurden von dem aufkommenden Sturm um die Häuser getrieben. Das Wetter hatte sich eindeutig wieder verschlechtert.

„Kein gutes Zeichen", sagte Maria zu dem zerknitterten Brad Pitt.

Sie überlegte nicht lange, was jetzt zu tun war. Irgend etwas mit dem Text war schief gegangen, dafür waren das Erdbeben und die Verschlechterung des Wetters eindeutige Zeichen. Sie mußte unbedingt zu Altmann; vielleicht hatte der eine Ahnung, was passiert war. Sie hoffte, daß sie sowohl Altmann als auch Philip im Seminar treffen würde. Ihr erschien das als der vernünftigste Treffpunkt. Also machte sie sich auf den Weg zum Michaelishaus.

Sie bog gerade in die Lotzestraße ein, als der Schneefall immer heftiger wurde. Die großen leichten Flocken waren einem dichten Vorhang aus kleinen Schneekristallen gewichen, der Sorte von Schnee, die liegenbleibt, wie ihre Großmutter immer gesagt hatte. Im Süden der Stadt hatte das Erdbeben nur wenige Zerstörungen hervorgerufen, hauptsächlich kaputte Fensterscheiben und demolierte Autos, aber je weiter sie nach Norden zum Stadtzentrum kam, desto schlimmer wurde es.

Unter dem Schnee war der Asphalt aufgerissen, so daß Maria mehrfach stolperte. Einmal wäre sie beinahe gefallen, konnte sich aber noch rechtzeitig an einem Zaun festhalten. Schnee rieselte aus einer großen Hecke auf sie herab und fiel unangenehm in ihren Kragen. Sie zog ihren Schal fester, aber es war schon zu spät. Die Kälte kroch ihren Rücken herunter und brachte sie zum Zittern. Bibbernd und schniefend blickte sie durch den immer dichter werdenden Schneesturm nach vorne zur Bürgerstraße. Von dort drang ein gelber Lichtschein bis zu ihr in die Lotzestraße. Das waren bestimmt die Lichter der Polizei oder der Rettungswagen, überlegte Maria. Wenn die noch durchkamen, dann war das Erdbeben vielleicht doch nicht so schlimm gewesen. Doch als sie näherkam, erkannte sie die wahre Ursache des flackernden Lichtscheins. Da war keine Rettung im Anmarsch. Im Gegenteil! Der Wall brannte.

Gebannt starrte Maria auf die lodernden Flammen. Das Feuer hatte erst die unteren Zweige der Bäume erreicht, aber die meisten Büsche brannten bereits lichterloh. An einigen Stellen war schon eine regelrechte Feuerwand entstanden, deren Flammen mehrere Meter hoch züngelten. In der Nähe des Feuers war der Schnee geschmolzen. Wasser verdampfte zischend. Dichte Schwaden aus Rauch und Wasserdampf wurden vom Wind vor sich hergetrieben.

Sieht aus wie die Hölle, dachte Maria unwillkürlich. Dieser Eindruck wurde bestätigt, als sie die Straße hinunterblickte, auf der ein unbeschreibliches Chaos aus ineinander verkeilten Autos herrschte. Menschen liefen zwischen den Wracks herum, versuchten, verklemmte Türen zu öffnen oder zerrten an leblosen Gestalten. Die Helfer bewegten sich roboterhaft von einem Auto zum anderen, als hätte die grausige Szenerie allen Verstand und jede Menschlichkeit in ihnen vernichtet. Sie taten, was sie glaubten, tun zu müssen, doch ohne wirklich dabei zu sein. Über der ganzen Straße lag eine grausige Atmosphäre, in der sich das Prasseln der Flammen mit den Schreien der Opfer zu einer beängstigenden Kakophonie mischte.

Unter mißtrauischen Seitenblicken, die sie immer wieder hinüber zum Wall schickte, folgte Maria der Bürgerstraße um die Innenstadt herum, denn der direkte Weg war durch das Feuer abgeschnitten. Sie hoffte, die Innenstadt von Westen her über die Goetheallee erreichen zu können. Und sie hoffte auch, daß das Michaelishaus von den Flammen verschont bleiben möge.

Sie eilte die Straße entlang, so gut und schnell ihr dies in dem Chaos möglich war. Trotz der vielen umherhastenden Menschen fühlte sich Maria allein und verlassen. Es kostete sie ein große Anstrengung, nicht ständig angsterfüllt zu der dichten Wolkendecke hinaufzublicken, die trotz des Schneefalls rabenschwarz war. Maria fühlte sich dem Willen einer allmächtigen Gottheit ausgeliefert, und unendlich klein im Universum angesichts dieser Bedrohung. Zur beißenden Eiseskälte des Wetters hatte sich nun noch die einschneidende Kälte der Angst gesellt.

Hinzu kam die nagende Furcht, daß Philip verletzt sein könne. Oder noch schlimmeres, etwas, das sie lieber nicht aussprechen wollte, nicht einmal in Gedanken. Nur undeutlich war ihr bewußt, daß dies nicht nur Verlustängste waren, die sie auszustehen hatte, sondern daß es der ganz konkrete Alptraum war, dieser allem Anschein nach unbesiegbaren Kreatur alleine entgegentreten zu müssen. Tatsächlich konnte sie nur darauf hoffen, daß Altmann irgendeine Lösung aus einem imaginären Hut zaubern würde. Sie selbst hatte keine anzubieten. Auch Philip hatte ihr eingestanden, nicht mehr weiterzuwissen. Und bei der Polizei würde wohl niemand einer so verworrenen Geschichte, wie sie Maria zu erzählen hatte, Glauben schenken. Dorothea Faßbinder hatte ja auch nur aus Verzweiflung über die Mißerfolge bei der Fahndung denn aus echter Überzeugung Altmanns Theorien überhaupt zugehört.

„Was ist …!?"

Unwillkürlich hatte Maria laut aufgeschrien, dann blieb sie wie angewurzelt stehen. Direkt vor ihr lag ein Toter mit dem Gesicht im Schnee. Eine große Blutlache hatte sich unter seinem Körper ausgebreitet. Das Blut hob sich dunkelrot vom verschneiten Untergrund ab. Im Rücken des Mannes steckte eine Fahnenstange. Eine Stoffahne flatterte im Sturm und gab dem ganzen den Eindruck eines grotesken Arrangements. Der Tote mitten auf dem Weg kam ihr vor wie ein schlechtes Omen, eine Warnung vor Unheil und Tod.

Maria fühlte sich elend und flau. Sekunden später übergab sie sich, laut ächzend an eine bröckelnde Mauer gestützt. Als sie sich wieder aufrichtete, liefen ihr Tränen über das Gesicht. Ungehalten versuchte sie, sie wegzuwischen. Doch es kamen immer mehr. Verzweifelt rieb sie sich ihre Augen. Sie weinte aus Angst um sich selbst und um Philip, aus Schock über so viel Tod und Zerstörung und aus Furcht vor weiterem Unheil, das die Gottheit noch über die Welt bringen würde.

Irgendwann war sie zu erschöpft und ließ die Tränen einfach laufen. In der Kälte hinterließen sie rote, brennende Spuren auf ihrer Haut. Doch sie spürte die wunden Flecken in ihrem Gesicht nicht. Die Zeit kam ihr endlos vor, bis sie sich so weit gefaßt hatte, daß sie sich von der Mauer lösen konnte, um weiter verbissen durch den Schnee zu stapfen. Mittlerweile mußte sie alle Kraft aufbringen, um sich gegen Kälte und Sturm zu stemmen.

„Ich will keine Verantwortung mehr tragen!" murmelte sie unentwegt vor sich hin. „Ich will nichts mehr mit dem ganzen Scheiß zu tun haben!"

Erst die laut heulenden Sirenen der heranrückenden Feuerwehr, die sich wie durch ein Wunder in dem Chaos bis zum Wall durchgekämpft hatte, holten sie wieder in die Wirklichkeit zurück. Sie mußte wie eine Irre gewirkt haben, stellte sie fest, aber das hatte zum Glück inmitten all der anderen Irren niemand bemerkt.

Sie bekam sich wieder halbwegs unter Kontrolle und hastete weiter in Richtung Bahnhof. Dicke Rauchschwaden, die vom Wall hinüber zum Bahnhofsgebäude zogen, nahmen ihr die Sicht und ließen sie husten. Sie rannte fast, und trotz der Kälte war ihr warm geworden. Ihre Stiefel wurden schwer; auch Mantel, Schal und Handschuhe schienen ihr Gewicht verzehnfacht zu haben.

Als sich der Rauch für einige Sekunden lichtete, blieb sie stehen, um japsend Luft zu holen. Die wild flackernden Flammen tauchten die gesamte Umgebung in gelbes und orangefarbenes Licht. Dazwischen tanzten unheimliche dunkle Schatten. Das Feuer hatte sich nun so ausgeweitet, daß sie die Hitze spüren konnte, die von den brennenden Bäumen ausging. Diese Mischung aus extrem kaltem Wind, Schnee und der Hitze der Feuersbrunst ließ alles noch unwirklicher erscheinen. Maria fröstelte, gleichzeitig stand ihr der Schweiß auf der Stirn.

Während sie weiterlief, warf sie einen flüchtigen Blick auf das Bahnhofsgebäude, das zwar die Bomben im Zweiten Weltkrieg, nicht aber den Angriff dieses Erdbebens überstanden hatte. Inmitten der Rauchschwaden konnte Maria erkennen, daß das Dach der Wartehalle eingestürzt war. Es würde noch lange dauern, bis hier wieder Züge verkehrten. Nur das kleine Gebäude mit dem seltsamen kegelförmigen Dach auf dem Bahnhofsplatz war unversehrt geblieben. Seine weiße Farbe hob sich krass von den dunklen Rauchschwaden ab.

Jetzt hatte sie die Straßenecke zur Goetheallee erreicht. Nur ein kurzes Stück noch bis zum Michaelishaus! Auf beiden Seiten der Straße brannten bereits die Büsche und kleineren Bäume. Maria holte einmal tief Atem und lief beherzt zwischen den hoch auflodernden Flammen hindurch in die Goetheallee hinein.

Den Weg zum Seminar einzuschlagen, war eindeutig nicht Philips erster Gedanke gewesen. Statt dessen hatte er sich zu Marias Wohnung auf den Weg gemacht. Nun stand er etwas ratlos vor dem Hauseingang und war erst nach anhaltendem Sturmklingeln davon zu überzeugen gewesen, daß sie wirklich nicht daheim war.

Als er vor ihrem Haus angekommen war, war er so froh gewesen, es noch intakt vor sich zu sehen, daß es eine Weile dauerte, bis ihm bewußt wurde, daß dies nicht unweigerlich bedeuten mußte, daß Maria in Sicherheit war. Im Gegenteil, wenn sie auf der Straße gewesen war, als das Beben losging, war sie vielleicht in ernsthafte Gefahr geraten. Das wollte er sich lieber gar nicht erst vorstellen.

„Denk nach, wo könnte sie hingegangen sein?" fragte er sich selbst.

Frustriert haute er noch einmal mit seiner behandschuhten Faust auf den Klingelknopf. Dann kam ihm eine Idee.

„Seminar – vielleicht sucht sie Altmann." Hoffnungsvoll atmete er auf. „Vielleicht hat der Herr Professor ja auch eine Ahnung, was es mit dem Erdbeben auf sich hat. Und was wir falsch gemacht haben, so daß es wieder kälter anstatt wärmer geworden ist."

Frierend zog Philip seine Lederjacke zurecht und wünschte sich zum ersten Mal in seinem Leben lange wollene Unterhosen, wie sie sein Großvater immer getragen hatte. „Scheiße, ich werde alt", stellte er lakonisch fest, bevor er sich zum Michaelishaus auf den Weg machte.

Philip nahm den gleichen Weg, den Maria nicht einmal eine halbe Stunde vor ihm gegangen war. Bewußt vermied er den Anblick der Autowracks auf der Bürgerstraße, während er mit gesenktem Kopf vorbeihastete. Zu seiner großen Erleichterung hatte man die Leiche des armen Radfahrers, der von der Fahnenstange durchbohrt worden war, schon abtransportiert. Das kostbare Fahrrad, an das er sich geklammert hatte, lag verbeult und vergessen im Rinnstein.

Der südliche und westliche Abschnitt des Walls brannte bereits lichterloh, doch es sah so aus, als habe die Feuerwehr wenigstens ein weiteres Ausbreiten des Brandes verhindern können. Philip hoffte, daß auch der Schneesturm, der jetzt immer stärker wütete, die Feuerwehr bei ihren Löscharbeiten unterstützte.

Wie Maria hatte auch Philip im Sinn gehabt, über die Goetheallee zum Michaelishaus zu gelangen, doch als er dort ankam, war der Durchgang von Feuerwehr und Polizei gesperrt worden. Deshalb versuchte er sein Glück ein Stück weiter gegenüber vom Postamt. Von dort über den Waageplatz war es nur ein Katzensprung bis zum Seminar.

Auch am Weender Tor standen zerbeulte Autos. In ihrer Mitte lag ein umgestürzter Linienbus, mehr konnte Philip aus dieser Entfernung nicht erkennen. Allerdings nahm der Zustand des Iduna-Zentrums auch seine gesamte Aufmerksamkeit in Anspruch. Die meisten Balkons waren nämlich heruntergestürzt, zum Glück für die Bewohner waren allerdings die Wohnungen größtenteils unbeschädigt geblieben. Von Ferne sah das siebzehnstöckige Hochhaus aus wie ein abgebrochener Zahn. Dieses Bild wurde nur von der Neonreklame gestört. Die Buchstaben N und A waren vom Dach gekippt und baumelten an den Resten ihrer Verankerung vor den Wohnungen in der fünfzehnten Etage. Seltsamerweise war der Strom nicht ausgefallen, und die Buchstaben leuchteten wie Kerzen an einer Lichterkette. Funken stoben in alle Richtungen. Philip starrte fasziniert auf die im Sturm hin und her pendelnden Buchstaben, als ein Mann, der nicht mal einen Mantel trug, sondern nur mit einen Anzug aus dünnem braunen Stoff bekleidet war, direkt in ihn hineinlief.

„Tschuldigung", brachte der Mann mit vor Kälte klappernden Zähnen hervor.

„Sie werden sich noch erkälten", kommentierte Philip mütterlich die unzureichende Bekleidung des Mannes.

Der Mann in dem billigen braunen Anzug nickte zustimmend, war jedoch mit den Gedanken ganz woanders. Er hatte hektische Flecken in seinem von der Kälte sowieso schon geröteten Gesicht. In seinen Haaren war Schnee festgefroren, und Philip bemerkte angewidert auch eingefrorenen Rotz unter der Nase des Mannes.

„Wir brauchen Hilfe von der Feuerwehr", keuchte der Mann und wedelte mit der Hand erklärend hinüber zu dem flackernden Blaulicht am Wall. „Auf der Kreuzung hat sich eine gigantische Erdspalte aufgetan und ein ganzes Fernsehteam ist hineingefallen. Wir müssen die Leute retten!"

‚Müssen wir?' fragte sich Philip unwillkürlich, schob den Gedanken aber sofort beiseite.

„Die Feuerwehr ist dort drüben", erklärte er dann das offensichtliche und zeigte auf die nur hundert Meter entfernt stehenden Feuerwehrwagen. Dann wandte er sich zum Gehen.

„Ja, wollen Sie denn nicht helfen?" fragte der Mann entrüstet.

„Nein", antwortete Philip entschieden und fügte dummerweise hinzu: „Habe Wichtigeres zu tun."

„Sie halten sich wohl für sonstwen, hä? Mister Superwichtig", herrschte der Mann ihn an. „Ein bißchen Engagement für Ihre Mitmenschen könnte Ihnen nicht schaden."

Philip hatte eindeutig die Nase voll. „Ich versuche gerade, die gesamte Menschheit zu retten", erklärte er großspurig.

Er hätte sich am liebsten auf die Zunge gebissen, weil er dem Mann davon erzählt hatte. Aber natürlich hatte sich das so unglaubwürdig angehört, daß der so engagierte und menschenfreundliche Helfer es sowieso nicht glaubte. Der Mann hielt ihn eindeutig für übergeschnappt, was Philip auch für besser und praktischer hielt, als wenn er ihm geglaubt hätte. Zum Glück rannte der Kerl in seinen dünnen Halbschuhen auch schon weiter.

„Spinner!" rief der Mann über die Schulter zurück.

Philip war sich nicht sicher, ob er sich über diese seltsame Begegnung ärgern oder wundern sollte. Er zuckte betont mit den Schultern und ging dann am Haus der Heilsarmee, aus dessen Fenstern flackernder Kerzenschein drang, vorbei zum Waageplatz. Hier war es fast stockfinster. Der wirbelnde Schnee nahm Philip auch noch das letzte bißchen an Sicht, so daß es ihm, selbst wenn er sich umgedreht hätte, kaum möglich gewesen wäre, die dunkle Gestalt zu bemerken, die sich aus dem Schatten in einer dunklen Ecke gelöst hatte und sich nun anschickte, ihm zu folgen.

Philip war schon um das finstere Gebäude der Staatsanwaltschaft herumgegangen, als er hinter sich ein Geräusch hörte. Es klang wie ein Sprechgesang, der im Geheul des Windes fast untergegangen war. Philip drehte sich um und spähte in die wirbelnden Flocken. Da war nichts.

Der Text! Natürlich, Altmann oder Maria lasen gerade den Text. Den hatte Philip in der Aufregung ganz vergessen. Er blieb stehen und versuchte, an den Fingern abzuzählen, wann er an der Reihe mit Lesen gewesen wäre. Er konnte die Reihenfolge einfach nicht mehr rekonstruieren. Hier draußen in der Kälte und mit steifgefrorenen Fingern sowieso nicht.

Da war das Geräusch wieder! Es klang so erschreckend nah, daß Philip sich hastig einmal um sich selbst drehte. Da war niemand. Er war allein.

„Kein Wunder, daß ich anfange, Geräusche zu hören", scherzte er.

Unwillkürlich hatte er laut gesprochen, denn er fühlte sich allein dort in der Dunkelheit. Jetzt wäre er sogar für die Gesellschaft des Mannes im braunen Anzug dankbar gewesen. Und er hatte Angst. Dieses seltsame Flüstern wurde immer eindringlicher, genauso wie das Gefühl der Bedrohung. Philip blickte noch einmal angestrengt in den dichten Schneefall, konnte aber immer noch nichts erkennen.

„Da ist nichts", versuchte er sich zu beruhigen. Seine Stimme klang dabei lauter und auch eine Spur hektischer, als es ihm lieb war.

Aber da war doch etwas. Ganz plötzlich tauchte wie aus dem Nichts ein dunkler Schatten vor Philip auf. Mit einem lauten Schrei sprang er zurück, doch der andere war schneller. Er packte Philip an der Schulter und zog ihn zu sich heran. Dann schnürte er Philip mit eisenhartem Griff die Kehle zu und drückte seinen Kopf nach hinten. Philip strampelte und versuchte, sich mit Händen und Füßen zu wehren, allerdings ohne Erfolg. Langsam wurde ihm schwindelig, und rote Sterne tanzten vor seinen Augen. Nach einer Ewigkeit, wie es Philip schien, ließ der Angreifer ihn los und stieß ihn in den Schnee.

Halb betäubt lag Philip am Boden. Vor ihm ragte die schwarze, massige Gestalt seines Angreifers auf. Gelbe Augen glühten in der Dunkelheit. Durch die wirbelnden Schneeflocken konnte Philip glänzende Hautschuppen sehen, auf denen sich das wenige Licht brach, das noch an diesen düsteren Ort gelangte.

In keiner Minute hatte Philip damit gerechnet, daß er der Gottheit begegnen könnte. Während der letzten Stunde hatte er nicht einen Gedanken an sie verschwendet, weil er so abgelenkt gewesen war. Unterbewußt hatte er angenommen, daß sich mit dem Lesen des Textes die Bedrohung in Nichts aufgelöst hätte. Philip sah ein, daß dies ein fataler Fehler gewesen war. Aber für Reue war es jetzt eindeutig zu spät.

Philip versuchte aufzustehen, doch die Gottheit stieß ihn immer wieder zu Boden. Bei dem ungleichen Kampf drangen ihre Krallen durch seine Kleidung und rissen seine Haut auf. Blut sickerte aus den Wunden. Schnee und Kälte krochen durch das zerfetzte Leder seiner Jacke. Philip spürte Prellungen und offene Wunden an den Schultern und Ellenbogen, während er halb zitternd im Schnee lag. Wieder kroch er einige Zentimeter zurück. Wieder wartete die Gottheit, bis er sich halb aufgerichtet hatte, nur, um ihn dann mit einem gezielten Stoß erneut zu Boden zu schicken. Diesmal hatte die Faust des Angreifers Philips Schlüsselbein getroffen, und ein stechender Schmerz zuckte von dort bis in seinen rechten Arm hinein.

‚Sie spielt mit mir', dachte Philip verzweifelt. ‚Wie die Katze mit der Maus!' Gegen alle Vernunft beschloß er trotzig, es mit einer neuen Taktik zu versuchen. Diesmal blieb er am Boden liegen und versuchte, sich trotz der eisigen Kälte nicht zu bewegen. Die Gottheit kam näher und näher. Ihr Schatten fiel auf Philip, dann trat sie ihm kräftig in die Nieren. Philip stöhnte auf, besaß aber genug Geistesgegenwart, um sich von seinem Widersacher wegzurollen. Ein schrecklicher Schmerz zuckte durch seinen Rücken, als er aufsprang. Ohne sich umzublicken, sprintete er los.

Sein einziger Gedanke war, daß er diesem Monster entkommen mußte, wollte er nicht ihr Opfer werden wie all die anderen armen Teufel, die es schon erwischt hatte. In Philips Kopf gellten alle Alarmsirenen. Wenn die Gottheit ihn töten würde, wäre er das zwölfte Opfer. Damit wäre der Kreis geschlossen und das Böse hätte endgültig gesiegt. Die Panik, die ihn bei dieser Erkenntnis übermannte, ging weit über seine Todesangst hinaus. Wie ein Mühlstein hing plötzlich das Gefühl, daß von seinem Überleben das Geschick der Welt abhing, an seinen Füßen und verlangsamte ihn, anstatt ihm die rettende Geschwindigkeit zu verleihen.

Mit tödlicher Grausamkeit war ihm die Kreatur langsam gefolgt. Sie war so siegesgewiß, daß sie ihm für Sekunden die Illusion einer Fluchtmöglichkeit gelassen hatte. Vielleicht hatte sie ihm in ihrer Grausamkeit sogar die Zeit zum Nachdenken geben wollen, in der er sein Schicksal erkennen sollte.

Mit einigen schnellen Schritten hatte die Gottheit aufgeholt. Sie hieb mit ihren Krallen über seinen Rücken, wo sie tiefe, blutende Kratzer hinterließ. Mit der anderen krallenbewehrten Hand kratzte sie über seinen Hinterkopf. Die Schmerzen verursachten einen blendenden weißen Blitz, der sich explosionsartig in seinem malträtierten Schädel ausbreitete. Philip zwinkerte mit den Augen und tastete unwillkürlich mit der Hand nach seinem Hinterkopf. Ein brennender Schmerz, der von der offenen Wunde bis in seine Backenzähne drang, war die Folge.

Derart abgelenkt hatte er nicht auf den Weg geachtet. In seiner Panik war er einfach drauflos gestolpert und dabei genau in eine Parkbank hineingerannt. Seine Knie und Schienbeine brachen fast, als er gegen das harte Holz stieß und sein Schwung jäh abgebremst wurde. Dann kippte er unbeholfen vornüber auf die Sitzfläche. Er konnte sich nicht halten, ruderte hilflos mit den Armen in der Luft und griff noch im Fallen nach der Rückenlehne. Aber seine Hände rutschten auf dem verschneiten Holz ab. Mit einem lauten Ächzen fiel Philip in einen Haufen verdreckten Schneematsches neben der Bank.

Philip konnte es fast körperlich spüren, als der Schatten der Gottheit, die sich über ihn beugte, auf sein Gesicht fiel. Sie zerrte an seinem Schal, um ihn wieder auf die Beine zu bringen. Philip röchelte. Seltsamerweise ließ der Gott ihn aber auf halber Höhe wieder los, so daß er zurück in den Dreck fiel. Philip spürte, wie Blut aus seiner Kopfwunde floß und sich unter seinem Kopf ausbreitete. Er fühlte die feuchte Wärme über seine Wange kriechen, schon konnte er den salzigen Geschmack auf seinen Lippen schmecken. Mit geschlossenen Augen blieb er im Schneematsch liegen und wartete. Innerlich machte er sich auf den unvermeidlichen Todesstoß gefaßt, doch nichts geschah.

Eine Ewigkeit schien vergangen zu sein, bis Philip es wagte, ganz vorsichtig die Augen zu öffnen. Direkt vor ihm im Schnee lag eine zerbrochene Bierflasche, die ihn mit einem neuen Hoffnungsschimmer erfüllte. Ganz langsam streckte er seine rechte Hand aus und umklammerte den Flaschenhals.

Nur kurz fragte er sich, warum sein Gegner ihn wieder hatte fallen lassen, und was ihn von ihm abgelenkt hatte. Er hoffte inständig, daß es, was auch immer es war, noch eine Zeitlang anhalten möge, bis er die kaputte Flasche ergriffen und sich aufgerichtet haben würde.

Wenn er den Kopf ein wenig gedreht hätte, hätte er bemerkt, daß die Gottheit ihm tatsächlich momentan keine große Beachtung schenkte. Sie hielt den Kopf leicht schräg in den Nacken gelegt und schien zu lauschen. Philip nahm die Worte des Zaubertextes nicht wahr, die unter dem Heulen des Sturmes zu hören waren. Er war viel zu beschäftigt damit, die Flasche zu ergreifen, sich vorsichtig umzudrehen und dabei gleichzeitig von seinem Angreifer wegzurutschen. Schwankend stand er auf, mußte sich aber gleich an die Bank lehnen, denn vor seinen Augen tanzten wieder rote und schwarze Punkte. Wie durch einen Nebelschleier sah er die Gestalt vor sich, die noch immer der leisen Stimme in der Dunkelheit lauschte.

Dann geschah es. Mit einem Ruck wandte sie den Kopf und blickte ihn aus ihren unheimlichen gelben Augen an. Philip versuchte, zurückzuweichen, doch wieder war der andere schneller. Er packte Philips linkes Ohr wie bei einem Schuljungen und zerrte ihn zu sich heran. Unter Schmerzen stolperte Philip vorwärts. Dann erinnerte er sich an die Flasche in seiner Hand und holte weit aus.

„Nimm dies, du Scheusal!" krächzte er, während er dem Monster die Flasche in den Hals rammte.

Leider zeigte dieser Angriff überhaupt keine Wirkung. Jedenfalls nicht auf die Gottheit. Das Glas brach an ihren harten Hautschuppen entzwei und zersplitterte in viele scharfkantige Scherben, die erst durch Philips Handschuhe und dann in seine Haut schnitten. Mit einem Aufschrei ließ Philip die Scherben fallen und zog seine Hand zurück. Ungläubig starrte er auf seine Handfläche, in der eine große, blutige Glasscherbe steckte. Er wollte sie mit der anderen Hand herausziehen, doch die Gottheit ließ sein Ohr los und schlug seine Hand beiseite. Schmerzhaft bohrte sich die Scherbe noch tiefer in sein Fleisch. Philip ging fast in die Knie. Dann umklammerte er mit der linken Hand seine rechte, ohne jedoch die Glasscherbe herausziehen zu können. Von seinen Schmerzen und dem Anblick der blutigen Hand betäubt, blieb er einfach stehen, wo er war.

Wieder horchte die Gottheit auf, scheinbar ohne ihn zu beachten. In seinem Universum aus Todesangst und Schmerzen nahm Philip die rettende Stimme Altmanns, die leise raunend in der Luft schwebte, überhaupt nicht wahr. Alles, was er merkte, war, daß das Monster vor ihm sich für kurze Zeit auf etwas anderes konzentrierte. In seinem umnebelten Gehirn hörte er nur seine eigene innere Stimme kreischen, daß er rennen solle.

Und endlich gehorchte er den drängenden Worten. Philip drehte sich um. Torkelnd kam er in Gang und lief dann auf die Brücke am Leinekanal zu. Undeutlich nahm er das vom Schnee gedämpfte Poltern seiner Schuhe auf den Holzbohlen war, als er die Brücke überquerte. Er spürte, daß die Gottheit nur wenige Meter hinter ihm war. Schon ragten vor ihm die Rückgebäude des Michaelishauses auf. Der Anblick gab ihm neuen Mut und holte noch einmal die letzten Kraftreserven aus ihm heraus. Keuchend rannte er am Leinekanal entlang.

Nur noch wenige Meter trennten ihn von der Prinzenstraße und dem rettenden Haupteingang des Michaelishauses, als die Gottheit ihn eingeholt hatte. Sie packte seinen rechten Arm, drehte ihn wie in einem Schraubstock nach hinten. Philip schrie auf, als sein Ellenbogengelenk brach. Der Schmerz raubte ihm den Atem und schickte ihn in den Schnee. Doch sein Angreifer zerrte ihn unbarmherzig wieder vom Boden hoch. Er bekam Philips anderen Arm zu fassen und unterzog ihn der gleichen Behandlung. Philip hatte keine Chance mehr, sich gegen den wütenden Angriff zu verteidigen. Seine Arme baumelten schlaff und nutzlos an seinen Schultern. Schmerzwellen ließen seinen Körper unkontrolliert zittern.

Die Stimme einer Frau war jetzt deutlich im Heulen des Windes zu hören.

Die Gottheit drehte Philip wie eine Puppe um, so daß sie sich von Angesicht zu Angesicht gegenüber standen. Hinter Philip war jetzt nur noch das gemauerte Ufer des Leinekanals. Es gab kein Entkommen. Dies hatte auch die Gottheit erkannt. Deshalb ließ sie Philip los und holte zum tödlichen Schlag aus. In diesem Moment machte Philip unbewußt einen Schritt nach hinten, strauchelte und glitt aus. Er fiel fast zwei Meter in die Tiefe, bevor er auf der Eisdecke aufschlug, die sich über dem Wasser des Leinekanals gebildet hatte. Die Wucht des Aufpralls war so groß, daß das Eis brach und Philip kopfüber in das schwarze Wasser sackte. Die Eiseskälte weckte ihn nur für Sekunden noch einmal auf, bevor sein Körper hinunter in die tödliche Dunkelheit gezogen wurde.

Altmann wußte sehr wohl, wer wann mit dem Lesen des Textes an der Reihe gewesen wäre, aber nach dem Erdbeben hatte er es vorgezogen, den Text selbst alle Stunde zu lesen. Schließlich konnte er nicht wissen, ob seinen beiden Studenten etwas passiert war.

Nachdem er und die anderen Mitglieder des Seminars noch in letzter Sekunde aus dem zusammenstürzenden Haus entkommen waren, hatten sie auf der Straße gestanden und wie betäubt auf den Trümmerhaufen gestarrt, der einmal ihr Arbeitsplatz gewesen war. Computer, Zettelkästen und Notizblöcke, in denen Aufsätze, Magisterarbeiten und Dissertationen aufbewahrt worden waren, waren innerhalb von Minuten zu Schrott und Müll geworden. Allein diejenigen, die ihre Back-up-Disketten zu Hause aufbewahrten, priesen sich glücklich.

Alle Bücher des Seminars, ohne die ein Arbeiten wohl kaum möglich war, lagen zerrissen und zerfleddert zwischen den Trümmern. Der heftige Schneefall ließ die noch nicht ruinierten Bücher naß werden und würde binnen kurzer Zeit das Papier in einem grauen Matschhaufen verwandelt haben.

Die meisten Bücher und alle Computer waren zwar verloren, aber trotzdem hatten die Studenten versucht, zu retten, was noch zu retten war. Altmann hatte unter dem nervösen Gekicher einiger Studentinnen und dem strafenden Blick von Helma von Wiederitz die große Glastür an der Alten Universitätsbibliothek eingeschlagen. Zuerst hatte er grimmig erklärt, daß die Universität ihn ja verklagen könne, um danach mit einem zerbeulten Bürostuhl und einer Kraftanstrengung, die ihm keiner zugetraut hatte, das Glas zu zertrümmern. Dann hatten sie die Bücher, Disketten und andere Dinge, die sie aus den Trümmern bergen konnten, in das gegenüberliegende Gebäude gebracht.

Tatsächlich war nur die rechte Seite des Michaelishauses beschädigt worden. Die Außenwand war einfach nach vorne auf die Straße gekippt. Ein Teil der Decke, die gleichzeitig der Fußboden des Seminars für Keilschriftforschung war, hing gefährlich schief, schien aber zu halten. Hauptsächlich hatte es den großen Bibliotheksraum der Ägyptologie erwischt. Altmann fragte sich, ob das wirklich nur ein Zufall sein konnte.

Verstohlen hatte er auch einen Blick unter die Trümmer geworfen, doch seine schlimmste Befürchtung, daß es Schwerverletzte oder gar Tote gegeben hatte, war wohl unbegründet. Wegen des schlechten Wetters waren viele Studenten und Professoren an diesem Tag einfach zu Hause geblieben, was ihnen vielleicht das Leben gerettet hatte.

Als das Wetter immer schlimmer wurde, schickte er seine Studenten nach Hause, lange nachdem sich Helma von Wiederitz und ‚Dredelmann' aus dem Staub gemacht hatten. Es gab auch nicht mehr viel zu tun. Verständlicherweise waren die meisten froh, daß sie nach Hause gehen durften.

Ziemlich lustlos und abgefroren suchte Professor Altmann noch etwas in den Trümmern herum. Als der Sturm immer schlimmer wurde, ging er in den provisorischen Lagerraum in der alten Universitätsbibliothek und fischte einige zerknitterte Papierbögen aus seiner Jackettasche. Er wollte gerade anfangen zu lesen, als jemand draußen seinen Namen rief. Schnell steckte er das Papier mit dem Zaubertext wieder ein und spähte nach draußen.

Er atmete erleichtert auf, als er Maria Rothe erkannte, die fassungslos vor dem Trümmerhaufen hin und her lief und seinen Namen rief. Nachdem er sich bemerkbar gemacht hatte, brauchte er eine kleine Weile, um ihr zu erklären, was vorgefallen war. Sie wirkte so geschockt, daß sie ihm fast leid tat. Sie stellte viele Fragen auf einmal und ließ ihm keine Zeit, auch nur eine zu beantworten. Endlich gelang es ihm, ihren Redeschwall zu unterbrechen und sie zu überreden, ihm in sein behelfsmäßiges Arbeitszimmer, wie er den Eingangsbereich der Alten Bibliothek umbenannt hatte, zu folgen. Erst als er ostentativ auf die Uhr sah, hielt sie atemlos inne. Er erwiderte ihren fragenden Blick mit einem kurzen Nicken.

„Es ist an der Zeit, den Text zu lesen", erklärte er.

„Das habe ich irgendwie verdrängt", gab Maria zerknirscht zu.

Wider Erwarten machte Altmann ihr keine Vorwürfe. Statt dessen nickte er. „Unser Einfluß ist sowieso nur noch geringer Natur. Hinter dem Auftreten der Gottheit steht eine weitaus mächtigere und gefährlichere Macht, gegen die wir wohl keine Chance haben."

„Sie meinen …" Maria sprach den Satz nicht zu Ende.

„Ja, Sie hatten da schon den richtigen Verdacht, daß … noch eine andere Gottheit im Hintergrund beteiligt sein könnte." Maria fiel es sofort auf, daß er den Namen Apophis nicht aussprechen wollte. Sie entschied sich, ihn lieber nicht darauf anzusprechen. Statt dessen fragte sie nur: „Woher wissen Sie das?"

Zuerst antwortete Altmann nicht. Dann sagte er nur: „Sagen wir mal, ich bin ganz sicher. Das muß genügen."

Er sah mit einem Mal schrecklich müde und frustriert aus, so daß Maria beschloß, ihn ein anderes Mal danach zu fragen. Wenn alles vorbei war.

Statt dessen fragte sie: „Haben Sie Philip getroffen?"

Altmann schüttelte als Antwort nur den Kopf. Dann setzte er sich auf eine Treppenstufe, holte wieder die zerknitterten Papiere heraus und begann, den Text zu lesen. Seine Stimme klang mutlos und müde. Und nicht mehr sehr überzeugt. Maria setzte sich neben ihn, lehnte sich an die kalte Wand und versuchte, mit ihren Ängsten und dunklen Ahnungen fertig zu werden.

Ein dunkler Schatten glitt über die Straße. Aus den Augenwinkeln sah Altmann eine Bewegung. Mitten im Text hielt er inne. Da kletterte doch tatsächlich jemand durch die Trümmer des Seminars! Er war ganz sicher, daß er sich die dunkle Gestalt nicht nur eingebildet hatte. Er steckte den Text wieder in die Tasche und schlich zur Tür. Vorsichtig spähte er hinaus. Nein, er hatte sich nicht geirrt. Da machte sich jemand an den umgestürzten Bücherregalen zu schaffen.

Altmann fragte sich, warum wohl jemand während eines Schneesturms in einem zerfallenen Haus herumstöberte. Es konnte natürlich ein Plünderer sein, aber mehr als die Kaffeekasse würde der nicht finden. Oder nur jemand, der zu neugierig ist. Doch das war bei diesem Wetter mehr als unwahrscheinlich.

„Was ist denn los?" fragte Maria von ihrer Stufe aus. Sie hatte erst mit einiger Verzögerung gemerkt, daß Altmann aufgehört hatte, zu lesen.

„Psst, da ist jemand im Seminar – oder was davon übrig ist", flüsterte Altmann.

Er hatte sich nicht getäuscht. Da war tatsächlich jemand. Altmann konnte ihn jetzt trotz des Schneetreibens erkennen. Bei dem ungebetenen Besucher handelte es sich allerdings weder um einen Schaulustigen noch um einen Plünderer. Es war Guido Kramer, der dort im Schutze der Dunkelheit herumschlich.

Richard Altmann schob Maria zurück zur Treppe. Er drückte ihr einen Haufen Zettel, auf dem der Text und seine weiteren Notizen standen, in die Hand. In seinem besten Befehlston sagte er: „Nehmen Sie das und lesen Sie weiter. Was auch immer passiert, Sie bleiben hier sitzen. Haben Sie das verstanden?"

Maria nickte ergeben.

Richard Altmann wollte den Kerl erwischen, der ihm und allen anderen diesen Mist eingebrockt hatte. Schließlich hatte Kramer mehr als ein Dutzend Menschen auf dem Gewissen und war außerdem an dem schlechten Wetter und den Erdbeben Schuld. ‚Ganz zu schweigen von meinem kaputten Arbeitszimmer und den Kakerlaken', dachte Altmann grimmig. Er hatte sich vorgenommen, Guido Kramer aufzuhalten, koste es, was es wolle. Und er wollte den Papyrus haben, um ihn zu vernichten. Er hätte es sich nie träumen lassen, daß er einmal in seinem Leben das Bedürfnis haben könne, ein altägyptisches Objekt zu zerstören. Doch was diesen Papyrus betraf, war es mehr als an der Zeit, diese dunkle Seite in seinem Ägyptologendasein zu entdecken.

Vor Aufregung spürte Richard Altmann die Kälte kaum, als er über die Straße ging. Er hatte dabei völlig vergessen, daß er eigentlich keinen richtigen Plan hatte, wie er Kramer den Papyrus wegnehmen wollte. Er vertraute darauf, daß ihm rechtzeitig etwas einfallen würde.

Guido Kramer hatte sich zu den Überresten von Richard Altmanns Arbeitszimmer vorgearbeitet und wühlte gerade in den Schrotthaufen, der einmal dessen Schreibtisch gewesen war, herum, als Richard Altmann von hinten an ihn herantrat.

„Suchen sie meinen Aufsatz zum Papyrus Harris oder den Verriß, den ich über ihre letzte Abhandlung in der ZÄS geschrieben habe?" fragte Altmann sarkastisch.

Beim Klang von Altmanns Stimme schreckte Kramer hoch und ließ einen Stapel durchweichter Papiere, die er unter dem Schreibtisch hervorgekramt hatte, fallen. Zufrieden stellte Richard Altmann fest, daß wenigstens der Überraschungseffekt auf seiner Seite war. Kramer starrte ihn aus weit aufgerissenen Augen an wie das sprichwörtliche Kaninchen die Schlange.

„Ich will den Papyrus", verlangte Altmann mit fester Stimme. „Und zwar sofort!"

Der andere faßte sich erstaunlich schnell. Soeben hatte er noch wie ein ertappter Schuljunge gewirkt, doch jetzt kam die Bosheit in seinen Augen wieder zu Vorschein.

„Es ist zu spät", zischte er. „Die Gottheit hat bereits ihr zwölftes Opfer gefunden."

„Seltsam, daß ich dann gar keine Veränderungen wahrnehme", antwortete Altmann ätzend.

Kramer stutzte leicht und runzelte die Stirn. „Es dauert eben eine Zeit, bis ..."

„Bis was?" unterbrach ihn Altmann donnernd. „Sie sind ein hundsgemeiner Mörder", brüllte er. „Nicht mehr und nicht weniger."

Dann etwas gedämpfter: „Zum Glück ist bei der Verwirklichung ihrer Allmachtsphantasien etwas schiefgelaufen. Sie sind nicht der Herrscher der Welt geworden, oder was immer sie für sich erhofft hatten. Sie sind nur ein gewöhnlicher Krimineller."

Bis jetzt hatte Kramer keine Zweifel an seinem Sieg gehabt, denn er hatte beobachtet, wie die Gottheit den Studenten, der ihm so dicht auf den Fersen gewesen war, angegriffen hatte. Er hatte dem jungen Mann keine Überlebenschance eingeräumt. Trotzdem hatte Altmann mit der Feststellung recht, daß alles beim alten geblieben war. Selbst Kramer mußte sich eingestehen, daß er nur diffuse Vorstellungen von dem hatte, was bei einem Sieg der Gottheit passieren würde. Aber natürlich würde er das nie zugeben.

„Sie bekommen den Papyrus niemals", kreischte er, um von der Frage abzulenken.

Altmann antwortete nicht darauf. Statt dessen erklärte er überraschend leise und ruhig: „Ich habe jemanden getroffen."

„Was meinen sie damit?" fragte Kramer mißtrauisch. Sicherlich sprach der andere nicht von der Polizei, die ihm sowieso nicht richtig geglaubt hatte.

Altmann ließ sich genüßlich Zeit. „Mein – nennen wie ihn mal – Gegentext, besser: mein Hymnus, hat mich zur Sandbank des Apophis gebracht."

Mit Genugtuung beobachtete er, wie Kramers Kinn nach unten klappte. „Das glaube ich Ihnen nicht", kreischte er wieder. „Sie halten mich zum Narren, um an den Papyrus zu kommen." Doch in seinen Augen konnte Altmann sehen, daß er ihm sehr wohl glaubte.

„Sie haben weitaus gefährlichere Mächte auf den Plan gerufen, als Sie jetzt noch kontrollieren können", fuhr Richard Altmann fort. „Das war ein Pakt mit dem Teufel, den Sie da abgeschlossen haben, Sie Doktor Faustus!"

Wieso hat der Gott Sie geholt und nicht mich? Altmann konnte die unausgesprochene Frage in Kramers Gesicht lesen, und auch, daß er die Antwort bereits wußte. Mit seinem positiv gestalteten Hymnus hatte Altmann sich innerhalb vorgeschriebener Grenzen bewegt, Kramer hingegen war zum Bösen übergelaufen. Dieser setzte zu seiner Verteidigungsrede an, aber Altmann wollte ihm keine Zeit zum Antworten geben, also schnitt er ihm das Wort ab. „Haben Sie wirklich geglaubt, daß Sie die göttliche Zerstörungswut überleben würden? Haben Sie gedacht, daß Sie zu Rang und Würden aufsteigen könnten, Sie jämmerlicher Hanswurst und miserabler Ägyptologe? Oder ging es einfach nur um Geld und Macht? Für was, und über wen denn, wenn es bald nichts mehr zu beherrschen gibt?"

Jetzt war Kramer wirklich sprachlos. Ja, er hatte all das geglaubt, und bis eben war es ihm nie in den Sinn gekommen, daß dem nicht so sein würde.

„Ich aber werde alles, was ich geschaffen habe, zerstören", begann Altmann zu zitieren. „Diese Welt wird wieder in das Urgewässer zurückkehren, in die Urflut wie bei ihrem Anbeginn. Nur ich bin es, der übrigbleibt, zusammen mit Osiris.' Das ist ein Zitat aus dem Totenbuch, Spruch 175", erklärte Altmann überflüssigerweise.

„Ich kenne den Text."

„Offenbar nicht gut genug." Altmanns Stimme wurde schneidend. „Der Schöpfergott sagt: ‚Ich bin es, der übrigbleibt, zusammen mit Osiris.' Von Ihnen ist da nicht die Rede."

Kramer sah ihn nur böse und trotzig an.

„Ist Ihnen denn nicht klar gewesen, worauf Sie sich da eingelassen haben? Sie Idiot gefährden unser aller Lebensgrundlage, um Ihrem Minderwertigkeitskomplex genüge zu tun!"

Altmann hatte sich jetzt richtig in Fahrt geredet. Er ging auf Kramer zu, doch der wich vor ihm zurück und brachte sich hinter einem umgekippten Regal in sichere Entfernung.

„Sie haben doch gar keine Ahnung, wie mächtig ich geworden bin", plusterte er sich auf. „Ich beherrsche die Welt!"

„Nur, daß von dieser Welt bald nichts mehr übrig sein wird, was Sie noch beherrschen können", erwiderte Altmann trocken. Dann fuhr er fort: „Wie haben

Sie eigentlich ihren Abschluß in diesem Fach bekommen? Erkennen Sie denn nicht, daß Ihr Text ein mörderisches Monster auf den Plan gerufen hat, mein positiver Text aber den Zugang zur Götterwelt geöffnet hat? So funktioniert nämlich die altägyptische Welt: Preise die Götter, und sie werden dich an ihren Segnungen teilhaben lassen – an den Segnungen, verdammt noch mal, nicht an der Zerstörung."

Altmann holte hustend Luft. Der immer heftiger werdende Schneefall und die Aufregung ließen ihn zittern.

„Ihnen ist kalt und Sie haben Angst", bemerkte Kramer bissig, ohne auf Altmanns Ausführungen einzugehen. Er konnte und wollte nicht glauben, daß er im Irrtum war.

„Noch ist es nicht zu spät." Altmann verlegte sich aufs Bitten. „Zerstören Sie den Papyrus und vernichten Sie das Böse! Bringen Sie die Weltordnung wieder ins rechte Lot!"

Doch Guido Kramer lachte ihn aus – ein krächzendes, hämisches Lachen. „Glauben Sie wirklich, Sie könnten mich in Versuchung führen? Dabei sind Sie doch der allererste, dem man Machtbesessenheit und Arroganz nachsagen kann, auch wenn Sie das geschickt unter ihren teuren Anzügen verbergen."

Für einen Moment hatte er Altmann vollkommen überrascht. Dieser machte unwillkürlich einen Schritt zurück, denn er mußte eingestehen, daß Kramer ins Schwarze getroffen hatte. Doch dann faßte er sich wieder.

„Mein Machtbereich umfaßt nur den Bibliotheksetat und ein paar Dissertationen. Das hat ja wohl keinerlei Einfluß auf den Gang der Welt", verteidigte Altmann sich.

Siegessicher stieß Kramer ein lautes ‚Ha!' aus.

„Verstehen Sie denn nicht?" setzte Altmann erneut an. „Das war es, was die Gottheit mir mitteilen wollte. Sie gab mir den Hinweis, wie ich das Ganze beenden kann. Sie sagte: ‚Es gibt keine Sieger und auch keine Verlierer, denn unser Kampf ist Teil der Welt.'"

Altmann kletterte um das Regal herum. Er wußte, daß Kramer den Papyrus bei sich hatte, und er war entschlossen, ihn mit allen Mitteln an sich zu bringen, um ihn zu zerstören.

„Die Göttin Maat: Weltordnung – das ist das Stichwort. Lassen Sie uns die Welt wieder in Ordnung bringen und das Böse vernichten. Geben Sie mir den Papyrus!"

Richard Altmann hatte Kramer fast erreicht. Er streckte bittend die Hand aus, als sich plötzlich etwas in Kramers Gesichtsausdruck veränderte. Unsicherheit und Trotz waren wildem Triumph gewichen.

„Jetzt werden Sie bezahlen", schrie er mit überschnappender Stimme.

Altmann erstarrte, dann zog er langsam die Hand zurück und drehte sich um. Hinter ihm stand hochaufragend die Gottheit.

Natürlich war Maria nicht lange auf der Treppe in der Bibliothek sitzen geblieben, sondern hatte ihren Professor dabei beobachtet, wie er auf die andere Straßenseite gegangen war. Ziemlich schnell hatte sie erkannt, wer der Eindringling war, mit dem sich Altmann einen lautstarken Streit lieferte. Sie überlegte, daß es die Gelegenheit war, Kramer festnehmen zu lassen. Sie zückte ihr Handy, doch es gab immer noch kein Netz. Bestimmt waren auch die Telefone ausgefallen. Dann kam ihr eine Idee. Hinterher fragte sie sich, ob das wirklich eine so gute Idee gewesen war, und ob sie nicht lieber dageblieben wäre. Vielleicht hätte sie Altmann retten können. Sie glaubte das nicht wirklich, aber im Nachhinein fragte sie sich, ob sie richtig gehandelt hatte. Aber später weiß man ja immer alles besser. In diesem Moment jedenfalls hielt sie es für das beste, was sie tun konnte.

Sie schlich aus dem Haus und machte sich, so schnell es ging, auf zum nur wenige hundert Meter entfernten Nabel, der Kreuzung von Theater- und Weender Straße. Schon von weitem konnte sie flackerndes Blaulicht erkennen. Das waren entweder die Polizei oder die Feuerwehr. Mit Sicherheit hatten die ein Funkgerät und konnten irgendwie mit Dorothea Faßbinder Kontakt aufnehmen. Die Polizistin mußte wissen, was zu tun war, damit sie Kramer endlich dingfest machen konnten.

Maria lief auf den erstbesten Polizeibeamten zu, der gerade mit resigniertem Gesichtsausdruck auf die zerstörten Fenster eines Bücherladens blickte, und sprach ihn an. Zuerst versuchte der Polizist sie mit der Begründung, sie hätten Besseres zu tun, abzuwimmeln. Dann erklärte er, er sei nicht zuständig. Doch als Maria den Namen ‚Göttinger Schlachter' erwähnte, ließ sich der Mann erweichen und griff nach seinem Funkgerät. Es dauerte eine Weile, bis er Dorothea Faßbinder gefunden hatte. Diese gab sofort die Anweisung, Kramer zu verhaften.

Doch sie sollten zu spät kommen.

Diesmal gab es kein Entrinnen für Altmann. Er stand eingekeilt zwischen Schrott und Müll, der einmal sein Arbeitszimmer gewesen war. Er konnte nirgendwohin ausweichen, so daß die Gottheit ein leichtes Spiel hatte.

„Halten Sie ihn auf. Vernichten Sie den Papyrus!" Er wollte ein letztes Mal an Guido Kramer appellieren, doch der hatte sich schon aus dem Staub gemacht.

Die Gottheit packte Richard Altmanns Schulter und riß ihn zu sich heran. Der glaubte, ein triumphierendes Aufblitzen in den gelben Augen seines Mörders zu erkennen. Das war auch das letzte, was er in seinem Leben sah, denn die Gottheit stach ihm mit ihren Krallen beide Augen aus. Altmanns Schreie hallten durch die Prinzenstraße, als einige Polizisten, gefolgt von Maria, die Straße herunterliefen.

Dann passierten mehrere Dinge gleichzeitig. Der Schneefall hörte von einer Sekunde zur anderen auf, gleichzeitig wurde es noch kälter, als hätte jemand die Tür zu einem Kühlhaus geöffnet. Im selben Moment verstummten auch die gräßlichen Schreie.

Als die Polizei am Tatort ankam, lebte Richard Altmann noch. Er lag ausgestreckt auf einem waagerecht liegenden Balken und hatte das Gesicht abgewandt. Dann drehte er den Kopf, und die Polizisten sahen das Blut aus seinen Augenhöhlen rinnen. Er röchelte und spuckte noch mehr Blut in hohem Bogen über seine vom Schnee bedeckten Bücher. Ehe jemand den Krankenwagen rufen konnte, war Richard Altmann tot.

Guido Kramer war verschwunden.

Maria hatte nur einen kurzen Blick auf das grausige Bild werfen können, bevor jemand sie zurückhielt. Doch sie hatte schon freiwillig den Kopf abgewandt. Trotzdem hatte sie mehr als genug gesehen.

Altmanns Arme lagen unter seinem Körper, der dadurch ein schlankes, fast schlangenhaftes Aussehen erhielt. Maria hatte die verdrehten und gebrochenen Schultergelenke erkennen können. Doch viel schlimmer war die fehlende Haut. Die Gottheit hatte mit ihren scharfen Krallen die Haut ihres Opfers zerfetzt und abgerissen, bis nur noch blutiges Fleisch übriggeblieben war. Rote Hautfetzen lagen im Schnee oder hingen achtlos hingeworfen über Balken und zertrümmerten Regalbrettern. Der Schnee um Altmanns Leiche herum war tiefrot gesprenkelt.

Maria wußte, daß die Gottheit Altmann nicht einfach nur getötet hatte, sondern sie hatte ihn zu einem Symbol gemacht. Er war zu einer Schlange geworden, die sich gerade gehäutet hatte. Das Symbol eines Neubeginns. Der Anfang eines neuen Zeitalters. Er war das zwölfte Opfer geworden.

Als Dorothea Faßbinder übermüdet, frierend und mit klappernden Zähnen am Michaelishaus ankam, mußte sie erfahren, daß Richard Altmann ermordet worden war. Guido Kramer war entkommen. Ausgerechnet Altmann, in den sie alle Hoffnungen gesetzt hatte, sowohl Kramer als auch den Mörder doch noch aufhalten zu können, war sein letztes Opfer geworden. Erschöpft und frustriert lehnte sie sich an die Tür eines geparkten Autos, dessen Dach von einem Teil des heruntergefallenen Fachwerks eingedrückt war. Sie hatte keine Ahnung, was sie jetzt machen sollte. Alle Hoffnung war verloren.

Die Beamten um sie herum stellten die unglaublichsten Mutmaßungen über das Erdbeben und die zunehmende Kälte an, doch Dorothea wußte, was das zu bedeuten hatte. Kramer hatte gewonnen. Und sie konnte nichts machen. Unbeweglich stand sie vor den Trümmern und sah zu, wie Altmanns geschundener Körper abtransportiert wurde und die Kollegen mit der Spurensicherung fortfuhren. Sie sah zwar hin, aber sie sah nicht wirklich etwas. Die ganze Zeit konnte sie sich nur die eine Frage stellen, nämlich, was jetzt passieren würde, nachdem die Gottheit gesiegt hatte.

„Sie sollten besser mal kommen."

„Was?" Dorothea schreckte hoch.

„Es gibt noch ein weiteres Opfer", erklärte ihr ein Kollege, dessen Nase vor Kälte dunkelrot war.

„Das kann nicht sein", stammelte Dorothea fassungslos. Hatte denn Altmann nicht etwas von zwölf Opfern gesagt? Wieso gab es ein weiteres?

Der Polizist wurde sichtlich ungeduldig, also folgte Dorothea ihm um die Ecke zum Leinekanal. Nur wenige Schritte vom Michaelishaus entfernt trat der Polizist dicht an das Ufer des Kanals und winkte Dorotheam näherzutreten. An dieser Stelle war der Schnee aufgewühlt und verharscht. Sie gab sich Mühe, vorsichtig zu gehen, um nicht auszurutschen. Dann spähte sie nach unten. Auf einem kleinen gemauerten Absatz saß Maria. Sie hielt Philips leblosen Körper in den Armen. Dorothea konnte ihr hemmungsloses Schluchzen hören.

Nachdem sie den zerschundenen Leichnam inmitten der Trümmer gesehen hatte, war Maria die Straße hinuntergelaufen. Sie wollte einfach nur weg, weg von dem schrecklichen Anblick, der Angst und dem Tod. Doch schon nach ein paar Metern waren ihr die seltsamen Spuren im Schnee aufgefallen. Eine schreckliche Ahnung hatte sie überkommen, so daß sie stehengeblieben war. Überall im zertrampelten Schnee war Blut zu sehen gewesen. Dann hatte sie einer Eingebung folgend hinunter in den Leinekanal geblickt.

Sie hatte ihn sofort erkannt, obwohl sein Körper zur Hälfte im Wasser gelegen hatte. Auf seiner Kleidung hatte sich schon Eis gebildet, daß ihn fast liebevoll einzuhüllen schien. Schnee bedeckte seinen Körper wie ein Leichentuch. Mit einem Aufschrei war sie zum Wasser hinuntergeklettert, wo sich ein kleines gemauertes Sims befand. Sie hatte Philips Kopf aus dem schwarzen Wasser gezogen und seinen Namen gerufen. Dann hatte sie seinen Oberkörper aus dem Eis gezerrt und ihn immer wieder geschüttelt. Doch er gab kein Lebenszeichen von sich. Sie hatte die ganze Zeit gewußt, daß dies vergeblich war, daß er tot war, aber sie hatte nicht aufhören können.

Dann hatte sie versucht, ihn aus dem kalten Wasser zu ziehen, aber sein Körper war zu schwer gewesen. Das Wasser durchnäßte ihre Kleidung und gefror, doch sie merkte nichts davon. Sie zog und zerrte weiter, bis sie am Ende erschöpft und außer Atem aufgeben mußte. Nur seinen Oberkörper hatte sie aus dem kalten schwarzen Wasser bergen und in ihren Armen halten können, aber seine Beine hingen weiterhin unter der Eisdecke. So war sie, Philips toten Körper in den

Armen haltend, frierend und zitternd dort geblieben, bis ihr Körper von der Kälte ganz steif und gefühllos geworden war. Maria hockte immer noch so da, als Dorothea sie fand.

Von irgendwoher hatte der Wind zerknülltes Bonbonpapier herangeweht. Es bildete farbige Tupfer auf dem dunklen Eis und schwamm auch im Wasser um Philips Leichnam herum. Von Ferne sah es aus wie ein Teppich aus bunten Blumen, was dem Ort den Eindruck von Frieden und Fröhlichkeit gab. Als ob sie auf einer blühenden Frühlingswiese wären. Dorothea erschauerte. Oder auf einem Friedhof.

Dann kletterte sie ganz vorsichtig hinunter und hockte sich neben Maria, die nur dasaß und mechanisch das gefrierende Wasser aus Philips Haaren herausstrich. Es brauchte eine ganze Weile und viel behutsames Reden, bis Maria sie überhaupt wahrnahm. Und es kostete die Polizistin noch mehr Überredungskraft, bis Maria Philip endlich losließ.

Die beiden Frauen standen auf dem Wall und blickten in den Cheltenhampark. Auf dem Spielplatz direkt vor ihnen stand ein steinerner Elefant, der bis zu den Ohren im Schnee begraben war. Zu diesem Teil des Walls war das Feuer nicht vorgedrungen. Die Bäume standen dicht wie immer. Sie hoben sich dunkel vor dem glitzernden weißen Schnee ab. An den Ästen hingen Eiszapfen, in denen sich rot und blau die Lichter der ständig vorbeifahrenden Rettungswagen spiegelten. Sirenen waren von überallher zu hören, doch im Park selbst schien alles Leben wie erstarrt. Die klirrende Kälte hatte den Schnee zu Eis werden lassen und den Park in eine starre Märchenwelt verwandelt. Doch es war ein garstiges und böses Märchen ohne Happy-End.

Der Himmel über der Stadt war schwarz, obwohl es erst früher Nachmittag war. Wie eine flache Kuppel breitete sich ein dunkler Fleck über ihnen aus. Keine Sterne waren zu sehen, auch keine Wolken mehr. Nur noch endlose Schwärze.

Am Rande dieser Kuppel schien die Dunkelheit irgendwie auszudünnen. Sie verlief sich in langen Fäden, wie Rauchfahnen, die sich immer weiter ausdehnten, bis sie schließlich gänzlich verschwunden waren. Hier wurde der Himmel von dunkelrotem Flackern erleuchtet. Doch auch dieses verwehte bald vor einem gelben Himmel. In weiter Ferne war hinter den Bäumen ein heller Streifen am Horizont zu erkennen, aber die beiden Frauen wußten, daß an diesem Ort die Sonne niemals wieder aufgehen würde. Das Tageslicht drang nicht bis hierhin vor. Die Stadt war zu einer Insel der Dunkelheit und des Bösen geworden.

Früher oder später würden die Menschen Göttingen, oder das, was von der Stadt noch übriggeblieben war, verlassen. Wer wollte schon an einem Ort leben, an dem klirrende Kälte und schwärzeste Nacht herrschten? Niemals wieder würde die Sonne scheinen, um den dunklen Himmel, der sich kilometerweit über der Stadt erstreckte, zu vertreiben. Ein gefährlicher Ort hatte sich in dieser Welt manifestiert. Die unheilvolle Bedrohung, die von ihm ausging, mußte selbst der unsensibelste Mensch spüren und nur noch den Wunsch haben, weit weg davon zu sein.

Die Stadt war verloren, daß wußten sie jetzt. Sie würde leerer und kälter werden, bis alles Leben verschwunden war. Die Häuser würden zerfallen, und der Ort, nachdem die letzten Plünderer abgezogen waren, nur noch ein Anziehungspunkt für waghalsige Abenteurer und Verrückte sein.

In Mauerecken und an Schneeverwehungen hatte sich bereits eine dünne Schicht des gelblichroten Sandes abgelagert. Noch sah es so aus, als habe nur jemand wegen der Glätte Sand gestreut. Doch dieser Sand war nicht von Menschenhand gebracht worden. Er kündigte das Herannahen eines Gottes an. Mit jedem kleinen Luftzug wehten mehr gelbe und rötliche Sandkörner herbei. Sie sammelten sich zuerst in den Ecken und Ritzen und an geschützten Stellen. Der Sand hatte sich sogar schon in den Augen des steinernen Elefanten abgelagert, was ihm den Eindruck einer schrecklichen Lebendigkeit verlieh. Maria wußte, daß der Sand bald Eis und Schnee zugedeckt haben würde. Dann würde er die Straßen bedecken, in die Häuser kriechen. Irgendwann in nicht allzu langer Zeit würde dann die ganze Stadt unter dem Sand begraben liegen.

Langsam wandte Maria den Blick von dem gelbroten Sand ab. Sie schniefte und zog lautstark die Nase hoch. Dorothea reichte ihr ein Taschentuch.

„Danke", murmelte Maria. „Ich hab selber eins."

Sie kramte in ihrer Manteltasche und brachte ein durchweichtes Papiertaschentuch zum Vorschein. Sie suchte vergeblich nach einer trockenen Stelle zum Schneuzen. Mit einem Achselzucken ließ sie es fallen und griff dann nach dem neuen, das Dorothea immer noch in der Hand hielt.

„Was sollen wir bloß tun?" jammerte Maria schluchzend. „Alles war umsonst."

„Das glaube ich nicht", antwortete Dorothea mit Bestimmtheit. „Wenn wir gänzlich versagt hätten, müßten sich Dunkelheit und Kälte immer weiter ausdehnen. Aber beides scheint nur auf Göttingen beschränkt zu sein. Unsere Einmischung hat anscheinend doch etwas bewirkt. Entweder haben wir es aufgehalten, oder aber den Prozeß zumindest verlangsamt."

„Nichts haben wir aufgehalten", weinte Maria. „Philip ist tot!" Sie machte eine kleine Pause, um sich erneut zu schneuzen.

„Das ist wahr", gab Dorothea zu. Doch dann fügte sie hinzu. „Trotzdem hatte Altmann mit seiner Theorie recht. Wir waren nur zu langsam." Dann fügte sie mit Überzeugung hinzu. „Wenn wir nur gewußt hätten, was da auf uns zukommt, hätten wir viel schneller reagieren können." Sie machte eine Pause. „Und wir hätten viele Menschenleben retten können."

„Niemand hätte uns geglaubt oder uns geholfen. Überlegen Sie einmal, wie schwer Sie zu überzeugen waren." Maria schüttelte heftig den Kopf. „Nicht einmal jetzt, nachdem all das Schreckliche passiert ist, würden die Leute es glauben. Wie immer werden Meteorologen und Seismologen und wer weiß, wer sonst noch, eine Menge schlauer Dinge sagen, aber keiner wird wirklich wissen, was los war. Von denjenigen, die die Wahrheit kennen, leben nur noch wir beide." Sie begann wieder zu weinen.

„Sie haben recht, wenn Sie sagen, daß wir alleine und auf uns gestellt sind. Trotzdem haben wir eine zweite Chance. Wenn es wahr ist, daß die Störungen, die Altmann und Sie beide mit dem Text verursacht haben, die Katastrophe auf ein bestimmtes Gebiet eingeschränkt hat, dann können wir vielleicht, wenn wir rechtzeitig eingreifen – nun, sagen wir mal – noch größere Störungen verursachen. Leicht werden wir es Kramer und seinem Monster jedenfalls nicht machen", fügte sie grimmig hinzu.

„Das wird nicht einfach", gab Maria zu Bedenken. Sie fummelte an einigen zerknitterten Blättern Papier herum, die sie aus ihrer Manteltasche geholt hatte.

„Und gefährlich", sagte Dorothea. Ihre größte Sorge wagte sie nicht weiter auszusprechen. Wenn sie den Kampf aufnähmen, mußten sie mit Gegenwehr rechnen. Das bedeutete, daß sowohl die Gottheit als auch Kramer versuchen würden, sie und Maria zu beseitigen. Doch Maria hatte etwas ganz anderes gemeint. Sie wedelte mit den zerknitterten Bögen vor Dorotheas Nase herum.

„Das sind Altmanns Notizen. Unser Text und noch jede Menge mehr. Er hat sich offenbar das gleiche gedacht wie wir. Hätten wir nicht den Text geschrieben, dann wären Kälte und Zerstörung immer weitergegangen. Wie eine Kettenreaktion, schreibt er. Aber jetzt müssen Kramer und die Gottheit woanders noch mal von vorn anfangen."

Sie drehte das Blatt besser ins Licht. „Es sieht so aus, als habe er an einem neuen Text gearbeitet."

„Wie das?" fragte Dorothea, für die die Ägyptologie immer mehr zu dem berühmten ‚Buch mit den Sieben Siegeln' wurde. Anfangs hatte sie noch gehofft, einen Einblick in die Materie zu bekommen, aber je mehr Maria ihr erklärt hatte, um so verwirrender war das Ganze geworden.

„Sieht aus wie ein Ächtungstext. Gegen die Feinde", fügte sie erklärend hinzu. „Es sind Auszüge aus verschiedenen Texten, die alle Schutz vor Apophis bieten."

„Können Sie was damit anfangen?" fragte Dorothea zweifelnd.

Vorsichtig begann Maria, ihr von der möglichen Bedrohung durch eine andere, weitaus gefährlichere Gottheit zu erzählen. Doch Dorothea wollte nichts davon hören. Sie hielt es für vordringlich, sich mit Kramer und der Gottheit auseinanderzusetzen. Maria beschloß, es vorerst darauf beruhen zu lassen.

„Ich kann es erst mal mit dem schon vorhandenen Material verbinden. Sicher werden wir erst sein, wenn ... wenn er wieder zugeschlagen hat. Das klingt ziemlich hart und unmenschlich, ist aber nicht so gemeint. Diesmal sind wir besser vorbereitet und wissen, worauf wir achten müssen. Wenn wir die nötigen Informationen bekommen."

„Das lassen Sie mal meine Sorge sein", versicherte Dorothea. „Kümmern Sie sich nur um den Text." Sie überlegte kurz, und fügte dann hinzu. „Versuchen Sie, irgendwie diesen Falken da mit hineinzubringen. Ich habe das Gefühl, daß dieser Gott, wie immer er auch heißt, auf unserer Seite ist."

Maria fragte gleichermaßen überrascht wie zweifelnd. „Sie meinen den Gott Horus. Wie kommen Sie auf ihn?"

„Nur so eine Ahnung. Das ist vielleicht die einzige Seite, von der wir Hilfe bekommen werden. Ansonsten sind wir wohl ziemlich auf uns allein gestellt."

Maria nickte nur. Sie weinte und schluchzte immer noch. Mittlerweile brannten ihre Augen wie Feuer, die Augenlider waren rot und dick angeschwollen. Die Haut auf ihren Wangen begann an den Stellen zu jucken, an denen sie sich Erfrierungen geholt hatte. Ihre Nase lief ohne Unterlaß. Und es war ihr ziemlich egal, wie sie aussah, aber das Gefühl, schwach und verwundbar zu sein, wurde durch die Schmerzen nur noch verstärkt.

Sie hätte es Dorothea Faßbinder gegenüber nie ausgesprochen, aber sie hatte panische Angst zu sterben. Der grausame Tod von Richard Altmann hatte ihr die Gefahr, in der sie selbst schwebte, erst richtig vor Augen geführt. Sie nahm zu recht an, daß sie als nächste auf Guido Kramers Liste stehen würde. Die Angst schnürte ihr die Kehle zu und behinderte ihren Verstand. Sie konnte förmlich spüren, wie er nachgab. Das Bedürfnis, einfach aufzugeben, wurde immer größer. Sie wußte, daß sie nicht einfach würde zusehen können, wie Kramer und die Gottheit an ihr Ziel gelangten, ohne nicht wenigstens den Versuch unternommen zu haben, das Unheil zu verhindern. Aber die Versuchung, alles stehen und liegen zu lassen, einfach wegzulaufen, war riesengroß.

Allerdings war da noch etwas, daß sie zurückhielt: der Gedanke an Philip. Weil er gegen die Gottheit gekämpft hatte, war Philip nicht das zwölfte Opfer geworden. Die Gottheit hatte ihn nicht direkt töten können und deshalb jemand anderen finden müssen. Der Gedanke, daß Philip nicht aufgegeben und sich bis zuletzt gegen die Gottheit zur Wehr gesetzt hatte, gab ihr die Kraft, weiterzumachen. Sie war überzeugt, daß sie nur so, wenn sie ebenfalls weiter gegen das Böse kämpfte, seinen schrecklichen Tod verständlich machen und die innere Leere, die er hervorgerufen hatte, ausfüllen konnte. Maria öffnete die Augen. Sie wischte heftig an ihren geschwollen Augenrändern herum. Dorothea stand jetzt direkt vor ihr und hatte die Hand auf ihre Schulter gelegt.

„Guido Kramer hat bestimmt die Stadt verlassen. Hier muß er damit rechnen, gefaßt zu werden. Aber im Strom der Leute, die vor dem Erdbeben und dem Chaos geflüchtet sind, ist er bestimmt nicht aufgefallen. Er wird die gute Gelegenheit, sich aus dem Staub zu machen, genutzt haben. Ich werde jetzt versuchen, ihn zu finden. Das hat im Moment Vorrang. Aber dazu muß ich in mein Büro. Wo kann ich Sie erreichen, falls ich jemals wieder ein funktionierendes Telefon in die Hand bekomme?"

„Ich werde ein paar Sachen zusammenpacken und dann versuchen, zu meinen Eltern nach Hildesheim zu kommen. Dort werde ich mich in die Bibliothek setzen und versuchen, an dem Text herumzubasteln."

„Das ist gut. Wir bleiben in Verbindung. Garantiert werden wir es bald erfahren, falls irgendwo wieder schlechtes Wetter oder eklige Insekten gemeldet werden. Oder falls seltsame Morde geschehen", fügte sie mit trauriger Stimme hinzu. Sie wollte sich zum Gehen wenden, doch Maria rührte sich nicht von der Stelle.

„Ist noch was?" fragte Dorothea.

Maria antwortete nicht. Sie stand dort zitternd und frierend, während sie geradeaus ins Leere starrte.

„Sie haben ihn sehr geliebt." Es war mehr eine Feststellung als eine Frage.

„Ja", antwortete Maria schlicht.

Dann wandte sie den Kopf und richtete ihre tränenblinden Augen auf Dorothea. „Wissen Sie, was mich am traurigsten macht? Ich habe es ihm nie gesagt."

Epilog

Die Hügel werden zu Städten,
die Städte zu Hügeln werden,
ein Haus wird das andere zerstören.

AUS DEN SARGTEXTEN, CT 1130

Die Dämmerung war schon hereingebrochen. Heike Kümmerer stand fröstelnd neben der Kröpcke-Uhr in der Hannoverschen Innenstadt und wartete auf ihre Freundin Kerstin Scheffer. Sie wurde langsam unruhig, denn es war schon zehn Minuten nach fünf. Kerstin war sonst immer sehr pünktlich. Daß sie zehn Minuten zu spät kam, sah ihr so gar nicht ähnlich.

Während sie die Leuchtreklamen las, trat Heike von einem Fuß auf den anderen. Zum einen aus Ungeduld, zum anderen aber auch, weil sie vergessen hatte, ein warmes Paar Strümpfe anzuziehen. In der dünnen Strumpfhose waren ihre Zehen zu Eiszapfen gefroren.

Desinteressiert las sie die Plakate, die an der berühmten Uhr, einem Wahrzeichen der Stadt, klebten. Dabei hörte sie den Gesprächen der anderen Passanten zu. Meistens erreichten sie nur Wortfetzen, aber sie wußte sowieso, was das Stadtgespräch war. Überall sprach man von den Ereignissen in der nur 120 Kilometer entfernt liegenden Stadt Göttingen. In der Mehrzahl hörte sie ungläubiges Staunen heraus, daß so etwas passieren konnte. Aber auch echtes und gespieltes Mitleid mit den Opfern war dabei. Und natürlich stellte jeder die Frage nach der Ursache, die aber niemand bis jetzt zufriedenstellend beantwortet hatte. In den Zeitungen und Fernsehsendungen wurde zwar aufs Wildeste spekuliert, aber kaum wirkliche Resultate vorgetragen.

Ein junger Mann neben ihr erklärte seit Minuten seiner ungeduldig, aber ergeben dreinblickenden Mutter, daß es sich nur um eine Umweltkatastrophe handeln könne, die von den großen Konzernen durch ihre Geldgier verursacht wurde. Die Mutter tat Heike ehrlich leid. Der Redeschwall ihres Sohnes ging Heike derart auf die Nerven, daß sie um die Uhr herumging, um außer Hörweite zu gelangen. Das war ein Fehler gewesen, denn sie lief direkt einem Anhänger der Sekte ‚Bereut nun!' in die Arme. Seit der Straßenschlacht auf dem Göttinger Wilhelmsplatz durfte die Sekte nicht mehr offen demonstrieren, aber ihre Anhänger verteilten unter der Hand weiterhin ihre Pamphlete. Mit einem schiefen Grinsen suchte Heike abermals das Weite.

Sie blickte wehmütig auf das Mövenpick-Café, in dem sie und Kerstin im Sommer immer Eis aßen. Leider war es jetzt ganz entschieden zu kalt für Karameleis. Während Heike noch überlegte, ob sie durch den bloßen Gedanken an die warme Sommersonne ihre erfrorenen Füße wieder auftauen könne, fiel ihr ein Mann in der Menge auf.

„Noch so ein armer Irrer", murmelte sie.

Obwohl er obdachlos und verwirrt zu sein schien, konnte sie nur halbherzig Mitleid für ihn empfinden. Irgend etwas an dem Kerl machte ihr angst. Sie konnte sich selbst nicht erklären, warum sie so überzeugt davon war, daß er nicht auch nur einer der vielen durchgeknallten Typen war, die durch die Innenstadt torkelten, sondern wirklich ein gefährlicher Verrückter war.

Der Mann trug eine Mütze, die innen mit Pelz gefüttert war. Die Ohrenschoner waren heruntergeklappt, aber nicht festgebunden. Sie wippten bei jedem Schritt auf und ab, wie ein Paar zu groß geratener Ohren. Dazu hatte der Mann einen speckigen braunen Schal mehrfach um den Hals gewunden. Er schleppte seine Habseligkeiten in zwei Plastiktüten mit sich. Eine der Tüten hielt er locker und unachtsam in der linken Hand, während er mit der rechten die andere Tüte an seine Brust drückte, als ob etwas Wichtiges darin sei. Heike konnte aber nur eine alte Papprolle erkennen, die oben aus der Tüte herausragte.

Der Mann hetzte mit stierem Blick vorwärts, wobei er ständig vor sich hin murmelte. Plötzlich änderte er seine Richtung und ging direkt auf Heike zu. Noch ehe sie ausweichen konnte, war er auch schon erschreckend dicht an ihr vorbeigehastet. Beinahe hätte der mit sich selbst redende Mann sie sogar angerempelt. Heike gab sich alle Mühe, einen Fluchtimpuls zu unterdrücken.

„Was für Kerlen guckst du denn nach!?"

Ertappt drehte Heike sich um. Vor ihr stand ihre Freundin Kerstin und grinste breit. „Eigentlich gar nicht dein Typ", neckte sie weiter.

„Hör bloß auf", bat Heike erleichtert. „Der Kerl hat mir ganz schön angst gemacht."

„Ach Quatsch, das war nur ein Penner", antwortete Kerstin Scheffer leichthin. „Zum Thema Angst und Schrecken habe ich etwas Besseres zu bieten. Deshalb bin ich auch zu spät. Tut mir übrigens leid. Entschuldige, daß du warten mußtest."

„Was war denn los?" fragte Heike, die sich langsam wieder erholt hatte.

Kerstin platzte drauflos: „Du wirst es nicht glauben, aber ich habe wirklich gekämpft. Mutig und heldenhaft wie Aragorn."

„Gekämpft? Gegen wen?" fragte Heike zweifelnd, da sie Kerstins Hang zur Übertreibung gut kannte.

„Meine ganze Badewanne war voller ekliger Krabbelviecher. Die waren schon dabei, über den Rand zu klettern. Aber ich habe sie alle weggespült und dann Drano hinterher gekippt", erklärte Kerstin mit einem triumphierenden Grinsen.

„Waren das Ameisen?" Bei der Erwähnung von Insekten hatte Heike unwillkürlich angefangen, sich am Arm zu kratzen.

„Nein, nein! Von wegen Ameisen! Die waren so groß." Kerstin zeigte mit Daumen und Zeigefinger, daß die Eindringlinge ungefähr acht Zentimeter lang gewesen waren.

„Ich glaube, es waren Tausendfüßler."

Die altägyptischen Zitate stammen aus:

Erik Hornung, Das Totenbuch der Ägypter, Zürich, München 1990
    Kapitel 2, 8

ders., Gesänge vom Nil, Zürich, München 1990
    Kapitel 4, 11, Epilog

ders., Ägyptische Unterweltsbücher, Zürich, München 1972
    Kapitel 12

Die Songtexte stammen aus:

Alice Cooper, Sick Things
    Album: Billion Dollar Babies, 1972, Warner Brothers
    Kapitel 3

The Doors, Break on Through
    Album: The Doors, 1967, Elektra/Asylum Records
    Kapitel 7

Paradise Lost, Isolate
    Album: Symbol of Life, 2002, Gun Records
    Kapitel 10

Marilyn Manson, The Last Day on Earth
    Album: Mechanical Animals, 1998, Nothing Interscope Records
    Kapitel 12